LENA MARTEN
Ausgerechnet du

D1844250

Über dieses Buch

Jenny hat einfach kein Glück mit Männern. Schon wieder wurde sie sitzen gelassen, diesmal sogar für einen anderen Kerl! Dabei wünscht sie sich nichts mehr als eine feste Beziehung mit jemandem, der sie liebt und unterstützt. Vor allem in ihrem großen Traum, Sängerin zu werden. Noch so eine Sache, die in ihrem Leben eher schlecht als recht läuft. Als Jenny erfährt, dass ihr Vater – ohne sie zu fragen! – einen Job für sie besorgt hat, ist sie außer sich vor Wut, insbesondere als sich herausstellt, dass ihr neuer Kollege niemand anders ist als Tobi. Tobi war ihre erste große Liebe, doch ausgerechnet als sie ihn am meisten brauchte, kehrte er ihr den Rücken und ließ sie mit ihrem Schmerz allein. Eigentlich wollte sie ihn niemals wiedersehen. Dass sie sich nun ein Büro mit ihm teilen muss, ist wie ein nicht enden wollender Albtraum. In einem Anfall von akutem Selbstmitleid ruft Jenny bei einer Wahrsagerin an, die ihr prophezeit, dass sich alles zum Guten wenden wird, und zwar schneller, als Jenny denkt. Am 14. Februar wird sie dem Mann fürs Leben begegnen. Und tatsächlich lernt Jenny an diesem Tag den charmanten Gregor kennen. Doch ob der – mit seinen seltsamen Ansichten und seiner langweiligen Art – wirklich der Richtige für sie ist? Zumal Tobi in ihr Gefühle hat aufleben lassen, die sie eigentlich längst vergessen glaubte …

Die Autorin

Lena Marten wurde in Stuttgart geboren. Sie studierte BWL in Nürnberg und verbrachte einige Jahre in den USA. Nach dem Studium arbeitete sie für die Industrie. Schon immer war ihre ganz große Leidenschaft das Lesen, aber mit dem Schreiben begann sie erst vor ein paar Jahren. Seitdem kann sie nicht mehr davon lassen und widmet sich voll Hingabe dem Verfassen von Liebesromanen. Sie schreibt auch unter dem Namen Ute Jäckle.

Lena Marten bei LYX

1. Nicht auch noch der!
2. Ausgerechnet du

LENA MARTEN

AUSGERECHNET DU

Roman

LYX

LYX in der Bastei Lübbe AG
Dieser Titel ist auch als E-Book erschienen.

MIX
Papier aus verantwortungsvollen Quellen
FSC® C083411
FSC
www.fsc.org

Originalausgabe

Copyright © 2016 by Bastei Lübbe AG, Köln
Redaktion: Catherine Beck
Umschlaggestaltung und Artwork: © Birgit Gitschier, Augsburg, unter Verwendung mehrerer Motive von Shutterstock (Pushkin)
Satz: Greiner & Reichel, Köln
Gesetzt aus der New Caledonia LT Std
Druck und Verarbeitung: CPI books GmbH, Leck
Printed in Germany
ISBN 978-3-7363-0082-8

1 3 5 7 6 4 2

Sie finden uns im Internet unter www.lyx-verlag.de
Bitte beachten Sie auch: www.luebbe.de und www.lesejury.de

Ein verlagsneues Buch kostet in Deutschland und Österreich jeweils überall dasselbe. Damit die kulturelle Vielfalt erhalten und für die Leser bezahlbar bleibt, gibt es die gesetzliche Buchpreisbindung. Ob im Internet, in der Großbuchhandlung, beim lokalen Buchhändler, im Dorf oder in der Großstadt – überall bekommen Sie Ihre verlagsneuen Bücher zum selben Preis.

Für meinen tollen Colin

1

Jenny

Frustriert verließ ich das Jobcenter und gab der unschuldigen Glastür einen Tritt. Wieder einmal hatte ich drei Stunden meines Lebens damit verschwendet, darauf zu warten, dass ein gelangweilter Sachbearbeiter mir erklärte, er habe leider keine passende Stelle für Leute, die frisch von der Uni kamen. Sämtliche Arbeitgeber setzten mindestens drei Jahre Berufserfahrung voraus. Wie sollte ich die bitte schön bekommen, wenn mich keiner diese Erfahrungen sammeln ließ?

Es dämmerte bereits, aber noch immer war die Fußgängerzone brechend voll. Hätte ich es heute Morgen eher aus den Federn geschafft, wäre mir wenigstens das Gedränge hier erspart geblieben. Ich zog mein Handy aus der Jackentasche, kontrollierte meine Nachrichten und rief kurz YouTube auf. Erst gestern hatte ich ein neues Video hochgeladen. Ich hatte eine Coverversion von Adele gesungen, die mittlerweile sage und schreibe achthundertmal angeklickt worden war. Fassungslos starrte ich auf die Zahl. Auch ein paar wohlwollende Kommentare hatten mir Leute dagelassen, und einige outeten sich sogar als Fans von mir. Nur ein Idiot schrieb etwas von »nette Titten« und »würde dich gerne mal lecken«. Vielleicht konnte man diese unerfreuliche Botschaft ja irgendwie löschen lassen. Aber die anderen Nachrichten waren klasse. Singen war mein Leben, meine Erfüllung, und eine Karriere als Sängerin mein ganz großer Traum. Der Klingelton meines

Handys riss mich jäh aus meinem Glücksrausch. Der gerade einsetzende Eisregen störte mich nicht, allerdings trübte der Name des Anrufers meine Laune schlagartig. Mein Vater. Der hatte mir gerade noch gefehlt. Obwohl sich alles in mir sträubte, ging ich ran.

»Jenny«, hörte ich ihn in seinem üblichen Militärton bellen.

»Hi. Was gibt's?«

Der Regen wurde stärker, die feuchte Kälte schnitt mir in die Hand.

»Wie läuft die Jobsuche?«

Das hatte ich mir beinahe schon gedacht. Der übliche Kontrollanruf. »Ganz okay. Ich habe mich bei ein paar Firmen beworben, aber die meisten wollen leider keine Berufsanfänger.«

»Ich dachte mir schon, dass das nichts wird«, erwiderte er so überzeugt, dass ich mir prompt wie eine Versagerin vorkam.

Meine Stimme wurde schärfer. »Ich habe gerade erst mit den Bewerbungen angefangen. Wird schon noch klappen.«

»Du klingst mir nicht so, als ob dir deine berufliche Zukunft sonderlich wichtig wäre. Du willst doch mal die Firma übernehmen, oder nicht?«

»Nein. Du willst, dass ich die Firma übernehme.« Ungewollt wurde ich lauter. »Um ehrlich zu sein, bin ich mir nicht sicher, ob mir Betriebswirtschaft überhaupt liegt.«

»Du bist was?« Er japste vernehmlich nach Luft. »Nicht sicher? Nachdem ich dir zehn Semester BWL-Studium finanziert habe?«

»Zu dem du mich gedrängt hast«, schoss ich zurück und strich mir eine feuchte Haarsträhne hinters Ohr.

»Jenny.« Sein Tonfall nahm einen bedrohlichen Klang an, und ich konnte mir seinen hochroten Kopf bestens vorstellen.

»Du wirst einmal die Firma erben, dafür brauchst du Berufserfahrung. Glaubst du, ich weiß nicht, dass du für diese Aufgabe nicht wirklich geeignet bist?«

Das saß. Noch ehe ich antworten konnte, redete er schon weiter.

»Ich hatte immer mit Paul gerechnet. Aber seit dem Tod deines Bruders hat sich nun mal alles geändert. Jetzt musst du eben an seine Stelle treten, und ich zähle auf dich. Enttäusch mich nicht.« Es klang wie eine Drohung.

Der Name meines Bruders krachte buchstäblich in meinen Brustkorb und nahm mir die Luft zum Atmen. Ich blieb stehen und musste mich an einer Hauswand abstützen. »Ich bemühe mich«, versicherte ich leise, nur damit ich endlich auflegen konnte. Die Erinnerung an Paul tat noch genauso weh wie an dem Tag, als uns die schlimme Nachricht erreicht hatte. Wenigstens brach ich nicht mehr sofort in Tränen aus, wenn jemand über ihn sprach. »Ein paar Antworten stehen noch aus und …«

»Das hat sich erledigt«, sagte mein Vater in seinem typisch autoritären Ton. »Mein Freund Hans hat zufällig eine passende Stelle frei. Du kannst Montag anfangen. Näheres dazu schicke ich dir per Mail.«

»Ich wollte mir eigentlich selbst was suchen«, wagte ich einen schwachen Protest. Ich verabscheute es, wenn er mein Leben einfach übernahm, wie ein Kidnapper.

»Dann suchst du nächstes Jahr noch. Hans erwartet dich Montag um acht im Büro.«

»Na gut«, gab ich schließlich nach und versuchte, den Druck wegzuatmen, der sich in meiner Brust aufbaute. »Ich kann ja mal hingehen und mir die Stelle anschauen.« Pauls Tod hatte auch meine Eltern total aus der Bahn geworfen, und ich wusste, dass mein Vater nun alle Hoffnungen auf mich setzte. Ich konnte sie nicht auch noch enttäuschen, dafür hatte meine Familie in den letzten Jahren zu viel durchgemacht. Wir hatten die dunkelsten Gefühle durchlebt, und jeder neue Tag ohne Paul hatte uns innerlich zerrissen.

»Das freut mich. Bis demnächst, Schätzchen.« Sein harter Unterton hatte sich etwas abgemildert.

»Tschüss.« Ich legte auf, dennoch jagte mein Pulsschlag weiter in die Höhe. Schon wieder hatte ich mich von meinem Vater zu etwas überreden lassen, das ich gar nicht wollte, nur weil er mir mit Paul ein schlechtes Gewissen einredete. Aber meine Eltern hatten nur noch mich, und ich wollte als Tochter für sie da sein, so wie sie das immer für mich gewesen waren. Vielleicht verlangte das manchmal einfach ein Opfer. Und darüber hinaus gab es wahrscheinlich Schlimmeres im Leben, als eine gut gehende Firma zu erben, redete ich mir gut zu. Als ich am Steve's vorbeikam, trat ich, ohne zu zögern, ein. Jetzt brauchte ich etwas Hochprozentiges.

Von einem tiefen Seufzer begleitet, schwang ich mich auf den nächsten Barhocker. Warum schaffte es mein Vater immer wieder, mir mit einem zehnminütigen Gespräch komplett den Tag zu versauen? Als würde er es geradezu darauf anlegen. Nach einem Blick in das verspiegelte Flaschenregal erschrak ich. Mein blondes Haar hing triefend und strähnig an mir herunter und hinterließ kleine Pfützen auf dem Holztresen. Ich sah aus, als hätte man mich durch den Kanal gezogen. Dieser jämmerliche Anblick war definitiv nicht öffentlichkeitstauglich, deshalb beschloss ich, mir nur rasch einen Kurzen zur Beruhigung zu genehmigen, bevor ich das Weite suchte. Zum Glück kannte mich hier keiner. Der Barkeeper schlenderte endlich heran, nachdem er mich gefühlte zehn Minuten konsequent ignoriert und sich stattdessen in Ruhe einen Espresso einverleibt hatte. Das nannte ich Arbeitseinstellung. Der wäre bei meinem Vater schon in der ersten Woche hochkant rausgeflogen. Hastig wischte ich den Gedanken an meinen alten Herrn beiseite, denn ich spürte schon wieder dasselbe Brodeln in mir wie vorhin.

»Was darf es sein?« Gelangweilter konnte man nicht klingen, dieser Kerl war offenbar kein Freund üppiger Trinkgelder.

»Eine Klaren.«

Kurz kniff er die Augen zusammen, griff dann aber ins Regal und nahm eine Flasche heraus. Ich folgte jeder seiner Zeitlupenbewegungen und trieb die lahme Schnecke in Gedanken an, denn langsam hatte ich einen Drink bitter nötig, und stutzte. Im Spiegel entdeckte ich einen Typen mit einer wahnsinnig hübschen Frau an einem der Tische. Die beiden schienen zu streiten, er redete aufgebracht auf sie ein, während sie mit verschränkten Armen dasaß und immer wieder theatralisch mit den Augen rollte. Aber das Schlimmste war: Ich kannte ihn. Das war Tobi. *Der* Tobi! Das durfte doch nicht wahr sein! Aus einem Impuls heraus senkte ich den Blick und strich mir panisch die klebrig-feuchten Haarsträhnen ins Gesicht, obwohl ich sowieso mit dem Rücken zu ihm saß. Wahrscheinlich sah ich jetzt aus wie einer dieser ungarischen Hirtenhunde, aber egal. Tobi durfte mich auf keinen Fall erkennen. Sieben Jahre war ich ihm erfolgreich aus dem Weg gegangen, und jetzt saß er wie Phoenix aus der Asche im selben Laden wie ich. Eigentlich hatte ich gehofft, er wäre auf die andere Seite des Globus ausgewandert. Und verdammt, er sah gut aus.

Vorsichtig linste ich durch mein wirres Haar in den Spiegel. Tobi hatte sich verändert. Ich betrachtete ihn genauer, mein Puls pochte mir im Hals. Sein Gesicht war kantiger geworden, die jungenhaften Züge von damals waren vollständig daraus gewichen. Auch seine Schultern hatte ich nicht so breit in Erinnerung – er war richtig muskulös, und nichts erinnerte mehr an den schlaksigen Jungen von damals. Tobi war verdammt heiß geworden, musste ich mir widerwillig eingestehen. Hätte Gott ihn nicht wenigstens mit nässender Akne bestrafen können?

Zwischenzeitlich hatte es die Trinkgeldbremse tatsächlich geschafft, mein winziges Glas zu füllen, und ich kippte die durchsichtige Flüssigkeit mit einem Zug in mich hinein, ehe ich die Luft scharf durch die Zähne einsog. Der Schnaps brannte sich seinen Weg durch meine Speiseröhre. »Noch einen«, sagte ich nach Atem ringend, worauf er mein Glas erneut füllte.

»Jeder zehnte geht aufs Haus«, ließ er mich dabei wissen. Als ich die Reihe der – wahrscheinlich – Stammgäste am Tresen überflog, wusste ich auch, warum.

Hinter mir wurden Stimmen lauter, übertönten sogar *Sweet child o' mine,* das gerade aus den Boxen dröhnte. Offenbar trat Tobis Streit in eine heiße Phase, denn auch seine schöne Begleitung ging jetzt lautstark auf Konfrontation. Leider verstand ich kein Wort … ärgerlich. Hätte mich ja schon interessiert, was Tobi gerade ausfocht.

Mittendrin sprang sie von ihrem Stuhl auf wie eine dieser Hollywood-Diven in den Fiftys-Streifen. Wie gebannt verfolgte ich das Geschehen im Spiegel und genehmigte mir nebenbei mein Schnäpschen. Popcorn oder Erdnüsse hätten die Vorstellung abgerundet.

Madame schwebte richtiggehend davon, ein eisiger Engel mit einer raumfüllenden Präsenz. Wie kippende Dominosteine drehten sich sämtliche männliche Gäste nach ihr um, stießen sich gegenseitig die Ellenbogen in die Seite und deuteten ihr nach. Das wiederum erinnerte mich an meinen ramponierten Zustand, worauf ich schnell den Kopf senkte, denn Tobi eilte ihr nach und erwischte sie – wie konnte es auch anders sein –

direkt hinter mir. Verdammt. Ich hielt mir eine Hand vor die Stirn, verdeckte so unauffällig wie möglich mein Gesicht und erntete einen Blick vom Barista, als wäre ich ein Fall für die Psychiatrie.

»Das war es jetzt also?«, hörte ich Tobis dunkle Stimme hinter mir, die mir wie Sektperlen den Rücken hinunterprickelte. »Du wirfst drei Jahre einfach so weg, wegen dieses drittklassigen Schauspieler-Fuzzis?«

»*Herz der Sehnsucht* ist ganz bestimmt nicht drittklassig, sondern die gerade angesagteste Daily Soap«, keifte sie.

Herz der Sehnsucht? Ich schüttelte mich innerlich, diese Serie triefte vor Schmalz. Bei Serienstart hatte ich nicht mal die erste Folge zu Ende schauen können, weil sie mich so genervt hatte. Vor allem die blonde männliche Fehlbesetzung hatte mir die Serie für immer vermiest. Aber warum stritten die beiden sich wegen einer Serie?

»Und? Warst du mit dem blonden Vollpfosten in der Kiste?«, fragte Tobi, was mich aufhorchen ließ. Offenbar war das hier doch mehr ein Beziehungsdrama. Hatte sie am Ende Tobi das Herz gebrochen? Tja, wie sich Geschichte wiederholte. Ich wusste nur zu gut, wie sich das anfühlte – dank Tobi.

»Ja«, zischte sie. »Ich habe mit ihm geschlafen. Ich habe mich in Max Henke verliebt, und es ist uns ernst.«

Max Henke? Der talentfreieste Schauspieler, den ich je im TV gesehen hatte. Na ja, der würde ihr wenigstens nichts vorspielen können. Tobi war in punkto Vorgaukeln falscher Tatsachen jedenfalls um einiges versierter. Dieselbe alte Wut auf ihn stieg in mir hoch. Noch immer hatte ich ihm nicht einen Millimeter verziehen. Dazu gesellte sich nun jedoch eine kindische Genugtuung darüber, dass ich live miterleben durfte, wie er abserviert wurde. Geschah ihm recht.

Als die Stimmen hinter mir verklangen, wagte ich einen

neugierigen Blick zur Seite und bekam gerade noch mit, wie Tobis Ex die Kneipe verließ. Nach einem vorsichtigen Check im Spiegelregal setzte mein Herzschlag aus, denn Tobi sah mir direkt in die Augen. Fassungslosigkeit lag in seinen Gesichtszügen. Hektisch strich ich mir noch mehr Haarsträhnen ins Gesicht, um zu retten, was zu retten war, und betete, dass er mich nicht erkannt hatte. Ich versuchte, mich auf meinem hohen Barhocker so klein wie möglich zu machen, warf einen scheinbar interessierten Blick in mein leeres Glas und hoffte innerlich zitternd, dass sich Tobi endlich davonmachte, um sich voll und ganz seinem wohlverdienten Herzschmerz zu widmen.

»Jenny?«

Oh nein! *Geh weg*, beschwor ich ihn in Gedanken. Hatte er in dieser Situation nichts Besseres zu tun, als andere Leute anzuquatschen? Nach einer Pause, in der ich tief durchatmete, drehte ich mich zu ihm um und tat überrascht.

»Tobi?« Ich sprach seinen Namen wie eine Frage aus, während ich ihn mit zusammengekniffenen Augen musterte, als müsste ich sein Erscheinungsbild erst mühsam einsortieren.

»Das ist aber eine Überraschung! Wir haben uns ja ewig nicht mehr gesehen. Wie lange ist das jetzt her?« Er klang ganz normal. Als ob er wirklich nicht wüsste, wie lange es her war, dass er sich wie das größte Arschloch der Welt verhalten hatte. Ob Männer solche Dinge wirklich einfach aus ihrem Gedächtnis strichen?

»Nicht lange genug«, gab ich mit militärischer Freundlichkeit zurück. »Eigentlich hatte ich darauf gehofft, dich nie mehr wiederzusehen.«

»Jenny, es tut mir leid, dass …«

»Das muss dir nicht leidtun«, unterbrach ich ihn. »Wer weiß, was mir dadurch erspart geblieben ist.« Im Zeitlupentempo verschränkte ich die Arme, mit dem Gefühl, mich an mir selbst festhalten zu müssen.

»Du bist also immer noch sauer«, stellte er nüchtern fest. Ich glaubte, ein leichtes Zittern in seiner Stimme zu vernehmen. Wenn ich es nicht besser wüsste, könnte man fast meinen, es täte ihm leid.

»Um ehrlich zu sein, habe ich seit Jahren nicht mehr an dich gedacht.« Was gelogen war, aber er sollte auf keinen Fall den Eindruck bekommen, ich hätte ihm an irgendeinem Zeitpunkt meines Lebens eine Träne hinterhergeweint – obwohl es eher ein Tränenmeer gewesen war, das ich wegen dieses Mistkerls vergossen hatte.

Tobi wirkte unruhig. Ob ihm wohl gerade unser letztes Zusammentreffen durch den Kopf ging? Ich jedenfalls sah es noch vor mir, als wäre es gestern gewesen. Dazu dröhnte immer noch jedes seiner miesen Worte in meinen Ohren. Das Mindeste, was er tun könnte, wäre, mich um Verzeihung zu bitten, am besten noch auf Knien. Obwohl ich seine Entschuldigung selbstverständlich niemals annehmen würde.

»Deine Haare sind heller. Sieht gut aus.«

Was?!

Das war alles, was ihm dazu einfiel? Er war einfach nur ein Mistkerl. Obwohl ich sie in der Tat etwas gebleicht hatte. Allerdings hatte ich gedacht, recht unauffällig dabei vorgegangen zu sein. Wie gut hatte Tobi eigentlich meine Haarfarbe im Gedächtnis? »Danke«, presste ich hervor. Er musterte mich so durchdringend, dass ich nervös auf dem Hocker herumrutschte. Warum haute er nicht endlich ab und ließ sich volllaufen? Taten Männer das bei Liebeskummer nicht? Leider machte er keinerlei Anstalten, das Feld zu räumen. Stattdessen deutete er auf den Barhocker neben mir.

»Darf ich?«

Der Kerl hatte Nerven.

»Klar. Ich wollte sowieso gerade gehen.« Mit zittrigen Fingern kramte ich einen Zehn-Euro-Schein heraus und legte ihn auf den Tresen.

»Jenny.« Er klang so flehentlich, dass ich ihm am liebsten den Hals umgedreht hätte.

»Was?«, giftete ich ihn an.

»Können wir nicht über alles reden?« Tobi rieb sich den Nacken. »Ich meine, heute bin ich etwas durch den Wind, aber vielleicht können wir ja mal einen Kaffee zusammen trinken.«

Schwungvoll sprang ich vom Hocker. »Klar, ich ruf dich an«, sagte ich überfreundlich und verzog mich, ehe er mir seine Handynummer geben konnte. Ganz bestimmt würden wir beide uns niemals wiedertreffen, dafür würde ich schon sorgen. Immerhin war Nürnberg groß genug, dass man sich nicht unbedingt über den Weg laufen musste.

Zu Hause schlug ich die Tür hinter mir zu und spürte mein Herz noch immer in meiner Brust trommeln wie bei einem Vollstreckungskommando. Mein unvorhergesehenes Aufeinandertreffen mit Tobi arbeitete noch in mir.

Ich setzte mich an den Schreibtisch im Wohnzimmer. Wie von selbst fingen meine Hände an, die Stifte in einer Reihe zu sortieren, lose Blätter der Größe nach aufeinanderzuschichten und den Laptop im rechten Winkel zum Drucker zu positionieren. In schlechten Zeiten konnte ich Stunden damit zubringen, alles in Reih und Glied zu ordnen, was irgendwie beruhigend auf mich wirkte. Wahrscheinlich ersparte ich mir dadurch sogar das Geld für einen Psychiater.

Zu Ablenkungszwecken fuhr ich den Computer hoch und loggte mich auf *astrosingles.de* ein, um mein Liebeshoroskop für heute zu lesen.

Sie möchten geliebt werden und hungern nach einem Partner? Ihr Liebesglück bekommt einen Schubs, vielleicht schon schneller, als Sie erwarten. Haben Sie etwas Geduld.

Geduld? Geduld war leider mein knappstes Gut. Obendrein zog das Beziehungspech mich magisch an, verfolgte mich geradezu. Leider war Tobi nicht meine einzige Pleite gewesen. Vor zwei Monaten hatte mich mein Ex Heiko verlassen und seine Ich-verlasse-dich-Darbietung mit der Mitteilung gekrönt, er würde zu Jens ziehen, in den er sich unsterblich verliebt habe. Darüber hinaus besaß Jens offenbar den tollsten Körper der Welt. In der Hölle sollte der Kerl schmoren – zusammen mit Tobi und meinem schwedischen Ex-Lover Ole, der sich nach sechs heißen Wochen, in denen wir sämtliche Fantasien auslebten, die einem diverse Schmuddelromane und auf Frauen zugeschnittene TV-Serien halt so ins Hirn pflanzten, als Kevin Hartmann entpuppt hatte, der so wenig schwedisch war wie die berüchtigten Gardinen und sich zudem eine Wohnung mit seiner Freundin teilte. Allen Ernstes meinte er dann beim Tribunal zu mir: Aber der Sex sei doch so klasse gewesen, was spräche denn dagegen, hin und wieder die positiven Seiten unserer Beziehung weiterzuführen? Es war zum Verzweifeln. Ich hatte wirklich keine Ahnung, warum ausgerechnet mir immer solche Typen zuliefen.

Eine Stunde später machte ich es mir mit einer dampfenden Tasse Yogi-Tee und meiner *Stars & Romance* auf dem Sofa gemütlich und kuschelte mich in meine graue Flauschidecke. Im Bad plätscherte das Wasser. Meine Mitbewohnerin Aida war vorhin nach Hause gekommen. Duschen war Aidas Art, sich Geld für den Psychiater zu sparen. Wahrscheinlich war sie mal wieder im Krankenhaus, wo sie ein Arztpraktikum absolvierte, mit ihrem Kollegen und Hassobjekt Nick aneinandergeraten. Seufzend verdrängte ich den unliebsamen Gedanken an die nächste Wasserrechnung und blätterte meine Illustrierte durch. Ein blutjunges Modelsternchen posierte mit ihrem neuen Opa-Millionärs-Boyfriend in freizügigen Posen und schwafelte von großer Liebe. Grusel.

Ein Erstligisten-Torwart hatte bereits zum dritten Mal in den letzten zwölf Monaten seine Freundin durch eine andere Blondine ersetzt, die der jeweiligen Vorgängerin zum Verwechseln ähnlich sah. Warum er sich überhaupt noch die Mühe machte, entzog sich meinem Verständnis.

Ich benetzte meinen Zeigefinger mit der Zungenspitze und blätterte gelangweilt weiter. Irgendwie nichts Neues, immer ging es nur um Geld, um Aufmerksamkeit, sehen und gesehen werden, wir sind ja alle so wichtig.

Auf der vorletzten Seite blieb ich hängen. »Max Henke frisch verliebt« stand dort in großen Lettern und knalligem Rot. Dazu ein Foto, eingerahmt von einem Herz, das ihn mit seiner Neuen zeigte. Tobis Ex. Ich erkannte sie auf der Stelle. Bekenntnis zur großen Liebe stand da. Endlich hat das Versteckspiel ein Ende. Schon seit drei Monaten ein Paar. Wow! Armer Tobi. Da hatte er wohl als Letzter vom Teamwechsel erfahren, wenn es sogar schon die *Stars & Romance* mitbekommen hatte. Beinahe tat er mir leid – aber nur beinahe. Wieder erinnerte ich mich an das Chaos, in dem er mich vor Jahren zurückgelassen hatte. Damals hatte ich geglaubt, niemals über ihn hinwegzukommen. Noch nie zuvor und niemals wieder in meinem Leben war ich so verliebt in jemanden gewesen wie damals in Tobi. Energisch blätterte ich die letzte Seite um und widmete mich den Partnerschaftsannoncen, um mich zu vergewissern, dass es da draußen Leute gab, die genauso arm dran waren wie ich. Gab es. Genügend. Na also. In Gesellschaft litt es sich schon wesentlich besser. Mein Blick fiel auf die Anzeige ganz unten.

Madame Burchard sagt Ihnen die Zukunft voraus, zu hundert Prozent treffsicher und einfühlsam. Ich stamme aus einer alten Zigeunerfamilie, seit Generationen wurde diese Gabe an die Frauen bei uns weitergegeben. Scheuen Sie sich nicht!
Rufen Sie noch heute an und sichern sich Ihre fünf Gratisminuten.

Ich starrte auf die Gratisminuten. Ob ich es wagen sollte? Andererseits, was hatte ich schon zu verlieren? Und wer glaubte schon an so etwas Dämliches? Wahrsagen. Lachhaft. Aber es kostete immerhin nichts. Ein klitzekleiner Blick in die Zukunft, mehr war sowieso nicht drin. Ich nahm mein Handy vom Wohnzimmertisch und schrak zusammen. Hoffentlich las die Gute nichts Schlechtes bei mir. Etwa dass ich für immer allein und verlassen bleiben würde, kein Mann mich je für liebenswert halten würde. Dass Familie, Kinder, Häuschen mit Garten, all diese Dinge für mich nicht drin wären. Stattdessen würde ich die Nächte einsam in irgendwelchen Kneipen verbringen und dort mit bindungsgestörten männlichen Restexemplaren meinen Kummer ertränken, von einem Desaster ins nächste gleitend, während mein Gesicht langsam faltig wurde und die Haut meines Körpers es nicht mehr schaffte, der Schwerkraft zu trotzen. Bis man mich dann irgendwann in meiner klitzekleinen Wohnung mit dem Kopf im Gasbackofen fände. Falls das Schicksal wirklich ein ähnlich schreckliches Szenario für mich bereithielt, wollte ich es wirklich wissen? Wäre es dann nicht besser, ich würde meine letzten guten Jahre in der Hoffnung verbringen, doch mal meine wertvollen Gene mit einem sexy, erfolgreichen und unverschämt attraktiven Ehemann weiterzuvererben, der selbstverständlich nur Augen für mich hatte? Träumen durfte man ja wohl noch.

Nach einmaligem Durchatmen wählte ich die Nummer. Mein Atem zitterte, als es im Hörer tutete und tutete und tutete. Schon wollte ich auflegen und ihre Abwesenheit als Zeichen des Himmels werten, da meldete sich eine kratzige tiefe Stimme. »Burchard.«

Ich räusperte mich. »Ähm, ja, hallo. Ich würde gern Ihre Frau sprechen.«

»Ich bin Madame Burchard.«

Ups.

»Wie schön, dass ich Sie erreiche«, versuchte ich das kleine Malheur zu überspielen. »Ich rufe wegen Ihrer Annonce in der *Stars & Romance* an.«

»*Stars & Romanz*«, wiederholte sie in einem eigentümlichen harten Dialekt. »Sagt mir nichts.«

Na super. Da rief ich einmal eine Wahrsagerin an, und das Ganze stellte sich als Fake heraus. Die Sterne waren wirklich gegen mich.

»Fünf Gratisminuten?«, half ich ihr vorsichtig auf die Sprünge. »Ihre Annonce fürs Wahrsagen?«

»Ach so, deswegen rufst du an.« Ein unschöner Husten, der längere Zeit anhielt, unterbrach unser Gespräch. Sie atmete röchelnd ein. Das klang nicht gut. Ich hoffte, sie würde jetzt nicht schlappmachen, ehe sie einen Blick in die Zukunft für mich gewagt hatte.

»Also gut, deine Zeit läuft jetzt, und nach den fünf Minuten mache ich Stopp. Falls du dann noch mehr wissen willst, kostet das fünfzig Euro für die halbe Stunde, entweder überweisen, Paypal oder in bar. Weitere Voraussagungen erst nach Geldeingang. Verstanden?«

»Verstanden«, hauchte ich, eingeschüchtert von ihrem plötzlich energischen Wesen.

»Also, was willst du wissen? Liebe, Beruf, Allgemeines?«

»Liebe?«, fragte ich im Flüsterton, denn Aida schwang soeben die Badezimmertür auf und lief summend durch den Flur. Hoffentlich kam sie jetzt nicht rein, das hätte mir gerade noch gefehlt. Ich hörte Madame Burchard Karten mischen. Sie mischte und mischte, es dauerte eine halbe Ewigkeit.

»Du hattest einige Enttäuschungen mit Männern zu verkraften in letzter Zeit«, fing sie an, und ich lauschte gebannt in ihre bedeutungsvolle Pause hinein. »Immer die Falschen, immer die Falschen«, erklärte Madame Burchard und klang, als würde sie den Kopf schütteln.

Danke fürs Gespräch. Dafür brauchte ich nun wirklich keine Hellseherin, damit sie mir erzählte, wie viele Frösche ich in der Vergangenheit geküsst hatte, ohne jemals meinen Prinzen gefunden zu haben. »Das weiß ich ja schon«, gab ich leicht genervt zurück und warf einen kurzen Blick auf die Uhr am Handy. Schon zwei Minuten vorbei, langsam sollte Madame mal in die Gänge kommen. »Aber werde ich jemals den Mann meines Lebens finden, den Mann, mit dem ich eine Familie gründe, Kinder habe, mit dem ich alt werde?«

»Mmmhhh«, machte sie lang gezogen, und ich bereute den Anruf auf der Stelle. Mein Leben würde im Backofen enden, warum hatte ich mich bloß bei Madame Burchard gemeldet?

»Was heißt mmhh?«, fragte ich mit zittriger Stimme. »Heißt das alles aus und vorbei? Nichts mit Glück und Familie?«

»Nicht unbedingt.« Schon wieder unterbrach ihr kratziger Husten unsere Unterhaltung, und meine Nerven flatterten. Sie holte pfeifend Luft. »Manche Menschen haben mehrmals die Chance, einen neuen Anlauf zu wagen. Sie haben mehrere kompatible Partner in ihrer Lebenszeit. Es gibt für sie nicht nur den einen, sondern einen wahren Männerschatz, aus dem sie wählen und sich bedienen können, wie sie Lust und Laune haben. Jeder dieser Männer wird sie glücklich machen, sie schöpfen quasi aus der Schüssel voll Gold am Ende des Regenbogens. Andere wiederum, und zu denen zählst du, haben nur den einen Mann in ihrem Leben, der sie ergänzen könnte. Den Seelenverwandten. Für sie gibt es nur eine Chance, aber als kleiner Trost: Dieser eine Partner könnte auch dich zu einem wundervollen reichen Leben führen, nicht nur materiell, sondern auch an einem nie versiegenden Quell der Liebe, Vertrautheit, Leidenschaft und Glück. Also kurz und schmerzlos: Du hast nur einen Stich.«

Wie konnte ein Mensch nur so grausam sein? Meine Hoffnungen zersplitterten in messerscharfe Scherben, die sich in mein Herz bohrten.

»Nur der eine«, wiederholte ich monoton und versuchte, das eben Gehörte wenigstens ein bisschen sacken zu lassen. Ich hatte also nur einmal die Chance, meinen Traumpartner zu finden, während es andere hundertmal probieren durften und nicht wussten, welchen aus all den Richtigen sie wählen sollten? Wie ungerecht war das denn bitte? Ich schluckte.

»Noch eine Minute«, sagte Madame Burchard gelangweilt und klang, als würde sie am Rädchen eines Feuerzeugs drehen. Sie pustete durch den Hörer in mein Ohr. »Dann ist die Gratisberatung vorbei.«

Eine Minute. Panik. Eine Minute, und ich hatte noch so viele Fragen. Wo würde ich ihn treffen? Wie sah er aus? Wie war sein Name? Meine Gedanken purzelten durcheinander.

»Wann werde ich ihn treffen?«, fragte ich auf gut Glück und mit rasendem Puls. Adrenalin rauschte durch meine Adern, als würde sich ein Einbrecher an meinem Fenster zu schaffen machen. *Mach schon,* trieb ich sie in Gedanken an. Oh nein, sie mischte schon wieder.

»Wann? Das ist leicht«, sagte sie endlich. »Am 14. Februar. Und jetzt sind die fünf Minuten auch schon um. Wenn du noch Fragen hast, dann überweise mir fünfzig Euro auf folgendes Konto.« Sie ratterte eine Reihe Zahlen herunter. »Oder über Paypal an info@madame_burchard.de.«

Das Tuten im Hörer erklärte unser Gespräch für beendet. Ich saß da wie gelähmt. Valentinstag also. Am 14. Februar würde ich meinen Traummann treffen. Den einzigen Mann, der für mich bestimmt war, was ich immer noch als zutiefst ungerecht empfand. Aber einen kleinen Lichtblick hatte die Sache. Der 14. Februar, das war kommenden Samstag.

2

Tobi

Mit dickem Kopf schwankte ich zum Küchentisch und überlegte, ob ich den letzten Schluck Tequila zum Frühstück direkt aus der Flasche trinken sollte. Die vergangenen beiden Tage hatte ich mich von Alkoholika jeglicher Art ernährt und meinen Kummer schlichtweg ertränkt. In meinem Bettzeug hing noch Ellens Geruch, und da drin zu liegen machte mich fast wahnsinnig. Wochenlang hatte Ellen mir via Facebook und Whatsapp heile Welt vorgespielt, mir Fotos geschickt und virtuell Bussi-Bussi gemacht. Durch all mein Drama drang eine Erkenntnis zu mir durch. So etwas passierte mir kein zweites Mal. So schnell würde ich mich nicht mehr verlieben. Bei diesem Gedanken kam mir plötzlich Jenny in den Sinn, und das Drama, das sich zwischen uns beiden abgespielt hatte. Sie so unvorbereitet wiedergetroffen zu haben, beschäftigte mich zusätzlich. Auch Paul kreiste in meinen Gedanken, ihr verstorbener Bruder. Mein bester Freund. Ich vermisste Paul. In der Schule hatten wir immer zusammen abgehangen und im Freibad die Mädels in der hintersten Umkleidekabine durch das winzige Loch in der Bretterwand beobachtet. Wir hatten die hübschen Mädchen in unserer Klasse geküsst und erste Erfahrungen mit dem anderen Geschlecht gesammelt. In unserem letzten gemeinsamen Sommer hatten wir die Welt auf den Kopf gestellt, während unsere schmutzigen pubertären Fantasien wie Turbinen wirkten, obwohl wir sie doch nie in die Tat umsetzten. Während dieser ganzen Zeit war Pauls kleine flachbrüstige Schwester zu einem heißen Feger herangewachsen. Ich weiß nicht mal mehr genau, wann das passiert war. Eines Tages kam Jenny ohne Zahnspange, dafür aber in knappen Klamotten an, die immer an den richtigen Stellen verrutschten. Plötzlich war alles an ihr anbetungswürdig. Ihre Figur, ihre langen hellblonden Haare, die beim Gehen auf ihren Hüften wippten. Ich liebte sogar ihren Kaugummi-Atem, wenn sie diese Riesenblasen fabrizierte, die dann mit einem »Plopp« in ihrem Gesicht platzten. Bis heute wusste Jenny nicht, wie sehr ich damals in sie verschossen war. Und auch nicht, dass ich ihren Bruder auf dem Gewissen hatte.

Mein Magen knurrte, und meine Speiseröhre brannte von dem Hochprozentigen, der mir tagelang durch die Kehle gelaufen war. Die Coca-Cola-Uhr an der Wand zeigte sieben an. In einer Stunde musste ich zur Arbeit und wusste nicht, wie ich den Tag überstehen sollte. Ich stand auf, wollte mir ein paar Brötchen vom Bäcker nebenan holen, denn es war höchste Zeit, meinem Magen mal wieder eine solide Grundlage zu gönnen. Nachdem ich mir meine Geldbörse geschnappt und Sneakers angezogen hatte, öffnete ich die Tür und wäre beinahe über ein gräuliches Bündel gestolpert.

»Miwiau.«

Ein paar untertassengroße grüne Augen starrten mich an.

»Wer bist du denn?« Ich ging in die Hocke und streichelte das zerzauste Fell, dabei konnte ich jede Rippe spüren. Das Tierchen warf sich auf den Rücken und wälzte sich am Boden. Jetzt sah ich, dass es ein kleiner Kater war, und kraulte ihm den Bauch. Er schnurrte leise.

»Du siehst nicht gut aus«, stellte ich mit einem Blick auf sein verwahrlostes Gesamtbild fest. Schließlich nahm ich den Kater auf den Arm und ging zurück in die Wohnung. In der Küche setzte ich ihn auf den Tisch und öffnete den ziemlich leeren Kühlschrank. »Mal schauen, ob ich was für dich finde.« Nach einigem Suchen entdeckte ich eine geöffnete Packung gekochten Schinken und nahm eine Scheibe heraus. Ich hielt ihm ein Stückchen hin, und er roch vorsichtig daran, ehe er mir die Beute aus den Fingern riss und verschlang. Schmunzelnd setzte ich mich, fütterte ihn mit kleinen Happen. »Was mache ich denn jetzt mit dir?«

»Miwiau.«

»Du hast einen Sprachfehler, Kleiner.« Mein Blick fiel auf die fast leere Flasche neben mir. »Weißt du was? Du brauchst einen Namen. Wie wäre es mit Tequila? Damit passt du perfekt hier rein.« Ich gab ihm den letzten Bissen und stellte ein Schälchen Wasser auf den Tisch.

Als es an der Haustür klingelte, horchte ich auf. Wenn das Ellen war und sie mich in diesem demütigenden Zustand vorfand – was dann? Ich straffte mich, setzte eine, wie ich hoffte, möglichst gleichgültige Miene auf und ging zur Tür, dabei klopfte mein Herz zum Zerspringen. Vielleicht hatte sie es sich anders überlegt? War sie zurückgekommen, um mir zu sagen, dass sie mich noch liebte? Ich würde ihr alles verzeihen, entschied ich spontan und riss die Tür auf.

Meine beiden Nachbarn Dominik und Chad standen davor, die sich ein Stockwerk über mir eine Bude teilten.

Chad musterte mich ausgiebig. »What's up, dude? You look like a piece of shit.«

»Danke, Mann, genau das brauch ich jetzt«, erwiderte ich genervt und drehte mich um. Ich schlurfte zurück in die Küche, die beiden kamen mir nach.

»Was ist los?«, wollte Dominik wissen und lehnte sich an den Kühlschrank.

»Hast du Kaffee?«, fragte Chad mit seinem breiten amerikanischen Akzent. »Unserer ist alle.«

Mit dem Daumen deutete ich auf den Küchenschrank. »Bedient euch, und dann haut ab.«

»Miwiau«, fiepste es unter dem Tisch, und Dominik warf einen Blick darunter. »Hast du mit dem das Wochenende verbracht? Der sieht genauso fertig aus wie du.«

»Zugelaufen«, erwiderte ich und setzte mich. Meine Hand griff wie von selbst nach der Tequilaflasche, ich betrachtete den Rest und überlegte, ob ich mir den letzten Schluck anstelle eines Brötchens gönnen sollte.

Bevor ich sie an die Lippen setzen konnte, schnappte Chad sich die Flasche. »Ich mach Kaffee, und dann erzähl. What happened?«

»Ellen ist weg.« Ich riss ihm die Flasche aus der Hand und öffnete sie demonstrativ. Mir war egal, dass ich in einer Dreiviertelstunde im Büro sein musste. Die Welt konnte mich mal.

»Wie … weg?« Dominik nahm sie mir diesmal endgültig weg und goss den Schnaps in die Spüle, ehe ich protestieren konnte.

»Hey, spinnst du?«

Währenddessen hantierte Chad an der Kaffeemaschine herum, und kurz darauf entfaltete sich mit einem zischenden Geräusch eine Kaffeearomawolke im Raum, von der mir übel wurde.

»Sie hat mich verlassen, Ellen hat einen anderen«, sagte ich und nahm dafür den kleinen Tequila auf den Schoß, der versuchte, an meinem Bein hochzuklettern. Er schnurrte leise, sein warmer, atmender Körper wirkte irgendwie beruhigend auf mich.

»Never liked her anyway«, gab Chad ungerührt von sich und goss drei Tassen voll, die er auf den Küchentisch stellte, ehe er sich dazusetzte.

Erstaunt sah ich auf. Bisher war mir nicht aufgefallen, dass er was gegen Ellen haben könnte. »Wie meinst du das?«

»Sie ist so …« Chad suchte nach dem richtigen Wort und schnippte mit den Fingern in der Luft.

»So kühl«, half Dominik ihm aus.

Was denn? Mochte er sie etwa auch nicht?

»She is not the right one for you.« Chad nahm einen großen Schluck. »Ahhh, that's good coffee.«

»Bist du nicht hier, um Deutsch zu lernen?«, fuhr ich ihn an, um meine schlechte Laune ein wenig abzureagieren. Zwischenzeitlich war Tequila bis hoch auf meine Brust geklettert und schnurrte an meiner Schulter. Ich kraulte ihm den Rücken.

Chad hob eine Augenbraue. »Sie müsste so sein wie er.« Er deutete auf den Kater. »Wie ein Kätzchen, sweet and natural, aber Ellen ist ein Vulkan. Oh Mann, ich könnte es keine Stunde mit ihr aushalten.«

»Ach, halt die Klappe«, fuhr ich ihn an. Klar hatte er irgendwie recht, sie konnte schnell aufbrausend werden, was zugegebenermaßen anstrengend war, aber sie hatte auch eine andere Seite … diese lustige Art, die manchmal zum Vorschein kam, wenn wir zusammen waren. Außerdem war sie schlichtweg schön.

»Ellen ist heiß«, sagte Dominik, der sich zwischenzeitlich dazugesetzt hatte. »Und du hast nichts bemerkt?«

Ich schüttelte den Kopf. »Nein … okay, sie hatte oft schlechte Laune in letzter Zeit, und wir haben uns oft gestritten, aber wir hatten beide Stress.«

Chad lehnte sich zurück. »That's what I'm saying, man. She is not the one.«

»Red endlich deutsch«, fuhr ich ihn an, weil ich sein dummes Gequatsche nicht mehr ertragen konnte. Ausgerechnet er. Chad baggerte dauernd irgendwelche Frauen an und war dabei nicht gerade wählerisch. Er musste nur mit seinem Akzent loslegen, und schon hatte er sie alle an der Angel. Wirklich, der Typ konnte jede haben, dennoch zuckte er jedes Mal im letzten Moment zurück. Chad verbrachte mit keiner Frau die Nacht, obwohl sich so manch eine fast vor ihm entblätterte. Ich vermutete irgendeine Art psychischen Knacks, anders konnte ich mir sein Verhalten nicht erklären. Von diesem Typen brauchte ich nun wirklich keine Beziehungstipps.

»Du brauchst Ablenkung, reiß dir ein paar Girls auf, nur fürs Ego«, sagte Chad. »Du brauchst ein cooles Auto, einen Chick-Magnet. Mit einer geilen Karre kriegst du sie alle.«

»Du bist manchmal so bescheuert.« Ich stürzte den Rest Kaffee in mich hinein. Ne geile Karre. Chad hatte seinen Mustang aus den Staaten hierher überführen lassen und dafür eine Stange Dollars gelöhnt, besser gesagt sein Vater, der anscheinend irgendwas mit Erdöl in Texas zu tun hatte. Und ja, es stimmte, die Mädels standen auf sein Gefährt. Schon wieder wurde mir bewusst, wie oberflächlich Frauen sein konnten. Was dieser Trottel Max Henke wohl für ein Auto fuhr? Ich widerstand dem Drang, danach zu googeln, es spielte sowieso keine Rolle mehr.

Tequila sprang auf Chads Schoß und ließ sich von ihm streicheln. Nicht mal er war mir treu.

Dominik lehnte sich zurück. »Ich bin am Überlegen, ob ich diese Kleine aus dem Nanu-Nana mal auf 'nen Kaffee einlade.«

»Hast du das immer noch nicht gemacht?« Ich schüttelte den Kopf. Vor einem halben Jahr hatte Dominik diese niedliche Verkäuferin entdeckt und sich Hals über Kopf in sie verliebt. Seitdem legte er bestimmt die Hälfte seiner Kohle, die er als Barkeeper in einem kleinen Szeneladen verdiente, in Dekokerzen, Servietten, Stofftiere und Sand in allen Farben an. Das Zeug stand überall in deren Bude herum, müllte alles zu und gab den Räumen einen leicht femininen Touch. Dennoch schaffte Dominik es nicht, das Mädchen länger als zwei Minuten in ein Gespräch zu verwickeln, und er kannte noch nicht mal ihren Namen.

»Warum fragst du sie nicht einfach?« Ziehende Kopfschmerzen malträtierten meine Schläfen.

Dominik zuckte die Schultern. »Ich weiß nicht. Jedes Mal, wenn ich in den Laden gehe, schaut sie mich so an.«

»Wie schaut sie dich an?«, fragte Chad.

»Also so geradeaus. Ich komm rein, und sie steht da und sieht aus, als würde sie sich denken, du schon wieder.« Er zuckte mit den Schultern. »Dann gehe ich an die Regale und guck mir die Sachen an. Die haben echt schöne neue Sektgläser reingekriegt.«

Chad prustete verhalten.

»Auf jeden Fall such ich dann so rum, während sie mich irgendwie beobachtet, weißt du, wie so ein Privatdetektiv im Fernsehen, und ich glaube dann immer, sie denkt, ich klau was. Dann geh ich an die Kasse, meistens ist ja eh nicht viel los, also die perfekte Gelegenheit für einen Smalltalk, aber wenn ich vor ihr stehe, kriege ich keinen Ton raus.«

»Was macht sie denn?«, wollte Chad wissen.

»Keine Ahnung, sie lächelt.« Er richtete sich auf. »Ja, sie lächelt jedes Mal und streicht sich mit einer Hand an ihrem Hals entlang, und manchmal, da steckt sie ihre Haare hoch, dann sieht sie richtig heiß aus, und dann denke ich, was will sie mit einem wie mir.« Er ließ den Kopf hängen und sah aus wie ein getretener Welpe. Seine wuscheligen braunen Haare hingen ihm in die Stirn. »Bei der hab ich sowieso keine Chance. Dann lass ich es, kauf irgendwas und geh.«

»Du solltest sie fragen«, sagte ich, »was hast du schon zu verlieren? Mehr als Nein sagen kann sie nicht.«

»Aber wenn sie Nein sagt, dann kann ich da nicht mehr reingehen, und das war es dann.«

Chad setzte Tequila auf den Boden, der sein T-Shirt schnurrend mit den Krallen bearbeitet hatte. »Dann warte halt, bis sie im Laden rumläuft oder was ins Regal einräumt. Dann läufst du an ihr vorbei, ganz dicht, sodass du ihren Body spürst, und wenn sie ausweicht, dann forget about it.« Er stand auf. »I gotta go.«

Ich warf einen Blick auf die Wanduhr. Verdammt, ich war spät dran. »Ich muss auch. Um neun hab ich ein Meeting mit meinem Chef wegen Barcelona.«

Auch Dominik erhob sich seufzend. »Ich wart mal ab, Montag kommen neue Servietten rein, hat sie gesagt.«

Chad schüttelte nur den Kopf und wandte sich an mich. »Barcelona?«

Ich nickte. »Ja, die Firma will mich für zwei Jahre dorthin versetzen. Ich glaub, ich hab da echt Bock drauf. Mal hier rauskommen und ganz neu anfangen.«

»Sounds great«, stimmte Chad mir zu.

Als die beiden endlich abgezogen waren, ging ich kurz unter die Dusche. Barcelona klang plötzlich wie der Garten Eden für mich. Die letzten Wochen hatte ich mit einer verbindlichen Antwort gezögert, obwohl mein Chef mich mehr als einmal dazu gedrängt hatte. Auch wegen Ellen. Aber das war jetzt vorbei. Mein Entschluss stand fest. Ich würde eine Zeit lang von hier abhauen, und nichts konnte mich davon abhalten.

3

Jenny

Gähnend ging ich in die Küche, sechs Uhr war schlichtweg zu früh zum Aufstehen. Aida saß bereits am Tisch und hackte mit verbissener Miene auf ihren Laptop ein, neben ihr stand eine halb geleerte Flasche Cherry Cola. Aus einem mir unerfindlichen Grund war sie süchtig nach dieser Chemiebrühe. Sie war erst vor ein paar Minuten von der Nachtschicht aus dem Krankenhaus gekommen, und normalerweise verkrümelte sie sich dann immer schnurstracks ins Bett.

»Guten Morgen.« Ich nahm eine Schüssel aus dem Schrank, ließ Cornflakes hineinrieseln und gab einen Schwall Milch dazu. »Noch wach?«

Sie hob nur kurz die Hand, ohne aufzusehen. Chinesische Schriftzeichen in allen Farben und Größen rauschten über ihren Bildschirm.

»Was machst du da? Suchst du ein neues Tattoo?« Ich deutete auf ihren tiefen Ausschnitt, der genug Platz bot, um das dort tätowierte chinesische Schriftzeichen gekonnt in Szene zu setzen. Warum sie überhaupt so offenherzig zur Arbeit ging, war mir ein Rätsel.

Ein wütendes Schnauben drang aus ihrer Kehle. »Stell dir vor, was Nick heute zu mir gesagt hat.«

Nur mit Mühe verkniff ich mir ein Grinsen, denn die Storys über ihren Kommilitonen, der mit ihr im selben Semester Medizin studierte, entwickelten sich unterhaltsamer als meine

Stars & Romance. »Was hat er denn heute schon wieder gemacht?«

»Er hat mein Tattoo gesehen.«

»Nein, dieses Schwein«, erwiderte ich so empört wie möglich, »sag bloß, du hast ihn immer noch nicht so weit, dass er die Augen schließt, wenn er mit dir redet.«

»Er hat gesagt, mein Tattoo bedeutet *Ente süßsauer*. Angeblich hat er mal in China gelebt und spricht Mandarin.«

Sie scrollte weiter, und ich beugte mich zu ihr. »Was machst du, wenn es stimmt?«

»Dann verklag ich den Tätowierer und geh nie wieder chinesisch essen.« Sie schüttelte den Kopf. »Es war so peinlich. Nick hat es in der Cafeteria mit seinem lauten Organ über den ganzen Tisch hinweggebrüllt. Alle haben es gehört, jeder hat mir in den Ausschnitt gespannt.«

»Ach was, dein Tattoo sieht super aus, egal, was es bedeutet, lass dir nichts einreden. Außerdem ist Ente süßsauer total lecker.«

Ihr skeptischer Blick traf mich. »Aufmunterungsversuch misslungen.« Sie verharrte mitten im Suchdurchlauf und deutete auf ein Schriftzeichen, das ohne Zweifel dem ihrigen entsprach. Ein Klick auf »Bedeutung« brachte die Wahrheit ans Licht. »Innerer Einklang« stand dort gerahmt von exotischen Blüten neben einem winzigen Buddha.

»Er ist so ein Arsch. Ich hasse ihn.« Mit einer energischen Handbewegung klappte sie den Laptopdeckel zu. »Dafür kann er was erleben, Rache ist süß.«

Kichernd schob ich mir einen Löffel Flakes in den Mund. »Da bin ich ja mal gespannt.«

Aida stand auf und streckte sich gähnend. »Ich bin todmüde. Was machst du heute so früh auf den Beinen?«

»Erster Arbeitstag.«

»Oje, ich dachte, du wolltest dich mehr auf deine Musik konzentrieren.«

Ich nickte. »Will ich eigentlich auch, aber mein Vater hat mir diese Stelle besorgt und mir am Telefon noch hundertmal erklärt, wie wichtig sie ist. Eine Riesenchance, bla bla.« Meine Stimme klang bitterer, als sie sollte. Ich wollte diesen verdammten Job nicht haben.

»Dann lass es doch, wenn du dich damit nicht wohlfühlst. Es ist immerhin dein Leben.«

»Und wie soll ich das meinem Vater klarmachen? Er rechnet fest damit, dass ich die Firma übernehme, und davor brauche ich einfach ein bisschen Erfahrung.«

»Aber was ist mit deiner Musik? Du hast so eine außergewöhnliche Stimme. So ein Talent darfst du nicht einfach verschwenden.«

Wie in Zeitlupe ließ ich den Löffel sinken. Ihre Mahnung traf mich heftiger, als ich mir eingestehen wollte. Ich wusste selbst, dass sich ein Fulltime-Job und eine Gesangskarriere nur schwer miteinander vereinbaren ließen. Aber was sollte ich machen? »Ich werde nebenher trotzdem noch auftreten, keine Sorge.« Es war nicht das erste Mal, dass ich in der Öffentlichkeit sang. Hin und wieder trat ich in Bars oder Kneipen auf, allerdings immer getarnt mit einer schwarzen Perücke, damit mich keiner erkannte und meinem Vater stecken konnte, was ich so trieb, während ich auf seine Kosten BWL studierte. Schon von klein auf war mein heimlicher Traum eine Karriere als Sängerin gewesen, und ich konnte mir ein Leben ohne Musik nicht vorstellen.

Schließlich stand ich auf und stellte die Schüssel scheppernd in die Spüle, bevor ich mich auf den Weg zu meinem neuen Job machte, obwohl sich alles in mir sträubte.

Zaghaft klopfte ich an die Tür. Im ganzen Gebäude roch es nach heiß gelaufenen Computern, schwitzenden Menschen und desinfizierter Geschäftigkeit. Zumindest für mich. Die freundliche Dame unten am Empfang hatte mir meinen Betriebsausweis ausgehändigt und mich dann in den dritten Stock geschickt, wo ich mich bei der Assistentin meines neuen Chefs melden sollte.

»Herein«, sagte eine glockenhelle Stimme, und ich öffnete die Tür. Eine Frau in meinem Alter mit einer Haut wie Milchschokolade und wilden hellbraunen Locken saß an einem Schreibtisch und sah mir lächelnd entgegen.

Schon das zweite freundliche Gesicht heute, wenigstens etwas.

»Guten Morgen, mein Name ist Jenny Riema. Ich soll mich bei Herrn Lehmann melden.«

Sie winkte mich heran. »Hallo, ich bin Jemailla. Wir duzen uns hier alle bis hoch zum Chef. Firmenphilosophie.«

»Oh, ja klar.« Ich mochte diese amerikanisch adaptierte Lockerheit. Da fühlte sich der Job gleich halb so schlimm an.

»Der Chef wartet schon auf dich, ich werde ihm gleich Bescheid geben.« Sie drückte einen Knopf an ihrem Telefon.

»Was gibt's?«, fragte eine barsche Stimme im Militärjargon durch den Lautsprecher. Der Tonfall erinnerte mich an den meines Vaters, kein Wunder, dass die zwei sich gut verstanden.

»Jenny Riema wäre dann hier.«

»Soll reinkommen.«

Jemailla deutete auf eine gepolsterte Tür mit Messingbeschlägen. »Du darfst in die heilige Stätte.«

Ein Hauch von Ironie umspielte ihre Lippen.

»Danke.«

Eine geschlagene Dreiviertelstunde später stand ich wieder bei Jemailla. Ich war fix und fertig und verfluchte diesen Job jetzt schon. Meine Hauptaufgabe würde vorerst darin bestehen, Listen fürs Controlling auszuwerten und vorzubereiten. Dazu hatte Hans Lehmann mir klargemacht, dass es üblicherweise ein No-go war, die Firma vor halb acht Uhr abends zu verlassen. Dies sei natürlich jedem freigestellt, also nicht verpflichtend, aber sämtliche Mitarbeiter mussten an der geöffneten Tür des Abteilungsleiters vorbei, was mich jedoch nicht abschrecken sollte, mir meine Arbeitszeit frei einzuteilen – vor allem in der Probezeit. Dazwischen hatte er Jemailla dreimal antanzen lassen, ihr Befehle zugebellt oder sie zur Schnecke gemacht, weil sie angeblich zu langsam wäre oder unfähig. Zu meiner Überraschung hatte die Chefassistentin jeden Anpfiff an sich abperlen lassen wie Regentropfen an einer Fensterscheibe.

Jemailla hielt in ihrer Arbeit inne. »Na, du lebst ja noch.« Sie zwinkerte mir zu.

Ich ließ mich auf den freien Stuhl vor ihrem Schreibtisch fallen und fächerte mir mit einer Hand Luft entgegen. »Puh. Hans hat ein sehr energisches Wesen.«

»Zähne zusammenbeißen und ans Gehalt denken.« Sie heftete einen Stapel loser Blätter zusammen. »Ich hör einfach nur halb hin, wenn er redet.«

»Er hatte also nicht nur einen schlechten Tag?« Meine Hoffnungen, ihn lediglich in unpässlicher Tagesform angetroffen zu haben, schwanden.

»Oh, heute hat er gute Laune.« Jemailla klang spöttisch. Offenbar schien sie seine chronischen Degradierungsallüren nicht sonderlich tragisch zu sehen.

Ich strich mir die verschwitzten Haarsträhnen aus dem Gesicht, Hans hatte mich erschöpft. »Du sollst mich zu meinem

Arbeitsplatz bringen, offenbar wartet mein neuer Kollege schon mit einem Stapel Arbeit auf mich.«

Sie stand auf. »Aber gern. Du teilst dir übrigens das Zimmer mit dem heißesten Kollegen der ganzen Firma.«

Ui, das klang vielversprechend. Gegen ein knackiges Kerlchen in unmittelbarer Sichtweite hatte ich nichts einzuwenden. Auf einmal wurde ich hellwach. Beinahe freute ich mich jetzt doch auf den Job. Ich würde den Großteil des Tages zusammen mit einem heißen Typen verbringen – es gab Schlimmeres im Leben. Vielleicht war er noch solo. Dabei war heute doch gar nicht der vierzehnte Februar. Ob ich meiner Zeit voraus war?

4

Tobi

Geschlagene zehn Minuten starrte ich nun schon auf den Bildschirm und konnte mich nicht dazu aufraffen, endlich die Analyse fertigzustellen. Ich hätte heute nicht ins Büro kommen sollen. Warum hatte ich mich nicht einfach krankgemeldet? Die Filmmelodie von Darth Vader düdelte aus meinem Handy. Luca. Meine frühere Mitbewohnerin im Studentenwohnheim. Ich freute mich über ihren Anruf, wunderte mich aber, was sie von mir wollte. Von ihr hatte ich schon seit Wochen nichts mehr gehört, seit sie mit meinem Kumpel Ben zusammengezogen war, der damals auch zu unserer WG gehörte.

»Hast du Sehnsucht nach mir, Baby?«, fragte ich mit tiefer Verführerstimme.

»Nein, du bist mir zu haarig«, erwiderte eine männliche Stimme. Ben. »Außerdem sind deine Möpse zu klein.«

»Was machst du an Lucas Handy? Nicht mal ungestört flirten kann man.«

»Als ob du bei Luca Chancen hättest, solange sie mich haben kann.«

Ich lachte. »Was geht ab, Mann?«

»Mein Akku ist alle, deswegen ruf ich von Lucas Phone aus an. Ich wollte da mal was mit dir besprechen, hast du irgendwann die nächsten Tage Zeit?«

»Und worum geht's? Sag bloß, ihr wollt heiraten oder irgend so was Verrücktes.«

Ein kleiner Hustenanfall blockierte Bens Antwort. »Und was ist mit dir? Hast du Ellen noch keine Fingerfessel angelegt?«

»Mit Ellen ist Schluss.«

»Was?« Ben klang entgeistert.

»Ja, sie hat mich verlassen, wegen eines anderen. Aber reden wir nicht mehr darüber. Worum geht es?«

»Das tut mir echt leid.«

»Was tut dir leid?«, fragte eine helle Stimme im Hintergrund. Luca. Ich hörte Ben murmeln, wahrscheinlich hielt er eine Hand über das Handy.

»Luca sagt, wenn du reden willst, kannst du jederzeit vorbeikommen, und wenn du saufen willst, bin ich sofort dabei. Aua.« Eine kleine Pause trat ein. »War doch nur ein Witz.«

»Sag Luca danke, und auf dein Angebot komme ich bestimmt noch zurück, aber jetzt sag endlich, was Sache ist.«

»Es ist was Geschäftliches, ich will dir was zeigen. Also?«

»Was denn?«

»Du musst es sehen.«

Ich überlegte, gerade hatte ich null Energie für Überraschungen. Aber wenn mich einer ablenken konnte, dann Ben. »Wie wäre es Sonntagnachmittag?«

»Bist du dann schon wieder nüchtern?«

»Haha.«

Ben lachte. »Dann komm ich gegen drei vorbei.«

»Alles klar, mach's gut.«

»Du auch … ach, Tobi?«

»Ja?«

»Sei froh, dass du sie los bist.« Ben legte auf, bevor ich nachhaken konnte. Ich wusste zwar, dass er und Ellen sich nie sonderlich grün gewesen waren, aber bisher hatte er unsere Beziehung noch nie laut beurteilt. Warum hatte er das gesagt? Ich beschloss, ihn am Sonntag darauf anzusprechen.

Mein Energiepegel sank drastisch, dabei war es noch nicht mal zehn. Gerade wollte ich mir einen doppelten Espresso an diesem neuen chromglänzenden Schickimicki-Kaffeeautomaten holen, da klopfte es an der Tür. Jemailla kam mit jemandem im Schlepptau rein, und ich traute meinen Augen nicht.

»Hallo Tobi.« Jemailla lächelte mich an. »Ich bringe dir deine neue Kollegin, Jenny Riema.« Sie musterte mich eindringlich, ich wusste, dass ihrem Adlerblick nichts entging. »Na, so wie du heute aussiehst, kannst du Verstärkung wohl gut gebrauchen.«

»Du verstehst es einfach, einen aufzubauen.«

Ihr Lachen klang amüsiert. »Immer zu Diensten.«

Ich wagte beinahe nicht, die beiden anzusehen. Was zum Teufel hatte Jenny hier verloren? War dies eine Art Fegefeuer? Schmorte ich bereits in der Hölle für meine Sünden? Sie war meine neue Kollegin? Meine Schläfen pochten, während ich möglichst unauffällig die Lage sondierte. Jennys Blick verriet nicht, was in ihr vorging, aber Freude oder wenigstens neutrale Freundlichkeit sah definitiv anders aus.

»Jenny, das ist Tobi.« Jemailla stupste ihr mit dem Ellenbogen in die Seite. »Keine Angst, er sieht sonst nicht so fertig aus. Normalerweise ist er unser Büro-Hottie.«

»Jemailla, heute ist kein guter Tag für Späße.« Mein Blick klebte förmlich an Jenny, ich konnte nicht fassen, dass sie wahrhaftig in der Tür stand.

Jemaillas Miene wurde ernst. »Ist irgendwas?«

Jennys Mund stand offen, sie sah beinahe schon witzig aus. Als wäre sie vereist oder so, starrte sie mich an. Offensichtlich verarbeitete sie meine Anwesenheit noch schwerer als ich ihre. Autsch.

»Ist was?«, wiederholte Jemailla, ihr Blick wechselte zwischen uns beiden hin und her.

Noch immer rührte sich Jenny nicht, nur ihre Miene wurde mit jeder Sekunde finsterer. Unser kurzes Gespräch vor ein paar Tagen hatte wohl nicht zur Auflockerung der Gesamtsituation zwischen uns beigetragen. Eigentlich hatte ich mich darauf eingestellt, ihr nie wieder zu begegnen.

Schließlich stand ich auf und ging zu ihnen. »Wir kennen uns von früher.« Nach kurzem Zögern streckte ich Jenny die Hand entgegen. »Hallo, Kollegin.«

Ihr Blick schweifte durch den Raum, sie begutachtete jeden Zentimeter, nur meine Hand beachtete sie nicht. Stattdessen deutete sie auf den Schreibtisch, der meinem gegenüberstand. »Das ist dann wohl mein Platz, nehme ich an«, sagte sie, während sie an mir vorbeischlenderte.

Wie in Zeitlupe ließ ich die Hand sinken. Zu meinem schlechten Gewissen, das sich jedes Mal in ihrer Nähe einstellte, gesellte sich eine unterschwellige Wut über ihr patziges Verhalten. »Ja, wir arbeiten sozusagen Hand in Hand, ist das nicht toll?«

»Traumhafte Arbeitsbedingungen«, konterte sie und inspizierte die Schubladen.

»Also, ich lass euch Turteltauben dann mal allein«, zwitscherte Jemailla. »Soll ich vorsichtshalber sämtliche spitzen Gegenstände konfiszieren?«

Ich lachte demonstrativ auf. Jenny hatte sich zu einer arroganten Oberschnepfe gemausert. Da sollte noch einmal jemand ein schlechtes Wort über Ellens Charakter verlieren. Neben Jenny wirkte Ellen wie eine Samariterin.

»Wie sieht's aus, Jenny? Rammst du mir den Brieföffner in den Rücken, wenn ich nicht aufpasse?«

»Die meisten Unfälle passieren am Arbeitsplatz«, erwiderte sie mit freundlicher Stimme.

»Dachte, im Haushalt.« Jemailla winkte im Weggehen. »Ich

hol dich zur Mittagspause ab und zeig dir die Kantine. Oder willst du das übernehmen, Tobi?«

»Ich will Jenny nicht den Appetit verderben.«

»Ich habe einen sehr empfindlichen Magen.« Jenny schnitt mir eine Grimasse.

Nachdem ich mich wieder hingesetzt hatte, beschloss ich, Jenny zu ignorieren, was gar nicht so einfach war, denn ein leichter Duft von Honig und Vanille wehte mir entgegen und ließ mir den Atem stocken. Sie roch noch genauso wie früher. Ich glaube, ich hätte sie auch nach Jahren in einer stockfinsteren Nacht allein an ihrem Duft erkannt.

»Also«, begann ich, nachdem Jemailla die Tür geschlossen hatte. »Wir beide in einem Büro, wer hätte das gedacht?« Obwohl Jenny noch nie der Fraktion der diplomatischen Menschen angehört hatte, versuchte ich es im Guten.

»Offenbar hatte ich noch nicht genügend Schicksalsschläge im Leben«, konterte sie trocken und ohne eine Miene zu verziehen.

»Was ist los? Kann man mit dir nicht normal reden?«

Sie seufzte theatralisch. »Was erwartest du denn von mir? Du hast dich damals wie ein Arschloch benommen, und jetzt kommst du allen Ernstes daher und fragst, was los ist?«

Ihre Worte fühlten sich an wie verspritztes Gift. »Das ist Jahre her, verdammt.«

»Echt?«

Für einen Moment sah ich Schmerz in ihren Augen aufblitzen.

»Mir kommt es vor wie gestern.«

Ich atmete tief durch. »Es tut mir wirklich leid, wie das damals zwischen uns gelaufen ist.«

»Ein paar Jahre zu spät, findest du nicht?« Sie lachte spöttisch auf. »Bisher schien sich dein schlechtes Gewissen in

Grenzen gehalten zu haben, oder weshalb hast du es all die Jahre nicht für nötig gehalten, dich zu entschuldigen?«

»Weil …« Ich stockte, fühlte mich in die Enge getrieben. Warum hatte ich mich nicht mehr gemeldet? Wenn ich ihr darauf eine Antwort gab, musste ich zwangsläufig gestehen, warum ich sie so mies behandelt hatte, und das konnte ich nicht.

»Weil es dir scheißegal war«, beendete sie den Satz mit abfälliger Stimme für mich. Sie sah mich kampflustig an, ihre blauen Augen leuchteten, als würde sich das Licht in einem Diamanten brechen. Ich hatte ganz vergessen, was für schöne Augen sie hatte.

»Das ist damals alles unglücklich gelaufen. Warum machen wir nicht einfach einen Schnitt?« Ich lächelte gezwungen. »Immerhin sind wir jetzt Kollegen. Können wir uns nicht einfach normal verhalten?«

»Okay«, lenkte sie eine Spur zu schnell ein und machte ihren PC an. »Wie war dein Wochenende?« Grinsend sah sie hoch. »Trennung schon verkraftet? Ist schon ein blödes Gefühl, wenn man so verarscht wird, nicht wahr?«

Ich spürte die dunkle Welle, die über den Tisch zu mir herüberschwappte. Ihr Gerede machte mich wütend. Sie wollte Krieg? Okay, den konnte sie haben.

Betont langsam stand ich auf und ging zum Regal, dort holte ich den Ordner mit den Protokollen heraus, die wir so lange abhefteten, bis ein Azubi unserer Abteilung zugeteilt wurde, der dann Tage damit beschäftigt war, die Zahlen ins System einzupflegen.

Mit einer wichtigtuerischen Geste legte ich den Ordner vor ihre Nase und öffnete den Deckel. »Diese Listen, es sind mittlerweile 175 Seiten, müssen ins System eingepflegt werden.«

Entgeistert sah sie mich an. »Das ist Azubiarbeit, so was dauert Wochen.«

Mein Grinsen wurde breiter. »Wirklich? Ich sehe hier keinen Azubi, also ist es wohl jetzt deine Aufgabe.«

5

Jenny

Jemailla steckte den Kopf zur Tür hinein. »Lebt ihr noch?«, gluckste sie.

»Er nicht mehr lange.« Mit dem Daumen deutete ich über den Tisch, während ich den verdammten Ordner zuschlug. Vier Seiten hatte ich in drei Stunden ins System eingepflegt, zwischendurch war ich nur einmal kurz auf der Toilette verschwunden. Vor meinen Augen schwirrten nur noch Zahlen.

Tobi beugte sich über den Tisch. »Jeder fängt mal klein an. Wenn du schön brav bist, darfst du morgen vielleicht die Adressliste der Kunden aktualisieren.«

Ich sah ihm eine Sekunde zu lange in die Augen, bevor ich durch hastiges Kopfwenden den viel zu intensiven Blickkontakt unterbrach. Tobi machte mich so rasend, dass mir keine passende Beleidigung einfiel. Was mich zusätzlich aufregte. Er konnte froh sein, dass ich ihm körperlich unterlegen war …

Jemailla kicherte, sie schien die absurde Situation auch noch witzig zu finden. »Wenn sie dann auch noch die Kopierdienste übernehmen darf, gibst du aber zu viele Kompetenzen auf einmal aus der Hand.«

»Hans hat gesagt, ich soll sie einlernen. Bei so was bin ich nun mal gründlich. Soll mir keiner nachsagen, ich würde mich nicht kümmern.« Gemächlich lehnte sich Tobi zurück. Sein dunkelgraues Hemd spannte leicht und betonte seinen muskulösen Brustkorb und seine gut geformten Oberarme. Verdammt, warum fiel mir das auf? Warum starrte ich ihn überhaupt an? Ich war eine Idiotin.

»Du bist zu gut zu mir«, überspielte ich meinen kurzen Moment der Schwäche und legte theatralisch eine Hand auf die Brust. »Warum kümmerst du dich nicht einfach um deinen Kram?«, schoss ich hinterher.

»Ich bin vierundzwanzig«, sagte Tobi. »Als wir uns das letzte Mal getroffen haben, war ich siebzehn und du fünfzehn. Warum kommst du da nicht endlich mal drüber weg? Ja, ich weiß, ich hab Mist gebaut, und es tut mir leid. Aber ich kann es nicht mehr ändern, so gern ich es auch täte.«

»Steht dir gut, die Samariterpose«, sprang Jemailla mir bei, am liebsten hätte ich sie dafür abgeknutscht, denn mir fiel schon wieder keine gute Antwort ein. Sie hatte ja so recht.

Tobi wandte sich ihr zu. »Was?«

Tja, mit der geballten Ladung Frauenpower hatte er wohl nicht gerechnet.

»Na, wie du die Last eurer bankrotten Teenagerbeziehung auf dich nimmst, das hat schon was Wohltätiges an sich.«

»Zwischen uns gab es nie eine Beziehung«, stellte ich sofort klar. Das war mir wichtig, so viel Zeit musste sein.

»Und wo liegt dann das Problem?« Jemailla klang ehrlich erstaunt. »So wie ihr euch aufführt, könnte man meinen, Tobi hätte dich irgendwann mal unter Vorspiegelung falscher Tatsachen deiner Jungfräulichkeit beraubt.«

»Zwischen uns war nie etwas.« Empört japste ich nach Luft. »Er hat sich nur wie ein Arschloch benommen, aber das weiß er selbst.«

»Ja, und es tut mir auch leid. Aber du gibst mir ja nicht mal eine Chance.«

»Weil du keine verdient hast«, gab ich giftig zurück, obwohl ich wusste, wie zickig ich auf Jemailla wirken musste. Toll. Jetzt hatte Tobi es sogar geschafft, mit seiner Mitleidstour meinen ersten guten Eindruck an meiner neuen Arbeitsstelle zu schrotten. Er war wirklich noch ganz der Alte. Zur Krönung saß er auch noch mit diesem Büßerblick da und wirkte wie die Unschuld in Person. Das war zu viel. Spontan beschloss ich, ihn zu ignorieren, und stand auf. Mein Magen knurrte. »Gehen wir essen.« Mit großen Schritten durchquerte ich den Raum, an der Tür hörte ich Tobi sagen: »Ähm, Jenny.« *Herrgott, was denn noch?* Meine Hände ballten sich zu Fäusten.

Nur widerwillig drehte ich mich um, ich brauchte dringend eine Pause von ihm. »Gibt's ein Problem? Darf der Azubi erst dann Mittagessen, wenn du es gestattest?«

»Nein, natürlich nicht.« Er winkte ab. »Ich wollte dich nur auf etwas aufmerksam machen.«

Ich stöhnte theatralisch auf. »Erspar mir gute Ratschläge, okay?«

Tobi zuckte mit den Achseln. »Okay, dann vergiss es. Wollte dir nicht zu nahe treten.«

Jemailla legte eine Hand an die Klinke. »Schade, dass ich nicht bei euch im Büro bin. Ich bräuchte nur noch Popcorn. Ihr seid unterhaltsamer als jede Soap.«

»Wirklich?« Tobi hob eine Augenbraue. »Ich glaube langsam, ich bin im falschen Film.«

»Gehen wir«, sagte ich im Weggehen und bog in den weitläufigen Gang ein. Jemailla stöckelte neben mir her. »Der arme Tobi kann einem richtig leidtun.«

»*Er* kann einem leidtun?« Ich verstand die Welt nicht mehr. Was davon, dass sich der Typ wie ein Arsch verhalten hatte, war ihr entgangen? Ich widerstand dem Drang, der Sache auf den Grund zu gehen. Das hätte wahrscheinlich nur unnötige

Erklärungen meinerseits nach sich gezogen, und ich hatte keine Lust, diesen dunklen Teil meiner Vergangenheit vor einer Fremden auszubreiten, und das auch noch an meinem ersten Arbeitstag. Außerdem war ich nicht die Böse – das wiederholte ich in Gedanken immer wieder.

»Ich mein ja nur«, versuchte sie zu relativieren, was mich ungewollt wütend machte. Keiner sollte Tobi in Schutz nehmen, dafür gab es ganz bestimmt keinen Grund. Zwei Männer überholten uns, die mich lachend musterten. Was war denn mit denen los?

»Er ist so was von fake, das kannst du mir glauben.«

»Echt?« Sie warf mir einen irritierten Seitenblick zu. »Ich finde ihn sehr nett. Und er ist heiß.«

Irgendwie wollte sich Jemailla nicht auf meine Seite ziehen lassen. Warum verspürte sie immer noch Sympathien für diesen Kerl? »Na und?« Ich zuckte mit den Schultern. Sein zugegeben gutes Aussehen war das Letzte, was mich an ihm noch beeindrucken konnte. In dieser Hinsicht war ich geheilt. »Er ist wie Dr. Jekyll und Mr Hyde, das kannst du mir glauben«, startete ich einen letzten Versuch, der von Jemailla müde belächelt wurde. Sie war einfach unbelehrbar.

Eine Gruppe Frauen kam an uns vorbei, die sich kichernd anstießen. Wo war ich hier gelandet? Im Büro der Albernheiten? Wir betraten die Kantine und gingen die Treppe nach oben zur Essensausgabe. Hinter mir erklang schon wieder Gelächter. Ein wirklich lustiger Haufen. Jemailla deutete auf ein Schild. »Zwei normale Gerichte und ein vegetarisches zur Auswahl.« Ihre vollen Lippen verzogen sich. »Curry-Hirsebällchen. Die schmecken richtig fies.«

»Danke für die Warnung.«

Wir liefen in Richtung der Schlange, die sich dort gebildet hatte, als mir jemand auf die Schulter tippte.

»Entschuldigung.«

Ich drehte mich um. »Ja?«

Ein älterer Herr mit grauem Schnauzer sah mich schmunzelnd an. »Ihnen hängt da was am Schuh.«

Nach einem Blick nach unten heizten sich meine Wangen auf. Ein langer Streifen Klopapier klebte am Absatz meiner hochhackigen Pumps, den ich wie eine Fahne hinter mir hergezogen hatte. Oh nein! Das kleine Malheur musste mir schon vor einer Stunde auf der Toilette passiert sein. Das war es wohl gewesen, was Tobi mir vorhin hatte sagen wollen. Der Hauch eines schlechten Gewissens traf mich. Ich entfernte das Papier und entsorgte es mit spitzen Fingern und unter dem kindischen Gegacker meiner Kollegen im Mülleimer.

»Ich glaube, das wollte Tobi dir vorhin sagen«, erklärte Jemailla überflüssigerweise und nahm sich ein Tablett. Ein Stück weiter hinten stand Tobi inmitten einer Gruppe Männer. Er grinste breit. Ich seufzte – konnte es heute noch irgendwie schlimmer kommen? So langsam konnte ich mir vorstellen, wie sich Aida fühlen musste, wenn sie mit Nick ihre Querelen austrug.

Später saß ich mit Jemailla am Tisch und stocherte in meinem Salat, der ein ganz merkwürdiges Dressing hatte.

»Bist du eigentlich Single?«, fragte sie und löste ein Stückchen Pute von einem Holzspieß.

»Ja, ich habe mir eine Männerauszeit genommen«, formulierte ich es positiv.

»Schlechte Erfahrung gemacht?«, konterte Jemailla sofort.

Ich nahm einen Schluck von meinem Mineralwasser, das mir bis in den Rachen prickelte. Verdammt, ihr konnte man so schnell nichts vormachen. »Ach, weißt du«, winkte ich ab. »Ich brauche keinen Mann, um glücklich zu sein. Eine Frau sollte erst mit sich selbst im Reinen sein, bevor sie auf Partnersuche geht. Ein Partner sollte nämlich eine Bereicherung im Leben sein und nicht der Eckpfeiler, auf dem man sein eigenes Glück aufbaut. So was geht nie gut, denn es stürzt die Frau nur in Abhängigkeit und hindert sie an einem selbstbestimmten Leben.«

Jemailla hob eine Augenbraue, es sah skeptisch aus. Hatte ich zu dick aufgetragen?

»Wo hast du denn das her?«

»Auf diese Erkenntnis bin ich zufällig ganz allein gekommen. Aber wenn du es genau wissen willst, auch in der *Stars & Romance* habe ich erst kürzlich einen interessanten Bericht darüber gelesen.«

»Na, wenn die *Stars & Romance* das schreibt.« Sie seufzte. »Ich hätte schon gern mal wieder einen Freund. Meine letzte Beziehung ist jetzt neun Monate her, in der Zeit tragen andere Frauen ein ganzes Kind aus … die Tussi zum Beispiel, mit der er mich betrogen hat. Aber ich habe das Gefühl, je älter ich werde, desto schwieriger wird es, einen normalen Mann ohne Macken oder lästige Unarten kennenzulernen.«

Ich nickte, da konnte ich nur zustimmen. Mein letztes Exemplar war sogar schwul gewesen, sodass ich beinahe etwas für einen Mann mit ganz normalen Macken geben würde. »In der *Stars & Romance* stand einmal, dass sich Männer seit der Steinzeit nicht mehr großartig weiterentwickelt haben. Ihr Hauptziel ist es immer noch, zu jagen und ihre, wie sie glauben, wertvollen Gene so weit wie möglich zu verstreuen. Allein aus diesem Grund bleibt ihnen schon rein evolutionstechnisch nichts anderes übrig, als sich zu Polygamisten zu entwickeln. Die heutige Gesellschaft ächtet das zwar, was aber nicht bedeutet, dass Männer nicht doch ihrem inneren Baukasten folgen und versuchen, mehrere Frauen gleichzeitig zu begatten.« Ich holte Luft. Nun war ich ganz in meinem Element. Nicht umsonst hatte ich jahrelang akribisch meine Lieblingszeitschrift studiert. Wenn irgendjemand theoretisch über die Spezies namens Mann Bescheid wusste, dann ich. »Diese hormongesteuerten Triebe ermöglichten es den Steinzeitfrauen damals übrigens, wichtige Dinge des Überlebens wie Fleisch oder Felle für sich und ihre Kinder auch von fremden Männern zu erhalten.«

Jemailla hatte ihr Kinn auf eine Hand aufgestützt und lauschte meinem Vortrag. »Du meinst so eine Art Prostitution im Neandertal?«

»Tja«, ich zuckte mit den Schultern, meine eben aufgestellte gewagte Theorie gefiel mir irgendwie. »Sieht wohl ganz so aus. Nur heute sind wir Frauen etwas wählerischer geworden. Wir legen uns nicht mehr für ein einziges Steak hin, sondern wollen, dass uns ein Mann regelmäßig unser Fleisch beschafft. Während die Männer allerdings immer noch gern einzelne Scheiben an viele Frauen verteilen würden.«

»Gewagte Theorie.« Jemailla steckte sich ein Stück Karotte in den Mund. »Laut deiner Aussage haben wir uns somit keinen Schritt weiterentwickelt, seit die Neandertalerin ihren Steinzeit-Boyfriend mit einer anderen auf dem Höhlenbärenfell erwischt hat.«

»Nein, eigentlich nicht«, stimmte ich ihr zu. »Warum auch? Immerhin hat sich der eigentliche Akt ja auch seit Tausenden von Jahren nicht geändert.«

Ein Seufzer entwich Jemaillas vollen Lippen. »Ich hätte trotzdem gern mal wieder einen Typen, auch wenn es ein Höhlenmensch ist.«

»Für die Partnersuche gilt es prinzipiell, ein paar simple Regeln einzuhalten, die das Spiel vereinfachen«, prahlte ich mit meinem Wissen aus der *Stars & Romance*. Auf irgendeine Art zahlte sich das Jahresabo wohl doch aus.

»Und die wären?« Jemailla spitzte die Ohren.

»Nun, Männer mögen Frauen mit Humor, sie wünschen sich eine Frau, mit der sie lachen können.«

»Na, dann müsstest du bei Tobi ja ganz weit oben auf der Traumfrauenskala stehen«, unterbrach Jemailla mich kichernd und zwinkerte mir zu.

»Tobi steht nicht zur Debatte«, knurrte ich. »Lieber bleibe ich Single.«

»Und was möchten Männer noch? Außer eine Frau, die Witze erzählen kann?«

»Sie sollte tierlieb sein«, zählte ich auf.

»Das bin ich.« Jemailla nickte. »Ich mag Tiere. Sogar wenn meine Nachbarskatze bei mir einbricht und Chaos anrichtet.«

Ich lachte. »Männer wollen umsorgt werden, sie wissen es durchaus zu schätzen, wenn ihnen eine Frau ein Nest baut und sich um sie kümmert.«

»Das widerspricht aber deiner Theorie der selbstbestimmten Frau von vorhin.«

»Mmhh«, überlegte ich. Irgendwie hatte sie recht. Merkwürdigerweise hatte diese Weisheit ebenfalls einmal in der *Stars & Romance* gestanden. »Egal.« Besser nicht genauer darüber nachdenken. Mein Leben war schon kompliziert genug.

»Bei mir steigt am Samstag eine Anti-Valentinstagsparty nur für Singles. Wenn du Lust hast, kannst du gern vorbeikommen.« Jemailla legte ihr Besteck auf den Teller. »Nieder mit dem Pärchenzwang an diesem Tag, wir haben genauso das Recht zu feiern.«

»Cool, ich komme gern.« Mein Herz wummerte in meiner Brust, als mir die Prophezeiung der Wahrsagerin einfiel. Am Samstag würde ich endlich meinem Traummann über den Weg laufen. Dem Mann, der mich aus meinem Singleleben befreite, mit dem ich ein Heim gründen würde – mein passendes Puzzleteil. Wie er wohl aussah? Er lief gerade irgendwo da draußen herum und wusste noch gar nichts von seinem Glück. Ich stellte ihn mir in allen Einzelheiten vor, dabei kam mir das Aktfoto dieses amerikanischen Ex-GIs und heutigen Profimodels zugute, das eine Freundin kürzlich auf Facebook gepostet hatte. Kurzerhand baute ich ihn in meinen Tagtraum ein, stellte mir vor, wie er mit roten Rosen vor mir stand und nur Augen für mich hatte, während ich ihm langsam das Hemd aufknöpfte und genüsslich seine stählernen Muskeln betrachtete, bevor er mich hochhob, als wäre ich leicht wie ein Taschentuch, und zu dem riesigen Wasserbett in unserem Schlafzimmer trug.

»Na, Jenny«, sagte jemand und riss mich aus meiner wunderschönen Abwesenheit. »Noch kurz nebenher den Boden gewischt? Du bist wirklich vielseitig einsetzbar.« Tobis amüsiertes Lachen hallte in meinen Ohren.

»Du bald nicht mehr, wenn du deine Klappe nicht hältst«, knurrte ich mit schmalen Augen und überlegte, ob ein gezielter Tritt in seinen Hintern wohl befreiend auf mein seelisches Gleichgewicht wirken würde. Wahrscheinlich schon. Mich juckte es am Fuß.

Er hob beide Hände vor die Brust. »Hey, ich wollte es dir sagen, aber du hast mich ja nicht zu Wort kommen lassen.«

Das stimmte natürlich, aber sollte ich das etwa zugeben?

Ich marschierte im Stechschritt über den Gehweg und verschränkte die Arme vor dem Bauch. Endlich Feierabend. Nichts wie weg von dieser Brutstätte des Wahnsinns. Bestimmt hatte ich in einem früheren Leben etwas ganz Schlimmes verbrochen – anders konnte ich mir dieses Desaster, in dem ich nun steckte, nicht erklären. Ich musste eine Massenmörderin gewesen sein, oder einer dieser fiesen Diktatoren, die Millionen Menschen das Leben schwer gemacht hatten. Weshalb sonst bestrafte mich das Schicksal dermaßen, indem es mich ausgerechnet gegenüber von Tobi absetzte? Und verdammt, er sah heiß aus. Ich hasste ihn. Ich hasste ihn. Ich hasste ihn. Noch immer, nach all den Jahren, reagierte mein dummer Körper auf ihn, obwohl mein Verstand mir wieder und wieder einhämmerte, dass er nicht gut für mich war. Ich meine, ich war nicht dumm und auch nicht übermäßig naiv. Immerhin hatte ich Abi gemacht und studiert, aber in punkto Tobi schien ich von einer partiellen Geisteskrankheit befallen zu sein. Weshalb sonst ging er mir immer noch dermaßen unter die Haut?

»Jenny«, rief jemand hinter mir, aber ich drehte mich nicht um, denn natürlich erkannte ich die Stimme sofort. Er. Aufdringlichkeit, dein Name ist Tobi.

»Jetzt warte doch mal.« Eine Hand legte sich auf meine Schulter und zwang mich zum Stehenbleiben, denn ich musste sie wirkungsvoll abschütteln. Er trat vor mich und versperrte mir den Weg.

»Was gibt's?« knurrte ich und wich einen Schritt zurück. Ich wollte nicht zu viel Nähe zu ihm zulassen, und auf keinen Fall wollte ich, dass wir einfach da weitermachten, wo er mich vor Jahren hatte stehen lassen.

»Gehen wir einen Kaffee trinken?«

Sein bittender Blick ging mir durch und durch, ich hatte wirklich Mühe, cool zu bleiben. Zum ersten Mal seit Jahren betrachtete ich ganz bewusst seine grün-braunen Augen und hätte aus einem dummen Impuls heraus beinahe seine Wange berührt. Ein leichter Bartschatten stand ihm im Gesicht, er musste sich zwei, drei Tage nicht rasiert haben, und leider sah es sehr sexy an ihm aus. Kurz machte er Anstalten, mich am Arm festzuhalten, aber er bremste seine Hand mitten in der Bewegung. »Eine halbe Stunde«, bat er mich leise. Seine Stimme war tief und rauchig wie guter Whiskey und verschaffte mir eine Gänsehaut am Rücken. Schließlich stimmte ich achselzuckend zu. »Meinetwegen.« Vielleicht war es wirklich am besten, außerhalb des Büros die Fronten zu klären. Ob ich wollte oder nicht, wie es aussah, würden wir viel Zeit auf engstem Raum miteinander verbringen.

Ich hörte ihn tief durchatmen.

Demonstrativ zeigte ich auf das Starbucks neben uns, denn ich wollte ihm keine falschen Hoffnungen machen. »Hier geht es schnell.« Ich wusste, dass er Starbucks nicht mochte, genauso wenig wie ich. Wir beide hatten noch nie viel für diesen Coffee-to-go-Laden übrig gehabt, wir mochten gemütliche Cafés, in denen wir früher stundenlang gemeinsam abgehangen hatten. Früher, in einem anderen Leben.

Er ignorierte meinen Vorschlag, zuckte nicht mal mit der Wimper und deutete stattdessen die Straße entlang. »Ich gehe nie zu Starbucks – immer noch nicht. Seit wann gehst du da rein? Da vorne ist ein gemütliches Café.«

Das Café war wirklich nett, ein kleiner Laden mit weißen Holzstühlen und einer Glastheke, in der selbst gebackene Kuchen standen, die wirklich lecker aussahen. Mein Magen knurrte bei dem Anblick. Wir setzten uns gegenüber, und ich hatte alle Mühe, unter dem winzigen Tisch nicht aus Versehen sein Bein mit meinem zu berühren. Bei der Bedienung bestellten wir beide Milchkaffee. Eine Gemeinsamkeit, die wir schon früher geteilt hatten, damals hatte Paul ihn mit dem »Mädchengetränk« immer verarscht, aber Tobi hatte das kaltgelassen.

Wir sahen uns in die Augen, und mein anfängliches Selbstvertrauen löste sich in Luft aus, je länger er mich musterte. Unwillkürlich fing ich an, die Zuckerpäckchen in der Schale gerade zu richten, eins nach dem anderen. Tobi beobachtete mich wortlos dabei. Unser Schweigen wurde langsam unangenehm, ich suchte krampfhaft nach einem unverfänglichen Gesprächsthema, aber Tobi kam mir zuvor.

»Das war echt eine Überraschung, als du heute Morgen im Büro aufgetaucht bist.«

»Mmhh.« Was wollte er von mir? Ich überlegte ernsthaft, ob ich nicht doch kündigen und alles hinschmeißen sollte. Irgendwo würde sich bestimmt ein gleich guter Job finden lassen, selbst wenn mein Vater ausrasten würde. Alles war besser, als ständig in Tobis Nähe zu sein.

Die Bedienung stellte zwei dampfende Tassen Kaffee vor uns ab. Tobi nippte vorsichtig, sein Kehlkopf bewegte sich beim Schlucken. Wie unter Zwang beobachtete ich jede seiner Bewegungen. Als er mich wieder ansah, setzte ich mich aufrecht hin, nahm meine Tasse in beide Hände und tat so, als wäre es nicht das schlimmste Gefühl auf der Welt, ihm so nah zu sein. Mein Herz klopfte mir bis hoch in den Hals, während ich versuchte, das Zittern in mir zu unterdrücken.

Es klirrte leise, als Tobi seine Tasse zurück auf den Unterteller stellte und mich wieder dieser eindringlichen Musterung unterzog. »Es ist so viel Zeit vergangen«, fing er schließlich an, Wehmut schwang in seiner Stimme mit, »und ich frage mich, ob wir es nicht schaffen könnten, miteinander auszukommen. Immerhin sind wir jetzt Kollegen.«

Sein letzter Satz verpasste mir einen Stich, denn einen Moment lang hatte ich das Gefühl gehabt, der alte Tobi säße vor mir. Nun begriff ich, dass wohl nüchterne Sachlichkeit uns hierhergelotst hatte. Er wollte keinen Stress am Arbeitsplatz – das war okay. Und vernünftig.

»Sehe ich genauso, wir sollten uns im Büro wie zwei erwachsene Menschen verhalten. Kein Ding.« Ich zuckte mit den Schultern, um ihm zu zeigen, wie weit er mir mittlerweile am

Allerwertesten vorbeiging, dabei rauschte das Blut in meinen Ohren.

Tobi nickte. »Ich bin froh, dass du das auch so siehst. Immerhin waren wir mal gut befreundet, und ich fände es schade, wenn wir das nicht wieder sein könnten.«

»Wir werden keine Freunde mehr«, erwiderte ich kopfschüttelnd.

Einen Moment lang flackerten seine Lider.

»Nicht nach allem, was war. Das kannst du nicht ernsthaft glauben.« So dumm war ich bestimmt nicht mehr. Ich hatte mich damals Hals über Kopf in ihn verliebt, bis er sich dazu entschlossen hatte, mich dermaßen zu verletzen, dass ich mich fast nicht davon erholt hatte.

Sein Seufzer klang gequält, und das machte mich wütend. Immerhin hatte er einen nicht unerheblichen Teil dazu beigetragen, dass es jetzt so zwischen uns stand.

»Es tut mir leid, dass ich einfach abgehauen bin, aber ich war auch mit der Situation überfordert. Als Paul so plötzlich gestorben ist, konnte ich das nicht fassen. Ich dachte immer, so was passiert nur anderen, irgendwo auf der Welt, ganz weit weg. Aber dann passierte es ihm, und ich war total durch den Wind.« Seine Unterlippe zitterte.

Ich konnte es nicht ertragen, ihn über Paul sprechen zu hören. Wie er einfach das Thema wechselte und damit alles noch schlimmer machte.

»Ich vermisse Paul«, machte er weiter und griff nach meiner Hand, aber ich entzog mich ihm.

»Rede nicht über Paul«, sagte ich mit bebender Stimme. »Nicht du.«

»Er war mein bester Freund, ich …«

»Hör auf«, fuhr ich dazwischen und ignorierte mein hämmerndes Herz, so gut es ging. »Du warst damals nicht da, als ich dich gebraucht habe, dann musst du das sieben Jahre später auch nicht mehr sein. Mein großer Bruder ist tot, und nichts auf der Welt bringt ihn mir zurück.«

»Ich glaube nicht, dass es dir etwas hilft, wenn du ihn einfach verdrängst.« Tobi betrachtete meine zitternden Hände, die schon wieder die Zuckerpäckchen sortierten, jedes Briefchen Ecke an Ecke stapelten. Dieses Mal hielt er meine Hand fest, hinderte mich daran, weiterzumachen. Seine Berührung fühlte sich an wie ein Stromschlag. Ich riss mich los, aber er musste das bereits einkalkuliert haben, denn meine heftige Reaktion schien ihn nicht zu treffen.

»Mir geht es gut.« Meine Stimme klang erstickt, der Schmerz über den Verlust meines Bruders brach wieder in mir auf. Die ersten Monate nach dem Unfall hatte ich keinen einzigen Tag verbracht, ohne um ihn zu weinen, und meinen Eltern war es nicht viel besser ergangen. Trotzdem war ich der einsamste Mensch der Welt gewesen.

»Du siehst nicht so aus.« Mitleid schwang in seiner Stimme mit, und das machte mich rasend. Ausgerechnet er musste heucheln.

»Du hast mir nie erzählt, was eigentlich genau an dem Tag passiert ist, als Paul gestorben ist«, sagte ich, um ihn an seine Kaltherzigkeit zu erinnern. »Denn du hast dich vorher aus dem Staub gemacht.«

Er wich meinem Blick aus und heftete ihn stattdessen auf den gottverdammten Zucker.

»Die Polizei hat euch doch damals alles erzählt.«

»Aber du hast ihn als Letzter gesehen.«

Tobi trank einen Schluck Kaffee, während ich damit beschäftigt war, einen Panikanfall inmitten eines vollen Cafés zu unterdrücken.

»Paul war ganz normal an diesem Tag. Hätte ich irgendetwas

geahnt, ich hätte ihn zurückgehalten, das musst du mir glauben.«

Ich sah den Schmerz in Tobis Augen, der meinem Blick gerade wohl ziemlich ähnelte. Da saßen wir nun, zwei Menschen, die sich nichts mehr zu sagen hatten und dennoch in einer gemeinsamen Vergangenheit feststeckten, die sie wohl auf ewig zusammenschmiedete. Aus meiner Hosentasche kramte ich einen zerknüllten Fünfer heraus und warf ihn auf den Tisch. Keine Sekunde länger würde ich hier durchhalten. Der Anfall rollte mit der Wucht eines Tsunamis auf mich zu und machte mir Angst. Schon lange war ich nicht mehr diesem extrem heftigen Gefühlstumult ausgesetzt gewesen. Ich brauchte dringend frische Luft. »Ich muss gehen.« Wie von einem Einbrecher verfolgt, rannte ich aus dem Laden.

»Jenny«, hörte ich Tobi hinter mir rufen, aber ich achtete nicht darauf. Ich wollte nur weg. Draußen wurde ich langsamer, denn die Welt um mich herum verschwamm in meinen Tränen.

»Jenny.« Als Tobi mich am Arm festhielt, erschrak ich zutiefst.

»Lass mich los, verschwinde.« Ich wollte mich losreißen, wandte das Gesicht ab, damit er mich nicht weinen sah.

»Ich bin für dich da, wenn du mich brauchst.« Er schob eine Hand in meine Haare und zog mich trotz meiner Gegenwehr an seine Brust. »Dieses Mal bin ich für dich da«, flüsterte er.

Die Vibration seiner Stimme ging mir durch den ganzen Körper. Ich lehnte an seiner Brust und spürte seinen festen Brustkorb sogar durch die Jacke hindurch. Mit beiden Händen streichelte er meinen Rücken und erinnerte mich mit dieser Geste an das einzige Mal, als er mich umarmt hatte … und daran, wie glücklich mich das gemacht hatte. Damals war er schlaksiger gewesen, aber es hatte sich geborgen angefühlt.

Genau wie jetzt. Die Erinnerungen überrollten mich. Tobi tat mir nicht gut. Ich hatte das alles mühsam verdrängt und vergraben, und nun kam er daher und schaufelte alles wieder frei.

»Lass mich los«, schniefte ich an seiner Brust, fühlte mich aber zu erschöpft, um Widerstand zu leisten, und ließ mich von ihm halten. Er legte die Arme fester um mich, hörte nicht auf, mich zu streicheln. »Ich bin für dich da, ob du willst oder nicht. Du bist mir wichtig.«

Ein Funke wärmte mein Herz, und ich war versucht, ihm zu glauben. Aber ich hatte auch den anderen Tobi kennengelernt, den egoistischen Tobi, der seine Versprechen nicht hielt und mich in die Hölle gestoßen hatte. Die Haut an seinem Hals duftete nach einem Hauch Zimt und nach Tobi. Ein vertrauter Geruch, der mir weiche Knie bescherte. Er hatte sich nicht verändert, und genau das war das Schlimme.

Schließlich entriss ich mich ihm doch. Er kam mir schon wieder viel zu nah, mehr, als für mich gut war. »Vergiss es, Tobi. Mehr als Kollegen sein ist für mich nicht drin.« Ich machte, dass ich davonkam. Dieses Mal verfolgte er mich nicht mehr.

6

Tobi

Ich saß mit Chad in der Kneipe herum, in der Dominik ein paarmal die Woche aushalf. Der Laden war brechend voll. Um elf war seine Schicht zu Ende, dann wollten wir gemeinsam zu Jemaillas Party gehen, zu der sie mich vor ein paar Tagen eingeladen hatte – mit dem Hinweis, ich dürfte ruhig noch ein paar Singlefreunde mitbringen, denn bei ihr herrsche Frauenüberschuss. Das ließen wir uns natürlich nicht zweimal sagen. Dominik kam vorbei und stellte zwei Gläser Bier vor uns ab.

»Sie heißt Sarah.«

Chad nahm sein Bier und sah sich um. »Who?«

»Die Verkäuferin aus dem Nanu-Nana.«

Ich stieß mit Chad an. »Hast du sie endlich gefragt?«

Dominik schüttelte den Kopf. »Nein, ein Typ hat sie im Laden so genannt.«

Der Ärmste ließ den Kopf hängen, weshalb ich ihm einen aufmunternden Klaps aufs Schulterblatt verpasste. Wir hatten es mit den Frauen wirklich nicht leicht.

»Vergiss sie, Mann. Look at all those beautiful girls.« Chad machte eine weit ausholende Armbewegung, worauf ich mich tatsächlich geneigt sah, den Raum zu scannen. Er hatte recht, es waren wirklich viele Frauen hier, warum war mir das nicht früher aufgefallen? Aber irgendwie hatte ich keine Lust, eine von ihnen kennenzulernen. Ellen fehlte mir – noch immer und trotz allem. Ich riss mich zusammen und verbannte sie aus meinen Gedanken, was mir die vergangenen Tage nur schlecht geglückt war.

»Ich weiß nicht mal, ob es ihr Freund war«, hörte ich Dominik neben mir. »Sie haben halt gequatscht, dabei hat er den Arm um ihre Hüfte gelegt, aber wirklich nur ganz kurz.« Sein betrübter Blick wanderte zu mir. »Was könnte das bedeuten?«

Ich zuckte mit den Achseln. »Keine Ahnung, echt nicht. Sie kennen sich halt – irgendwie.«

Chads fieses Lachen unterbrach uns. »Ich geh immer auf – wie sagt ihr –« Er starrte an die Decke, bis sich sein Gesicht aufhellte. »Ah, ja, Tuchfühlung. Stupid word by the way. Also ich gehe immer auf Tuchfühlung, wenn ich mit einer beautiful Lady rede, und check out, wie sie reagiert. Ich lege einen Arm um ihre Hüften oder streife versehentlich mit der Hand ihren Hintern.« Sein Lachen klang dreckig.

Dominiks Ohren wurden rot. »Das machst du echt? Und hat dir noch keine eine geklebt?«

Chad leerte den Rest seines Biers. »Sometimes.« Er zuckte mit den Schultern.

»Aber ich kann ihr doch nicht im Nanu-Nana den Arm umlegen, das bring ich nicht.« Dominik schüttelte den Kopf, seine wuscheligen Haare standen nach allen Seiten ab, als hätte er sie sich gerauft.

Ein tiefer Seufzer kam von Chad, während er sich vom Barhocker erhob. »Here dude, check this out.« Er ging auf zwei Frauen zu, die gelangweilt am Nebentisch herumstanden, und sagte etwas zu ihnen. Die beiden himmelten ihn richtiggehend an. Chad stellte sich neben die Brünette, die hübschere von beiden, und deutete auf ihren Drink. Sie antwortete ihm nickend, worauf Chad sich suchend im Raum umsah, dabei legte er wie zufällig einen Arm um ihre Hüften, dann deutete er auf Dominik und winkte ihn mit einem Finger heran. Seine Hand ruhte weiter auf der Dunkelhaarigen, die sich sogar ein wenig an ihn schmiegte. Seufzend trollte sich Dominik zu ihm, und ich starrte in mein Bier. Vielleicht sollte ich auch wieder damit anfangen, Frauen kennenzulernen. Was nützte es mir, wenn ich Ellen nachtrauerte, die sich schon längst mit diesem Heini vergnügte? Trotz stieg in mir hoch, der meine unterschwellige Schwermut besiegte. Ellen konnte mich mal. Nachher auf Jemaillas Party würde ich mich umsehen, was der Singlemarkt so zu bieten hatte.

7

Jenny

Nervös drückte ich auf die Klingel, von drinnen wummerte mir lautstark Musik entgegen. Ob mein Zukünftiger wohl schon da war? Ich konnte mir ein Grinsen nicht verkneifen. Vorhin hatte ich extra noch mein Horoskop befragt, das sich zwar etwas vage, aber nicht unbedingt negativ geäußert hatte.

Venus eilt zur Hilfe und verleiht Ihnen Anmut, Liebreiz und Charme. Sie wirken betörend auf Ihr Umfeld. Es sieht ganz nach aufregenden Begegnungen aus.

Was auch immer das bedeutete.

Eigentlich hatte Aida mitkommen wollen, die ihren Dienst jedoch in letzter Minute mit einer bettelnden Kommilitonin getauscht hatte, nicht wissend, dass diejenige davor ihren mit Nick gewechselt hatte, damit der das Wochenende freihatte. Bisher hatte ich nicht gewusst, wie viele Arten von Verwünschungen Aida in diversen Sprachen draufhatte – bis sie hinter das von Nick eingefädelte Komplott gekommen war.

Als sich die Tür endlich öffnete, erschien Jemaillas Lockenkopf im Spalt. Ihr Lächeln wurde breit, als sie mich sah. »Hey, schön, dass du es hergeschafft hast.« Schwungvoll trat sie beiseite. »Komm rein.«

Jemaillas Wohnung entpuppte sich als sehr gemütlich, sie war ganz in Weiß gehalten, überall hingen Schwarz-Weiß-Aufnahmen von Landschaften, irgendwelchen Leuten oder Tieren. »Hast du die alle gemacht?«

Sie nickte. »Ja, Fotografieren ist mein Hobby, aber nicht dieses moderne Photoshop-Digital-Dingens. Ich mach das noch ganz altmodisch mit der alten Leica meines Vaters und Filmrolle. Das bringt erst Atmosphäre in die Bilder.«

»Die sind echt toll«, schwärmte ich. Schon immer hatte ich eine Schwäche für künstlerisch begabte Menschen gehabt. Leider zeichnete ich wie eine Dreijährige, und sportliche Betätigung fiel für mich von jeher flach, nur singen konnte ich immerhin.

Jemailla führte mich am Arm in die Küche. »Komm mit, besorgen wir dir erst mal was zu trinken.« Sie deutete auf ein paar Flaschen, die überall herumstanden. Einige Leute unterhielten sich in Grüppchen, im Hintergrund lief ein bekannter House Song, auf dessen Titel ich gerade nicht kam.

»Hey, Jemailla, was geht ab?« Ein schwarzhaariger Typ mit zurückgegelten Haaren legte jeweils einen Arm um meine und um Jemaillas Schulter. Er musterte mich grinsend und mit glasigen Augen und scheute sich nicht, gleich ordentlich zu baggern. »Hi, Engel. Endlich mal ein geiles Schnittchen hier.«

Ich brachte ein gezwungenes Lächeln zustande. »Hey.« So unauffällig wie möglich befreite ich mich aus seiner Umklammerung.

»Hör auf damit, jede Frau hier anzubaggern, Zoran«, fuhr Jemailla ihn an. Offensichtlich war seine mir gewidmete Aufmerksamkeit nicht an Exklusivität gebunden. Puh, Glück gehabt.

»Ach, komm schon. Ist doch ’ne Singleparty, weshalb sind die Schnitten denn sonst hier?« Er zwinkerte mir zu.

Wieder einmal staunte ich über die absolute Selbstüberschätzung mancher Exemplare dieser Gattung.

»Was willst'n trinken, Süße? Soll ich dir einen *Fuck me up* wixen, äh, mixen?«

Ich unterdrückte ein gequältes Ächzen. »Ähm, ein Bier tut es fürs Erste.«

»Komm mit.« Jemailla gönnte Zoran einen bitterbösen Blick. »Im Kühlschrank steht alles.« Dann wandte sie sich wieder Zoran zu. »Und du pass auf, wie du mit meinen Gästen redest, sonst fliegst du raus.«

»Was?« Er hob beide Hände an. »Hast du dich noch nie versprochen?«

Währenddessen betete ich zu Gott, dass dieser Zoran nicht dieser einzig kompatible Mann in meinem Leben für mich war, von dem Madame Burchard geschwafelt hatte. Nein. Ich schüttelte vehement den Kopf – so grausam konnte das Schicksal nun auch wieder nicht sein, nicht nach der Pleite mit meinem schwulen Ex. Mein Soll an Reinfällen hatte ich zwischenzeitlich reichlich erfüllt.

»Verzieh dich.« Jemailla wedelte mit einer Hand in Richtung Zoran, als wäre er eine streunende Katze. Nebenher öffnete sie den Kühlschrank und reichte mir ein Corona.

»Danke.« Ich öffnete es mit dem Flaschenöffner, der an einer Schnur am Kühlschrank baumelte, ehe ich ein Stückchen Zitrone von einem Brett daneben mit dem Zeigefinger durch den Flaschenhals drückte. »Also ist Zoran nicht dein Stargast?« Ich zwinkerte ihr zu, worauf sie ächzte, als wäre eine Presswehe im Anrollen. »Zoran kenne ich schon ewig, er ist eigentlich ganz nett. Aber wenn er was getrunken hat, wird er unausstehlich.«

»Ist mir jetzt gar nicht aufgefallen.«

Sie lachte. »Ach, Engel, wenn das so ist. Ich wollte eurem Glück nicht im Wege stehen.«

»Ist schon okay«, versicherte ich abwehrend. Ich sah mich

um. »Sind aber doch ganz schön viele Singles da.« Ich nippte an meinem Bier. »Vor allem Frauen.«

»Nachher kommen noch ein paar Jungs.« Ihre Lider senkten sich für einen Moment. »Äh, vielleicht sollte ich dich vorwarnen.«

Vorwarnen? »Was denn?«

»Tobi kommt auch vorbei.«

»Was?«, keuchte ich. »Du hast ihn eingeladen?«

»Er bringt ein paar Singlefreunde mit, ich muss doch auch ein paar Männer einladen«, verteidigte sie sich.

»Schon gut«, sagte ich einlenkend. Immerhin war es ihre Party. Dann würde ich mich mit der Traummannsuche einfach beeilen und mit meinem Auserwählten abhauen, sobald der Albtraum meiner Jugend hier aufkreuzte. Ich beschloss, eine Art imaginäre Liste aller potenziellen Verdächtigen dieser Party zu führen, auf der Zoran prophylaktisch schon mal rot durchgestrichen war.

»Jemailla«, rief jemand. »Gibt es noch Chips?«

»Ich hol gleich welche.« Sie wandte sich an mich und wirkte leicht gestresst. »Memo an mich selbst: Keine Partys mehr schmeißen, nur noch welche besuchen.«

Ich kicherte. »Ich schau mich mal um, bis nachher.«

»Tu das«, sie winkte im Weggehen. »Wenn du was brauchst, bedien dich einfach.«

»Okay.« Über den schmalen Flur gelangte ich ins Wohnzimmer. Dort waren sämtliche Möbel und der Couchtisch an der Wand aufgereiht, sodass nun in der Mitte eine freie Fläche war, wo sich noch mehr Leute, überwiegend Frauen, unterhielten, oder ihre Hüften im Takt kreisen ließen. Mein Blick schweifte auf der Suche nach geeigneten Kandidaten für meine Liste durch den Raum. Zwei Typen standen gegen den Schrank gelehnt und nippten an ihrem Bier. Zwei weitere saßen auf der

Couch, einer knutschte wild mit einem Mädchen, den konnte ich getrost streichen. Puh, diese Sucherei wurde langsam echt anstrengend. Normalerweise ließ ich die Dinge – besser gesagt die Männer – lieber auf mich zukommen. Ja, ich mochte es, erobert zu werden, auch wenn die *Stars & Romance* in mehreren Artikeln behauptete, dass die moderne und selbstbewusste Frau von heute beim Kennenlernen durchaus selbst zur Tat schreiten durfte. In dieser Hinsicht war ich altmodisch, ich glaubte fest daran, dass ein Mann eine Frau erst zu schätzen wusste, wenn er um sie gekämpft hatte wie der Höhlenmensch um den Säbelzahntiger. Ein dumpfes Gefühl der Erkenntnis überkam mich. Hatte ich es meinem Schweden damals zu leicht gemacht, als ich gleich am ersten Tag mit auf sein Hotelzimmer gegangen war? Aber er hatte mich so scharf gemacht, und außerdem hatte eine Gastkolumnistin in der *Stars & Romance* mal geschrieben: Frauen, werdet mutiger bei der Partnersuche! Und das war ich gewesen, da konnte mir keiner das Gegenteil nachsagen.

Jemand tippte mir auf die Schulter. »Hallo.«

Ich sah in ein pickeliges Gesicht. Der Kleine war mindestens zehn Jahre jünger als ich. Als er mich schüchtern anlächelte, blitzte eine Zahnspange auf.

Ich schenkte ihm ein freundliches Lächeln. »Hi. Alles klar?«, fragte ich mit dem gütigen Klang eine Kinderkrankenschwester. Er wirkte so unsicher, dass er mir leidtat. Ob er seine Mama verloren hatte?

»Ich sehe nur jünger aus. Ich bin schon achtzehn«, beeilte er sich zu versichern, als hätte er meine Gedanken gelesen. »Du bist echt hübsch.« Seine Stimme quiekte zwischendurch immer mal seltsam. War er im Stimmbruch?

»Danke«, sagte ich geschmeichelt. Hey. Kompliment war Kompliment. Da sollte man nicht so wählerisch sein. Vor allem, wenn man mit netten Worten nicht gerade überschüttet wurde, so wie ich.

»Magste noch ein Bier? Ich spendier dir eins.«

Och, das war aber lieb. Okay, hier war sowieso alles gratis, aber der Gedanke zählte. Ich hielt ihm meine halb volle Flasche vor die Nase. »Nachher vielleicht. Wie heißt du eigentlich?«

»Stefan.« Er nippte an seinem Bier, das allerdings noch fast voll war. Es schien ihm nicht richtig zu schmecken.

»Und wie alt bist du wirklich?«

Röte färbte seine Wangen. Oje. Wenn die Polizei die Party hochnahm, hatte Jemailla definitiv ein Problem. Langsam sollte ich das Gespräch beenden. Immerhin war ich nicht zu meinem Vergnügen hier, sondern in geheimer Mission. Die Zeit lief mir davon. Ich beschloss, den guten alten Toilettentrick anzuwenden.

»Du«, ich lächelte ihn an. »Ich muss mal ganz kurz.«

»Stefan«, unterbrach Jemailla mich mit wütender Stimme und schnappte meinen Gesprächspartner am Ärmel. »Ich hab dir gestern schon gesagt, dass Kinder auf meiner Party nichts verloren haben, also marsch nach Hause.« Sie riss ihm die Bierflasche aus der Hand. »Du trinkst Alkohol? Sag mal, spinnst du?«

»Nur ein paar Schluck. Bitte, darf ich noch ein bisschen bleiben?«, bettelte Stefan mit vorgeschobener Unterlippe. »Ich unterhalte mich doch gerade so gut.«

»Nix da, sonst hol ich deine Mutter.« Nach einem energischen Schubs setzte er sich in Bewegung.

»Spielverderberin«, maulte Stefan und winkte mir zu. »Ich wohne gegenüber, falls du mich mal besuchen möchtest.«

»Der Nachbarsjunge, er ist fünfzehn. Das schlimmste Alter, kann ich dir sagen«, seufzte Jemailla. »Und, amüsierst du dich gut?«

»Ja, tolle Party.« Ich trank den Rest von meinem Bier aus. Irgendwie kam ich mir fehl am Platz vor. Außer Jemailla kannte ich hier niemanden, die anderen hingegen wirkten, als würden sie sich schon seit Ewigkeiten kennen. Das erinnerte mich an meine Studienzeit in Würzburg. Da hatte ich immer Leute getroffen und auch meine ganzen Freunde dort gehabt. Aber hier in Nürnberg fiel es mir schwer, Leute kennenzulernen. Heiko war der Erste, der mir nach meinem Umzug über den Weg gelaufen war, und deswegen hatte ich mich vielleicht auch so an ihn geklammert. Anfangs hatten wir alles zusammen gemacht, waren überall gemeinsam aufgekreuzt. Wir waren total aufeinander fixiert gewesen. Umso heftiger hatte mich dann sein Geständnis getroffen.

Jemailla nahm mich bei der Hand. »Komm mit, ich stell dich ein paar Leuten vor. Siehst du den da?« Sie deutete auf einen Typen mit schulterlangen braunen Haaren, der in der Ecke lehnte und an einer Cola nuckelte. Auch er war auf den ersten Blick nicht gerade ein Beitrittskandidat meiner Liste potenzieller Traumpartner. Ich erschrak. Ob ich am Ende zu wählerisch war? Aber ein wenig Sympathie musste schon mit im Spiel sein, oder? Zudem war die Optik ein nicht zu verachtendes Feature bei einem Mann. Ich strich ihn von meiner sowieso schon kurzen Liste. Beinahe sehnte ich mich nach Tobi und seinen Freunden. Vielleicht war da ein brauchbares Exemplar dabei, selbst wenn ich dafür Tobis Nähe in Kauf nehmen musste.

»Das ist Lutz, seine Freundin hat sich eine Bulldogge angeschafft, und daraufhin hat er sie vor die Wahl gestellt: der Hund oder er.« Sie kicherte in ihre Hand. »Die Gute hat sich für den Hund entschieden.«

Lautes Gejohle ließ uns herumfahren, denn eine ganze Horde gut gelaunter Kerle stürmte das Wohnzimmer. Na endlich. Die Party konnte beginnen.

8

Tobi

Mittlerweile war der Laden proppenvoll. Ich hatte mich zu Chad gesellt, da Dominik immer noch malochte. Die beiden Mädels waren ganz nett. Die Hübschere, also Chads Eroberung, hing inzwischen an ihm, als hätte man sie mit Superkleber fixiert. Chad bestellte ihr einen Drink nach dem anderen, betörte sie mit seinem amerikanischen Akzent und ließ seine Hand immer wieder wie zufällig über ihren Hintern gleiten. Ihr schien das nichts auszumachen. Die andere hingegen riss kleine Papierfetzen von ihrem Bierdeckel und redete nur, wenn ich sie etwas fragte, was die Unterhaltung recht zäh gestaltete. Dominik kam an unserem Tisch vorbei und stellte Chads Begleiterin einen Whiskey-Sour hin. Er nickte mir zu. »Gleich gibt es 'ne Versteigerung.«

»Was wird denn versteigert?«

Dominiks Grinsen wurde breiter. »Werdet ihr gleich sehen, ist für einen guten Zweck.«

»Bringst du mir noch ein Bier?« Ich wandte mich an das eingeschüchterte Häschen neben mir. »Auch was?«

Sie errötete. »Nein, danke.«

Langsam fing sie an, mir auf die Nerven zu gehen. Ich war drauf und dran, Chad mitzuteilen, dass ich zu Jemaillas Party abhauen würde. Die beiden konnten ja nachkommen, wenn sie wollten.

Nachdem Dominik wieder abgezogen war, stellte sich Frank,

der Inhaber der Kneipe und dazu sein eigener bester Kunde, auf das schmale Podest in der Ecke, wo normalerweise ein paar Sitzkissen lagen. Die Musik wurde leiser gestellt.

»Alle mal herhören«, rief er durch das Stimmengewirr, das nach und nach abebbte. Alle Gesichter wandten sich ihm zu. »Da heute Valentinstag ist und die Pärchen unter euch offenbar total unromantisch sind, sonst wären sie heute nicht hier …«

Leise Buhrufe unterbrachen seine Rede. Frank räusperte sich. »Also, und weil die Singles hier wohl auch nichts auf die Reihe kriegen.«

Sollte ich mich angesprochen fühlen? Immerhin war ich so ein Zwischending, denn meine Trennung war noch gar nicht lange genug her, um in Sachen Frauen nichts auf die Reihe zu kriegen. Ich beschloss, seine unterschwellige Kritik nicht persönlich zu nehmen. Schon wieder wurde gebuht, nun allerdings von denen, die vorher ruhig gewesen waren. Frank leerte das Schnapsglas in seiner Hand.

»Deswegen wollte ich euch etwas unter die Arme greifen. Für einen guten Zweck gibt es jetzt eine Kussversteigerung.«

Tosendes Gelächter unterbrach ihn. Ich schüttelte den Kopf. Eine Kussversteigerung? Anscheinend war Frank heute mal wieder in einer Art Delirium. Er liebte es, seine Mitmenschen zu verkuppeln. Weihnachten hatte er einen Mistelzweig über der Eingangstür aufgehängt und wildfremde Menschen dazu genötigt, sich gegenseitig die Zunge in den Hals zu stecken, wenn sie zufällig bei der Tür aufeinandertrafen oder auch nur versehentlich in die Nähe des dämlichen Gestrüpps gerieten. Das hatte einige Stammgäste so genervt, dass sie erst nach Silvester wieder aufgetaucht waren. Anscheinend hatte Frank den Gong nicht gehört, denn es war Februar, und er machte munter weiter mit dem Vergraulen der Gäste. Ich stützte mich mit dem Ellenbogen am Stehtisch auf und wartete gespannt die Versteigerung ab. Drei Leute am Tisch neben uns legten ein paar Scheine auf die Tischplatte und verzogen sich unauffällig. Der tapfere Rest jedoch blieb.

»Hey, Frank«, rief eine rothaarige Frau schon sichtlich angeheitert. »Was zahlst du mir, wenn ich dich küsse?«

Franks Kopf wurde rot. »Du raffst wieder nichts, Lisa. Erstens würde ich dich niemals küssen, für kein Geld der Welt. Und zweitens geht es um eine wichtige Sache. Wie manche hier vielleicht wissen, hat es bei Tom letzte Woche gebrannt.« Er deutete auf einen Typen in einem verwaschenen ACDC-Shirt, der an der Bar saß und mit trauriger Miene nickte. Tom hatte sich vergangene Woche nach einem langen feuchtfröhlichen Abend bei Frank spät nachts noch Fischstäbchen gebraten und war dabei eingeschlafen. In seinem Delirium hatte er nichts bemerkt, bis die Feuerwehr die Haustür mit einer Axt eingeschlagen und die halbe Wohnung unter Wasser gesetzt hatte. Erst dann war er aufgewacht.

»Wir wollen ein bisschen Geld für ihn sammeln und das Ganze mit ein wenig Spaß für euch verbinden.« Frank sah sich um. »Also, wer will als Erstes?« Er machte eine einladende Handbewegung. »Traut euch.«

»Ich mach's«, rief Lisa und torkelte zu Frank. Er half ihr hoch aufs Podest, sah dabei allerdings nicht glücklich aus. In Ermangelung weiterer Kandidatinnen fügte er sich allerdings wohl oder übel in sein Schicksal.

»Also, dann fangen wir mal an. Fünf Euro für einen Kuss von Lisa, wer von euch bietet fünf Euro?«

Indessen schwankte Lisa auf ihrer Empore, sodass Frank einen Arm um ihre Hüfte legen musste, um einen Sturz abzuwenden. »Fünf Euro, jetzt habt euch doch nicht so. Es geht alles an Tom, jeder Cent«, drückte er auf die Tränendrüse.

Die Gäste lachten, sahen sich immer wieder nach Freiwilligen um.

»Zwei Euro«, drückte Frank schließlich sein Angebot und handelte sich einen empörten Blick von Lisa ein. »Hey, ich dachte, bei einer Versteigerung erhöht man sein Angebot«, widersprach sie mit schwerer Zunge.

»Es hat noch keiner geboten«, raunte Frank ihr zu. Erste Schweißperlen bildeten sich auf seiner Stirn, denn offenbar wurde ihm gerade bewusst, dass seine Idee doch nicht so glorreich gewesen war.

»Jetzt kommt schon.« Frank klang sauer. »Ihr seid solche Spielverderber.«

»Also gut«, kam es von weiter hinten. »Zwei Euro.« Ein blonder Typ mit Hornbrille bahnte sich seinen Weg nach vorne und zückte im Gehen seine Geldbörse.

Lisas Miene verdunkelte sich. »Warum steigerst du mit, Siggi? Du bist mein Freund. Wir können uns auch umsonst küssen.«

»Wenn doch keiner will«, setzte er sich zur Wehr und wirkte verwirrt. »Wollte dir doch bloß helfen. Du hättest ja keinem sagen müssen, dass wir zusammen sind.« Umständlich stieg er aufs Podest und reichte Frank, der unglaublich erleichtert wirkte, zwei Euro. Dann drückte er Lisa unter dem Applaus und Gejohle der Zuschauer einen Kuss auf den Mund. Sie schob ihn von sich und sprang auf den Fliesenboden, dabei taumelte sie ein paar Schritte nach vorne und wurde in letzter Sekunde von einem älteren Mann aufgefangen. Währenddessen klopfte Frank mit einem Kaffeelöffel an sein Schnapsglas, um die Aufmerksamkeit wieder auf sich zu lenken.

Frank wischte sich mit einem zusammengefalteten Kleenex den Schweiß von der Stirn. Wahrscheinlich verfluchte er seine bescheuerte Idee gerade selbst. Aber er rappelte sich erstaunlich schnell wieder auf und bat erneut um Ruhe. Wie es aussah, ging das Spiel tatsächlich in die nächste Runde.

»So, dann machen wir mal weiter.«

Eine weiche Melodie, die ich nur von Striptease-Darbietungen kannte, unterbrach seine Rede. Dominik spielte grinsend an der Anlage, worauf Frank ihn mit Daumen und Zeigefinger symbolisch erschoss.

»Also, Freiwillige vor«, rief Frank durch das Stimmengewirr, »denkt immer daran, es ist für einen guten Zweck.« Er deutete auf Tom, der sich gerade seine Halbe und ein Riesensandwich für acht Euro schmecken ließ. Ich stieß die Kleine neben mir an. Mittlerweile lag auf unserem Tisch alles voller Papierschnipsel, von ihrem Bierdeckel hingegen war nichts mehr übrig. »Was ist mit dir? Keine Lust?«

Erschrocken schüttelte sie den Kopf. »Ganz bestimmt nicht. Damit mich alle anstarren?«

Warum hatte ich diese Antwort bereits erwartet?

»Und du?«, fragte ich Chad. »Ist doch für einen guten Zweck«, ahmte ich Frank nach.

Chad schien langsam das Interesse an der Brünetten zu verlieren, die ihm immer dichter auf die Pelle rückte. Ich glaubte, sie vorhin sogar etwas in der Art wie »nachher noch mit zu mir« hatte flüstern hören. In dieser Hinsicht verstand ich Chad einfach nicht. Er konnte reihenweise Frauen haben, ging aber nie übers Ziel. Versteh einer die Amis.

Chads Grinsen wurde breiter, er nahm die Hand von dem Mädel und leerte sein Glas in einem Zug. »Why not? Sounds like fun. Ihr Deutschen seid doch alle verrückt.« Er tippte sich an die Stirn, bevor er den Arm streckte. »Dürfen Männer auch mitmachen?«, fragte er durch die Kneipe.

In Ermangelung weiterer Bewerberinnen nickte Frank schließlich gottergeben, worauf Dominik die Anlage lauter drehte. Der laszive Song dröhnte in den Boxen, als der muskelbepackte Chad nach vorne tänzelte, dabei immer wieder seinen Hintern in alle Richtungen streckte und sich selbst mit der flachen Hand spankte. Die Menge johlte. Alle Aufmerksamkeit war auf Chad gerichtet, der sein Shirt im Takt der Musik nach oben schob und seinen durchtrainierten Bauch freilegte. Verdammt, der Kerl hatte Muskeln, dagegen konnte ich echt einpacken, obwohl ich auch mehr oder weniger regelmäßig trainierte. Die Frauen kreischten, während sich die Stimmung im Raum sichtlich aufheizte und die Scheiben beschlugen.

Chad tanzte zur Musik wie ein Go-go-Girl an der Stange, er genoss seinen Auftritt sichtlich. Frank hatte ihm mittlerweile das Feld überlassen und schien froh über die ungeahnte Pause zu sein. Er ließ seinen Stargast gewähren, der sich nun unter dem Jubel der Frauen das Shirt über den Kopf zog und es wie ein Lasso über seinem Kopf schwang, ehe er es schließlich in die Menge warf. Die Brünette an meinem Tisch stürmte nach vorne und entriss einer anderen das sich im Anflug befindliche Stück Stoff. Als hätte sie ein Kleinkind nach einem Fenstersturz aufgefangen, presste sie sein Shirt an ihr Herz und schnüffelte mit geschlossenen Augen daran. Plötzlich waren sie und ihre Freundin mir nicht mehr ganz geheuer.

Die ersten Angebote wurden gerufen.

»Fünf Euro.«

»Sieben.«

»Ich biete zwanzig.«

So ging es Schlag auf Schlag, sämtliche Frauen schienen plötzlich Gefallen an dem Spiel zu finden, und Frank sonnte sich richtiggehend in der Aufmerksamkeit, indem er die Angebote im Blick behielt und mit wichtiger Stimme den derzeitigen Stand wiederholte. Tom an der Bar bestellte sich grinsend eine doppelte Asbach Cola. Ich war gespannt, wer letzten Endes das Rennen machen würde, denn Chads Eroberung steigerte verbissen mit, warf zwischendurch allerdings immer wieder einen Blick in ihre Geldbörse. Schließlich beugte sie sich zu mir, behielt dabei aber das Geschehen im Blick. »Nehmen die hier auch Visa?«

Ich schüttelte den Kopf. »Nur bar.«

In einem Anflug von Mitleid war ich drauf und dran, ihr zu stecken, dass Chad sie wahrscheinlich sowieso küssen würde, weil er das eigentlich bei allen Frauen tat, die er kennenlernte. Doch ich wollte ihr den Spaß am Spiel nicht verderben.

»Dreiundfünfzig Euro«, rief eine Blonde.

Ich traute meinen Ohren kaum.

»Sag mal, spinnst du?«, empörte sich ihr Begleiter. »Du bist mit mir hier.«

Sie strafte ihn mit Nichtachtung, denn Frank zählte soeben den Einsatz an.

»Zum Ersten.«

Die Brünette neben mir gab dem armen Stehtisch einen Tritt.

»Zum Zweiten.«

»Ich hau ab«, sagte der Gedisste und marschierte in Richtung Tür, während seine ehemalige Begleitung ein siegessicheres Lächeln zur Schau trug. Chad gab alles, tanzte, warf sich auf den Boden und machte einhändige Push-ups, was seinen Armumfang um einiges anschwellen ließ. Die Frauen im Raum gerieten außer sich. Wow, zum ersten Mal bekam ich einen direkten Eindruck davon, wie sich Elvis Presley damals gefühlt haben musste, wenn die Mädels reihenweise seinetwegen in Ohnmacht gefallen waren.

»Zum Dritten«, beendete Frank schließlich das Spektakel, worauf die Gewinnerin in hysterisches Jubelgeschrei ausbrach.

Beide Arme in die Höhe gereckt, schwebte sie nach vorne, wo sie aufs Podest hopste und Frank das Geld überreichte. Die Trauer über den Abgang ihres Typen schien sich in Grenzen zu halten. Was für eine schwachsinnige Show!

Aus einem Impuls heraus drehte ich mich um. Eine Frau mit kurzen hellbraunen Haaren starrte mich an. Als sie mir ein kleines Lächeln schenkte, nickte ich ihr zu. Dann widmete ich meine Aufmerksamkeit wieder Chad, der die Gewinnerin wirkungsvoll um die Taille schnappte, sie nach hinten sinken ließ, sodass er sie halten musste, bevor er ihr einen langen und, wie es aussah, feuchten Kuss schenkte. Wir applaudierten, viele johlten, die Stimmung hatte sich wirklich um 180 Grad gedreht. Selbst meine Laune hob sich. Wahrscheinlich musste ich die Dinge einfach lockerer sehen. Nicht jede Begegnung musste irgendwann vor dem Traualtar enden, dazwischen gab es noch einige Schattierungen. Es war ja nicht so, dass ich vor Ellen nie einen One-Night-Stand gehabt hätte, immerhin war ich kein Heiliger. Aber als ich mich für sie entschieden hatte, war Treue für mich selbstverständlich gewesen. Nur langsam erreichte mich die Einsicht, dass ich in dieser Hinsicht keine Rücksicht mehr zu nehmen brauchte. Vielleicht ergab sich auf Jemaillas Party ja wirklich etwas. Ich würde es einfach darauf ankommen lassen.

»Noch Freiwillige?« Frank klang mittlerweile recht selbstbewusst.

»Ich.«

Die Frau, mit der ich vorhin Augenkontakt hatte, lief mit schwingenden Hüften nach vorne und ließ sich von Frank aufs Podest helfen. Dieses Mal verloren die männlichen Gäste all ihre Scheu, die sie noch bei Chads Darbietung an den Tag gelegt hatten. Chad hatte sich mittlerweile mit der Gewinnerin an die Bar verzogen, wo er mit ihr Tequila trank. Die Brünette und ihre Freundin rauschten beleidigt ab, noch ehe ich Adios sagen konnte. Was konnte ich dafür?

»Fünf Euro, wer bietet mehr?«

Ich wandte den Blick von den beleidigten Hühnern ab und widmete meine Aufmerksamkeit der Versteigerung. Ihre Darbietung war nicht ganz so unterhaltsam wie die ihres Vorgängers, dazu umwölkte sie in ihrem grünen Strickpulli ein Hauch von Öko, der sie jedoch nicht unattraktiv machte. Ich leerte mein Bier, während sich nun die Jungs im Raum gegenseitig überboten, wohl hauptsächlich, um es den Frauen mit gleicher Münze heimzuzahlen.

Aus einer Laune heraus steigerte ich mit.

»Fünfunddreißig Euro.« Als ich die Hand hob, musterte sie mich auf eine seltsame Art, während Frank mein Angebot im Auktionssprechmodus wiederholte.

»Achtunddreißig Euro«, rief irgendwo jemand, woraufhin sich die Frau auf dem Podest zu Frank beugte und ihm etwas ins Ohr flüsterte. Er stutzte zwar, nickte dann aber mit hängenden Schultern. Was sie wohl gesagt hatte?

Ich beschloss, noch einen Schuss abzufeuern, wollte den Betrag für Tom noch etwas in die Höhe treiben, der sich schon wieder ein Bier bestellte. Danach wollte ich auf Jemaillas Party verschwinden, denn Chad war festgeeist. Mittlerweile tranken er und seine Neue zum dritten Mal Brüderschaft miteinander. Dominik hatte noch einen Berg Gläser abzuspülen. Sollten die beiden halt nachkommen, wenn sie wollten.

»Vierzig Euro«, sagte ich, stand auf und nahm meine Jacke, die über dem Barhocker hing.

Dann ging alles blitzschnell.

»Vierzig zum Ersten, zum Zweiten und zum Dritten«, ratterte Frank herunter und klimperte mit seinem Kaffeelöffel gegen das Glas.

Empörte Rufe mischten sich unter den Applaus.

»Hey, ich wollte noch bieten.«

»Schiebung.«

»Betrug.«

Frank zuckte mit den Schultern und winkte mich mit einem Finger zu sich, da ich noch immer starr an derselben Stelle stand. Was war denn hier passiert? Mit dieser Wendung hatte ich jetzt überhaupt nicht gerechnet.

»Tobi, Tobi«, feuerte Chad mich von der Bar aus an, auch Dominik winkte wild in Richtung Podest.

Mein Blick fiel auf die Frau mit den kurzen Haaren. Sie lächelte mich selbstbewusst an, und für einen Moment überkam mich das Gefühl, sie hätte es darauf angelegt, dass ich den Zuschlag bekam.

Scheißegal.

Ich ging nach vorne und stieg aufs Podest. Erst dort oben bemerkte ich, dass sie mir nicht mal bis zum Brustkorb reichte, was mich ein wenig irritierte. Normalerweise stand ich nicht auf kleine Frauen. Keine Ahnung, warum, ich mochte einfach große Frauen mit langen Beinen lieber.

Unter Lachen und Pfiffen beugte ich mich zu ihr und küsste sie auf den Mund. Sie schmeckte süßlich nach Pfirsich und hatte weiche Lippen. Als sie mir die Hände um den Nacken legte und mir mit den Fingerspitzen über die Haut strich, schickte sie einen Blitz bis hinunter in meine Lenden. Die Geräusche um mich herum wurden leiser, unwichtiger. Verdammt, hatte ich das vermisst. Ich öffnete ihre Lippen mit meiner Zunge. Unsere Zungen spielten miteinander, ich zog sie enger an meine Brust. Wir versanken in einem langen Zungenkuss und ließen erst voneinander ab, als Frank in mein Ohr rief: »Genug jetzt.«

Schließlich löste ich mich von ihr. Wir sahen uns immer noch in die Augen, als ich Frank zwei zusammengerollte Geldscheine in die Hand drückte.

»Dieser Kuss war sein Geld wert«, sagte ich, worauf sie mir ein wunderschönes Lächeln schenkte.

»Allerdings.« Ihre Stimme klang hoch, nicht so rauchig und sexy wie die von Ellen, aber angenehm.

»Ich bin Tobi«, sagte ich heiser und räusperte mich. »Normalerweise stelle ich mich erst vor und küsse dann.«

»Tja, man kann nicht immer alles planen. Ich bin Lavinia.«

»Möchtest du was trinken?«, fragte ich, während ich auf den Stehtisch deutete, an dem ich bis eben noch gesessen hatte.

»Gern.«

Wir gingen hinüber und setzten uns auf die hohen Barhocker. Ich winkte Dominik heran und bestellte zwei Wodka Lemon.

»Eigentlich war ich gerade auf dem Sprung«, sagte ich und hängte meine Jacke wieder über den Stuhl.

Sie machte ein enttäuschtes Gesicht. »Das ist aber schade.« Ihr Lächeln ließ ihre Augen strahlen. »Dann konnte ich deinen Abgang also in letzter Sekunde verhindern.«

Dominik stellte die beiden Gläser vor uns und nickte hinter ihrem Rücken, als wollte er sichergehen, dass ich die Chance auch ja beim Schopf ergriff. Ausgerechnet der.

Nachdem wir miteinander angestoßen hatten, nahm ich einen Schluck der pappsüßen Flüssigkeit und verzog die Lippen. Bier war mir lieber. Sie hingegen nuckelte am Strohhalm wie ein Neugeborenes an der Brust.

»Was hast du Frank eigentlich zugeflüstert?«, fragte ich, während ich ihr Gesicht studierte.

Sie zupfte sich ein paar Strähnen ihres Ponys in die Stirn. »Dass er dir den Zuschlag geben soll, sonst breche ich die Show ab.«

»Oh.« Ich schluckte. »Wow. Ich schätze, ich sollte mich jetzt wohl geehrt fühlen.«

Lavinia ließ einen Finger über den Glasrand kreisen. »Hättest du mich sonst angesprochen?«

»Wahrscheinlich nicht«, gab ich zu. »Ich hatte dich ehrlich gesagt gar nicht bemerkt«, log ich, um cool zu wirken.

»Deswegen habe ich die Initiative ergriffen und konnte gleichzeitig testen, ob du überhaupt küssen kannst.« Sie grinste. »Sonst wäre es nämlich nichts mit uns geworden.«

»Nichts dem Zufall überlassen, was?« Ich trank einen großen Schluck und stellte fest, dass der Wodka größtenteils im Bodensatz steckte.

»Bereust du es?«, fragte sie.

»Gibt es denn bei einem Kuss irgendwas zu bereuen?«

Sie zuckte auf laszive Art mit den Schultern, dabei benetzte sie ihre Oberlippe mit der Zungenspitze, und mir wurde klar, dass der Kuss vorhin wohl nur der Anfang gewesen war. Ich hatte nichts gegen Frauen, die leicht zu haben waren. Ganz und gar nicht.

Zu Testzwecken legte ich einen Arm um ihre Taille, und sie rückte tatsächlich näher an mich heran. Ein blumiger Duft stieg mir in die Nase, etwas in der Art von Maiglöckchen. Ein billiger Mädchenduft, aber zu ihr passte er irgendwie.

Ich hob mein leeres Glas und betrachtete es. »Was ist? Hauen wir ab?« Normalerweise ging ich in so einer Situation subtiler vor, aber männliche Intuition sagte mir, dass dies hier nicht von Nöten war. Und sie stand tatsächlich auf.

»Okay. Wohin?«

»Das sehen wir dann.«

Sie lächelte mich an. Ihr kurzes Haar leuchtete im Kneipenlicht heller, als es wohl in Wirklichkeit war. Der Leberfleck an ihrem Mundwinkel hob sich ein wenig von ihrer Haut ab und fesselte immer wieder meine Aufmerksamkeit. Allerdings wusste ich nicht, ob ich ihn mochte. Unter ihrem weiten Strickpulli konnte ich ihre Figur nur erahnen, aber sie musste sehr zierlich sein, Rundungen konnte ich nirgends entdecken. Ohne Zweifel war sie ganz hübsch, diese Art von Attraktivität, die eine Frau zwar nicht abheben ließ, ihr jedoch genügend Selbstbewusstsein verlieh, um genau zu wissen, was sie wollte. Ich konnte mir durchaus einen One-Night-Stand mit ihr vorstellen. Warum auch nicht? Denn das Allerbeste war: Sie war überhaupt nicht mein Typ.

9

Jenny

Ich saß auf Jemaillas Sofa und hielt mein wer weiß wievieltes Bier in der Hand. Irgendwie hatte ich mich ein wenig mit der Alkoholmenge vertan, die mich langsam in einen gnädigen Dämmerzustand versetzte. Zu allem Übel hatte sich Zoran zu mir gesellt und redete unablässig auf mich ein. Die netten Jungs hatten sich zwischenzeitlich wieder verzogen. Es war zum Verrücktwerden.

Zoran stieß mir zum wiederholten Mal seinen Ellenbogen in die Rippen. Nein, ich weigerte mich, ihn als meine Prophezeiung anzusehen. Eher wählte ich den immer vielversprechenderen Ausweg und steckte meinen Kopf in den Backofen.

»Du gefällst mir.« Er nickte grinsend. »Bist viel schöner wie meine Ex. Ich sag's dir, mit der war ich fünf Jahre zusammen, und in der Zeit isse so in die Breite gegangen.« Er veranschaulichte seine Geschichte, indem er ihren Leibesumfang mit den Händen nachformte.

»War dauernd nur am Essen, da konntste hingehen, wann de wolltest, die hat immer was gekaut. Und wenn du se gefragt hast, ob se nich mal abnehmen will. Weißte, was die dann geantwortet hat? Es wären die Drüsen.« Er nahm einen großen Schluck aus seiner Wodkaflasche und hielt sie mir hin. »Auch mal?«

»Nein, danke.« Ich zwang mich zu einem freundlichen Lächeln und rückte unauffällig ein Stück von ihm ab.

»Aber du«, redete er weiter und musterte mich von oben bis unten. »Du gefällst mir. Du bist so schön schlank. So schlank war meine Ex auch mal, als ich se kennengelernt habe, drüben, bei Oskars Imbiss, da hat se zweimal die Woche ausgeholfen. Wahrscheinlich is se deshalb so fett geworden, wegen der Pommes und dem ganzen Bratöl.«

»Wahrscheinlich.« Ich warf einen Blick auf mein Handy. »Ach du meine Güte, so spät schon.« Entschuldigend zuckte ich mit den Schultern. »Ich muss dann mal gehen, war nett, mit dir zu reden.«

Zoran hielt mich am Arm fest. »Treffen wir uns mal? Ich würd dich sogar einladen, hab ich nich mal bei meiner Ex gemacht. Aber bei dir tät ich's sofort. Gehen wir mal zu Pizza Hut?«

»Du, tut mir leid. Ich steh auf Frauen.« Auf die Schnelle fiel mir keine bessere Ausrede ein.

Zorans Gesicht hellte sich auf. »Ach wa? Du meinst so richtig, mit fummeln und dem ganzen Schweinkram? Saugeil. Wollte schon immer mal dabei zuschauen, wie zwei Mäuse sich gegenseitig …«

Ich stand auf, diesen Typen hielt ich keine Sekunde länger aus. »Ich muss jetzt wirklich gehen«, sagte ich und eilte davon.

»Gibste mir deine Handynummer?«, rief er mir hinterher, aber ich stellte mich taub. Dieser Abend war eine einzige Pleite gewesen. Ich fühlte mich so enttäuscht wie noch nie. Warum war ich auch so blöd gewesen, an diesen Wahrsagerquatsch zu glauben? Ich war selbst schuld. Nach einigem Suchen fand ich Jemailla in einer angeregten Unterhaltung mit Lutz, dem Hundeverächter.

»Hey, Jemailla, ich hau ab. Ist schon spät.«

Sie drehte sich um. »Oh, du willst schon gehen? Echt?«

»Ja, es ist halb zwölf, und ich bin total müde.« Wie zum Beweis gähnte ich hinter vorgehaltener Hand.

Wir umarmten uns.

»Schön, dass du da warst.«

»War 'ne tolle Party.« Ich ließ sie wieder los. »Aber Tobi ist nicht mehr aufgetaucht«, konnte ich mir doch nicht verkneifen und fühlte mich um seine großartig angekündigten Kumpels betrogen. Wo der wohl wieder steckte? Na ja, Unzuverlässigkeit war ja nun beileibe kein neuer Wesenszug an ihm.

Jemailla sah sich um. »Stimmt. Dabei hatte er es mir versprochen.«

Zum Teil war ich dennoch ganz froh, dass Tobi nicht da war. Zoran hatte vollauf gereicht, um mir den Abend zu ruinieren.

»Ähm, Jemailla, falls Zoran nach mir fragt, ich bin lesbisch. Und bitte gib ihm meine Telefonnummer nicht.«

Ihr Lachen klang amüsiert. »Wie es aussieht, konnte er bei dir nicht punkten.«

»Nein«, gab ich zu.

»Er ist eigentlich ganz nett, wenn er nicht gerade betrunken ist.«

»Trotzdem nicht.«

»Okay, ich schweige wie ein Grab.«

Ich winkte im Weggehen.

Mein erster Weg brachte mich zurück ins Wohnzimmer, wo sich meine Jacke in einem großen Haufen versteckte. Ich wühlte mich durch, bis ich sie endlich ganz unten fand. Mein Blick fiel aufs Sofa. Zoran schlief dort, aus seinem Mundwinkel lief ein feiner Spuckefaden, der auf das Polster tropfte. Ich schüttelte mich. Nichts wie weg.

Zwei nette Jungs kamen mir im Treppenhaus entgegen. Der eine hob lässig die Hand. »Hey, Baby«, sagte er mit breitem amerikanischen Akzent. »We are looking for the party.«

»Dritter Stock, zweite Tür links«, sagte ich nach oben deutend, was jedoch nicht nötig gewesen wäre, denn Stimmengewirr und rhythmische Beats waren mir die Treppe nach unten gefolgt. Erstaunlicherweise hatte es noch keinerlei Beschwerden vonseiten der Nachbarschaft gegeben. Kurz erwog ich, die Gunst des Augenblicks zu nutzen, ihnen persönlich den Weg zu weisen und dabei ein Gespräch mit dem schnuckeligen Amerikaner anzufangen. Vielleicht war er mein Mr Right. Nach einem Moment des Zögerns verwarf ich den Gedanken wieder. Ich wollte nach Hause und mich ins Bett legen, die Partystimmung war dahin. Ich warf ein stummes und verbittertes *Dankeschön* die Treppe nach oben und hoffte, es erreichte den Adressaten Zoran.

Draußen auf der Straße hielt ich an und atmete tief durch. Die eisige Luft stach mir in die Lunge wie Hunderte Nadelspitzen. Was für eine Pleite! Dabei hatte ich mich so auf den Abend gefreut. Ein Streifenwagen hielt neben mir. Zwei Polizisten stiegen aus und gingen zielstrebig auf das Mehrfamilienhaus zu, in dem Jemailla wohnte. Ups. Offenbar waren die Nachbarn doch nicht so tolerant, wie ich gedacht hatte. Ich machte, dass ich wegkam. Zum wiederholten Male stellte ich fest, wie ungerecht die Welt war. In der *Stars & Romance* hatte einmal gestanden, dass fünfundzwanzig Prozent aller Menschen in Deutschland Single waren. Das waren zwanzig Millionen Alleinstehende. Wo zum Teufel waren die alle an einem Samstagabend? Kein Wunder, dass die niemanden trafen. Somit wäre auch die Schuldfrage geklärt. Ich hatte mir wahrlich nichts vorzuwerfen. Statt mich zu Hause einzuigeln, hatte ich todesmutig den Großstadtdschungel durchkämmt, auf der Suche nach meinem ganz persönlichen Tarzan. Man könnte ruhig glauben, so viel Heldenmut würde vom Schicksal belohnt, aber nein. Ich fühlte mich noch schlechter als vorher und beschloss, die Sucherei ein für alle Mal aufzugeben. Entweder es passierte oder halt nicht. Diesen Stress konnte ich mir auf lange Sicht nicht antun.

Mein Blick fiel auf einen anthrazitfarbenen Gegenstand, der neben mir im Gebüsch lag. Ich hob ihn auf. Ein Smartphone. Was sollte ich damit machen? Bei der Polizei oder dem Fundbüro abgeben? Suchend sah ich mich nach dem Besitzer um, konnte aber weit und breit niemanden entdecken. Ein mulmiges Gefühl machte sich bemerkbar, ich sollte lieber nicht allein hier in der Dunkelheit herumstehen. Mit großen Schritten ging ich weiter, als das fremde Handy plötzlich »Wherever whenever« von Shakira spielte. Huch, diesen Song hatte ich Jahre nicht mehr gehört. Ich überlegte. Sollte ich drangehen oder den Anruf einfach ignorieren? Immerhin war es nicht mein Handy. Wie gebannt starrte ich auf die leuchtende Handynummer auf dem Display. Vielleicht war es der Besitzer? Schließlich siegte die Neugier.

»Hallo?«

»Wer ist da?«, kam es aus dem Hörer.

»Ähm, Jenny. Und wer bist du?«

»Gregor von Eschental. Du hast mein Handy.«

Er klang nett und war noch dazu adlig. Eine sehr ansprechende Kombination, musste ich mir eingestehen. Seine Stimme klang dunkel, irgendwie verführerisch. Sofort kam mir das GI-Fotomodell in den Sinn und beflügelte meine Fantasie.

»Woher weiß ich, dass du wirklich der Besitzer bist?«

Sein leises Lachen kitzelte bis in meinen Magen wie Himbeerbrause. »Woher sollte ich sonst die Nummer kennen und wissen, dass du ein fremdes Handy in der Hand hast?«

Da war was dran. Aber ich wollte es ihm nicht zu einfach machen. »Das klingt einleuchtend.«

»Also, Jenny, woher hast du mein Handy eigentlich, wenn ich fragen darf?«

»Ich habe es gerade auf dem Gehweg gefunden.«

»Und wo genau?«

Ich überlegte. Ob das seine Masche war? Lockte er so Frauen in einen Hinterhalt? Vielleicht war er ein Sexualstraftäter, auf der Suche nach Spielfreunden für seinen Folterkeller. Andererseits, er hatte ja nicht wissen können, dass eine Frau sein Smartphone fand.

»In der Nähe der Burg«, gab ich vage Auskunft. Unwillkürlich warf ich einen Blick über die Schulter, denn plötzlich fühlte ich mich nicht mehr sicher. Hatte sich da drüben gerade etwas bewegt? Mein Magen zog sich zusammen, ich ging noch schneller. Die Absätze meiner kniehohen Stiefel klapperten verräterisch laut über das Kopfsteinpflaster.

»Oje, dann muss ich es schon vor über einer Stunde verloren haben. Jetzt bin ich am anderen Ende der Stadt. Das ist aber schlecht.«

Puh, wie es aussah, war er nicht hinter mir her. Trotzdem saß mir der Schreck noch in allen Gliedern.

»Ich kann es dir auch schicken«, bot ich ihm an.

»Das wäre eine Möglichkeit. Aber sag mal, läufst du etwa gerade ganz allein in der Dunkelheit herum?« Er klang besorgt.

»Ich bin gleich zu Hause, nur noch zwei Straßen.«

»Trotzdem nicht ungefährlich. Ich bestehe darauf, dich nach Hause zu begleiten.«

»Wie bitte?« Ich riss die Augen auf und warf hastig einen Blick über die Schulter. Hinter mir war nichts zu erkennen, stellte ich erleichtert fest. Sein amüsiertes Lachen drang durchs Handy an mein Ohr.

»Ich meine, ich bleibe so lange am Telefon, bis du sicher zu Hause bist.«

Das war aber lieb von ihm. Mein Herz wummerte in der Brust und zerfloss wie Vanilleeis in der Sonne. Er war ein richtiger Gentleman. Wenn er nur halb so gut aussah, wie seine Manieren waren …

»Oh, das ist wirklich nicht nötig«, spielte ich die Unnahbare.

»Nichts da«, blockte er – wie erhofft – energisch ab. »Ich könnte mir nie verzeihen, wenn du nicht sicher ankommst.«

»Also gut, dann begleite mich«, gestattete ich ihm gönnerhaft, worauf ich in eine hüftschwingende Gangart wechselte, als würde Gregor tatsächlich neben mir laufen.

»Wo kommst du um diese Zeit her?«, fragte Gregor.

»Von der Party einer Freundin.«

»Kein Date zum Valentinstag?«, wollte er wissen.

Irgendwie war es mir unangenehm, meinen Singlestatus zuzugeben. Vor allem an diesem bedeutsamen Datum. Ich kam mir vor wie eine Versagerin, obwohl das vollkommener Blödsinn war. »Dieses Jahr nicht«, wich ich aus. »Und du?«, setzte ich neugierig nach.

»Ich hatte auch keins. Die Richtige dafür ist mir noch nicht über den Weg gelaufen.«

Mein Pulsschlag beschleunigte sich. Gregor von Eschental war tatsächlich Single.

»Ja, so geht es mir auch«, gab ich zu. »Der Richtige war noch nicht dabei.«

Er lachte. »Manchmal vermute ich, dass Valentinstag von irgendwelchen verbitterten Pärchen ins Leben gerufen wurde, um sich an uns glücklichen Singlemenschen zu rächen.«

»Das könnte natürlich sein.« Ich kicherte eine Spur zu lange, mir fielen spontan keine flirty Sprüche ein, und das ärgerte mich. Hoffentlich langweilte ich ihn nicht.

»Wie muss er denn sein? Der Richtige?« Gregor betonte das letzte Wort sehr sexy. Er hatte diese lockere Art an sich, die mich auftaute. Aber er war auch ganz schön neugierig.

»Gar nicht so einfach«, sagte ich nach einiger Bedenkzeit. »Ich meine, es ist nicht so, als hätte ich eine Liste«, *hust*, »oder eine Schablone. Es muss einfach passen, wenn ich ihn sehe. Und bei dir?«, spielte ich den Ball zurück. Irgendwie gefiel mir seine direkte Art.

Sein leises Lachen klang süß. Ich schmiegte mich an sein Handy, um ihm näher zu sein.

»Ganz ähnlich wie bei dir. Ich denke, wenn sie vor mir steht, dann werde ich sie auch erkennen … und nicht mehr gehen lassen. Die Frau, nach der ich mich sehne, sollte vor allem natürlich sein … und ganz sie selbst. Du klingst zum Beispiel genau danach.«

Ich atmete tief ein. »Tue ich das?«, fragte ich leise, nur um der Bestätigung willen. Dabei hatten wir gerade zwei Sätze miteinander gewechselt. Ob das seine Masche war? Ich fegte den leisen Zweifel hinweg wie Herbstlaub.

»Ja«, sagte er. »Ich bin achtundzwanzig, und langsam wünsche ich mir eine Frau, mit der ich mein Leben verbringen kann. Irgendwann in naher Zukunft möchte ich heiraten und Kinder bekommen, damit wieder ein bisschen Leben in das Landgut meiner Eltern kommt, wenn ich es übernehme.«

»Das klingt nach einem guten Plan.« Ich war schwer beeindruckt, das musste ich zugeben. Landgut hin oder her, ich sprach mit einem Mann, der bereit war, sich ernsthaft zu binden. Und erfuhr diese Kleinigkeit quasi nebenher bei einem zufälligen Telefonat. Diese Spezies gab es anscheinend wirklich. Gregor war vom Aussterben bedroht.

»Fehlt mir nur noch die richtige Frau.« Gregor klang verlegen.

»Die läuft dir bestimmt noch über den Weg.« *Und zwar gerade eben.* »Manchmal passiert es dann, wenn man gar nicht damit rechnet.«

»Das stimmt«, gab er mir recht. »Wie alt bist du, wenn ich fragen darf?«

»Dreiundzwanzig.«

»Na, vom Alter her würde es dann ja passen«, sagte er scherzend.

»Müsste aber auch noch das andere stimmen«, gab ich ebenfalls lachend zurück und hoffte, er würde meinen kleinen Wink verstehen und mich näher kennenlernen wollen.

»Bis jetzt kann ich mich nicht beklagen.« Seine Stimme war eine Oktave abgesunken, klang nun wieder verführerisch und verfehlte seine Wirkung auf mich nicht. Ich wollte wissen, ob Gregor genauso heiß aussah, wie er sich anhörte.

Schließlich erreichte ich meine Wohnung und kramte den Schlüssel aus meiner Tasche. »Ich bin jetzt zu Hause«, ließ ich ihn wehmütig wissen und schloss auf.

»Schon? Schade, das war ein sehr nettes Gespräch.«

»Finde ich auch«, stimmte ich ihm breit grinsend zu, während ich mich die Stufen zu meiner Wohnung hochquälte. Zum Glück sah mich niemand, auf Außenstehende hätte ich bestimmt high gewirkt. Dabei fühlte ich mich trunken vor Glück. Gregor war so, so, so nett.

»Ich würde dich gern mal treffen.«

Bingo! Mein Herz machte einen Sprung.

»Oh, also … ähm.« Ich ärgerte mich über mein dümmliches Gestottere. Konnte ich nicht mal eine einfache Frage beantworten? Was war mit mir los? Andererseits riet die *Stars & Romance*, man solle Männer ruhig ein wenig zappeln lassen. Von daher hatte ich alles richtig gemacht.

»Bei der Gelegenheit könntest du mir auch mein Handy zurückgeben«, redete er auf mich ein.

»Also, ich weiß …«

»Wie wäre es morgen mit Frühstück?«

»Wo sollen wir uns treffen?«, schoss es aus mir heraus, bevor mein Gehirn in Betrieb ging. Ich klatschte mir mit der flachen Hand gegen die Stirn. Ah, verdammt. So viel zum Thema zappeln lassen.

Gregor hingegen schien sich zu freuen. Ich glaubte, ihn lächeln zu hören. »Darf ich dich ins Sachs & Söhne einladen?«

Sachs & Söhne, ein gediegener Tourispot, nicht gerade meine Traumlocation, aber der Laden war in Ordnung. »Okay«, stimmte ich gönnerhaft zu und freute mich riesig, während ich die Wohnung betrat und das Licht einschaltete. Ein Blick auf die Armbanduhr verriet mir, dass es fünf Minuten vor Mitternacht war. Fünf vor Mitternacht – somit immer noch der vierzehnte Februar. Das war ganz klar ein Omen.

»Dann morgen um zehn?«

»Okay«, wiederholte ich selig.

»Ich freue mich. Schlaf gut.« Der verführerische Klang seiner Stimme vibrierte bis in mein Höschen.

»Gute Nacht«, hauchte ich und legte auf. Mein Blick verweilte auf Gregors Handy. Liebevoll streichelte ich mit dem Zeigefinger darüber. Am liebsten hätte ich mich die ganze Nacht hindurch mit ihm unterhalten. Wie er wohl aussah? Ob ich mir mal seine gespeicherten Fotos anschauen sollte? Immerhin traf ich mich morgen mit einem wildfremden Typen, und da konnte man nicht vorsichtig genug sein.

10

Tobi

Ich hob den Kopf vom Kissen, neben mir schnarchte es leise. Nur langsam gewöhnten sich meine Augen an die Halbfinsternis, erstes Grau verwandelte die Schemen in Möbel – und in die Frau neben mir. Lavinia. Ihr Wodka-Lemon-Atem wehte mir ins Gesicht, in der Luft lag noch schwach der Geruch von Sex. Wir hatten uns bei mir im Schlafzimmer noch mehr Wodka Lemon genehmigt. Wie viel, wusste ich beim besten Willen nicht mehr. Danach hatten wir es wie zwei geile Teenager miteinander getrieben. Mehrmals.

Ich stand leise auf. Lavinia drehte sich grunzend auf die Seite, sie schien schlecht Luft zu bekommen. Mein Blick fiel auf ihren knochigen Rücken, jeder Wirbel zog sich wie an einer Perlschnur aufgereiht ihr Rückgrat hinunter.

Ich stieg über unsere Klamotten auf dem Boden, die wie Beweisstücke verstreut im Zimmer herumlagen, und sammelte meine Sachen zusammen. Als Lavinia hustete, stand ich still und hoffte, sie würde noch nicht aufwachen. Aber sie drehte sich glücklicherweise nur um und schlief weiter. Nachdem ich mich angezogen hatte, steuerte ich die Küche an. Dort setzte ich Kaffee auf und goss mir ein Glas Mineralwasser ein, mit dem ich mich an den Tisch setzte. Diese Nacht fühlte sich irgendwie falsch an, und ich überlegte, ob ein schneller Fick den Morgen danach wert war.

Vor dem Fenster zwitscherten ein paar Vögel, die Tequila

im Körbchen bei der Heizung aus seinem Schlummer rissen. Er spitzte die Ohren. Ich nahm eine Packung Katzenfutter aus dem Küchenschrank. Als ich seinen Napf füllte, kam er mit zwei großen Sätzen angesprungen.

»Miwiau.« Er schnurrte beim Fressen, und in diesem Moment war ich froh, dass er sich mich ausgesucht hatte. Gerade war er die einzige Konstante in meinem Leben, der Einzige, den ich für längere Zeit um mich herum ertrug. Nachdem ich mir Kaffee eingegossen hatte, setzte ich mich zurück an den Tisch. Kurz darauf hörte ich das Klappern einer Tür, ein kleines Niesen und schlurfende Schritte im Flur, dann erschien Lavinia in der Küche.

»Guten Morgen«, sagte ich in der Hoffnung, dass sie kein Frühstück erwartete, denn ich hatte nichts im Haus.

»Guten Morg … Hatschi.« Sie hielt sich eine Hand vors Gesicht. »Hatschi.« Ihre Wangen röteten sich bis hoch zur Stirn.

»Alles klar?« Ich musterte sie fragend. Hoffentlich war das nicht ansteckend.

»Hast du … hatschi … HastduKatze … hatschi.«

»Ja.« Mit einem Finger deutete ich auf Tequila, der ihr bereits in Begrüßungslaune entgegenhüpfte, wie er es bei allen tat.

»Nein!«, kreischte sie, den Rückwärtsgang einlegend. »Ich bin allergisch auf … hatschi … Katzen.«

Sie rannte davon und verbarrikadierte sich im Schlafzimmer, denn Tequila blieb ihr auf den Fersen. Offenbar fühlte er sich um seine Streicheleinheiten betrogen.

»Miwiau«, maunzte er fordernd vor der geschlossenen Tür.

»Geh weg, du blödes Vieh«, tönte es durch die Tür. »Tobi!«, ihre Stimme klang schrill. »Nimm sie weg.«

Seufzend ging ich ihr nach und nahm Tequila auf den Arm.

Im selben Moment klingelte es an der Haustür, und ich öffnete. Dominik und Chad.

»Hey, Dude.« Chad klopfte mir auf die Schulter. »You missed a great party.« Er kraulte Tequila hinter dem Ohr. »Hi, Buddy. Lass ihn mal runter, ich will dir was zeigen.«

Nach einem Seitenblick zur Schlafzimmertür, hinter der glücklicherweise alles still war, ließ ich Tequila von meinem Arm. Scheiß drauf, schließlich wohnte er hier. Chad nestelte ein paar Katzendrops aus seiner Hosentasche und warf einen in die Luft. »Catch.«

Tequila schnellte in die Höhe und schnappte das Ding aus der Luft. »Good boy«, lobte Chad und wiederholte das Kunststück.

»Was ist eigentlich mit deiner Schnecke von gestern Abend passiert?«, wollte Dominik wissen. »Hast du sie abgeschleppt?«

Noch ehe ich antworten konnte, öffnete sich die Schlafzimmertür, und Lavinia erschien mit rot verquollenen Augen im Flur. Scheiße, sie sah aus, als hätte sie geheult. Die beiden würden mir die Story mit der Katzenallergie nie im Leben abnehmen, und wirklich stießen Chad und Dominik sich gegenseitig in die Rippen.

»Das waren hoffentlich Freudentränen«, raunte Dominik, dieser Kindskopf, mir zu.

»Halt die Klappe«, schnauzte ich zurück.

Lavinia kam näher.

»Lavinia, das sind meine Nachbarn, die beiden größten Hohlköpfe der Stadt, ignorier sie einfach.«

»Hey«, erwiderte Chad empört. »Du bist selbst ein Hohlkopf, bringst die Lady hier zum Weinen.«

»Nein, nein«, wiegelte Lavinia nach Atem ringend ab. »Katzenhaarallergie.«

»Miwiau«, sagte Tequila, als fühlte er sich angesprochen,

und auf einmal bekam ich ein schlechtes Gewissen. Ich war ein Arsch – es gab keinen Grund, sie so mies zu behandeln. Außerdem wollte ich keiner dieser fiesen Typen sein, die eine Frau nach einem One-Night-Stand nicht mehr anguckten. War ich auch nicht.

»Ich ruf dich nachher an, okay?«

»Ist gut.« Sie taumelte zur Tür. »Hatschi.«

Chad machte einen Sprung beiseite, als wäre Lavinia von einer ansteckenden Seuche befallen, während Dominik ihr ganz gentlemanlike die Tür aufhielt. Er musterte sie auffallend und mit einem Strahlen in den Augen, dafür schenkte sie ihm ein kleines Lächeln.

»Ein toller Fang«, sagte Dominik, nachdem sie verschwunden war. »Du hast immer so ein Glück bei den Frauen.«

Glück bei den Frauen? Ich? Man könnte fast meinen, Dominik hätte die letzten Wochen in einem Paralleluniversum verbracht.

Schon wieder klingelte es an der Tür. Hoffentlich hatte Lavinia nichts vergessen.

Mit einem Ruck riss ich die Tür auf. »Was vergessen?«

»Nein.«

Ich starrte meine Schwester an, die eigentlich in München sein sollte. »Was machst du denn hier?«

»Was für eine freundliche Begrüßung.« Sie schniefte. Mir war neu, dass sie an einer Katzenhaarallergie litt, folglich mussten ihre geröteten Augen einen anderen Grund haben.

Chad klopfte mir auf die Schulter. »Schon wieder eine. Das hat schon was von einer Drehtür bei dir.«

»Und ich hab nicht mal eine«, maulte Dominik.

»Halt die Klappe, das ist meine kleine Schwester Pia.«

Sofort hielt Chad ihr die Hand hin. »Chad, my pleasure to meet you«, stellte er sich förmlich vor.

Mir war klar, dass er seine Ami-Masche an ihr ausprobierte. »Halt dich zurück«, verwarnte ich ihn zwischen zusammengebissenen Zähnen. »Sonst lernst du mich kennen.«

»Hey, Pia«, wandte Chad sich an meine kleine Schwester. »Pfeif deinen Pitbull zurück.«

Ihr Lachen klang amüsiert. »Er will doch nur spielen.«

»And I want to play with you.« Chads Grinsen wurde breiter und trieb Pia ein natürliches Rot auf die Wangen. Warum um alles in der Welt stand sie unangemeldet vor meiner Tür? Ich bemerkte zwei Koffer im Flur.

»Willst du verreisen?« Mit dem Kinn deutete ich auf die Koffer.

Sie drehte sich um, als wüsste sie nicht, wovon ich redete, dabei war mir längst klar, dass sie nur Zeit schindete. Immerhin kannte ich sie lange genug. »Hast du irgendwelchen Mist gebaut?«

Ihr empörter Blick traf mich auf der Stelle. »Wie kommst du auf so was?«

»Weil du dich immer hinter deinem großen Bruder versteckst, wenn du etwas ausgefressen hast.«

Sie seufzte theatralisch. »Darf ich reinkommen?«

»Bitte.« Ich trat zur Seite. »Aber warum kommst du mit zwei Koffern?«

»Weil ich nicht alles tragen konnte, der Rest wird nächste Wochen von einem Kurierdienst geliefert.«

»Der Rest?«, fragte ich entgeistert.

Sie stolzierte in die Küche. Chad und Dominik verkrümelten sich nach einer scheuchenden Handbewegung meinerseits, bevor ich ihr folgte.

»Also, was war los?«, fragte ich und setzte mich.

Pia nahm mir gegenüber Platz und wurde sofort von Tequila belagert. »Ist der süß«, sagte sie mit glänzenden Augen und streichelte sein Fell. »Seit wann hast du eine Katze? Als Ersatz für Ellen?«

»Woher weißt du, dass mit Ellen Schluss ist?«

»Mama.«

Ich schnaubte. In einem Anflug von Selbstmitleid hatte ich meiner Mutter in einem Telefonat von dem Beziehungsende erzählt, und sie hatte alles gleich weitergetratscht. Nicht mal der eigenen Mutter konnte man mehr trauen.

»Jetzt weich nicht aus, was machst du hier?«

Sie senkte die Lider. »Ich bin von der Uni geflogen.« Ihr Kopf hob sich. »Aber es war für einen guten Zweck. Wirklich.«

»Wie kann man für einen guten Zweck von der Uni fliegen?« Manchmal hatte Pia echt einen an der Klatsche.

»Wir haben die Labortiere befreit.«

»Wer ist wir?« Ich fasste es nicht, meine kleine Schwester war im Untergrund aktiv.

»Na, wir von ›Rettet die Maus‹.« Sie kniff die Lippen zusammen. »Da werden unschuldige Tiere für irgendwelche unnützen Forschungen gequält und missbraucht, und ich soll dabei zuschauen?«

»Und dann hat man dich erwischt.«

Ihr Nicken war mechanisch. »Aber wir haben vorher noch fünfzig Ratten und hundert Mäuse befreit und im englischen Garten ausgesetzt. Dort hat uns dann leider die Polizei aufgegabelt.«

»Du bist verhaftet worden?«, fragte ich entsetzt und schnappte nach Luft.

»So würde ich das jetzt nicht nennen«, gab sie vorsichtig zurück.

»Ach ja, und wie würdest du es dann nennen?«

»Sagen wir mal, ich wurde eingeladen, sie auf die Wache zu begleiten.« Ihre Erklärung klang mehr wie eine Frage.

»Du hast wirklich einen Knall.«

»Was?« Pia klang aggressiv. »Manchmal muss man für eine gute Sache eben ein Risiko eingehen. Leider hat die Uni davon erfahren, und wir wurden wegen Sachbeschädigung und Diebstahl suspendiert.«

»Sachbeschädigung und Diebstahl«, ächzte ich fassungslos. »Weißt du, wie das klingt? Mama wird einen Herzinfarkt bekommen, wenn sie das herausfindet.«

»Wird sie aber nicht.«

Ich lachte. »Sie werden bestimmt nichts merken. Wie stellst du dir das vor? Willst du auch noch dein Uni-Diplom fälschen? Auf die paar Kleinigkeiten kommt es jetzt auch nicht mehr an.«

Sie lehnte sich zurück, schlechtes Gewissen sah anders aus. »Ich nehme mir eine Auszeit, und dann schau ich weiter.«

»Du hast sie echt nicht mehr alle.« Ich konnte nur noch den Kopf schütteln. Pia hatte höchstens noch drei Semester vor sich gehabt, wie konnte man so dämlich sein? Tierschutzproteste waren eine gute Sache, aber das ging auch legal.

»Ich dachte, ich könnte ein Weilchen bei dir wohnen, jetzt, wo Ellen weg ist.« Ihre Stimme klang flehentlich. Halbwegs hatte ich das schon befürchtet. Was sollte ich machen? Auf die Straße konnte ich sie schlecht setzen, immerhin waren wir verwandt, aber ich hatte auch keinen Bock darauf, meine Wohnung mit jemand anderem als Tequila zu teilen. Der wiederum schien meine Schwester ins Herz geschlossen zu haben, denn er lag zusammengerollt auf ihrem Schoß und schnurrte.

Genervt stand ich auf. »Okay, aber nur für ein paar Tage. Gegenüber vom Bad ist das Gästezimmer.« Eigentlich hatte Ellen sich den Raum als Ankleidezimmer reserviert, aber ich hatte es nun umfunktioniert.

»Alles klar, danke, Bruderherz.« Sie klang zu triumphierend für jemanden, dem eine so eine kurze Zeitspanne als Obdach in Aussicht gestellt wurde.

»Ich such mir ’nen Job.«

»Da bin ich ja mal gespannt.« Ich konnte mich nicht daran erinnern, dass meine Schwester jemals gejobbt hatte, während ich mir schon mit vierzehn durch Prospekte-Austragen was zum Taschengeld dazuverdient hatte. Aber gerade konnte und wollte ich mich nicht mehr mit meiner durchgeknallten Schwester befassen. Ich stand auf und ging ins Schlafzimmer, besorgte mir frische Klamotten, bevor ich unter der Dusche verschwinden wollte. Vorher checkte ich noch die Nachrichten auf meinem Handy. Lavinia hatte mir geschrieben.

Danke für die schöne Nacht

Ihre Nachricht freute mich, irgendwie fühlte ich mich einsam und fand es schön, dass sie noch an mich dachte. Ob ich mich bei ihr melden sollte?

11

Jenny

Ich hatte es doch getan. Am nächsten Morgen hatte ich mich aufs Sofa gesetzt und Gregors digitales Fotoalbum durchgesehen, was mir jedoch üble Gewissensbisse beschert hatte. Immer wieder überzeugte ich mich selbst, dass diese kleine Schnüffelaktion eine reine Vorsichtsmaßnahme war. Wer wusste schon, was – oder schlimmer noch, wer – mich nachher im Sachs & Söhne erwartete? War immerhin nicht ganz ungefährlich. Jaja, schon gut, eigentlich platzte ich beinahe vor Neugier und musste unbedingt wissen, wie dieser charmante Gregor aussah.

Aida kam ins Wohnzimmer geschlurft, sie trug einen weißen Flanellschlafanzug mit roten Nikoläusen und gähnte herzhaft, als sie sich neben mich aufs Sofa fallen ließ.

»Guten Morgen«, sagte sie und angelte nach meiner Flauschidecke auf dem Boden.

»Morgen.« Ich scrollte mich durch Gregors Fotos. Der größte Teil bestand aus Selfies des immer gleichen Typen mit dunkelblonden lockigen Haaren, wahrscheinlich Gregor. Einmal stand er vor dem Spiegel, ein Blitz verdeckte einen Teil seines nackten Oberkörpers. Er war schlank, nicht wirklich muskulös, aber auch nicht dünn. Ich würde sagen, seine Figur war normal. Dann gab es Fotos in allen möglichen Posen, beim Gewichteheben oder mit einem Buch in der Hand. Tolstois Krieg und Frieden, las ich auf dem Buchrücken. Oh, er war belesen und mochte Klassiker. Vielleicht sollte ich mal nach meinen alten Reclam-Heften aus der Schule suchen. Irgendwo musste noch Hesses Siddhartha herumliegen, das ich eigentlich letztes Jahr mal wieder hatte lesen wollen. Demnächst musste ich mich wirklich dranmachen. Ich zeigte Aida das Foto.

»Wie findest du den?«

Sie öffnete die Augen, offenbar war sie in einen Dämmerschlaf abgeglitten. »Ganz nett.«

»Nur ganz nett?«

»Er ist ganz süß«, sie zuckte mit den Schultern. »Okay, vielleicht nicht ganz mein Typ. Aber das will ja nichts heißen.«

In der Tat. Unser Männergeschmack hatte sich noch nie berührt, was auch seine Vorteile hatte. So waren wir uns noch nie in die Quere gekommen.

»Wer ist der Typ?«

»Ich hab gestern sein Handy gefunden, nachher treffen wir uns zum Frühstück.«

»Dann wünsche ich dir viel Spaß. Apropos Handy.« Sie reckte sich etwas. »Stell dir vor, was Nick vorhin zu mir gesagt hat, als ich ihn angerufen habe.«

Erwartungsvoll lehnte ich mich zurück. Mittlerweile liebte ich die Nick-Storys. »Du rufst Nick neuerdings an? Wie kommt das denn? Dachte, du bist froh, wenn du nichts von ihm hörst und siehst.«

Ein Prusten entwich Aidas Lippen. »Bin ich auch, das kann ich dir versichern. Ich hab ihn nur angerufen, um ihm zu sagen, dass es eine ganz linke Tour von ihm war, seinen Dienst mit Marga zu tauschen und ihr dann einzutrichtern, sie soll ihren mit mir tauschen, bloß weil er am Wochenende was Besseres vorhat. Auch wenn der Blödmann sich das nicht vorstellen kann, aber andere Leute haben auch gern am Wochenende frei, und die Dienstpläne sind so gemacht, dass jeder mal drankommt. Nur dieser Egoist hält Kollegialität für unnötig.« Ihr Kiefer verspannte sich. »Also hab ich ihm gesagt, wie unfair ich sein Verhalten finde. Und weißt du, was er geantwortet hat?« Sie machte eine wirkungsvolle Pause.

Ich hing buchstäblich an ihren Lippen. »Nein«, hauchte ich.

»Ich Muffel hätte an einem Wochenende doch sowieso nichts vor, deswegen wäre es für mich im Prinzip total egal, ob ich an einem Mittwoch oder an einem Samstag freihätte. Er hingegen hätte unaufschiebbare Pläne.«

Wow, woher wusste Nick, dass Aida samstags fast nie auf die Piste ging? Beobachtete er sie heimlich? »Und, was hast du geantwortet?«

»Dass er mit seinem Schwengel wohl auch an jedem x-beliebigen Tag die Frauenwelt beglücken könnte. Was hat er schon für Pläne? Er denkt einfach, er kann sich alles erlauben, und ich bin mir sicher, er hat Marga absichtlich aufgestachelt, damit sie mit mir tauscht. Eigentlich wollte er mir nur eins reinwürgen. Das verstehst du nicht, hat er gesagt«, äffte sie eine patzige tiefe Stimme nach. »Was versteh ich nicht?«

»Glaubst du wirklich, das war Absicht?« Ich betrachtete Gregor, der mit einem Monsterkarpfen an der Angel posierte. Fürs Fischen hatte ich eigentlich nicht viel übrig, aber bei seinem Anblick geriet ich mehr und mehr ins Schwärmen. Das war er, der Mann meines Lebens. Ich spürte es in meinem Herzen. Madame Burchards Prophezeiung zuckte durch meinen Kopf und ließ meinen Puls in die Höhe schießen. Damit konnte sie nur Gregor gemeint haben, jedes Puzzleteil passte plötzlich zusammen. Gregor von Eschental war mein für mich bestimmter Seelenverwandter. Mit etwas Glück war ich bald Freifrau, Gräfin, Baronin oder so was in der Art.

»Klaro«, hörte ich Aida neben mir wie durch einen Nebel

und schrak zusammen. »Nick ist durch und durch hinterhältig.« Sie stand auf. »Ich mach Kaffee. Willst du auch einen?«

»Nein, danke.« Ich erhob mich ebenfalls. »Ich muss los zu meinem Date.« Meine Lippen verzogen sich zu einem breiten Lächeln. Ich hatte ein Date, yippie!

Aida musterte meine hautenge schwarze Jeans und das rote Top, das meinen Oberkörper so wunderbar in Szene setzte. Ein wenig sommerlich, aber ich trug ja eine dicke Jacke darüber.

»Dann wünsche ich dir viel Spaß.«

Den würde ich haben – garantiert.

Im Sachs & Söhne war es proppenvoll. Anscheinend waren sämtliche Nürnberger zu faul, sich ihr Frühstück sonntags selbst zuzubereiten. Suchend sah ich mich nach allen Seiten um, aber niemand passte zu der Person auf den Fotos in Gregors Handy. Hoffentlich war das auf den Bildern überhaupt er und nicht sein Lover. Das hätte mir gerade noch gefehlt. Heiko-Katastrophe Teil 2. In dieser Hinsicht war ich eindeutig geschädigt.

Ich schlängelte mich an den Tischen vorbei. An manchen saßen doppelt so viele Leute wie vorgesehen und stießen sich gegenseitig die Ellenbogen beim Brezelschmieren in die Rippen. Ich seufzte. Zu schade. Ein gemütliches Kennenlernen war hier wohl nicht drin. Wäre ja auch zu einfach gewesen. Ich straffte den Rücken und verscheuchte die zweifelnden Gedanken. In der *Stars & Romance* hatte ich mal einen Artikel über positives Denken gelesen, in dem stand, dass manche Menschen sich ihre eigene traurige Wirklichkeit durch ihre negative Erwartungshaltung quasi selbst erzeugten. Deswegen sollte man immer vom bestmöglichen Endergebnis ausgehen, oder besser noch: sich seine Wünsche und Sehnsüchte vorstellen, als wären sie bereits eingetreten. Also malte ich mir aus, wie ich mit Gregor an einem kleinen Ecktisch saß, der wie durch

Geisterhand frei wurde, wie wir Prosecco tranken, uns gegenseitig mit Lachsbrötchen fütterten und uns dabei so blendend unterhielten, dass Gregor in Liebe zu mir entbrannte. Wirklich, es half, ich fühlte mich wie auf Wolken. Mein Pulsschlag beschleunigte sich und ließ meinen Magen summen. Wie von selbst glitt meine Hand in die Jackentasche zu Gregors Smartphone, das ich liebevoll streichelte.

»Jenny?«

Erschrocken wirbelte ich herum, sah direkt in zwei hellbraune Augen und erkannte Gregor auf der Stelle.

»Gregor?« Ich tat verwirrt.

»Der bin ich.« Er drückte mir ein Bussi auf jede Wange und brachte mich damit sofort zum Schmelzen. Gregor war nicht ganz so groß, wie es auf den Bildern den Anschein gehabt hatte. Seine dunkelblonden Locken bändigte er mit einer Art Pomade, aber ich wollte nicht kleinlich sein. Das waren Äußerlichkeiten, nichts, was eine Frau nach ein paar Monaten Beziehung nicht in den Griff bekam. Ansonsten gefiel er mir ganz gut. Wäre er mir allerdings in der Fußgängerzone begegnet, ich wäre wohl an ihm vorbeigelaufen.

»Wollen wir uns setzen?« Gregor schenkte mir ein wunderschönes Lächeln, das mich irgendwie berührte. Ich mochte ihn auf Anhieb.

»Gern. Nur wo? Wie es aussieht, ist alles besetzt.«

Gregor hielt eine Kellnerin am Arm zurück. »Habt ihr irgendwo noch ein Plätzchen frei?« Er widmete ihr dasselbe bezaubernde Lächeln, was mir allerdings nicht gefiel. Sie überlegte tatsächlich. Das Café platzte aus allen Nähten, ich war gespannt.

»Da hinten um die Ecke sitzen zwei Leute an einem Vierertisch. Vielleicht könnt ihr euch dazuquetschen.« Sie winkte im Weiterlaufen. »Kommt mit.«

Wie ein Ritter auf dem Kreuzzug schritt Gregor voran, sodass ich wie der Schildträger hinter den beiden hertrotten musste.

»Ist hier noch frei?«, fragte Gregor die Leute an dem Tisch, von denen ich nichts erkannte, da sowohl er als auch die üppige Kellnerin mir die Sicht versperrte.

»Ja, klar«, hörte ich jemanden antworten, und instinktiv zog sich mein Magen zusammen. Diese Stimme kannte ich doch von irgendwoher. Nach einem Blick an den beiden vorbei hätte ich am liebsten kehrtgemacht. Meine bis eben noch blendende Laune fuhr per Fahrstuhl in den Keller. Das durfte doch nicht wahr sein!

»Jenny?« Tobi hatte mich entdeckt.

»Hi«. Ich hob kurz die Hand, die Lust auf Frühstück war mir vergangen.

Währenddessen rutschte Gregor bereits auf einen der Stühle. Er setzte sich so hin, dass er den ganzen Raum im Blick hatte, weswegen ich nun gegen die Wand starrte und zur Krönung noch neben Tobi saß, der zudem in Frauenbegleitung war. Der Kerl ließ wirklich nichts anbrennen.

Ich kramte das Handy aus der Jackentasche und schob es über den Tisch. »Bitte schön.«

»Ah, danke.« Gregor nahm es und tippte darauf herum.

Die Kellnerin kam an den Tisch und zückte einen Bestellblock. »Was darf ich euch bringen?«

Hastig nahm ich die Speisekarte und blätterte die Frühstückmenüs durch. »Nummer drei, von allem etwas. Das klingt gut.«

Gregor sah von seinem Smartphone auf. »Dann nehme ich das auch.« Er nickte in meine Richtung. »Gläschen Sekt dazu?«

»Gern.« Ein Mann, der seine Frau verwöhnte, das mochte ich. Nach einem Blick auf Tobis Frühstück stellte ich fest, dass auch bei ihnen Sektgläser standen. Die beiden unterhielten sich leise, und ich fragte mich, worüber die zwei wohl quatschten, konnte die Ohren jedoch nicht richtig spitzen, denn Gregor verlangte meine Aufmerksamkeit. Und das war nun wirklich wichtiger.

»Was machst du denn beruflich?«, wollte er wissen. Schon war ich versucht, meine bisherige Laufbahn ein wenig auszuschmücken, als mir einfiel, dass mein Kollege ja neben mir saß. Überhaupt irritierte mich Tobis Anwesenheit. Bei jeder Bewegung wehte sein Duft schwach in meine Nase, wieder dieser Hauch Zimt gemischt mit Tobi, und das machte mich so nervös, als säße ich bei einem Polizeiverhör.

»Ach, ich habe gerade einen neuen Job im Controlling begonnen, kann also noch gar nicht viel darüber berichten.«

»Das macht doch bestimmt Spaß und ist eine große Herausforderung.« Gregor legte nun doch sein Handy beiseite.

»Der Job ist okay, mein Kollege nervt allerdings ziemlich, aber den kann man sich leider nicht aussuchen«, konnte ich mir nun doch nicht verkneifen.

Tobi köpfte mit einem Hieb sein Frühstücksei, dabei stand er unter der strengen Beobachtung seiner Begleitung. »Wie kann man so etwas bloß essen?«, tadelte sie ihn mit strenger Stimme.

Er warf ihr einen fragenden Blick zu.

»Kannst du dir vorstellen, was die Mutter des Eis in dieser Legebatterie ohne frische Luft und Sonne gelitten hat?«

»Die Mutter?« Tobi klang verwirrt.

»Ja.« Sie dehnte das Wort in die Länge. »Woher schlüpfen denn die kleinen Vögel?«

»Du weißt schon, dass dafür ein Hahn nötig ist? Jetzt ist es einfach nur ein Haufen Dotter mit Eiweiß drumherum.«

Sie zupfte ihre kurzen Stirnfransen zurecht. »Es ist ein potenzielles Lebewesen, das nur deshalb hier auf dem Tisch steht, weil wir Tiere ausbeuten.«

Unbeeindruckt streute Tobi Salz auf sein Ei. »Unten auf der Speisekarte steht, dass alle Produkte aus bäuerlich-ökologischer Herkunft stammen.«

Tobis Begleitung schmierte Margarine auf ihre Brötchenhälfte. »Das ist ganz egal. Die einzig wirklich humane Art der Ernährung ist vegan.«

Mein Blick wanderte zu Gregor, und ich bemerkte, dass auch er der merkwürdigen Unterhaltung gefolgt war. Noch ehe ich seine Aufmerksamkeit wieder auf mich lenken konnte, sagte er: »Ich habe kürzlich gelesen, dass Möhren schreien, wenn man sie aus der Erde rupft.«

Als Tobi lachte, wurde der Blick seiner Begleitung finster. »Ich finde daran nichts komisch«, sagte sie.

»Was machst du denn beruflich?«, fragte ich Gregor, um Tobi seinem Schicksal zu überlassen. Der sagte gerade irgendwas, aber ich hörte schon nicht mehr zu. Mit Spannung erwartete ich Gregors Antwort.

»Ich bin Pilot bei der Lufthansa.«

Bingo. Volltreffer. Ich liebte Männer in Uniform. Das GI-Model verblich vor meinem geistigen Auge, während Gregor im schmucken Pilotenoutfit mit blinkenden Knöpfen und dazugehöriger Mütze vor mir aufstieg. Besonders liebte ich auch diese Fliegerlederjacken. Ob er auch so eine besaß? Ich beschloss, dieses Detail bei Gelegenheit herauszufinden. Wir beide gehörten zusammen, das spürte ich genau.

»Cool. Dann bereist du die ganze Welt«, sagte ich mit Ehrfurcht in der Stimme.

»Ja, tue ich. Bin vier Tage die Woche unterwegs und habe drei Tage frei. Singapur, New York, Maui sind so meine Strecken. Ist ’ne Riesenverantwortung, so einen Flieger wieder sicher auf dem Boden zu landen, aber ohne mich selbst zu loben: Ich bin einer der besten.«

Das glaubte ich ihm aufs Wort. Er strahlte so eine Sicherheit aus, bei ihm würde selbst ich mich trotz meiner Flugangst ohne mit der Wimper zu zucken in einen Flieger setzen. »Bei dir würde ich gern mal mitfliegen«, sagte ich mit einem verführerischen Klang in der Stimme.

»Eigentlich hat sie Flugangst«, kam es von Tobi.

Warum mischte er sich in unser Gespräch ein? Natürlich wusste er davon. Ich hatte damals ein Riesentheater gemacht und wollte nicht mit meinen Eltern und Paul in den Urlaub fliegen, weil ich total Schiss vor einem Absturz gehabt hatte. Bevor das Familiendrama damals ausgeartet war, hatte Tobi für mich einen Rundflug mit der Sportmaschine eines Freundes organisiert. Zuerst hatte der Pilot mir alles gezeigt und mir die Sicherheitssysteme erklärt, dann waren Tobi und ich gemeinsam mit dem Piloten zu einem Rundflug aufgebrochen. Tobi hatte die ganze Zeit neben mir gesessen, während ich mir begeistert die Welt von oben angesehen hatte. Danach war ich tatsächlich mit meiner Familie nach Mallorca geflogen. Zwar hatte ich meine Flugangst noch nicht vollkommen überwunden, aber dank Tobi hatte sie sich gebessert.

»Das ist Schnee von gestern«, gab ich schnippisch zurück und hoffte, er möge sich aus unserer Unterhaltung heraushalten. Warum diskutierte er nicht weiter über einsame Eier-Waisenbabys?

Die Kellnerin stellte zwei Sektgläser und unser Frühstück zwischen uns auf den Tisch. Gregor und ich prosteten uns zu, dabei sahen wir uns tief in die Augen. Seine standen einen Tick zu eng beieinander, was ihm einen leicht düsteren Touch verlieh, aber gleichzeitig machte ihn das auch geheimnisvoll. Es machte bestimmt Spaß, Zeit mit ihm zu verbringen, ihn näher kennenzulernen und mich in ihn zu verlieben. Ich durfte es dieses Mal nur nicht wieder verpatzen. Dieser Mann an meinem Tisch war laut Madame Burchard der Einzige seiner Spezies, der für mich bestimmt war. Mein Schicksal sozusagen.

»Was hast du denn so für Hobbys?« Ich brannte geradezu darauf, mehr von ihm zu erfahren, ich wollte alles über ihn wissen und zusätzlich dem Störenfried neben mir keine Möglichkeit mehr geben, sich an uns heranzupirschen.

Gregor nahm sich ein Brötchen aus dem Korb, ich schnappte mir eine Brezel.

»Ach, so einige.« Umständlich öffnete er einen Portionswürfel Butter. »Zur Entspannung golfe ich gern.« Er sah hoch. »Golfst du auch?«

Ich schüttelte den Kopf. Golf war in meinen Augen ein Altherrensport. Mein Vater ging gern auf den Golfplatz, um Freundschaften mit Geschäftskollegen zu pflegen, wie er es ausdrückte. »Nein, ich nicht, aber mein Vater spielt Golf.«

Gregors Augen vergrößerten sich. »Wo spielt er denn?«

»In Würzburg und Umgebung. Da komme ich her.«

»Und was macht dein Vater beruflich, wenn ich fragen darf?«

Ich biss in meine Brezel und kaute. »Klar. Wir haben einen Betrieb für Autozuliefererteile, Riema Production. Ich weiß nicht, ob dir das was sagt.«

Er nickte. »Natürlich tut es das. Die haben kürzlich erst nach China expandiert, habe ich gelesen. Ein Top-Unternehmen.«

Seine Euphorie rief bei mir nur ein schlaffes Schulterzucken hervor. Mit der Firma meines Vaters befasste ich mich so gut wie nie, da gab es wahrlich spannendere Dinge.

Gregor prostete mir zu, dabei kam er mit dem Gesicht näher und ließ mich nicht aus den Augen. Wenn das kein Zeichen des Himmels war. »Und warum arbeitest du nicht bei deinem alten Herrn?«

»Er will, dass ich betriebliche Erfahrung außerhalb sammle, bevor ich die Firma übernehme.«

»Ach«, er wischte sich mit dem Handrücken übers Kinn. »Du erbst das alles mal? Keine Geschwister?«

»Nein«, ich schüttelte den Kopf und spürte Tobis Seitenblick auf mir. »Keine.«

Instinktiv wandte ich den Kopf und sah direkt in Tobis grünbraune Augen. Die Traurigkeit in seinem Blick berührte etwas in mir. Und dann überkam es mich für einen Moment, und ich spürte dasselbe süße Herzklopfen wie früher, allerdings auch ein flaues Gefühl im Magen. Ruckartig wandte ich mich wieder Gregor zu, der gerade sein Rührei aß.

»Da war wohl ein Killer am Werk«, sagte er mit vollem Mund und laut genug, damit auch Tobis Begleitung ihn hörte. »Wie viele arme Eier bei diesem Gemetzel wohl ihr Leben lassen mussten? Wir sollten die Kriminalpolizei verständigen. Das sollte kriminaltechnisch untersucht werden.«

Die Brünette erdolchte ihn beinahe mit den Augen. Ehrlich gesagt fand ich Gregors Anspielung überflüssig. Ihre Reaktion war ohne Zweifel überzogen, ein Gang darunter hätte es auch getan, aber ihre Einstellung zu Tieren konnte ich schon auch unterschreiben. Obwohl ich nicht streng vegetarisch lebte, achtete ich doch darauf, woher das Fleisch auf meinem Teller stammte, und Eier von eingepferchten Hühnern kamen mir nicht in den Kühlschrank.

Tobi wirkte genervt. Er leerte seinen Sekt mit einem großen Schluck und hielt das Glas in die Höhe. »Möchtest du auch noch einen, Lavinia?«

»Nein, danke.« Sie blies mit gerunzelter Stirn in ihren Tee.

Lavinia. Das klang wie der Markenname einer Damenbinde.

Irgendwie mochte ich sie nicht. Das hatte nichts mit ihren Essensvorlieben oder ihrer Streitkultur zu tun. Nein, ich mochte sie nicht, weil sie mit Tobi hier war. Diese Einsicht wiederum traf mich knüppelhart.

Um wieder ein wenig klarer zu werden und Abstand zu dem Chaos am Tisch zu kriegen, stand ich auf. »Ich bin gleich wieder da.« Ohne eine Antwort abzuwarten, eilte ich in Richtung Treppe, die zu den Toiletten nach unten führte.

Ich ließ mir Zeit, verspürte null Verlangen danach, wieder nach oben zu gehen.

Schließlich beschloss ich, Gregor zu fragen, ob wir nicht abhauen wollten, irgendwohin, wo kein Tobi uns belästigte. Wie machte der das eigentlich? Jahrelang hatte ich keinen Ton von ihm gehört, und jetzt trafen wir ständig aufeinander, als wären wir zwei Magnetpole. In Gedanken versunken, stieß ich die WC-Tür auf und trat zurück in den düsteren Flur. Fast wäre ich mit jemandem zusammengeprallt und konnte in letzter Sekunde ausweichen. Tobi. Er schien auf mich gewartet zu haben.

»Hey«, sagte er heiser. Sein Blick suchte meine Augen, ein Feuer flackerte darin, das ich noch nie zuvor bei ihm wahrgenommen hatte.

»Hey.« Ich wollte an ihm vorbeigehen, aber er hielt mich am Arm zurück.

»Du siehst gut aus.« Sein Blick schweifte über mein rotes Top.

»Falsche Adresse«, gab ich kühl zurück.

»Was?«

»Erzähl das deiner Veganerin. Mich interessieren deine Komplimente nicht.« Ich hatte das gesagt, um ihm wehzutun. Mittlerweile hätte er es besser wissen müssen. Noch immer war ich nicht bereit, ihm zu verzeihen.

»Lass doch endlich mal die Vergangenheit ruhen. Alles, was ich von dir will, ist eine Chance.« Tobi fuhr sich mit beiden Händen durchs Haar. Sein Tonfall wurde ruhiger, sein Blick aber flehender. »Nur eine.«

»Tobi.« Ich legte eine Hand auf mein wild schlagendes Herz. »Warum jetzt? Warum von mir? Reicht dir eine nicht?«

»Du kannst es einfach nicht lassen, oder? Warum können wir nicht normal miteinander umgehen?« Er stützte sich an der Wand ab. »Was willst du? Dass ich dafür bezahle bis an mein Lebensende? Ich war siebzehn, verdammt.«

Und ich war am Boden zerstört. »Ich traue dir einfach nicht mehr über den Weg, das ist alles.«

Tobi breitete die Hände aus. »Was kann ich tun?«

»Was meinst du?«

»Was kann ich tun, damit du mir wieder vertraust? Sag's mir.«

Gelangweilt zuckte ich mit den Schultern und versuchte, äußerlich cool zu wirken, obwohl meine Knie zitterten. »Ist mir egal.« Das Letzte, was ich brauchen konnte, war Tobi in meinem Leben, nur damit er dann erneut verschwinden konnte. Ich war nicht bereit, ihm zu vertrauen.

»Herrgott, du bist immer noch so stur wie früher.« Er raufte sich die Haare und maß mich mit diesem intensiven Blick, bei dem ich schon früher binnen Sekunden die Kontrolle verloren hatte. Ich hatte ganz vergessen, wie gut er mich mal gekannt hatte, wie vertraut wir miteinander gewesen waren. Verdammt, das tat weh.

»Gib mir einfach Zeit«, sagte ich ausweichend und in der Hoffnung, das Gespräch damit schnellstmöglich zu beenden.

Er nickte. »Okay. Aber ich will, dass wir Montag im Büro noch mal von vorne anfangen, so wie letzte Woche soll es nicht mehr zwischen uns laufen.«

»Ich weiß nicht …«

»Wovor hast du Angst?«, unterbrach er mich leise.

Davor, dass ich die Kontrolle verliere. »Okay.« Ich setzte mich wieder in Bewegung. Bis Montag würde mir bestimmt irgendwas einfallen, um ihn auf Distanz zu halten. Außerdem sollte Gregor nicht länger auf mich warten müssen. Da hielt Tobi mich am Arm zurück. Ich konnte an seinem Gesicht erkennen, dass er mir meine aufgesetzte Coolness nicht abnahm. Nichts war okay, und er wusste das.

»Gib mir eine Chance«, sagte er noch mal. Ihm gelang ein schiefes Lächeln, das mir durch und durch ging.

»Eine«, sagte ich fest und deutete einen winzigen Abstand zwischen Daumen und Zeigefinger an. »Nur eine. Eine kleine.« Mein Herz klopfte zum Zerspringen.

»Klingt gut für den Anfang.« Er klang erleichtert.

Ohne Erwiderung marschierte ich die Treppe nach oben, ich musste aus seiner Nähe und mich vor allem wieder in den Griff bekommen. Nach einem Blick über die Schulter stellte ich erleichtert fest, dass Tobi mir nicht gefolgt war.

Am Tisch angekommen, machte ich mir nicht einmal mehr die Mühe, mich zu setzen. »Gehen wir woandershin?«, fragte ich und schnappte meine Jacke, ohne Gregors Antwort abzuwarten.

Er wirkte verwirrt, nickte jedoch schließlich. »Klar. Gefällt es dir hier nicht?«

»Zu voll.« Hektisch winkte ich der Kellnerin, die auch umgehend antanzte. Wahrscheinlich war sie um jeden freien Platz froh. Ich überlegte, ob Gregor mich wohl einladen würde. Pro forma nestelte ich meine Geldbörse im Zeitlupentempo aus der Tasche, damit Gregor genügend Zeit für ein Veto blieb. In der *Stars & Romance* hatte ich mal gelesen, dass man das Interesse eines Mannes unter anderem daran erkennen konnte, ob er die

Rechnung übernahm. Bezahlte jeder für sich selbst, war das für die Frau das Zeichen, in der Kumpelschublade gelandet zu sein.

Er machte eine beschwichtigende Handbewegung. »Du bist eingeladen.«

Ich schenkte ihm ein strahlendes Lächeln. Mit uns beiden klappte es wirklich immer besser, ich sollte Tobi schnellstmöglich aus meinem masochistischen Gehirn verbannen. Der Kerl brachte mir nur Ärger ein.

Währenddessen durchsuchte Gregor seine Taschen, zog das Innenfutter heraus, aber nur ein paar Staubflusen nutzten die Gunst der Stunde und entfleuchten in die Freiheit. Danach tastete er auch noch seine Hosentaschen vorne und hinten ab. Schließlich machte er ein langes Gesicht. »Ich habe meine Geldbörse vergessen, das ist jetzt aber ärgerlich.«

Er tat mir leid, blöde Situation. Neben ihm tippte Lavinia eifrig auf ihrem iPhone herum. Ich wollte weg, bevor Tobi zurückkam. In meiner Not zückte ich meinen Geldbeutel und kramte einen Zwanziger hervor, den ich der Kellnerin in die Hand drückte. »Stimmt so.«

Gregor stand auf und blieb dicht vor mir stehen. »Danke, dass du mir aushilfst«, raunte er. »Das ist mir jetzt echt peinlich. Ist aber nur geliehen, das Geld.«

Nur geliehen? Mein Herz machte Sprünge. Das bedeutete, er wollte mich wiedersehen. Nun gut, er könnte mir das Geld auch per Post schicken, aber diesen Gedanken spann ich gar nicht erst weiter. Mein Lächeln hätte strahlender nicht ausfallen können.

»Kein Problem«, sagte ich großmütig. »Kann doch jedem mal passieren.«

Wie selbstverständlich legte er einen Arm um meine Taille, und ich musste sagen, seine Nähe gefiel mir ausgesprochen gut. Im selben Moment kam Tobi zurück an den Tisch.

»Ihr haut ab?«, fragte er mit emotionsloser Stimme.

»Ja, hier ist es zu eng«, erwiderte Gregor und drückte mich an sich. »Wir suchen uns was Schnuckeliges, irgendwo, wo wir ungestört sind.«

Tobis Miene verriet nicht, was in ihm vorging, aber ich kannte ihn gut genug, um seine starre Körperhaltung wahrzunehmen.

»Dann schönen Tag noch.« Er setzte sich zu Lavinia an den Tisch und tat so, als hätte es unsere vorherige Unterhaltung nie gegeben, weshalb ich mich voll auf Gregor konzentrierte. Das Blut rauschte in meinen Ohren. Ich trat von einem Bein auf das andere, beschwor Gregor förmlich mit einem eindringlichen Blick, endlich zu gehen. Zu meiner Erleichterung setzte er sich in Bewegung.

»Tschau«, sagte ich über die Schulter.

»Bis Montag«, sagte Tobi.

Lavinia hob nur kurz die Hand, ihr schien unser Abgang keine Abschiedstränen in die Augen zu treiben. Hastig wandte ich mich wieder Gregor zu, in der Hoffnung, er möge mich von den Gedanken an Tobi ablenken.

Abends saß ich allein im Wohnzimmer auf dem Sofa und ließ den Tag Revue passieren. Gregor und ich waren noch ein Weilchen in der Stadt herumspaziert und hatten uns unterhalten, später hatten wir uns in einem winzigen asiatischen Teeladen bei einer Tasse Ingwertee gewärmt und uns für Mittwoch bei ihm verabredet. Seinen Vorschlag hatte ich mit ein wenig Unbehagen zur Kenntnis genommen. Eigentlich ging mir das zu schnell, aber er hatte im Vorfeld richtiggehend gebettelt. Immerhin hatte sogar die *Stars & Romance* einmal gewarnt, nicht vor dem magischen dritten Date in der Bude des Mannes zu landen. In neunzig Prozent aller Fälle würde dies nämlich als

Einladung zum Sex gewertet. Zu diesem Zeitpunkt befand sich der Mann jedoch häufig noch in der Entscheidungsphase hinsichtlich einer möglichen Beziehung zu seiner Auserwählten. Ein Mann wollte jagen, seine Beute erlegen und sie nach Hause in die Höhle schleifen, wo er sie dann stolz seinen Jagdgenossen präsentierte. Mit einem überfahrenen Reh konnte schließlich auch ein Waidmann nicht bei seinen Kollegen punkten. Ich wusste das alles ja schon länger. Leider spielte ich die Unberührbare alles andere als überzeugend. Wenn mir ein Mann gefiel, dann wollte ich ihm das auch zeigen und nicht wochenlang die Unentschlossene mimen, die nach jedem Date die obligatorischen drei Tage in der Versenkung verschwand, ehe sie zum Telefonhörer griff, nur um sich interessanter zu machen. Ich hatte einfach keine Lust auf Spielchen und darauf, mir jedes Mal überlegen zu müssen, ob ich ihn nun anrufen konnte, oder ob eine harmlose Guten-Morgen-Nachricht schon als Torschlusspanik gewertet wurde. Hier durfte nichts schiefgehen, die Sache mit Gregor war einfach zu wichtig. Das war meine große Chance, rief ich mir immer wieder ins Gedächtnis.

Seufzend stand ich auf und holte meine Gitarre aus der Ecke. Jetzt brauchte ich ein wenig Ablenkung. Ich kuschelte mich wieder in die Kissen, strich mit den Fingern über die Saiten und stimmte den Refrain von Christina Stögers *You're the one for me* an, das sie als Newcomerin letztes Jahr an die Spitze der Charts katapultiert hatte.

Entführ mich in eine längst vergessene Zeit,
lass mich träumen von der Vergangenheit.
Ich schließ die Augen und lass mich tragen,
die Melodie umarmt mich, ich stell keine Fragen.
You're the one for me,
and I'm the one for you.

Spontan beschloss ich, Gregor zu besuchen. Der Nachmittag war wirklich nett gewesen, und ich musste ja nicht gleich bis zum Äußersten gehen.

Von einem herzhaften Gähnen begleitet stand ich auf. Ich wollte vor dem Schlafengehen noch kurz meine E-Mails checken – und außerdem die Klicks auf YouTube bewundern. Zuerst loggte ich mich auf YouTube ein. Man musste schließlich Prioritäten setzen. Mittlerweile hatten sich fünftausend Leute mein Video angesehen. Mein Herz machte einen Sprung. Wie fanden die mich nur? Zudem agierte ich dort unter meinem Pseudonym Kitty Black. Ich erinnerte mich an mein allererstes Lied, das ich vor ein paar Jahren hochgeladen hatte. Damals hatten sich ganze fünfunddreißig Leute dafür interessiert, und das innerhalb eines ganzen Jahres. Das war eine Steigerung von ganz schön vielen Prozent. Danach öffnete ich meine Mailbox. Dort fand ich die übliche Kontrollmail meines Vaters vor, der sich wie immer lediglich für meine beruflichen Fortschritte interessierte. Ich beschloss, die Antwort auf das Wochenende zu verschieben, im selben Zug könnte ich ihm dann auch gleich auf die Mail der vergangenen Woche antworten. Eine Nachricht stach mir ins Auge: RG-Records. Der Name kam mir irgendwie bekannt vor. Neugierig klickte ich sie an und las:

Liebe Kitty Black,
mit großem Interesse haben wir Ihr neues Video auf YouTube zur Kenntnis genommen. Wir sind immer auf der Suche nach neuen, unverbrauchten Talenten und finden, Ihre Stimme hat das gewisse Etwas. Aus diesem Grunde haben wir uns entschlossen, Sie in unsere europaweite Talentshow Real Star *einzuladen. Veranstaltungsort ist dieses Jahr Barcelona. Falls Sie ab Juni sechs Monate Zeit haben, würden wir uns freuen, wenn Sie teilnehmen. Leider sehen wir uns aufgrund Budget-*

kürzungen nicht in der Lage, Ihnen eine Unterkunft vor Ort zu stellen. Falls dies für Sie kein Problem darstellen sollte, freuen wir uns auf Ihre Antwort.

Oh mein Gott. Ich konnte es nicht fassen. Die wollten mich. Ausgerechnet mich! Beinahe fing ich an zu hyperventilieren und sprang vom Stuhl auf. Ein Jubelschrei entwich meinen Lippen, während ich mich vor Freude im Kreis drehte. Ich legte beide Hände an meine heißen Wangen und konnte es einfach nicht fassen. Mein Körper setzte jede Menge Endorphine frei, die in meinen Venen eine Party feierten. *Real Star* hatte mich eingeladen. Mich. Aus Tausenden von Leuten hatten sie ausgerechnet mich rausgefischt. Hatte nicht letztes Jahr dieser Kimmo aus Finnland dort gewonnen? Der war gerade mit einem richtig coolen Song in die Charts eingestiegen. Das durfte alles nicht wahr sein. Das konnte der Beginn meiner internationalen Karriere werden. Meine Gebete waren erhört worden.

Aber Moment mal, wie stellten die sich das vor? Wie um alles in der Welt sollte ich mich in Barcelona ein halbes Jahr über Wasser halten? Was dachten diese Leute sich eigentlich? Dass die Teilnehmer sich buchstäblich dafür prostituierten? Das wäre lediglich eine allerletzte Möglichkeit. Nein, besser nicht näher darüber nachdenken. Ich konnte schlecht unter einer Brücke hausen, selbst wenn die Witterungsverhältnisse das dort wahrscheinlich zuließen. Aber ein Plattenvertrag winkte. Wie sollte ich das nur anstellen? Warum musste jede Chance, die sich mir im Leben bot, immer einen Haken haben? Beinahe vermutete ich Absicht des Universums dahinter. Und was machte ich dann mit Gregor? Andererseits lag Spanien nicht am Ende der Welt. Gregor war Pilot, bestimmt wäre es kein Problem für ihn, mich dort zu besuchen. Ich wollte diesen Plattenvertrag so, so gern haben. Wie oft im Leben bot sich einem schon eine solche Chance?

Schließlich setzte ich mich still aufs Sofa und legte die Hände in den Schoß. Warum machte ich mir was vor? Es war unmöglich, ein halbes Jahr in Barcelona ohne Kohle zu überstehen. Niemals im Leben würde mein Vater mir auch nur einen Cent für so etwas leihen. Verdammt.

Schweren Herzens beschloss ich, die Antwortmail auf die nächsten Tage zu verschieben. Ich konnte nicht absagen. Jetzt noch nicht. In ein paar Tagen vielleicht.

Immer wieder schüttelte ich den Kopf. Das konnte ich vergessen. Das Leben war so ungerecht. Letztes Jahr hatte der Wettbewerb in Berlin stattgefunden. Berlin. Da wohnte Maja, eine alte Freundin von mir. Alles wäre so einfach gewesen. Warum musste es dieses Jahr ausgerechnet Barcelona sein?

12

Tobi

Glücklicherweise war es mir gegen Mittag geglückt, Lavinia abzuwimmeln, nachdem ich ihr erklärt hatte, dass ich Tequila ihretwegen ganz bestimmt nicht im Tierheim abliefern würde. So viel zum Thema Tierliebe. Sie hatte sich wie eine Klette an mich gehängt und mir sogar eine Fahrt in dem roten Touribus aufs Auge gedrückt, der sämtliche Sehenswürdigkeiten der City, die ich sowieso schon seit Jahren kannte, abklapperte. Dabei waren wir natürlich – wie konnte es auch anders sein – an Dominik vorbeigefahren, der im selben Moment aus dem Nanu-Nana kam. Natürlich hatte er mich sofort erkannt und sich schiefgelacht. Lavinia hingegen fand es einen lustigen Einfall, die Idee sei ihr ganz spontan gekommen, überhaupt liebe sie Spontanaktionen, dabei hatte sie mir einen auffordernden Seitenblick zugeworfen, den ich geflissentlich übersehen hatte. Wohin das mit Lavinia führen sollte, wusste ich nicht. Der Sex mit ihr war okay gewesen. Sex halt. Das war wie mit einer Pizza, selbst wenn sie lausig schmeckte, war sie immer noch genießbar. Gegen regelmäßigen Geschlechtsverkehr hatte ich prinzipiell auch nichts einzuwenden, und Lavinia an der Angel ersparte mir abendliche Kneipenmarathons. Manchmal musste man die Dinge einfach pragmatisch sehen. Tequila sprang auf meinen Schoß.

»Miwiau.« Er rieb den Kopf an meiner Brust, markierte mein T-Shirt mit dem Geruch seines Fells und schnurrte. Ich kraulte ihn hinter dem Ohr, ein Anfall von Melancholie überkam mich. Gerade fühlte ich mich ziemlich einsam.

»Du bist mein bester Freund, Kleiner«, flüsterte ich, sein weiches Fell streichelnd. Sein Bauch war runder geworden, zweifellos litt er nicht an Appetitlosigkeit.

Pia kam bekleidet mit einem übergroßen Micky-Maus-Schlafshirt in die Küche und setzte sich zu mir. Wie es aussah, hatte sie die letzten Stunden seit ihrem Einzug gepennt.

»Morgen«, sagte sie mufflig.

»Morgen? Es ist drei Uhr.« Ich wuschelte ihre ohnehin schon wirren dunkelblonden Haare durcheinander.

»Lass das«, sie schlug meine Hand weg. »Ist Kaffee da?«

»In der Thermoskanne.« Ich schob meinen leeren Becher über den Tisch. »Schenk mir auch einen ein.«

»Da fehlt das *Bitte*«, sagte sie überzogen und stand auf.

»Ich merk's mir fürs nächste Mal, Mama. Wann willst du eigentlich unseren Eltern beichten, dass du die Uni hingeworfen hast?«

Sie kam zurück und stellte die beiden Kaffeebecher geräuschvoll auf dem Tisch ab. »Erst wenn ich was Neues gefunden hab. Ich habe mich schon hier in Nürnberg an der Uni beworben, und wenn sie mich nehmen, sag ich einfach, ich wollte wechseln, weil die Fächer mir hier besser gefallen.«

»Aber demnächst wird Papa herausfinden, dass deine Miete nicht mehr von seinem Konto abgebucht wird, und spätestens dann wirst du was erklären müssen, sonst schickt er dir ein Suchkommando auf den Hals.«

Ein theatralischer Seufzer entrang sich ihrer Kehle. »Dann sag ich einfach, du hast mich überredet, nach Nürnberg zu kommen.« Ihr Grinsen wurde fies.

»Hey, lass mich da raus, okay?« Ich trank einen Schluck. Der Kaffee schmeckte scheußlich bitter, zwei Löffel Pulver pro Tasse waren wohl doch ein wenig großzügig gerechnet gewesen. »Du solltest trotzdem eine gute Ausrede parat haben, sonst streichen sie dir die Kohle.«

Pia zuckte mit den Schultern. »Ich lasse mich von niemandem erpressen, irgendwie schlag ich mich schon durch. Wenigstens bin ich nicht obdachlos.«

»Du wirst dich hier nicht auf ewig einnisten, das ist nur vorübergehend, klar?«

»Ist ja schon gut.« Sie tätschelte meine Hand. »Ich suche mir gleich morgen einen Job.« Pia malte mit dem Zeigefinger kleine Herzchen auf die Tischplatte. »Sag mal, dein Kumpel Chad. Hat der eigentlich eine Freundin?«

»Nein.«

»Oh«, sie klang so erleichtert, dass ich umgehend eine Warnung abfeuerte.

»Lass die Finger von ihm. Er ist nichts für dich. Chad ist hier in Deutschland, um Spaß mit den Mädels zu haben, und nicht, um sich fest zu binden. Wenn du verstehst, was ich meine.«

»Wer wird denn gleich von Beziehung reden.« Ihr glockenhelles Lachen klang eine Spur zu frivol. Ich mochte den Gedanken nicht, dass meine kleine Schwester sich wildfremde Typen für eine Nacht aufriss. In solchen Momenten kam mein Beschützerinstinkt durch, ich konnte nichts dagegen machen. Paul schlug in meinem Kopf auf wie eine Bombe. Unser Streit am letzten Tag seines Lebens kam mir in den Sinn. Dabei war es auch um Jenny gegangen. Über diese Sache hatte ich noch nie mit jemandem geredet und die Schuld immer weit von mir geschoben … soweit das Gewissen es eben zuließ. Ich wusste, Jenny hatte ein Anrecht darauf, von diesem Gespräch zu erfahren, und wahrscheinlich ahnte sie auch etwas. Aber ich konnte ihr die Geschichte einfach nicht erzählen. Jenny hatte heiß ausgesehen heute Morgen. Sie war noch hübscher als früher.

»Also, was ist jetzt?«, hörte ich eine Stimme wie aus weiter Ferne und riss meinen starren Blick vom Kaffeebecher los. »Hä?«

»Ob du dich heute mit ihm triffst?«

»Chad?«

»Ja.«

Ich zuckte mit den Achseln. »Keine Ahnung, das ist immer ganz spontan. Er kommt halt vorbei. Außerdem treffe ich mich gleich mit ’nem Kumpel. Er will mir was zeigen.«

»Was denn?« Sie klang neugierig.

»Keine Ahnung«, wiederholte ich.

Pia stand auf. »Es ist echt mühselig, dir immer alles aus der Nase ziehen zu müssen, als ob dir das Sprechen Schmerzen bereiten würde.«

Wie bitte?

»Ich hab dir doch auf alles eine Antwort gegeben.«

Sie winkte ab. »Vergiss es«, sagte sie und stampfte aus dem Raum. Manchmal kam es mir vor, als steckte sie noch mitten in der Pubertät.

»Ich kann die Jungs heute Abend ja mal einladen, aber versprich dir nicht zu viel davon«, rief ich.

»Hey, Alter.« Ben klopfte mir auf die Schulter. »Alles klar?«

»Alles bestens.« Ich schnappte meine Wohnungsschlüssel von der Flurkommode. Im selben Moment kam Pia aus dem Zimmer, ihr Haar hatte sie zu einer Palme hochgebunden und sich außerdem irgendwelchen hellgrünen Schleim ins Gesicht geschmiert.

»Huch«, stieß sie erschrocken aus und hielt beide Hände vors Gesicht. »Warum warnst du mich nicht vor, wenn du Besuch kriegst?«, keifte sie, während sie den Rückzug in Richtung Bad antrat.

»Keine Sorge«, rief ich ihr hinterher. »Er ist vergeben.«

Ben verkniff sich nur mühsam ein Grinsen, seine Mundwinkel zuckten. »Deine Neue?«, fragte er leise lachend. »Sie trägt ein bisschen dick auf.«

»Meine Schwester«, ächzte ich. »Sie ist von der Uni geflogen und hat sich bei mir eingenistet. Wenn es kommt, dann kommt es dick.«

»Und was sagen deine Eltern dazu?«

Tequila kam angerannt und stürzte sich freudig miauend auf Bens Hosenbein. »Hey, Kleiner.« Er streichelte ihm den Rücken.

»Das ist Tequila. Ist mir zugelaufen.« Ich zog die Tür hinter mir ins Schloss. »Meine Eltern wissen noch nichts von ihrem Glück.«

Ben hob eine Augenbraue an. »Tequila? Möchte ich wissen, wie er zu dem Namen gekommen ist?«

»Du kannst es dir bestimmt denken.« Wir stiefelten die Treppe nach unten, Tequila folgte uns brav.

Draußen blieb ich stehen. »Und was willst du mir jetzt zeigen?«

Ben winkte mit dem Kopf zur Seite und stülpte seinen Mantelkragen hoch. »Komm mit, es ist nur ein paar Straßen weiter, wir können zu Fuß gehen.«

Unterwegs fiel mir Bens Äußerung über Ellen wieder ein. Merkwürdigerweise dachte ich mittlerweile viel weniger an sie, und wenn, wünschte ich ihr sofort die Pest an den Hals – oder zumindest eine kleine harmlose Geschlechtskrankheit.

»Was hattest du eigentlich am Telefon wegen Ellen gemeint, von wegen, ich soll froh sein, dass ich sie los bin?«

Ben atmete tief durch, er schien nicht so recht mit der Sprache herausrücken zu wollen. »Sie ist einfach nicht die Richtige für dich, das ist alles.«

Warum glaubte ich ihm nicht? »Und was meint Luca dazu? Du hast es ihr doch bestimmt gleich gesteckt.«

Er wusste, dass mir Lucas Meinung wichtig war. Wir beide hatten uns früher schon immer gegenseitig aufgebaut, wenn mal bei einem was schiefgelaufen war.

»Sie sieht das genauso.« Ben versenkte beide Hände in den Manteltaschen, es war ungemütlich kalt heute. Der Wind schnitt beinahe schmerzhaft in meine Ohren.

»Ihr könnt Ellen halt nicht leiden, das ist alles«, warf ich ihm an den Kopf, obwohl ich eigentlich keine Lust verspürte, meine betrügerische Ex zu verteidigen. Selbstverständlich hatten die beiden recht. Ellen war eine Schlange. Dennoch waren wir drei Jahre lang ein Paar gewesen, sie hatte mich glücklich gemacht, und ich hatte sogar vorgehabt, sie eines Tages zur Mutter meiner Kinder zu machen.

»Wir haben jetzt kein Freudenfest gefeiert, falls dich das beruhigt.« Ben schritt zügig voran. »Luca und ich finden nur, dass du was Besseres verdient hast.«

»Was Besseres.« Ich schnaubte. »Das ist so ein beschissenes Statement. Du klingst, als ob sie generell ein hinterhältiges Biest ist, das sich einen Dreck um unsere Beziehung geschert hat.« Ich sah ihm direkt ins Gesicht, seine Worte verletzten mich. »Das lässt auch mich in keinem guten Licht erscheinen, Mann. Damit deutest du an, dass ich die ganze Zeit über zu blöd gewesen bin, die Bitch in ihr zu erkennen. Da machst du es dir zu einfach.« Ich merkte Ben an, dass ihm eine Erwiderung auf der Zunge lag, aber er schluckte sie herunter und zuckte lediglich mit den Achseln.

»Mich geht euer Drama nichts an.« Er deutete nach vorne. »Gleich sind wir da.«

Warum nur wurde ich das Gefühl nicht los, dass Ben mir nicht die Wahrheit sagte? Die Erinnerung an Ellen hatte mir wieder dermaßen schlechte Laune bereitet, dass es mich schon selbst ankotzte. Ich beschloss, das Thema ein für alle Mal zu begraben oder höchstens noch mit Tequila darüber zu reden, der quatschte wenigstens keinen Blödsinn.

Wir erreichten den Pier an der Pegnitz. Ein alter Kahn schaukelte an dicken Seilen vertäut im eisigen Wasser.

»Was machen wir hier?« Ich warf Ben einen fragenden Blick zu.

»Der Kahn steht zum Verkauf, für zehntausend Piepen.« Er ging näher ans Ufer heran.

»Schön, aber ich brauch kein Boot.« Das hatte er mir zeigen wollen? Manchmal wusste ich echt nicht, was in Ben vorging.

»Meine Mutter würde mir die Kohle dafür leihen.«

Der Typ verwirrte mich immer mehr.

»Und was willst du mit dem Teil? Hast du keine Wohnung mehr? Mit dem Kahn schipperst du nicht mal aus der Stadt heraus.«

»Soll er auch nicht.« Ben grinste breit.

»Wofür brauchst den dann? Als Rückzugsort, wenn Luca mal wieder ein paar Teller nach dir schmeißt?« Ich rempelte ihn an.

»Es war nur ein Glas. Und das auch nur einmal. Sie hat halt Temperament.« Er wandte sich mir zu. »Nein, ich werde darauf einen Club eröffnen. Und dafür brauche ich einen Partner.«

»Einen Club?«

»Ja.« Ben nickte. »So einen richtig coolen Schuppen.« Er zeigte in die Runde. »Schau dich mal um. Weit und breit wohnt keiner, du kannst die Mucke so laut aufdrehen, wie du willst. Zwei Etagen. Unten eine zum Tanzen und oben zum Chillen.« Ben deutete aufs Deck. »Dort oben könnten die Leute direkt unter dem Sternenhimmel chillen. Wenn es kalt wird, stellen wir ein paar Heizstrahler auf. Wir könnten Livekonzerte geben. Einen Club auf einem Boot. Wäre das nicht geil?«, fragte er euphorisch.

Sein Enthusiasmus steckte mich an. In Gedanken begann ich, mir die Farbe der Wände vorzustellen. Etwas, das wie Edelstahlgrau aussah, mit roten Spots als Blickfänger. An der Bar könnten wir diese bunten Cocktails ausschenken, und sogar rauchen könnte man da oben. Ich fand es cool.

»Klasse Idee. Wenn du Hilfe beim Renovieren brauchst, sag Bescheid. Ich helf dir gern.«

»Danke, aber deswegen hab ich dich nicht hergebracht.«

»Sondern?« Mein Misstrauen wuchs, Ben hatte manchmal die sonderbarsten Ideen.

»Ich brauche einen Partner. Allein pack ich das nicht.«

»Was ist mit Luca?«

»Die hat keinen Bock darauf. Kann ich auch verstehen, ihr neuer Job ist wirklich hart, sie ist zwölf Stunden am Tag im Labor.« Als er mich bei den Schultern packte, schwante mir nichts Gutes. »Ich hab dabei an dich gedacht. Was meinst du? Hast du Bock?«

»Bock?« Ich wand mich wie eine Blindschleiche. »Klar hab ich Bock, aber leider geht es mir ähnlich wie Luca, mein Job schlaucht ganz schön, und außerdem muss ich auch noch eine Neue einlernen.«

»Komm schon«, bettelte Ben. »Lass mich nicht hängen, Mann. Die Gelegenheit kommt so schnell nicht wieder.«

Wie kam ich bloß heil aus dieser Nummer raus? Klar klang ein eigener Club cool, aber ich traute mir das Management schlichtweg nicht zu. »Was ist, wenn wir mit dem Projekt baden gehen? Dann hast du zehntausend Mäuse in die Mülltonne gekloppt.«

Ben zuckte mit den Achseln. »No risk, no fun.«

Ein weiterer Geistesblitz erhellte mein Gehirn. »Geht leider nicht, du weißt doch, dass ich mich im Büro für Barcelona beworben habe. Bis jetzt gibt es keine weiteren Bewerber, also gehe ich davon aus, dass ich in ein paar Monaten für mindestens zwei Jahre abhaue. Sorry.«

»Ich weiß.«

Der Hund gab nicht auf.

»Das hab ich eingeplant. Ich brauche vor allem jemand für den Anfang, der mich unterstützt. Wenn die Sache mal im Laufen ist, findet sich bestimmt ein Stellvertreter. Erdie ist bis dahin auch wieder mit Rhashmi aus Indien zurück.« Er kickte einen Kieselstein ins Wasser, der mit einem »Plopp« verschwand. »Natürlich würdest du auch in Barcelona weiter einen Anteil der Einnahmen bekommen.«

Fuck, das klang nicht schlecht. Einen Haufen Geld fürs Nichtstun? Ben musste es ja dicke haben. »Also gut. Aber auf dein Risiko.«

Ben hielt mir die Hand hin. »Schlag ein.«

Wir bekräftigten unsere neue geschäftliche Partnerschaft mit einem Handschlag. Tobias Felten, Clubbesitzer. Das machte sich nicht schlecht auf einer Visitenkarte, musste ich mir eingestehen, und ich begann, mich auf das Abenteuer zu freuen. Lernten Clubbesitzer nicht immer die heißesten Frauen kennen? Netter Nebeneffekt. »Wie sieht es aus? Begießen wir unsere neue Partnerschaft mit einem Bier?«

Nach einem Blick auf sein Handy schüttelte Ben den Kopf. »Sorry, aber ich muss Luca von Caro abholen. Ihr Auto streikt, und Madame hat keinen Bock auf S-Bahnfahren, seit sie Besitzerin eines VW Golf ist.«

Ich grinste in mich hinein. Auch wenn Ben das niemals zugeben würde, Luca hatte ihn gut unter ihrer Fuchtel. Andererseits kannte ich kein Pärchen, das besser zusammenpasste als die beiden, auch wenn sie mir meine Beziehung zu Ellen miesgemacht hatten.

»Dann ein anderes Mal.« Ich beschloss, noch ein wenig hierzubleiben, um mich mit meinem neuen Club anzufreunden, und setzte mich auf die hölzerne Bank neben uns.

Ben winkte im Weggehen. »Das machen wir auf jeden Fall. Ich ruf dich an, sobald ich alles Schriftliche geregelt habe.«

»Ist gut.«

Ein Weilchen saß ich schon auf der Bank und betrachtete den altersschwachen Kahn. Ich wollte jemandem von dem Projekt erzählen, aber mir fiel niemand ein. Normalerweise wäre Ellen in so einer Situation die Erste gewesen, aber das konnte sie sich abschminken. Pia und die Jungs würden heute noch davon erfahren, aber das waren halt Pia und die Jungs. Ich wollte es jemandem exklusiv erzählen und kramte mein Handy heraus. Nach kurzem Überlegen rief ich Lavinia an.

»Hallo«, meldete sie sich mit energischer Stimme.

»Hey, wie geht's?« fragte ich gut gelaunt.

»So lala. Wir bereiten gerade eine Kampagne gegen den sinnlosen Abschuss von Wildschweinen in unseren heimischen Wäldern vor.«

»Wieso sinnlos, werden die nicht gegessen?«

»Du hast es erfasst, und somit sinnlos.«

Ich beschloss, diese Diskussion auf Eis zu legen. Meine Mutter machte tollen Wildschweinbraten, davon wollte ich ihr lieber nichts erzählen. »Hast du Lust auf ein Eis?«, fragte ich.

Ich hörte sie tief durchatmen.

»Prinzipiell gern. Aber ich bin noch so satt, ich habe erst vor einer Viertelstunde eine Banane gegessen.«

Glücklicherweise konnte sie mein Augenrollen nicht sehen. »Tja, wenn das so ist.«

Sie wurde aufgeregt. »Aber es bleibt doch bei Mittwochabend?«

»Klar.« Das kleine Wörtchen kam mir nur widerwillig über die Lippen. So sah also der Tiefpunkt meiner Woche aus. »Ich freu mich schon.«

13

Jenny

Ich betrat das Büro und ließ mich auf meinen Drehstuhl plumpsen, der unter meinem Gewicht ein Stück nach unten sackte, ehe er sich mit einem ächzenden Geräusch wieder in seine Ausgangsposition erhob. Ups. Hatte ich über das Wochenende zu viel gefuttert? Hätte ich auch nur einen Hauch mehr Mumm in den Knochen, würde ich jetzt aufstehen, in Hans' Büro marschieren und ihm die Kündigung überreichen. Danach würde ich meinen Kram zusammenpacken und diesen Vorort der Hölle und somit auch Tobi schnellstens verlassen. Ich musterte ihn möglichst unauffällig. Tobi hatte sich rasiert, verdammt, er sah gut aus heute. Warum musste die Schöpfung ihn auch noch mit dieser Optik belohnen? Wenigstens einen Buckel hätte sie ihm verpassen können, oder einen Kropf. Unter seinem langärmligen schwarzen Shirt zeichnete sich deutlich sein Bizeps ab. Warum nur fiel mir das dauernd auf?

Ärgerlicherweise fing er meinen Blick auf, und das jagte mir einen unerwünschten wohligen Schauer über den Rücken. »Guten Morgen.«

»Morgen«, nuschelte ich und sah hastig weg. Mechanisch fuhr ich den Computer hoch und schlug den Ordner mit den Listen auf. Dabei spürte ich, dass Tobi mich noch immer musterte. Warum musste ausgerechnet ich einen so aufdringlichen und distanzlosen Kollegen haben?

»Noch ein schönes Wochenende gehabt?«, fragte er.

Als ich wie in Zeitlupe die Lider hob, sah ich, wie er kurz zusammenzuckte. »Oh ja, war super.« Ich tippte drauflos. Vage erinnerte ich mich an mein Versprechen, ihm eine Chance zu gewähren, und hielt in meiner Arbeit inne. Sollte ich wirklich? Andererseits konnte ein gewisses Maß an Kollegialität auf so engem Raum sicher nichts schaden. »Ich hoffe, dein Wochenende war auch schön«, sagte ich im Tonfall einer Nachrichtensprecherin.

»Wer bist du? Und was hast du mit Jenny gemacht?« Tobi grinste. Offenbar nahm er mir meinen guten Willen nicht ganz ab.

Mit großmütiger Gelassenheit sah ich über seine Frotzelei hinweg. »Tja, da siehst du mal, was eine kleine Pause von dir so alles bewirkt.« Ich streckte ihm die Zunge heraus, was Tobi ein erheitertes Lachen entlockte.

»Da ist ja wieder die alte Jenny, ich hatte mir beinahe Sorgen gemacht.«

»Mir geht es prima.« Und das wollte ich ihm auch beweisen. Immerhin war ich eine Frau, die mit beiden Beinen im Leben stand. Ich war unabhängig, erfolgreich und begehrenswert. Die Zeit, in der ich einem Tobi Felten nachtrauerte, lag weit hinter mir. Heute konnte ich ihm locker gegenübersitzen, als wäre nie etwas zwischen uns vorgefallen. Ich war über Tobi hinweg, stellte ich fest, und Gregor hatte einen großen Anteil an diesem Wandel.

»Gregor scheint einen guten Einfluss auf dich zu haben«, hörte ich Tobi sagen. »Hat er dir die Giftzähne gezogen?«

Ein kleines Brodeln machte sich in meinem Magen bemerkbar. Tobi würde mich nicht auf die Palme bringen, oh nein.

»Ja, er ist einfach toll«, geriet ich ins Schwärmen. »Wir haben so viel gemeinsam.«

»Golfen und Fliegen?«

»Vielleicht fang ich wirklich mit Golfen an.« Ich zuckte mit den Achseln. »Ich finde es schön, gemeinsame Hobbys zu haben. Und was habt ihr noch so gemacht? Arme kleine Hühnereier vor dem grausamen Pfannentod gerettet?« Mein Handy klingelte in der Handtasche, und ich kramte es heraus. Eine Nachricht. Mein Herz wummerte in der Brust. »Von Gregor«, teilte ich Tobi triumphierend und ungefragt mit und hielt ihm wie zum Beweis mein Display entgegen. Ja, ich war eine begehrenswerte Frau, die einen tollen Typen an der Angel hatte. Besser, Tobi raffte das endlich und hörte mit seinen bekloppten Sprüchen auf. Mit einem breiten Grinsen im Gesicht las ich die Nachricht.

Bin in New York, wish you were here. Freu mich schon auf Mittwoch.

Och, das war ja süß. Gregor vermisste mich. Ich kaute auf meiner Unterlippe. Wenn ich es genau bedachte, ging mir das mit Mittwoch irgendwie zu schnell. Ob ich ihm erst mal ein Treffen in einem netten Restaurant vorschlagen sollte? Andererseits sollte ich mich nicht zu prüde geben, das kam bei Männern auch nicht gut an. Einen guten Mittelweg zu finden, war gar nicht so einfach, stellte ich fest.

»Schlechte Nachrichten?«, kam es von gegenüber, doch Tobis Ton passte nicht so recht zu seiner Frage. Er klang eher spöttisch.

»Nein.« Ich zwang mich zu einem strahlenden Lächeln. »Ganz wundervolle. Wir treffen uns Mittwochabend.«

»Na dann«, Tobi wandte sich seinem Computer zu, »wünsche ich euch viel Spaß.«

»Den haben wir bestimmt.« Ich klang eine Spur zu begeistert. Spontan beschloss ich, meine Antwort auf später zu vertagen, immerhin gab es zu New York ja Zeitverschiebung, und Gregor schlief wahrscheinlich schon. Darüber hinaus riet die *Stars & Romance*, auf Short Messages nicht umgehend zu antworten, sondern den Sender ruhig eine Zeit lang im Ungewissen zu lassen. Mit dieser Taktik brachte man einen Mann offenbar dazu, über die derzeit aktuelle Frau nachzudenken. Denn Männer waren visuell geprägte Wesen, die sich alles bildlich vorstellten, wohingegen Frauen mehr von Emotionen und Gerüchen geleitet wurden. Auch die tollste Frau hinterließ bei einem Mann somit keinen bleibenden Eindruck, wenn sie es nicht schaffte, sich ihrem Auserwählten immer wieder ins Gedächtnis zu rufen und dadurch Wünsche und Sehnsüchte – zugegeben meist sexueller Natur – zu wecken. Mit diesem Wissen machte ich somit alles richtig.

Ich beschloss, den Small Talk mit Tobi zu beenden. Mein Privatleben ging ihn überhaupt nichts an. Warum befasste er sich überhaupt mit Gregor? Sollte er sich lieber um seine Veganerin kümmern.

Nach einem prüfenden Blick auf Tobi stellte ich meinen Bildschirm so, dass ihm die Sicht darauf versperrt war, und öffnete Google. Das war während der Arbeitszeit zwar etwas heikel, aber meine Neugier siegte. Heute musste ich einfach wissen, was mein Liebeshoroskop prophezeite, und klickte auf das Sternzeichen Waage.

Sie haben die Qual der Wahl und können sich nicht entscheiden? Wozu in die Ferne schweifen, wenn das Gute liegt so nah? Trauen Sie sich, machen Sie den ersten Schritt.

Hä? Was war denn das für ein Quatsch? Hatte ich mich im Tag geirrt? Ich kontrollierte das Datum. Nein. Eine ganze Weile starrte ich auf mein Horoskop und konnte überhaupt nichts mit dieser Botschaft anfangen. Blöde Nachricht. Schließlich zuckte ich mit den Schultern, wahrscheinlich konnten die Sterne auch nicht immer richtig liegen.

Die Tür wurde aufgerissen, und Hans Lehmann betrat mit großen Schritten den Raum. Schnurstracks kam er auf mich zu, während ich hastig auf das Kreuz rechts oben in der Ecke klickte. Verdammter Mist, verdammter. Mein Computer hing, das Fenster ließ sich nicht schließen. Wie wild hämmerte ich auf die Tastatur ein. Das war es. Meine Probezeit war gelaufen.

»Jenny«, polterte er mit seinem unangenehm lauten Organ los. »Ich habe mich gestern mit deinem Vater zum Golfen getroffen.« Sein Blick heftete sich auf meinen Bildschirm. Oh nein! In meiner Verzweiflung lehnte ich mich vor, versuchte, die verräterische Seite mit meinem Körper zu verdecken. Schweiß brach mir aus allen Poren.

Er starrte auf die Herzchen und Sternzeichen in der linken oberen Ecke, die mein Körper nicht mehr verdeckte. Verfluchte Diäten. Hätte ich nach der Trennung von Heiko nicht fünfzig Kilo Frustspeck zunehmen können? Dann hätte ich jetzt locker den ganzen Bildschirm abgedeckt.

»Was machst du denn da?«, fragte Hans.

»Äh, Recherche.« Ich räusperte mich, und plötzlich wurde mein Bildschirm schwarz. Beinahe hätte ich vor Erleichterung laut geseufzt, stattdessen jammerte ich geistesgegenwärtig los. »Oh nein, da wird doch nichts kaputt sein. Das ist aber ärgerlich. Ausgerechnet jetzt!«

Glücklicherweise ließ Hans von mir ab. »Wenn du den Computer nicht mehr zum Laufen kriegst, sag in der EDV Bescheid. Aber ich bin aus einem anderen Grund hier.«

»Und der wäre?« Hatte etwa mein Glücksengel nachgeholfen und meine offizielle Entlassung mit dem Segen meines Vaters erwirkt? Gespannt wartete ich ab.

»Ich habe mich mit deinem Vater über dich unterhalten.«

Was gab es denn über mich zu bereden? Lehmann und ich hatten uns ein einziges Mal getroffen.

»Oliver ist der Meinung, ein kleiner Auslandsaufenthalt wäre für deine berufliche Laufbahn nicht schlecht, und ich habe ihm zugestimmt. Zufälligerweise haben wir gerade einen Posten in Barcelona offen, der für deine Qualifikation wie gemacht wäre.«

Meine Qualifikation? Ich kam frisch von der Uni.

»Aha«, sagte ich überrumpelt, während die Tragweite seiner Aussage langsam in meinen Verstand sickerte. Barcelona. Er wollte mich nach Barcelona schicken. Die Stadt, in der ein Plattenvertrag auf mich wartete. Im Stillen dankte ich dem Universum für seine Güte. Gottes Wege waren manchmal unergründlich. Gerade beschloss ich, Lehmanns Erscheinen als ein Zeichen des Himmels zu werten, als mein aufdringlicher Kollege sich einmischte.

»Aber den Posten hattest du mir doch angeboten, Hans«, sagte Tobi. »Letzte Woche meintest du noch, ich hätte die Stelle so gut wie sicher.«

Hans griff sich in den Nacken. »Das stimmt. Aber manchmal ändern sich die Dinge eben. Letzte Woche hatte sich noch kein anderer qualifizierter Kandidat für die Stelle beworben.«

»Und diese Woche auch nicht«, stellte Tobi klar, und ich musste ihm sogar recht geben. »Oder hat sie sich beworben? Das ist eine reine Vitamin-B Entscheidung, von wegen qualifizierter Bewerber.«

Jetzt ging er aber zu weit. »Hehe, bloß weil ich neu bin, heißt das nicht, dass ich nicht die nötigen Voraussetzungen für diesen Job mitbringe.«

Tobi beugte sich über den Tisch, seine Augen blitzten mich an. »Was stellt die Niederlassung in Barcelona her?«

»Ähm …« Ich schob mir eine Strähne hinters Ohr. »Keine Ahnung, aber das kann man ja locker herausbekommen.«

»Worum geht es bei dem Projekt, das dort betreut werden soll?«

»Projekt?« Was war das? Ein Verhör?

»Ja«, Tobi lachte auf. »Ein Millionen-Deal.«

Ich schluckte und wusste nicht, ob ich jetzt schon in der Lage war, einen Auftrag dieser Größenordnung abzuwickeln. Ein paar Jahre Berufserfahrung hätten mir dafür in der Tat nicht geschadet. Aber diese Blöße wollte ich mir vor Tobi selbstverständlich nicht geben.

»Mach ich mit links«, erwiderte ich, und meine gespielt coole Haltung schien Hans zu imponieren.

»Das sehe ich genauso«, bereitete er unserer Diskussion mit gewichtiger Stimme ein Ende. »Aber da es nun mal zwei Bewerber gibt, kann nur der Bessere gewinnen. Ich werde jedem von euch zur Probe ein Projekt zuteilen, und wer es am besten abwickelt, bekommt den Job.« Hans wandte sich an mich. »Jenny, da du neu bist: Wenn irgendwelche Fragen dazu auftauchen, meine Tür steht jederzeit für dich offen. Du kannst auch gern auf Jemailla zurückgreifen, wenn du was brauchst.« Er richtete sein Jackett. »Bestell deinem Vater schöne Grüße von mir«, sagte er und zog ab.

Tobi lehnte sich kopfschüttelnd zurück. »Das war das mieseste Beispiel von Vetternwirtschaft, das ich je erlebt habe.«

Bingo. Aber ich wollte den Job so sehr. Diese Stelle war mein Ticket nach Barcelona. Dort konnte ich tagsüber arbeiten, Kohle für meinen Unterhalt verdienen und risikolos bei *Real Star* teilnehmen. Irgendwie würde ich das schon alles unter einen Hut bekommen. Eine einmalige Chance und ungerecht Tobi gegenüber. Tja, Pech gehabt. Das Leben war nun mal nicht fair. Wer wusste das besser als ich. Aus diesem Grunde durfte er niemals erfahren, dass ich nebenher als Sängerin auftrat. Mit meinen kleinen abendlichen Showeinlagen in heruntergekommenen Bars würde ich als seriöse Führungskraft bestimmt keine Pluspunkte in der Firma sammeln. Meine Schwachstelle, mit dem Tobi mich, wenn es hart auf hart kam, drankriegen konnte. Immerhin hatte auch er noch Chancen auf den Job, ich würde mit einem Projekt erst noch beweisen müssen, dass ich die Geeignetere von uns beiden war. Somit stand sowieso noch alles offen, beruhigte ich mein schlechtes Gewissen. Und überhaupt, was konnte ich bitteschön dafür, dass Hans und mein Vater sich gut kannten?

»Wenn du glaubst, dass ich dir den Job einfach so überlasse, dann hast du dich geirrt«, vernahm ich Tobis Kampfansage, die meinen Ehrgeiz anfachte.

»Möge der Bessere gewinnen«, erwiderte ich mit schmalen Augen, worauf Tobi sich unter den Tisch bückte und den Stecker meines Computers wieder einsteckte. Der Bildschirm flackerte auf.

14

Tobi

Jenny wollte sich also meinen Job unter den Nagel reißen. Das wollten wir doch erst mal sehen. Immerhin hatte ich meine gesamte Studienzeit über hier gejobbt, sämtliche Praktika absolviert und arbeitete nun schon über ein halbes Jahr fest angestellt. Ich kannte den Betrieb und meinen Arbeitsbereich in- und auswendig. Ein Vorteil, den selbst ihre Prostitution bei Hans nicht aufholen konnte. Kampflos würde ich ihr das Feld ganz sicher nicht überlassen, selbst wenn ihr Papa im Hintergrund die Fäden zog. Allerdings sollte ich Jenny gegenüber auf keinen Fall erwähnen, dass ich Teilhaber eines Clubs geworden war, der sich deshalb möglicherweise in den nächsten Monaten ganz aus der Firma verpissen wollte. Auf jeden Fall würde ich Hans eine Argumentation dieser Art durchaus zutrauen, sollte er Jenny den Job zuschanzen wollen. Besser keine Angriffsfläche bieten. Um wenigstens ein bisschen Boden gutzumachen, wollte ich ihr ein guter Freund werden, über ihre Pläne und Fortschritte Bescheid wissen und ihr so immer einen Schritt voraus sein. Kein schöner Charakterzug. Aber hey, ich hatte es hier mit einer Vitamin-B-Agentin zu tun, die auf ihrer Karriereleiter eigentlich noch auf Stufe eins stand. Somit verhalf ich ihr nur zu dem natürlichen Reifeprozess, den das Arbeitsleben für uns Normalsterbliche bereithielt. Wenn man es genau nahm, tat ich ihr sogar einen Gefallen. »Was machst du denn mit deinem neuen Auserwählten, falls du die Stelle in

Barcelona kriegst?«, fragte ich mit der Unschuldsstimme eines Chorknaben. »Ich meine, so eine Long-Distance-Beziehung kann sehr anstrengend sein. Das hält nicht jede Partnerschaft aus.«

Ihr verdutzter Blick war unbezahlbar.

»Das bekomm ich schon irgendwie geregelt.« Sie winkte ab. »Ich werde mich dort sowieso voll und ganz auf meine Karriere konzentrieren.« Sie nagte an ihrer Unterlippe. Früher hatte sie das immer getan, wenn sie irgendwas zu verbergen hatte.

»Und du? Was machst du denn mit deiner Veganerin, falls dich wider Erwarten das große Los treffen sollte?«

»Dann kann dein Gregor sie nach Barcelona fliegen.« Ich schenkte ihr ein breites Lächeln, an ihr jedoch prallte es ab. Verflixt, sie war heute aber humorlos. Ich musterte sie möglichst unauffällig, ihre Wangen hatten sich einen Hauch gerötet, was sie unwiderstehlich aussehen ließ. Ihr Anblick erinnerte mich an diesen Abend vor Jahren, als wir uns geküsst hatten, was einen unangenehmen Druck in mir aufbaute. Ich war ein Schwein gewesen. »So ernst ist es mit uns noch nicht«, fügte ich hinzu, weil ich das plötzliche Bedürfnis verspürte, bei der Wahrheit zu bleiben.

»Gregor und ich sind auch erst in der Anfangsphase.« Jenny ließ sich nun doch zu einem Lächeln herab, ein winziges nur, aber es hatte eine überraschende Wirkung auf mich. Hitze strömte meinen Rücken hinab und bis in meinen Bauch. Der seidige Stoff ihrer beigen Bluse legte sich schmeichelnd um ihre Rundungen, und ich stellte mir einen Moment lang vor, wie sie sich wohl darunter anfühlte. Hastig verscheuchte ich die unartigen Bilder aus meinen Gedanken. Jenny war so verdammt hübsch, ihr Duft stieg mir schwach in die Nase und berührte etwas in mir, das eigentlich nicht mehr da sein sollte.

Als das Telefon klingelte, griff Jenny zum Hörer. »Hey, Jemailla … Nein, er ist nicht sauer wegen Hans' Angebot«, hörte ich sie sagen.

Doch, war ich. Sehr sogar. Jemailla kannte mich nur besser.

»Du musst mir nicht gratulieren, ich habe den Job noch nicht.«

Wie sie relativierte. Obwohl sie wusste, dass ihre Karten super standen. Jenny besaß viel schauspielerisches Talent, stellte ich fest.

»Nein, ich hab ihn nicht sicher«, beteuerte sie erneut.

Offenbar kannte Jemailla auch Hans besser.

»Es entscheidet sich erst in ein paar Wochen.« Ihr Blick streifte mich, denn sie musste gespürt haben, dass ich sie mit den Augen beinahe aufspießte. Ich gewährte ihr ein beruhigendes Lächeln, das sie ein wenig gezwungen erwiderte, bevor sie sich wieder dem Telefongespräch widmete. Fühlte sie sich etwa nicht wohl in ihrer Haut?

»Ach, das ist ja schade … Nein, kein Problem … Ja, ich erzähl dir nachher alles.« Nachdem sie aufgelegt hatte, griff sie nach ihrer Handtasche. »Ich mache Mittagpause.« Sie sah mich nicht mal an. »Bis später.« Und schon war Jenny weg. Offenbar wollte sie Jemaillas Sicht der Dinge nicht mit mir ausdiskutieren. Ob ich Jemailla in einer stillen Minute mal über Jenny ausquetschen sollte?

Ich beschloss, heute die Kantine zu meiden und stattdessen mein Lieblingscafé aufzusuchen. Sicher steckten Jenny und Jemailla gerade die Köpfe zusammen und loteten Jennys Siegeschancen aus. Verfrüht. Ich würde mich nicht geschlagen geben. Vor allem, weil ich endlich raus aus meinem alten Leben wollte, das sich täglich beschissener anfühlte. Ein Jahr Sonne, Meer und südliches Flair und heiße Frauen, einfach Abwechslung – all das hörte sich immer verlockender an. Irgendwie fiel mir in Nürnberg langsam die Decke auf den Kopf. Nichts verbesserte sich in meinem Leben, und ich fühlte mich, als kreiste ich in einem Hamsterrad.

Als ich das Café betrat, traute ich meinen Augen kaum. An einem Tisch beim Fenster saß Jenny ganz allein und studierte die Karte. Ohne nachzudenken, ging ich zu ihr. »So trifft man sich wieder.«

Wie in Zeitlupe sah sie hoch. »Oh, du.« Sie klappte die Karte zu. »Ich wusste nicht, dass du heute herkommst, ich dachte, du gehst mit Mike essen.«

»Das Essen in der Kantine ist heute gruselig.« Nach einem Moment des Zögerns deutete ich auf den leeren Stuhl. »Darf ich mich zu dir setzen?«

Jenny zuckte mit den Schultern. »Warum nicht.«

Ihre Freude über meine Gesellschaft hielt sich offenbar in Grenzen. »Dachte, du hast dich mit Jemailla verabredet«, sagte ich, während ich mich setzte. Ich entschied, ihre Reaktion nicht persönlich zu nehmen. Zudem war sowieso kein Tisch mehr frei.

»Hans hat ihr was Dringendes aufgebrummt.«

»Die Ärmste.« Ich deutete mit dem Kinn auf die Karte in ihrer Hand. »Schon was ausgesucht?«

»Äh«, sie warf das Teil zurück auf den Tisch, als wäre es in Brand geraten. »Nein.«

»Die Sandwiches mit Pesto und getrockneten Tomaten sind super. Ich finde diesen Laden einfach genial«, sagte ich, um die ganze Situation ein wenig aufzulockern. »Ich verstehe echt nicht, warum alle zu Starbucks rennen. Da bringen mich keine zehn Pferde rein.«

»Da haben wir zur Abwechslung mal was gemeinsam.« Sie

schenkte mir Lächeln, das sogar ihre Augen erreichte. »Klingt gut. Ich probiere es mal.«

Wir gaben unsere Bestellung auf, dazu Milchkaffee. Eine Mischung, die wahrscheinlich nur wir mochten.

Unser Schweigen wurde langsam unangenehm, unterbrochen nur von Jennys Fingernägeln, die auf der Tischplatte trommelten.

»Warum machen wir es nicht so?«, fragte ich in das Trommelfeuer hinein. »In der Mittagspause sind wir einfach nur Kollegen. Was im Büro los ist, wird nicht nach draußen getragen. Dieses Café ist sozusagen eine Waffenstillstandszone.«

Ihre Finger stoppten, sie beugte sich leicht über den Tisch. »Hast du Angst, ich könnte dir den Hals umdrehen?«

»Keine Chance, hier sind zu viele Zeugen.« Ich zwinkerte ihr zu, was ihr wirklich ein leises Lachen entlockte.

Irrte ich mich, oder überlegte sie tatsächlich?

»Das würde aber bedeuten, nachher im Büro darf ich wieder gemein zu dir sein?« Ihre Stimme klang zuckersüß und passte zu ihrem hinterhältigen Grinsen.

»Ja, im Büro darfst du mir dann wieder die Augen auskratzen, aber pass auf, nachher willst du das gar nicht mehr.«

»Da würde ich nicht drauf wetten. Du weckst Seiten in mir, die ich vorher nicht kannte.«

»Deine Sonnenseite?«, fragte ich, obwohl mir ihre Reaktion längst klar war.

»Um ehrlich zu sein, schafft es niemand, mich so schnell auf die Palme zu bringen wie du.«

»Dann bin ich ja jemand ganz Besonderes in deinem Leben.« Ich sagte es spöttisch, denn irgendwie war es spaßig, sie wild zu machen.

»Besonders penetrant vielleicht.«

»Hey.« Ich hob gespielt verzweifelt die Hände. »Waffenruhe. Schon wieder vergessen?«

Ihr Lachen klang amüsiert, sie fixierte mich eine ganze Zeit lang, in der ich sie lieber nicht unterbrach.

»Ich wusste wirklich nichts von dem Jobangebot in Barcelona«, sagte Jenny plötzlich und klang versöhnlich.

Das glaubte ich ihr sogar. Durch den kleinen Fußmarsch vorhin in der Winterkälte war meine Wut auf sie sowieso verraucht. Jenny war kein hinterhältiger Mensch, verwöhnt vielleicht und manchmal eine Spur zu egoistisch, aber sie war trotzdem immer ehrlich und sich selbst treu gewesen. Charaktereigenschaften, die ich an ihr schon immer gemocht hatte. Und sie sagte immer frei heraus, was ihr im Kopf herumspukte. »Ich weiß, Hans hat das gedreht.«

»Aber ich werde mir diese Chance nicht entgehen lassen«, warnte sie mich. »Für diesen Job werde ich bis ans Limit kämpfen und alles dafür tun.«

»In Ordnung. Ich werde nämlich dasselbe machen.«

Ihr Grinsen wurde breiter. »Aber wehe, du brichst am Schluss in Tränen aus.«

»Es werden Freudentränen sein.«

Ihr Kichern wärmte mein Herz. Ich mochte es, mit ihr hier in diesem gemütlichen Café zu sitzen, die niedlichen Sommersprossen auf ihrer Nase zu zählen und zu beobachten, wie sie beim Reden diese süßen kleinen Grimassen schnitt. Schon wieder hing ihr diese eine vorwitzige weißblonde Strähne ins Gesicht, und ich hielt mich nur mühsam davon ab, sie ihr hinters Ohr zu streichen.

Die Kellnerin brachte unsere Sandwiches und den Kaffee. Jenny nahm eine Hälfte ihres Baguettes und biss ab. »Mmhh«, machte sie mit geschlossenen Augen. »Also dieses Café ist echt ein Geheimtipp. Das schmeckt super.«

»Freut mich, dass es dir in meinem Lieblingscafé gefällt.« Ich nahm einen Schluck Kaffee. Am liebsten würde ich ihr alle meine Lieblingsläden hier in Nürnberg zeigen. Den Thai-Imbiss bei mir um die Ecke, der das beste rote Curry der Welt machte, oder den Dönerladen von Erdies Eltern, in dem alles frisch zubereitet wurde. Es gab so viele schöne Stellen hier. Im Sommer könnte ich mit ihr das Burggrabenfest besuchen oder in einem der vielen Baggerseen schwimmen gehen. Sie würde das mögen, ganz bestimmt.

»Weißt du noch, wie ich im Winter einmal beim Eislaufen im See eingebrochen bin?«, fragte sie plötzlich. »Du bist auf dem Bauch zu mir hingerobbt und hast mich aus dem Wasser gezogen.«

»Daran erinnere ich mich noch sehr gut.« Ich kratzte mich am Hinterkopf. »Damals hatte ich eine Scheißangst um dich.«

»Es war so kalt, dass ich meine Beine nicht mehr gespürt habe, und jedes Mal, wenn ich mich ein Stück nach oben gehievt hatte, brach das Eis unter mir wieder weg. Ich wäre da niemals allein wieder rausgekommen.«

Wie kam sie gerade jetzt auf diese Geschichte? Ich sah das alles noch ganz genau vor mir. Wie sie im eisigen Wasser trieb, ihre Hände schon lila gefroren, während ihre Freundinnen wie verrückt am Ufer um Hilfe kreischten. Eigentlich hätte ich an diesem Tag schon längst zu Hause sein sollen, Paul und noch zwei Kumpels waren schon abgehauen. Aber ich hatte getrödelt, denn Jenny war am See aufgekreuzt. »Ja, das war Rettung in letzter Minute.«

»Damals hast du mein Leben gerettet«, stellte sie fest und klang so ernst, dass ich ihr ein klitzekleines Detail nicht mehr vorenthalten konnte.

»Nun«, begann ich gedehnt. »Eine Sache hatte ich damals wohl vergessen zu erwähnen. Kurz bevor du eingebrochen bist, haben wir Jungs die Eisdecke mit Holzprügeln aufgeschlagen. An dieser Stelle war das Eis noch nicht richtig gefroren, wir haben nur Blödsinn gemacht und nicht nachgedacht. Die Eisdecke hätte dich allerdings wohl getragen, wenn wir nicht nachgeholfen hätten.«

Ihr Mund klappte auf, sie stieß mich an der Schulter an. »Warum hast du mir das nie erzählt?«

»Ich wollte, dass du mich als dein Retter in Erinnerung behältst und nicht als den Kerl, der dich ins Eis hat einbrechen lassen.«

Sie gluckste. »Jetzt hast du ein paar Coolness-Punkte bei mir verloren.«

Ich breitete die Hände aus. »Wir waren jung und doof. Damals haben wir wirklich gedacht, die Welt gehört uns, und wir wären unverwundbar.« Ich machte eine Pause, und dieses Schweigen brachte uns jäh wieder zurück zu jenem schicksalhaften Tag. Keiner von uns musste es aussprechen. Wir waren nicht unverwundbar gewesen.

»Was ist damals passiert, Tobi?«

Ich verfluchte mich für meine unbedachte Wortwahl. »Was passiert ist? Paul und ich haben uns gestritten.«

»Weswegen?«

Ich schluckte. Den Grund konnte ich ihr nicht erzählen, also zuckte ich mit den Schultern. »Ich weiß nicht mehr genau. Er wurde sauer wegen irgendwas, und dann ist er abgehauen. Hätte ich geahnt, was passieren würde, ich hätte ihn aufgehalten, das musst du mir glauben.«

Jenny nickte zögerlich, aber ein letzter Rest Zweifel nagte an ihr, so gut kannte ich sie. Ich strengte mich an – volle Körperbeherrschung, damit sie mich nicht beim Lügen ertappte.

»Er fehlt mir so sehr«, sagte sie schließlich mit belegter Stimme, und ich konnte nur allzu gut nachempfinden, wie es ihr ging. Mir fehlte er auch. Wieder fing sie mit dem Sortieren der Zuckerpäckchen an, richtete sie mit zittrigen Fingern Kante an Kante aus. Und plötzlich verstand ich, warum sie das dauernd tat. Es lenkte sie von dem Schmerz in ihrer Brust ab. Diesmal nahm ich so behutsam ihre Hand, dass sie nicht zurückschreckte. Sie sah lediglich auf, entzog sich mir aber nicht. Ich streichelte mit dem Daumen über ihren Handrücken, am liebsten hätte ich sie wieder in die Arme genommen. »Ich bin für dich da, wenn du mich brauchst, und das meine ehrlich. Egal, was im Büro gerade zwischen uns los ist, du kannst immer auf mich zählen.« Das meinte ich ernst – ich wollte für Jenny da sein, und ich konnte sehr wohl Privates und Geschäftliches trennen. Außerdem wollte ich sie noch einmal küssen. Hitze stieg in mir hoch, je länger ich ihr hübsches Gesicht betrachtete, das gerade so traurig und bekümmert dreinblickte. Jenny war heiß, und ich gönnte sie diesem bekloppten Gregor nicht. Mein Blick fiel auf den tiefen Ausschnitt ihrer cremefarbenen Bluse. Ein silberner Anhänger blitzte auf, der wohl ein Sternzeichen darstellen sollte, zudem betonte der hauchdünne Stoff ihre Rundungen verflixt auffällig. Ich hatte Jenny schon mal nackt gesehen, nur wusste sie nichts davon. Vor vielen Jahren hatte ich sie im Schwimmbad durch das winzige Loch in der Umkleidekabine beobachtet und mir von Paul dafür eine blutige Nase eingefangen. Aber es war den Anblick hundertmal wert gewesen.

15

Jenny

Heute traf ich mich mit Gregor. Als er gestern Abend aus Singapur zurückgekommen war, hatte er mir gleich eine Nachricht aufs Handy geschickt. Vielleicht konnte ich ihn sogar dazu überreden, seine sexy Uniform für mich anzuziehen. Ob dann allerdings meine Nicht-vor-dem-dritten-Date-Regel noch Anwendung fand, konnte ich mir selbst nicht versprechen. Inzwischen freute ich mich richtig auf den heutigen Abend, denn Gregor wollte für mich kochen. Das hatte noch nie ein Mann für mich getan. Heiko hatte hin und wieder eine Pizza für uns in den Ofen geschoben, aber das zählte in meinen Augen nicht. Extra für heute Abend hatte ich mir ein schwarzes, eng anliegendes Kleid gekauft und mein Haar zu einer verführerischen Frisur hochgesteckt. Nun bewunderte ich mich im Badezimmerspiegel von allen Seiten. Gelungen, stellte ich fest. Gregor brauchte ja nicht unbedingt zu wissen, dass für mein perfektes Outfit drei Stunden Vorbereitungszeit notwendig gewesen waren.

Beschwingt verließ ich das Bad und strebte auf die Haustür zu. Im selben Moment kam Aida aus der Küche, in der Hand hielt sie eine große Tasse dampfenden Kakao. Die Ärmste war erst vor einer Stunde von einer Achtzehnstunden-Schicht im Krankenhaus zurückgekommen. Als sie mich sah, wurden ihre Augen groß. »Warum hast du dich denn so aufgebrezelt?«

»Gregor kocht heute für mich.«

»Wow.« Aida nickte anerkennend. »Find ich toll. Das ist total romantisch.«

»Ja«, stimmte ich aus tiefstem Herzen zu, meine Vorfreude wuchs. »Ich bin schon so gespannt.« Mit einer Hand klopfte ich auf meine gut gefüllte Citybag, in der ich Wechselklamotten, Zahnbürste, ein paar Schminkutensilien sowie ein Mini-Duschgel und Shampoo für alle Fälle eingepackt hatte. »Falls ich nicht nach Hause komme, mach dir keine Sorgen«, zwitscherte ich wie ein Kanarienvogel auf der Stange. Okay, ich gab es zu, meine Prinzipien interessierten mich einen Dreck. Falls der Abend gut laufen würde, wollte ich nicht diejenige sein, die den vorzeitigen Absprung machte. Immerhin hatte ich seit Monaten schon keinen Sex mehr gehabt und fühlte mich langsam wie ein Heroinsüchtiger auf Entzug.

»Dann wünsche ich dir viel Spaß.« Sie deutete auf meine Tasche. »Hast du auch Kondome eingepackt?«

Meine Wangen heizten sich auf. »Eine Doppelpackung.«

Sie grinste. »Braves Mädchen«, sagte sie und bahnte sich mit schlurfenden Schritten den Weg zu ihrem Zimmer. An der Tür blieb sie noch mal stehen. »Ach ja, was ist denn jetzt mit dem Barcelona-Angebot?«

»Ich habe zugesagt«, flüsterte ich, was zwar etwas voreilig gewesen war, aber hey: So eine Chance bekam man nicht zweimal im Leben. Das Spektakel wurde zudem live im Fernsehen übertragen. Wie hätte ich da Nein sagen sollen? Obwohl sich mir schon beim Gedanken daran der Magen umdrehte. Ich hatte keine Ahnung, wie ich das alles ganz allein in Spanien auf die Reihe kriegen sollte. Erschwerend kam hinzu, dass ich nicht mal die Sprache konnte. Auf einmal fühlte ich mich nicht mehr ganz so siegessicher, andererseits würde ich es mir niemals verzeihen, wenn ich es nicht wenigstens probierte. Tja, armer Tobi. Aber er konnte mich ja mal in Barcelona besuchen kommen.

»Cool. Du rockst das Ding, da bin mir sicher.«

Meine Mitbewohnerin war sich da um einiges sicherer als ich. Aida nippte an ihrem Kakao, ein braunes Bärtchen zierte ihre Oberlippe. »Im Vegas suchen sie am Samstag jemanden für einen Liveauftritt. Interessiert? Wäre 'ne gute Gelegenheit, für Barcelona zu proben.«

»Hey, klar. Gern.« Das Vegas war ein toller Laden, eine Mischung zwischen Kneipe und Club. Gemütliches Ambiente, mit einer kleinen Bühne und Möglichkeit zum Tanzen. Diese Gelegenheit ließ ich mir auf keinen Fall entgehen.

»Dann sag ich Hartmut Bescheid, du sollst Punkt acht Uhr da sein«, wies Aida mich auch sofort an.

Aida war ja bestens informiert. Mein Grummeln im Magen sagte mir, dass sie den Deal längst in der Tasche gehabt hatte und die Frage nur noch pro forma an mich gerichtet gewesen war. »Kommst du Samstag mit?«

»Okay, dank Nick habe ich ja nun dieses Wochenende frei.«

»Und wie läuft es gerade mit Nick?«, fragte ich und bereute es auf der Stelle, als ich ihren theatralischen Augenaufschlag sah.

»Stell dir vor, was Nick heute zu mir gesagt hat.«

Ich seufzte. Selbst schuld. »Was denn?«

»Er hat mich gefragt: Warum hat Gott den Frauen die kleineren Füße gegeben?«

»Und warum?«

»Damit sie für den Abwasch besser an die Spüle passen. Er ist so ein gottverdammter Chauvi.« Ihre Stimme glich einem wütenden Knurren, vor dem jeder Einbrecher Respekt bekäme.

Nur mit Mühe verkniff ich mir ein Lachen. »Also bis dann.« Ich schlug die Tür hinter mir zu und hüpfte immer gleichzeitig zwei Stufen hinab. Die Vorfreude verlieh mir Flügel.

»Du siehst hinreißend aus.«

Gregor nahm mir ganz gentlemanlike meinen Mantel ab. Das gefiel mir. Ich mochte gute Manieren bei einem Mann, genauso wie gepflegte Hände. Seine Finger waren lang und schmal, stellte ich zufrieden fest, als er ihn in der Flurgarderobe zu seinen Jacken hängte. Unauffällig sah ich mich um. Die Wohnung war winzig, bestand eigentlich nur aus einem einzigen Zimmer. Das Bett war durch ein hohes Wandregal vom Rest abgeteilt, eine winzige türkisfarbene Sofagruppe war in die Ecke gequetscht worden, und direkt neben der Tür stand ein Esstisch mit drei Stühlen. Der riesengroße Flachbildschirm wirkte irgendwie fehl am Platz. Ehrlich gesagt hatte ich mir die Wohnung eines Piloten anders vorgestellt, aber ich wollte nicht vorschnell urteilen und der Oberflächlichkeit Auftrieb verleihen. Gregor schien meine Gedanken zu erraten. »Die Bude ist klein, aber für mich völlig ausreichend. Ich bin die Hälfte des Monats sowieso nicht zu Hause. Aber gerade bin ich auf der Suche nach etwas Größerem.«

Na also, genau deshalb zählte der erste Eindruck eben doch nicht immer. Ich schnupperte unauffällig, aber nach Essen roch es nicht. Ob er kalte Schnittchen vorbereitet hatte? Oder Sushi? Lachsbrötchen und Kaviar? Es gab ja tausend leckere kalte Gerichte.

»Setz dich doch.« Gregor deutete auf das winzige Sofa, in dem ich beinahe versank, als ich mich setzte. Es schien, als wäre eine Leiste unter mir weggebrochen, aber das war hundertpro nicht ich gewesen. Es hatte nicht geknackt. Ganz bestimmt nicht.

»Gemütlich, nicht?«, fragte er strahlend. »Ich liebe meine Kuhle.«

»Mmmhh.« Mein Blick fiel auf die schwarz-weiße Aktzeichnung an der Wand.

Er deutete auf das Bild. »Gefällt es dir? Hab ich selbst gemalt.«

»Sieht toll aus.« Wenn mich nicht alles täuschte, hatte ich dieselbe Zeichnung erst kürzlich bei Ikea gesehen.

»Möchtest du ein Glas Wein?«

»Gern.«

Gregor verschwand und kehrte kurz darauf mit einer Flasche Wein und zwei Gläsern zurück, die mich ebenfalls an das schwedische Möbelhaus erinnerten. Nachdem er sich zu mir gesetzt hatte, schraubte er den Verschluss ab und schenkte ein. Er reichte mir ein Glas und sah mir tief in die Augen. »Cheers.«

»Cheers«, erwiderte ich. Irgendwie konnte ich mir nicht helfen, aber in seinem eindringlichen Blick lag etwas Verborgenes, Dunkles. Ob es kühn war, ihn mit James Bond zu vergleichen? Ach was, Gregor war cool und aufregend. Mein Herzschlag beschleunigte sich.

»Wir haben noch gar keine Brüderschaft getrunken«, raunte er.

»Aber wir duzen uns doch schon.« Wie blöd war ich eigentlich? Er flirtete mit mir, und ich stieg nicht darauf ein? Hallo, aufwachen. Traummann-Alarm!

Nach einem gekonnten Augenaufschlag hakte ich mich bei ihm unter und trank einen Schluck des doch recht sauren Weins. Kenner nannten das wohl trocken.

Obwohl ich schon darauf gefasst war, zuckte ich dennoch instinktiv zurück, als er mit dem Gesicht näher kam. Der ging aber ran. Andererseits, was hatte ein kleiner Bruderschaftskuss schon groß zu bedeuten? Ich schloss die Augen und ließ es zu, dass er mit seiner Zunge meine Lippen teilte. Ganz schwach schmeckte ich die Säure des Weins auf seiner Zunge, und mir bog es die Schulterblätter zusammen. Schließlich lösten wir uns voneinander. Mein Magen knurrte in unser erstes vorsichtiges Liebesspiel hinein.

»Hast du Hunger?«

»Ein bisschen«, log ich. In Wahrheit hätte ich einen ausgewachsenen Elefanten verdrücken können. Außer dem Sandwich heute Mittag, das ich erneut mit Tobi in unserem Café verdrückt hatte, hatte ich den ganzen Tag über nichts gegessen. Irgendwie hatte sich das mit Tobi schon wieder ganz zufällig ergeben. Die *Stars & Romance* hatte mal den guten Tipp parat gehabt, dass die Frau beim ersten Date ruhig auch etwas anderes zu sich nehmen dürfe als einen Rohkostsalat. Männer mochten Frauen, die normale Portionen verdrückten, natürlich sollten sie dabei schlank bleiben. Wie sie das anstellten, war den Herren der Schöpfung übrigens völlig egal. Ein gesundes Essverhalten signalisierte den Neandertalern nämlich, dass die Auserkorene in der Lage war, später einmal ihn und den Nachwuchs zu versorgen. Zwar waren meine Kochkünste doch recht eingeschränkt, dafür konnte ich essen. Immerhin etwas.

Gregor stand auf, in seinem Blick lag ein Hauch von Siegessicherheit, den ich nicht so recht zu deuten wusste. »Ich habe etwas für uns vorbereitet. Magst du mitkommen in die Küche?«

»Gern.« Erfreut stand ich auf und nahm mein Weinglas. Irgendwie hatte es Stil, mit einem langstieligen Weinglas in der Hand – auch wenn es von Ikea war – meinem Auserkorenen beim Kochen Gesellschaft zu leisten. So stellte ich mir unsere gemeinsame Zukunft vor. Wir würden uns gegenseitig bekochen, den anderen mit ausgefallenen Gerichten überraschen, mit Garnelen, Venusmuscheln und anderen aphrodisierenden Speisen, bevor wir uns glücklich und trunken vor Liebe auf der Kissenspielwiese tummelten.

Gregor nahm zwei Plastikschüsseln und eine Packung Schmelzkäse aus dem Kühlschrank.

Schmelzkäse?

Danach zauberte Gregor aus einem der weißen Hängeschränke seines spartanisch eingerichteten Winzlings von einer Küche zwei Suppenteller und öffnete den ersten Plastikdeckel. Er hielt mir die Schüssel vor die Nase. Kalte Spaghetti wanden sich bleich und zerkocht darin.

»Hab ich vorhin schon vorbereitet«, erklärte er strahlend und kippte die Nudeln direkt aus der Dose auf die Teller. Danach träufelte er aus der anderen Schüssel Tomatensoße darüber und krönte das Ganze mit einer Scheibe des quietschgelben Käses, bevor er die Tür zur Mikrowelle öffnete. Während der erste Teller auf der Scheibe rotierte, schluckte ich meine Enttäuschung herunter. Immerhin meinte er es gut, er gab sich alle Mühe, so was musste man als Frau auch honorieren. Vielleicht war er einfach kein guter Koch und wollte mich dennoch verwöhnen. Das war eindeutig ein Pluspunkt. Nun gut, er hätte mich auch zu dem schicken Italiener ein Haus weiter ausführen können. Aber ich wollte jetzt nicht undankbar sein und am Ende noch die Romantik des Abends zerstören. Mit einem großen Schluck trank ich mein Glas leer, die Säure zog mir den Gaumen zusammen.

Gregor kam näher. »Ich koche nicht so oft, muss ich gestehen, aber für dich wollte ich etwas selbst zubereiten. Vielleicht habe ich mich ein wenig überschätzt.« Er machte ein schuldbewusstes Gesicht. »Auch wenn es nichts Großartiges ist«, fuhr er fort, »es ist mit Liebe gekocht.« Sein beinahe schon schüchternes Lächeln rührte mich. Schmelzkäse hin oder her, das war so, so süß.

»Ich hoffe, du bist jetzt nicht enttäuscht oder so.« Er legte beide Hände um meine Taille, was mir ausnehmend gut gefiel.

Schöne starke Hände, die mich hielten. »Aber ich dachte, eine Frau in ein Lokal ausführen kann jeder.«

»Ich finde es toll, dass du für mich gekocht hast. Du gibst dir so viel Mühe.« In Gedanken schalt ich mich für meine hohen Ansprüche. Der gute Wille zählte viel mehr, und spontan beschloss ich, nachher jeden Bissen zu genießen.

Mit den zwei dampfenden Tellern kehrten wir zurück ins Wohnzimmer und setzten uns an den Esstisch, der etwas wackelte, als ich mich mit einer Hand darauf abstützte. Gregor besorgte noch Gabel und Löffel und keine Servietten, dann griff er zur Weinflasche und schenkte nach.

»Lass es dir schmecken.« Mit Argusaugen beobachtete er, wie ich die erste Portion Nudeln auf meine Gabel wickelte und in den Mund schob. Es schmeckte fad, zu gern hätte ich ein wenig mit Salz und Pfeffer nachgewürzt, fand aber nichts auf dem Tisch vor und wollte auch nicht danach fragen. Der Plastikkäse machte die Nudeln leider auch nicht genießbarer. »Hmm«, sagte ich, einen Daumen in die Höhe haltend, »schmeckt total lecker.«

Gregor schien erleichtert zu sein, mit einem Gesichtsausdruck, der sagte: »Gott sei Dank, sie mag es«, wandte er sich seinem Teller zu.

»Sag mal, ich habe gelesen, Riema Production hat letzte Woche einen Millionendeal mit den Amerikanern klargemacht. Was macht ihr denn mit dem ganzen Geld?« Er sah hoch. »Ich meine, du weißt bestimmt nicht, wie du die vielen Kröten unter die Leute bringen sollst. Daneben bin ich mit meinem Pilotengehalt ja fast schon ein armer Schlucker.«

Mitten im Essen hielt ich inne, er sollte sich wegen so einer Lappalie nicht schlecht fühlen. Ich hatte bei Männern noch nie aufs Geld geachtet, so hatten mich meine Eltern auch erzogen. In der Schule war ich damals die Letzte in meiner Klasse gewesen, die ein Handy bekommen hatte, und in den Ferien hatte ich bei uns in der Produktion mitschuften müssen. Von wegen verwöhnt, ich hatte heute noch Blasen davon, zumindest gefühlt. »Ich arbeite für meine Kohle. Meinen Eltern war es schon immer wichtig, dass ich zu schätzen weiß, woher das Geld kommt. Während des Studiums haben sie mir nur Miete und Essen bezahlt, alles andere musste ich mir selbst verdienen.«

»Oh«, er schien beeindruckt. »Das ist vernünftig von ihnen. Deshalb wirkst du so bodenständig.«

War bodenständig nicht dasselbe wie Kumpeltyp? Schnell wechselte ich das Thema. Das Vermögen meiner Eltern schien mir nicht das richtige Gesprächsthema zu sein, um in erotische Stimmung zu kommen. Huch. Ja, ich wollte in erotische Stimmung kommen, stellte ich zittrig erfreut fest und spürte ein süßes Summen im Magen. In einem Anflug von heißblütiger Begierde warf ich alle guten Vorsätze über Bord und wollte die Ereignisse des Abends auf mich zukommen lassen – und wie. Verdammt, ich hatte einfach viel zu lange unfreiwillig enthaltsam gelebt. Heute wollte ich von diesem Mann begehrt werden. Was das bisschen Alkohol mit mir anstellte … Wenigstens hatte ich morgen früh eine Entschuldigung für meine Zügellosigkeit – sofern es bis zum Äußersten kommen sollte.

»Ich würde gern mal mit deinem Vater golfen. Welches Handicap hat er denn?«, schnitt Gregor noch einmal das leidige Thema an.

»Keine Ahnung, ich kann ihn ja mal fragen«, versprach ich und würgte die letzte Gabel Spaghetti herunter. Ich nahm einen großen Schluck des sauren Weins, der dann doch recht angenehm hinter meiner Stirn prickelte.

»Magst du einen Nachschlag?«

»Nein«, wehrte ich mit beiden Händen ab und rieb mir den Bauch. »Ich bin pappsatt, aber es war lecker.«

»Freut mich. Prost.« Er hielt mir sein Glas hin, und ich klirrte meines dagegen. Mit einem großen Schluck spülte ich den widerwärtig pappigen Tomatengeschmack herunter. Gregor stand auf und legte eine CD ein. *Vision of love* von Mariah Carey erklang. Würg. Danach legte er die CD-Hülle auf den Couchtisch und winkte mich zu sich. »Bringst du die Gläser und die Flasche mit? Dann machen wir es uns so richtig gemütlich.« Er sprang auf die Couch und klopfte neben sich. »Komm zu mir.«

Ein wenig schwankend stand ich auf und schnappte die Sachen vom Tisch. Als ich mich setzte, warf ich einen Blick auf die CD-Hülle. Kuschelrock Teil 6. Oh weh, auch unser Musikgeschmack war recht konträr. Da stand mir ein schweres Stück Umerziehungsarbeit bevor.

Zwei Flaschen Weißwein später befand ich mich schließlich in glücklich benebelter Stimmung. Gregor und ich hatten uns gut unterhalten, dabei jedoch keinerlei Gemeinsamkeiten festgestellt. Aber Gegensätze zogen sich ja bekanntlich an.

»Wie hieß dein erstes Bett von Ikea noch mal?«, fragte ich und ließ einen Schluck Wein meine Kehle hinunterrinnen, mittlerweile hatte ich mich an den Geschmack sogar gewöhnt.

»Gutvik.«

Ich prustete los. »Das glaub ich dir immer noch nicht.«

»Doch«, versicherte er nickend. »Das Teil ist so ein Etagenbett. Ich hab mir das mit meinem Bruder geteilt.« Gregor rückte näher. »Und du glaubst mir also immer noch nicht, dass ich damals die Idee zur Ice Bucket Challenge hatte?«, fragte er mit schwerer Zunge und schlürfte einen großen Schluck aus seinem Glas.

»Das war doch bestimmt so ein Amerikaner«, gluckste ich und wischte einen Tropfen Wein von meinem Kinn. Was erzählte der mir eigentlich für einen Krampf? Ich lehnte mich zurück ins Sofakissen, versank wieder in der Kuhle wie in Treibsand.

»Nein, da kannst du jeden fragen, der mich kennt.« Er nickte unaufhörlich.

»Ich kenne aber keinen, der dich kennt.«

Gregor legte wie unbeabsichtigt eine Hand auf meinen Schenkel. Unwillkürlich wollte ich sie entfernen, Dritter-Tag-Date-Regel, flüsterte eine Stimme in meinem Kopf, aber meine Arme fühlten sich bleischwer an.

»Joey Kelly kennst du aber, oder?«, fragte er, wobei er sein Handy aus der Hosentasche kramte.

»Den von der Kelly Family?«

Er nickte. »Genau den. Das ist ein guter Freund von mir. Joey saß schon öfter erste Klasse bei mir im Flieger.« Wie wild tippte er auf seinem Smartphone herum und zeigte mir einen Namen in seiner Telefonliste. »Mein Buddy Joey«, stand dort.

»Den rufen wir jetzt an und fragen ihn, wer die Idee zur Ice Bucket Challenge hatte. Der kann dir das bestätigen.«

Huch? Also in meinem Zustand verspürte ich keinerlei Drang, mir von einem Promi am Telefon Bestätigungen zu holen. Trotzdem cool, was für Leute Gregor kannte. Irgendwie imponierte mir das, musste ich mir widerwillig eingestehen. Ich hatte einmal Farin Urlaub von Die Ärzte in einer berliner Bäckerei entdeckt und deswegen beinahe hyperventiliert. Zumindest hatte der Kerl ihm zum Verwechseln ähnlich gesehen. Aber warum sollte Farin keine Brötchen kaufen?

»Nein, ich glaube dir alles«, sagte ich, sein Handy von meiner Nase wegschiebend, da küsste er mich plötzlich. Nachdem ich das Überraschungsmoment überwunden hatte, legte ich schließlich beide Arme um seinen Nacken und machte mit. In meinem Kopf drehte sich alles, zudem kämpfte ich mit leichter Übelkeit, aber mittlerweile war mir alles egal. Ich wollte von Gregor genommen werden.

Schließlich landeten wir nackt in seinem Bett. Zu meiner Verblüffung war er für seine Körpergröße erstaunlich schlecht bestückt. Während er sich auf mir bewegte, lag ich unter ihm und starrte an die Decke, dabei klopfte ich ihm immer wieder aufmunternd auf die Schulter. Der Sex mit ihm war unspektakulär, dazu recht still. Mal abgesehen von dem Quietschen der Matratzenfedern und kleinen Ah- und Oh-Lauten, die Gregors Mund entwichen. Wenn ich mich konzentrierte, konnte ich die Leute draußen auf der Straße reden hören, das leise Gebimmel musste wohl von einer vorbeifahrenden Straßenbahn stammen. Nach kurzer Zeit riss Gregor mich auch schon mit einem lauten »Oh mein Gott, oh mein Gott« aus meinen Gedanken, bevor er sich mit seinem ganzen Gewicht auf mich sinken ließ und mir die Luft abschnürte. »Baby, das war der geilste Sex seit Langem.« Er hob den Kopf. »Und, wie war ich?«

Nun ja, wie sollte ich es positiv formulieren? Der Sex mit Gregor war so schnell gewesen wie mein neues Highspeed-DSL. Was nun? Sein unsicheres Lächeln ließ nur eine einzige Antwort zu, wenn ich nicht von einem schlechten Gewissen aufgefressen werden wollte.

»Es war der Hammer«, log ich mit so viel Euphorie in der Stimme, wie in meinem Zustand möglich war, und hoffte, dass er mich nicht schon wieder küsste. Mir war schlecht.

Schließlich rollte er sich von mir herunter, und ich drehte mich auf die Seite. Mein Kopf tat von dem Fusel weh, dazu breitete sich eine bleierne Müdigkeit in mir aus. »Weißt du was?«, riss Gregor mich aus meinem Dämmerzustand. Mühsam öffnete ich die Augen und schenkte ihm trotz meiner Bettschwere ein, wie ich hoffte, verführerisches Lächeln. Ein kleines Kompliment vor dem Einschlafen würde mir bestimmt süße Träume bescheren. Er lag seitlich auf dem Ellenbogen abgestützt neben mir, ließ den Blick langsam über meinen Körper schweifen und zupfte an meinem Bauch und meinem rechten Oberschenkel. »Wenn du da noch ein bisschen abnehmen würdest, wärst du perfekt.«

16

Tobi

Ich lehnte mich auf den Ellenbogen zurück und stieß mit dem Hinterkopf gegen die Wand. Autsch. Verdammt, Lavinias Bett war wirklich schmal. War meins im Studentenheim auch so winzig gewesen? Ich konnte mich nicht mehr daran erinnern, nur dass Ellen und ich gut gemeinsam hineingepasst hatten, das wusste ich noch. Hier würde das Übernachten schwierig werden, stellte ich erleichtert fest. Gegen Mitternacht lief *Der Pate* im Fernsehen, den ich mit den Jungs bei mir zu Hause anschauen wollte. Bis dahin musste ich zurück sein. Lavinia kam mit zwei Bionaden zu mir und reichte mir eine.

»Danke.« Ich nahm einen höflichen Schluck. Irgend so ein Holunderzeugs, oder war es Litschi? Mir stand mehr der Sinn nach einem Bier oder noch besser einem Klaren.

»Oder möchtest du lieber einen Tee?«, fragte sie, wie ein Baby an ihrer Flasche nuckelnd. »Ich hab tollen Matcha-Tee da. Sind viele wichtige Spurenelemente drin, ist supergesund.«

»Ne, Bionade ist schon okay.« Bloß kein Tee aus irgendwelchen unbekannten Blättern, die am Ende schmeckten, als kämen sie direkt aus dem Pansen einer Kuh. Ich war ein pragmatischer Typ. Bio fand ich gut, solange es lecker war und keine großen Umstände machte. Hatte so schon genug damit zu tun, mir selbst etwas Essbares zuzubereiten. Ja, okay, ich wusste, dass ich in dieser Hinsicht oberflächlich war, aber ich allein konnte die Welt sowieso nicht retten. Deswegen gönnte ich mir auch weiterhin ne Currywurst mit Pommes, auch wenn ich damit nicht irgendeine Organisation in der Dritten Welt unterstützte. Dafür spendete ich regelmäßig an den WWF und hatte seit Jahren ein Dauerlos der Aktion Mensch, obwohl ich noch nie auch nur einen Cent gewonnen hatte.

Lavinia rückte näher, lehnte ihren Kopf an meine Schulter. Sie trug eine weiße Tunika aus einem netzartigen Stoff mit nichts darunter. Ihre Brüste drückten sich sichtbar durch und zogen meinen Blick wie magisch an.

»Weißt du, was ich total gern mal machen würde?« Sie streichelte mein Knie, und ich nahm einen großen Schluck Bionade.

»Was denn?«

»Ich würde so gern mal ein paar Sachen packen, ein Zelt schnappen und einfach losfahren, ganz egal, wohin. Und da, wo es mir gefällt, schlage ich dann mein Zelt auf, bis ich genug habe, und dann ziehe ich weiter.« Sie hob den Kopf und sah mich an. »Ganz spontan, verstehst du?« Ihre Augen begannen zu glänzen. Leider hatte sie in ihrer Begeisterung mit dem Streicheln aufgehört, das gerade ein wohliges Ziehen in meinen Lenden ausgelöst hatte.

»Mmmhh«, sagte ich nickend. »Du stehst auf Spontanaktionen.« Ich hatte keinen Bock darauf, mit Lavinia Europa zu bereisen, und wollte mich deswegen gar nicht erst auf einen gedanklichen Roadtrip mit ihr begeben. Einmal hatten Paul und ich dieselbe Idee gehabt. Nach dem Abi hatten wir uns ein Railwayticket kaufen wollen, um dann kreuz und quer ein paar Länder zu bereisen. Dieser Plan hatte sich mit Pauls Tod zerschlagen, und ich würde diese Reise niemals mit jemandem anderen antreten, schon gar nicht mit Lavinia.

Sie setzte sich auf, wurde ganz aufgeregt. Die Gelegenheit

zum Fummeln war erst mal wieder vorbei. Ich seufzte in mich hinein.

»Ja, tue ich. Guck mal.« Sie beugte sich über den Bettrand, wühlte irgendwo dort unten auf dem Boden herum und streckte mir ihren Hintern entgegen, was ein heißes Ziehen in meinem Bauch zur Folge hatte. Verdammt, war ich heute empfänglich für optische Reize.

Mit rotem Kopf erschien Lavinia wieder neben mir und hielt mir einen Katalog entgegen. Individualreisen stand dort. Oje!

»Später.«, Behutsam nahm ich ihr den Packen Papier aus den Händen und ließ ihn mit einem dumpfen Aufprall zu Boden plumpsen. Sie lächelte lasziv. Noch ehe ich weiterreden konnte, hatte sie sich schon auf mich gesetzt, und ich fügte mich in mein Schicksal, das zugegeben schlimmer hätte ausfallen können. Dabei hatte ich Lavinia einfach nur kurz besuchen wollen, immerhin hatte ich es ihr versprochen. Was hatte ich dieser Art der *sexuellen Nötigung* schon entgegenzusetzen? Verdammt, mein Fleisch war schwach. Schließlich löste ich die Schleife ihres neckischen Oberteils. »Was hast du denn da drunter?«, raunte ich und streifte ihr die Tunika über den Kopf. Ein genüsslicher Laut entwich ihren Lippen.

Ich war zu einem Schwein mutiert, stellte ich gegen halb zwölf auf dem Nachhauseweg fest. Vor fünf Minuten hatte ich Lavinia und ihren Katalog mit einer billigen Ausrede verlassen, um den Anfang von *Der Pate* nicht zu verpassen. Aber nicht nur mein schlechtes Gewissen nagte an mir, nein, Lavinia glaubte, wir wären ein Paar, und ich fragte mich allen Ernstes, wie sie darauf kam. Jedenfalls konnte es so nicht weitergehen. Entweder ich entschied mich mit allen Konsequenzen für Lavinia, oder ich ließ die Sache bleiben. Ich verhielt mich respektlos, das war Frauen gegenüber eigentlich überhaupt nicht meine

Art. Darüber hinaus hatte Lavinia dieses Verhalten auch nicht verdient. Obwohl sie wirklich schräg war, wollte sie im Grunde ihres Herzens für alle eigentlich nur das Beste. Nicht einmal Ben hatte sich in seinen wildesten Zeiten wie ich verhalten. Obwohl er vor Luca jede Nacht eine andere beglückte, hatte er den Frauen immer reinen Wein über seine Absichten eingeschenkt. Warum konnte ich nicht so ehrlich sein?

Tequila saß unten vor der Haustür und wartete darauf, dass ihn jemand hineinließ.

»Miwiau.« Er stürzte sich freudig auf mich, und ich nahm ihn auf den Arm. Sofort schnurrte er los, als hätte ich auf einen Anlasser gedrückt. In einem sentimentalen Moment rieb ich meine Wange an seinem Kopf. »Gehen wir rein, Kumpel.« Tequila war im Moment der Einzige, dem ich meine aufrichtige und ehrliche Zuneigung schenken wollte. Ich war froh, dass er bei mir war.

Als ich oben die Wohnungstür aufschloss, dröhnte der Fernseher, in den Lärm hinein unterhielten sich Leute. Meine Schwester mit Chad und Dominik. Ich zu ging ihnen. Tequila sprang von meinem Arm und hüpfte aufs Sofa, wo er es sich auf Chads Schoß bequem machte und sich wie eine Raupe zusammenrollte. Matt winkte ich in die Runde. »Hey Leute, was geht?«

»Tequila, what are you doing here again?« Chad streichelte den Rücken des schnurrenden Katers. »Du bist so was von aufdringlich, cat. Hat dir das schon mal jemand gesagt?«, fragte er mit seinem breiten amerikanischen Akzent.

Pia saß zwischen den beiden auf dem Sofa. Bier und Chips standen auf dem Couchtisch, wenigstens ernährten sie sich anständig. In meinem Magen rumorte immer noch die Bionade. In der Glotze lief Werbung. Ich kam gerade rechtzeitig, der Film hatte noch nicht begonnen.

Erschöpft ließ ich mich in den Sessel fallen.

»Du hast Tequila wieder reingelassen«, sagte Dominik und trank einen Schluck Bier aus seiner Flasche. »Wir haben ihn gerade vor die Tür gesetzt, weil er so nervig ist.«

»Tequila wohnt hier«, stellte ich klar.

Die Wangen meiner Schwester waren einen Hauch gerötet, sie hatte sich dezent geschminkt, und das für einen Fernsehabend zu Hause? Pia sah gut aus. Das konnte ja wohl nur einen Grund haben.

»Wie war es bei Lavinia?«, fragte sie und nahm eine Handvoll Chips aus der Packung.

Ächzend lehnte ich den Kopf zurück.

»What's up, man?«, fragte Chad. »Hast du nicht dürfen?«

»Doch, wir hatten Sex, das ist nicht das Problem.«

»Bitte erspar uns Details, ich möchte nichts über das Sexleben meines Bruders wissen.« Pias Lippen verzogen sich.

»Geht mir bei dir genauso.« Ich war sowieso kein Mann, der hinterher über seine Leistungen im Bett quatschte. Das gehörte sich einfach nicht, fand ich.

»Was ist dann dein Problem?«, kam es von Dominik.

»Lavinia ist so langweilig.« Ich zog meine Jacke aus und warf sie über die Rückenlehne. »Es passt einfach nicht zwischen uns. Und jetzt glaubt sie auch noch, wir wären ein Paar, keine Ahnung, wie sie auf diesen Schwachsinn kommt.«

»Wahrscheinlich hast du der Ärmsten Hoffnungen gemacht.« Pia zuckte mit den Schultern und knabberte wie eine Maus an einem Chip.

»Hoffnungen? Wir haben nie über eine Beziehung geredet. Wann denn auch? Ich komm doch eh nicht zu Wort.«

Die Jungs brachen in erheitertes Gelächter aus.

»Du triffst dich mit ihr, ihr macht Schweinkram zusammen, wahrscheinlich hast du Blödmann dich sogar wieder mit ihr verabredet, wenn sie schon so willig ist. Aber dass bei ihr Gefühle im Spiel sein könnten, so weit denkst du nicht.«

Ich verstand ehrlich gesagt überhaupt nicht, was Pia von mir wollte. In meinen Augen musste sich eine Beziehung entwickeln, und dazu gehörte nun mal, dass man sich traf. Okay, der Sex hatte sich als nicht zu verachtender Aspekt frühzeitig dazugesellt, aber eigentlich konnte man diesen Punkt doch nur positiv werten. Jetzt mal ganz neutral und sachlich gesprochen, wäre der Sex mit Lavinia granatenmäßig, könnte ich als Mann dieser Frau durchaus noch die eine oder andere Chance zur Bewährung geben, aber da es im Bett ebenfalls nicht besonders klappte … Was sollte ich da machen? Ich steckte in einem Dilemma fest, in dem ich sowieso nur verlieren konnte und hinterher der Buhmann war. Es war einfach so, dass ich mir von einer Beziehung mehr erwartete. Das Rundumpaket musste stimmen, aber mit Lavinia passte gar nichts.

»Ja, wir haben uns für Samstag verabredet«, gab ich zu und ließ die Schultern hängen. Pia gönnte mir ein ungläubiges Kopfschütteln, was mich zusätzlich aufregte.

»Ich glaub's nicht«, sagte sie, und am liebsten hätte ich sie deswegen für heute vor die Tür gesetzt.

Im Fernsehen lief der Vorspann von *Der Pate*, den ich wirklich gern sehen wollte, stattdessen musste ich mich mit meiner ungewollten Beziehung auseinandersetzen. Mir wurde das alles zu kompliziert. »Weil sie rumgemacht hat, ob wir uns nicht treffen wollen, und ich soll doch mal spontan sein und mir für Samstag was Tolles ausdenken. Sie war so euphorisch, und ich war kurz zuvor noch in ihr. Was hätte ich denn sagen sollen?«

Chad und Dominik nickten, die beiden verstanden mich.

»Ja«, gab Chad zu bedenken. »The after sex moment. Our weak point. Da kannst du alles von uns haben, vor allem, wenn die Aussicht besteht, dass wir danach noch mal randürfen.«

Tja, von der zweiten Runde, die mir vergönnt gewesen war, musste ich wohl nicht mehr berichten.

Chad prustete. »Deswegen such ich mir jedes Mal eine andere. Keeps you away from trouble.«

Ein Schatten huschte über Pias Gesicht. Vielleicht verstand sie jetzt, warum ich sie gewarnt hatte. Pia war eine, die immer alles auf die harte Tour lernen musste.

»Ihr seid alle solche Machos«, stieß Pia fassungslos aus. »Ich hätte nie gedacht, dass Männer wirklich solche Schweine sind.«

Chad leerte sein Bier in einem großen Zug. »We are, indeed.« Er wandte ihr sein Gesicht zu. »Aber du vergisst dabei eines, Baby.«

»Und das wäre?«

»Das alles spielt keine Rolle mehr, wenn wir die Richtige gefunden haben. Wenn wir die Eine im Arm haben, dann wollen wir nur noch sie, dann wollen wir sie glücklich sehen, sie beschützen, ihr jeden Wunsch von den Augen ablesen. Baby, if you're the one for him, you can get everything from a man, because it comes straight from the heart.« Er klopfte sich auf die Brust, und ich konnte jedes Wort genauso unterschreiben. Für Ellen hätte ich alles getan, und ich wollte jede freie Minute nur mit ihr verbringen. Derart intensive Gefühle hatte ich davor erst einmal verspürt, damals bei Jenny.

Ich sah, wie Pia schluckte und nervös an ihrer Armbanduhr spielte. Oh nein, meine kleine Schwester war drauf und dran, sich in Chad zu verknallen.

Chad schnappte Tequila, der seine Jeans mit den Krallen einer Pfote bearbeitete, unter dem Bauch und stellte ihn auf den Boden. Mit einem empörten Miauen sprang er zu mir auf den Sessel und quetschte sich in eine Lücke. Ich kraulte ihn hinter dem Ohr.

»Ich habe Lavinia gestern in der Stadt getroffen«, erzählte Dominik. »Sie hat auf dem Hauptmarkt Gemüse gekauft.«

»Bestimmt alles bio«, konnte ich mir nicht verkneifen.

»Jap«, er nickte, »bei Demeter. Wir haben uns ein Weilchen unterhalten, über den Weltfrieden und erneuerbare Energien und so Sachen. Das war wirklich interessant, die Frau hat echt Ahnung.«

Chad beugte sich vor. »Du hast sie einfach angesprochen?«

»Ja.« Dominiks Wangen röteten sich. »Sie ist ja mit Tobi zusammen.«

»Wir sind nicht zusammen«, stellte ich klar. »Sie denkt das nur.«

»Die sprichst du einfach an, und bei dem Nanu-Nana-Chick kriegst du keinen Ton heraus?« Chad klang fassungslos.

»Okay, ja.« Dominik hörte sich an, als hätte er soeben zugegeben, einen Mord begangen zu haben. »Sie hat doch eh was mit Tobi am Laufen, deswegen wird sie wohl kaum denken, dass ich sie anmachen will, und dann kann man sich doch mal ungezwungen unterhalten.« Er wandte sich an mich, seine Finger spielten mit der Flasche in seiner Hand. »Oder hast du was dagegen, Tobi?«

Hatte er die letzten Minuten überhaupt zugehört? »Ja, wenn du noch einmal mit ihr redest, ohne mich um Erlaubnis zu fragen, erschieß ich dich.«

Dominik wich zurück. »Tut mir echt leid. Ich wusste nicht …«

»Dominik.« Ich zog seinen Namen in die Länge. »Das war nur Spaß. Du kannst so oft und so viel mit ihr quatschen, wie du willst. Ich hab überhaupt kein Problem damit.«

Chad beugte sich dicht an Pias Ohr und flüsterte ihr etwas zu. Sie lachte auf.

»Was ist so witzig?«, fragte ich.

»Nichts.« Sie winkte ab. »Ein Insider, würdest du sowieso nicht kapieren.«

Ein Insider? Die beiden kannten sich wie lang? Drei Stunden? Eigentlich passten Pia und Chad super zusammen, bis auf den kleinen Umstand, dass ich Chad das Nasenbein brechen würde, falls er es wagen sollte, meine kleine Schwester in die Kiste zu zerren. Das hatte ich ihm vor ein paar Tagen auch so mitgeteilt, allerdings wusste Pia nichts von meiner kleinen Intervention, und das war gut so. Sie würde sich an Chad einfach die Zähne ausbeißen und somit bald das Interesse verlieren. Hoffte ich zumindest.

»Ich hol Bier. Will noch wer eins?« Pia stand auf und kletterte über Chads ausgestreckte Beine, dabei wollte sie sich an seinem Schenkel abstützen, aber er ergriff in letzter Sekunde ihre Hand.

»Let me help you«, sagte er und sah ihr tief in die Augen.

»Danke«, hauchte sie.

Chad linste in den tiefen V-Ausschnitt ihres schwarzen, eng anliegenden Pullis, und ich hoffte, er hatte meine Worte noch in guter Erinnerung. Er sollte es bloß nicht wagen, meiner Schwester das Herz zu brechen.

»Ich nehm ein Bier«, sagte ich und warf Chad einen warnenden Blick zu. Es gab bei Gott genügend Frauen da draußen für ihn.

Um mich ein wenig von dem ganzen Drama abzulenken, beugte ich mich vor und verfolgte *Der Pate* im Fernsehen. Einer meiner Lieblingsfilme. Pia kam zurück und hielt mir die kühlschrankkalte Flasche an den Nacken. Ich zuckte erschrocken zusammen. »Verdammt, was soll das?«

Lachend gab sie mir mein Bier. »Was machst du denn jetzt mit der armen Lavinia?«, fragte sie und setzte sich zurück auf ihren Platz.

Einen Moment lang überlegte ich. Was sollte ich mit ihr machen? Wenn sie meine Schwester wäre, ich glaube, ich würde den Kerl zu Kleinholz verarbeiten, der sie so verarschte. Lavinia hatte das nicht verdient. Sie hatte eine Macke, gar keine Frage, aber sie war kein schlechter Mensch. Immerhin setzte sie sich dafür ein, dass die Welt ein Stück besser wurde. Dazu mochte sie Tiere und hatte das Herz am rechten Fleck. Lavinia verdiente einen Mann, der sie wirklich liebte.

»Am Samstag mach ich mit ihr Schluss.«

Dominik kratzte sich an der Stirn. »Dachte, du bist gar nicht mit ihr zusammen.«

»Genau«, ich nickte ergeben, »und das mache ich ihr am Samstag schonend klar.« Ich würde mit Lavinia in dieses kleine chinesische Restaurant gehen. Das war zugegebenermaßen nicht sehr originell und keineswegs spontan, aber dort gab es leckeres Chop Suey, und sie war eingeladen. Irgendwie klang das nach Henkersmahlzeit, aber in einem Lokal würde sie mir wohl kaum eine Szene machen, und wir könnten im besten Fall als Freunde auseinandergehen. Ein sauberer Schnitt.

»Wann wollt ihr eigentlich mit der Renovierung des Boots beginnen?«, fragte Pia, die auch heute keinen Job im Jobcenter an Land gezogen hatte.

»So bald wie möglich. Wenn es klappt, schon dieses Wochenende. Ben hat alles klargemacht. Also, wie sieht es aus? Ist einer von euch dabei?«

»Bin dabei.« Dominik salutierte.

»Of course, bro«, sagte Chad.

»Klar helf ich dir, Brüderchen.« Pia nickte mir zu.

Das rührte mich. Obwohl die drei mir öfter mal auf den Wecker fielen, konnte ich doch immer auf sie zählen, wenn ich sie brauchte. Das bedeutete mir viel.

»Danke, Leute. Ben ist nämlich so größenwahnsinnig und will schon in einem Monat eröffnen.«

»Das schaffen wir.« Chad klang zuversichtlich. »One month is a long time.«

Pia setzte sich aufrecht hin. »Hättet ihr nicht einen Job für mich? Ich meine, ihr braucht doch bestimmt Leute an der Bar oder was sonst so anfällt.«

»Da lässt sich bestimmt was machen.« Ob meine Eltern das allerdings so gut finden würden, da war ich mir nicht sicher. Aber das war Pias Problem.

»Ich könnte euch vielleicht managen«, schlug sie vor.

»Jetzt bleib mal auf dem Teppich.« Ich rutschte an die Kante, denn dieser winzige Kater forderte immer mehr Platz ein. Wie schaffte er das? »Das machen Ben und ich. Du kannst an der Bar helfen oder hinterher aufräumen.«

Pia zog eine Flunsch. »Das ist echt fies, mir die Drecksarbeit zuschanzen.«

Meine Worte taten mir leid, immerhin half sie uns beim Renovieren. »Du könntest dich vielleicht ein bisschen in der Stadt nach guten Bands umschauen und die Eventplanung übernehmen«, schlug ich vor, denn Pia hatte einen recht guten Musikgeschmack.

Ihre Augen leuchteten auf. »Klasse Idee, ich wollte sowieso mehr auf die Piste gehen, jetzt, wo ich so viel Zeit habe. Dann halt ich die Augen offen.«

Ich seufzte. »Tu das.«

Mein Handy klingelte in der Hosentasche. »Lavinia« las ich, nachdem ich es herausgefischt hatte. Sollte ich drangehen?

17

Jenny

Ich zupfte meine schwarze Echthaarperücke zurecht. So verkleidet hätte ich mich vorhin beinahe selbst nicht im Spiegel wiedererkannt. Unglaublich, welche Typveränderung eine andere Haarfarbe bewirkte. Leider stand mir das Schwarz nicht sonderlich gut, aber sicher war sicher. Besonders jetzt durfte mich niemand erkennen, in Barcelona würde ich das Teil dann endlich entsorgen und als Jenny Riema auftreten. Dann war mir alles egal. Heute jedoch war ich noch Kitty Black.

»Auf geht's, Kitty«, sagte Aida kichernd und hakte sich bei mir unter. Aus dem Vegas wummerten uns schon heiße Beats entgegen und schürten einen ersten Anflug von Lampenfieber. Ich spürte, wie das Adrenalin durch meine Adern schoss, und wurde von einer zappeligen Nervosität erfasst. Hach, ich liebte dieses Gefühl, wenn ich kurz vor einem Auftritt unter Hochspannung stand und sich die ganze Energie dann beim Betreten der Bühne entlud.

Wir begaben uns zur Hintertür und klopften: einmal, zweimal, dreimal. Keiner öffnete.

Aida rollte mit den Augen und deutete mit dem Daumen über die Schulter. »Ich geh vor und sag Bescheid.« Sie schüttelte den Kopf. »Wie es aussieht, haben sich deine Starqualitäten noch nicht bis hierher herumgesprochen.«

»Das kommt noch«, sagte ich und lehnte mich gegen die

Wand. »Du wirst sehen, nachher, wenn ich gehe, rollen sie mir den roten Teppich aus.«

Gerade als sich Aida in Bewegung setzen wollte, entdeckte ich den unscheinbaren grauen Klingelknopf. »Warte mal.«

Ich drückte drauf, und ein summendes Geräusch ertönte. Kurz darauf öffnete ein kahlköpfiger Kerl mit drei Piercings in der Unterlippe die Tür. Seine Zigarette hing ihm lässig im Mundwinkel. »Was gibt's?«

»Kitty Black«, stellte ich mich vor.

Er zuckte mit den Schultern. »Matze Schmidt.«

Okay, anscheinend war mein Ruf mir noch nicht vorausgeeilt. Ich beschloss, großmütig über seine Unkenntnis hinwegzusehen, und schlenkerte meinen Gitarrenkasten vor seiner Nase durch die Luft. »Ich habe gleich einen Auftritt«, sagte ich in derselben wichtigen Tonlage, die Pink einmal in einem Interview an den Tag gelegt hatte. Damals hatte mich das schwer beeindruckt, aber bei Matze biss ich scheinbar auf Granit.

»Och nee«, sagte er genervt und warf seine brennende Zigarette knapp an mir vorbei nach draußen. »Heute leg ich auf, hab die ganze Mucke schon hier oben.« Er tippte an seine Stirn. »Und jetzt funkst du mir mit deiner Ein-bisschen-Frieden-Gitarrenshow dazwischen? Verkrümel dich zum Eurovision Song Contest, Mädchen.«

»Hey, jetzt mach mal halblang«, sprang Aida mir zur Seite, wofür ich ihr sehr dankbar war, denn seine harten Worte hatten mich doch etwas verletzt. Ein bisschen Frieden? Dabei hatte er mich noch gar nicht singen hören.

»Hartmut hat sie gebucht«, redete Aida sich in Rage und legte einen Arm um meine Schultern. »Ich bin ihre Managerin. Wenn du ein Problem mit Hartmuts Gigs hast, dann klären wir das am besten gleich mit ihm persönlich.«

Er wirkte überrascht, musterte uns abwechselnd. Schließlich winkte er ab und watschelte davon. »Komm halt rein, du Heulboje«, rief er mir noch über die Schulter zu, und ich beschloss, seine Worte einfach als Aufforderung zu werten. Der konnte mich mal, wer produzierte denn hier Mucke aus der Dose? Bei mir war wenigstens alles live und echt.

»So ein Arsch.« Aida zog mich an der Hand ins Gebäude.

»Du bist also meine Managerin«, sagte ich glucksend.

Sie nickte. »Ja, so komm ich überall gratis rein.«

Wir machten uns auf die Suche nach Hartmut und fanden ihn schließlich in einem Lagerraum beim Flaschensortieren.

»Hey, Hartmut.« Aida ging auf ihn zu und begrüßte ihn mit Küsschen links und rechts, wie man das im Showbusiness halt so machte. Derweil blieb ich etwas schüchtern an der Tür stehen. Der Laden war um einiges größer als die winzigen Spelunken, in denen ich sonst für ein paar Euro plus Freigetränke auftrat.

»Hier bringe ich dir deinen Stargast«, kündigte sie mich an, wie Thomas Gottschalk in *Wetten, dass …?* immer seine Hollywoodprominenz präsentiert hatte, und sie verfehlte ihre Wirkung auf mich nicht. Ich wuchs unter ihren schmeichelnden Worten. Matze konnte mich mal.

Hartmut wandte sich mir zu, er war ungefähr im selben Alter wie mein Vater, wirkte aber weit weniger seriös. Das graue schulterlange Haar trug er zu einem Zopf im Nacken gebunden, und er steckte in ausgeblichenen Jeans. Sein buntes Hawaiihemd spannte etwas um den Wohlstandsbauch.

»Ah, die Kitty. Hallo, Mädchen, ich bin schon ganz gespannt. Aida hat mir so viel von dir vorgeschwärmt, dass ich dich einfach buchen musste. Zum Glück hat sie noch einen freien Termin gefunden. Bist wohl gut im Geschäft.«

Aida zwinkerte mir zu.

»Ah, ja. Ein Gig ist rausgefallen, da konnten wir den Auftritt heute dazwischenschieben«, spielte ich Aidas Scharade mit. Ich hatte keine Ahnung, was sie ihm alles verzapft hatte, aber das war mir auch egal. Ich wollte auf die Bühne.

Hartmut lächelte gutmütig. »Dann nichts wie rauf auf die Bretter, die die Welt bedeuten. Du hast jetzt gleich 'ne Dreiviertelstunde und gegen elf noch mal eine. Was sagst du?«

Ui, ich durfte sogar zweimal singen. »Das klingt super«, sagte ich und presste den Gitarrenkasten an meine Brust. »Dann mach ich mich mal auf den Weg.«

Heute Morgen hatte ich erwogen, Gregor hierher mitzunehmen. Aber dann hatte ich es gelassen. Irgendwie wollte ich diesen Part meines Lebens noch nicht mit ihm teilen und hatte deshalb seine Einladung für heute Abend mit einer Ausrede ausgeschlagen. Zudem war ja auch mit Barcelona noch alles in der Schwebe, sodass ich unserer Beziehung erst noch Zeit geben wollte. Aber bald, schwor ich mir. Bald wollte ich ihm alles erzählen.

Nachdem ich meine Gitarre ausgepackt hatte, betrat ich mit schüchternen Schritten die Bühne. Ein Barhocker mit einem Mikro war in der Mitte platziert, auf die ich zustakste. Matze drehte die Musik ab, und ein Spot richtete sich auf den Hocker, auf dem ich soeben Platz nahm. Die Leute auf der Tanzfläche sahen mich erwartungsvoll an, ein paar applaudierten sogar, einer stieß einen wohlwollenden Pfiff aus. Mein Herz klopfte in der Brust, und als ich über die Saiten meiner Gitarre strich, fühlte ich mich zutiefst glücklich. Ich wusste genau: Hier gehörte ich hin.

18

Tobi

Eigentlich war ich fix und fertig und wollte mich nur noch ins Bett legen. Den ganzen Tag über hatten wir das Boot renoviert und dabei keine nennenswerten Fortschritte gemacht. Es würde Jahre dauern, das Ding clubtauglich zu kriegen, da war ich mir sicher. An jeder Ecke war es reparaturbedürftig, und ich fragte mich allen Ernstes, weshalb ich mich auf dieses Abenteuer überhaupt eingelassen hatte. Meine Arme und mein Rücken schmerzten vom Abschleifen der Reling, was mich sechs Stunden meines Lebens gekostet hatte, und dabei hatte ich noch nicht mal die Hälfte geschafft. Glücklicherweise hatte Ben noch ein paar Leute zum Helfen herbeigetrommelt, sodass wir nicht vollkommen allein dastanden. Dass Ben und ich die Renovierung aus eigener Tasche bezahlen mussten, hatte er vorher mit keinem Wort erwähnt, und ich hätte mich für meine Gutgläubigkeit heute Morgen am Bankautomaten selbst ohrfeigen können. Einen Tausender hatte ich nun schon in das Vorhaben gebuttert, und man sah nichts. Nur Bens Beteuerungen, wir würden alles doppelt und dreifach wieder reinbekommen, hatten mich davor bewahrt, heute alles hinzuwerfen. Nun stand ich frisch geduscht vor Lavinias Haustür, um bei einem netten Abendessen unsere Beziehung zu beenden. Mein Entschluss stand fest.

Ich drückte auf den Klingelknopf.

»Ja«, erklang es gleich darauf in der Sprechanlage.

»Ich bin's, Tobi.«

»Ich komme runter.« Lavinia schniefte.

Was war mit ihr los? War sie erkältet, oder hatte sie geheult?

Kurz darauf kam Lavinia zu mir nach draußen, ihre Augen waren gerötet und ihre Mundwinkel weit nach unten gebogen. »Ich bin so froh, dass du da bist.« Sie warf sich in meine Arme, dass ich beinahe das Gleichgewicht verlor.

»Ist was passiert?«

»Meine Eltern lassen sich scheiden«, wimmerte sie an meiner Brust und schniefte schon wieder.

»Oh, das tut mir leid.« Ich schob sie von mir und kramte in meinen Taschen nach einem Taschentuch, fand aber nur ein benutztes und hielt es ihr hin. »Hab leider kein frisches da.«

Sie winkte ab. »Egal, ist eh zellstoffgebleicht, die vertrag ich nicht.« Mit einem Zipfel ihrer Jacke wischte sie Tränen und andere Spuren aus ihrem Gesicht. Im Grunde meines Herzens tat sie mir leid. Das waren wirklich keine schönen Nachrichten. Allerdings auch keine günstige Ausgangsposition für mein Vorhaben.

»Magst du Chinesisch?«, fragte ich, um sie auf andere Gedanken zu bringen, und legte einen Arm um ihre Schultern. Sie klammerte sich an meiner Hüfte fest wie ein Affenjunges. »Chinesisch ist lecker.«

Wow, ich glaube, das war unsere erste Gemeinsamkeit, obwohl mir Thai eigentlich besser schmeckte, aber ich wollte heute nicht kleinlich sein.

»Zwei Straßen weiter ist ein tolles chinesisches Restaurant, magst du hingehen?«

Ihr Achselzucken sagte alles. »Wenn du meinst. Wollten wir nicht spontan irgendwas machen?«

Ich kreuzte zwei Finger hinter meinem Oberschenkel. »Du, das ist mir gerade eben eingefallen.« Sie ließ sich widerstandslos von mir durch die Straßen schleifen, begleitet von kleinen »Ich fass es einfach nicht« -Bekundungen.

Ehrlicherweise wäre ich an ihrer Stelle wohl auch durch den Wind gewesen. Meine Eltern waren seit fünfundzwanzig Jahren verheiratet, mir wäre nicht mal im Traum eingefallen, die beiden könnten sich mal scheiden lassen.

Im Restaurant suchten wir uns einen ruhigen Platz in einer Ecke. Lavinia bestellte bei der netten chinesischen Bedienung Jasmintee und frittiertes Gemüse. Ich nahm ein Bier und Lavinia zuliebe vegetarisches Chop Suey, obwohl ich immer das Gefühl hatte, dass ich von so was nicht richtig satt wurde.

Wir schwiegen. Ich hatte keine Ahnung, was ich sagen sollte, wie man jemanden in so einer Situation am besten aufbaute. An ihrer Stelle hätte ich mir wohl ein paar Kumpels geschnappt und wäre zwei Tage saufend um die Häuser gezogen. Frauen verdauten Schicksalsschläge wohl anders.

»Und das kam ganz plötzlich?«, fragte ich schließlich, um die unangenehme, schniefende Stille zu unterbrechen. Unauffällig ließ ich den Kopf kreisen, mein Nacken schmerzte und knackte bei jeder Bewegung.

»Meine Mutter hat meinen Vater verlassen«, fing sie schließlich an und nahm die fächerförmig gefaltete Serviette vom Tisch. Geräuschvoll blies sie hinein, während ich geduldig dasaß.

»Wegen eines anderen«, warf sie mir einen weiteren Happen der Geschichte hin und knüllte die missbrauchte Serviette in ihrer Faust zusammen. »Sie hat einen zwanzig Jahre jüngeren Kerl kennengelernt, einen Kubaner, und ist mit dem durchgebrannt. Kannst du dir das vorstellen?« Ihre Unterlippe zitterte. »Ich meine, meine Mutter ist achtundvierzig und führt sich schlimmer auf als ich.«

Hatte sie das jetzt auf mich bezogen? Ich beschloss, in dieser

Angelegenheit nichts persönlich zu nehmen, sondern Lavinia stattdessen ein guter Freund zu sein – was wir ja auch bald sein würden, sofern sie mir die Trennung nicht krummnahm. Aber wow, ihre Mutter hatte sich einen blutjungen Betthengst gekrallt? Respekt.

»Vielleicht ist das nur eine Phase«, versuchte ich sie zu beruhigen. »'Ne Midlife-Crisis, oder so.«

»Klar ist das ne Midlife-Crisis, sie hat sich sogar seinen Namen auf den Oberarm tätowieren lassen. Raúl. Kannst du dir das vorstellen? Und das in ihrem Alter?«

Prinzipiell hätte ich Lavinia ja toleranter eingeschätzt, konnte aber natürlich die Tragweite des Geschehens begreifen. Wer hatte schon gern eine tätowierte Mutter, die sich mit blutjungen Männern in den Kissen vergnügte, auch wenn ich der guten Frau ihren zweiten Frühling von Herzen gönnte. Ich glaube, mit fünfzig hätte ich auch nichts gegen eine zwanzigjährige Lebensabschnittsgefährtin einzuwenden. Aber vielleicht dachten auch nur Männer so – und Lavinias Mutter.

»Die kriegt sich schon wieder ein«, versuchte ich sie zu beruhigen und nahm der Bedienung das Bier ab. »Danke.«

Lavinia goss sich Tee in ihre Tasse und blies in den aufsteigenden Dampf. »Ich bin nur menschlich so wahnsinnig enttäuscht von ihr.« Sie sah auf. »Erst kürzlich waren meine Eltern auf Studienreise in Indien, da war noch alles in Ordnung. Und jetzt das.«

Mein Nicken fasste Lavinia als Zustimmung auf. Sie redete und redete die nächste Stunde nonstop durch, sprach sich alles von der Seele und verbrauchte Unmengen Servietten. Mein Essen schmeckte ohne Hühnchen etwas leer, aber ich meckerte nicht. Stattdessen versuchte ich mich in der Kunst des formvollendeten Zuhörers und wollte wirklich für Lavinia da sein. Aber ich konnte nichts dagegen machen, ihr Gerede ermüdete mich, dazu steckte mir der harte Tag auf der Baustelle in allen Knochen. Sexuelle Eskapaden mit Lavinia legte ich mit einem Blick auf ihre aufgequollene Nase für heute ad acta und konzentrierte mich wieder auf den eigentlichen Grund unseres Treffens. Aber wie ich es auch drehte und wendete, ich konnte ihr in diesem Zustand nicht auch noch einen Dolchstoß versetzen, das brachte ich einfach nicht. Sie saß vor mir wie ein Häufchen Elend, während ich mir hilflos vorkam.

Mein Handy rettete mich aus meiner Untätigkeit, indem es eine Nachricht ankündigte. Erleichtert kramte ich es aus meiner Jackentasche. Chad hatte mir geschrieben, und ich überlegte, ob ich wirklich abhauen sollte, um mich den Jungs anzuschließen. Nein, ich konnte mich nicht so mies verhalten, zumindest sollte ich Lavinia höflichkeitshalber fragen, ob sie mitwollte. In ihrem Zustand konnte ich mir das sowieso nicht vorstellen.

»Ähm, hör mal«, fing ich an und legte mein iPhone auf den Tisch. »Ein paar Kumpels sind im Vegas. Wie sieht's aus? Hast du Lust?«

»Okay.« Sie zuckte mit den Achseln und tauchte ein Stück panierte Karotte in einen süßsaueren Dip.

Wie okay? Hatte sie die letzte Stunde schon mal einen Blick in den Spiegel geworfen?

»Gute Idee«, setzte sie nach, und ihre Miene erhellte sich. »Das lenkt mich bestimmt ab.« Sie schenkte mir ein Lächeln, das so tief aus ihrem Herzen kam, dass sogar ihre verheulten Augen strahlten. »Ich bin so froh, dass ich dich habe. Du kannst also doch spontan sein.«

19

Jenny

Der erste Auftritt war super gelaufen. Die Leute hatten nach jedem Lied wie verrückt geklatscht und zum Schluss sogar nach einer Zugabe verlangt. Ich schwebte buchstäblich im siebten Himmel, ließ das Bühnenfeeling nachwirken. So könnte es von mir aus jeden Tag sein. Nichts auf der Welt konnte mich glücklicher machen, als auf der Bühne zu stehen. Ein Leben als Sängerin wäre für mich die absolute Erfüllung.

»Hey, Kitty.« Matze kletterte von seinem Podest, wo sein Mischpult stand, seine überdimensionalen Kopfhörer klebten an seinem Hals. Hier drinnen tobten die Massen, es wurde getanzt, was das Zeug hielt. An der Bar kämpften Trauben von Menschen um Drinks, die armen Barkeeper mussten alles geben. Mittlerweile schenkten sie die Getränke direkt in die noch dampfenden Gläser, die frisch aus der Spülmaschine kamen.

»Hey, Matze.«

»War gar nicht schlecht vorhin, dein Auftritt.«

»Danke. Also nichts mit Nicole und ein bisschen Frieden?« Ich grinste.

Er nestelte seine Zigarettenpackung aus der Hemdtasche, nahm eine heraus und steckte sie hinters Ohr. »Nee, gar nicht. Du hast 'ne tolle Stimme, beinahe wie Whitney Houston. Richtig geil. Du solltest unbedingt was draus machen. Ich geh eine rauchen, kommste mit?«

»Geht nicht«, sagte ich. »Hab gleich meinen zweiten Auftritt.«

»Ah, verstehe.« Er winkte im Weggehen, und ich entdeckte Aida tanzend mit ein paar Jungs in der Menge. Als sie mich bemerkte, kam sie zu mir. Einem der Typen schien das gar nicht zu gefallen, er rief ihr was hinterher, aber Aida reagierte nicht.

»Na, wie viele Autogramme musstest du heute schon schreiben?«, rief sie über den Tanzlärm hinweg.

»Noch gar keins.« Ich streckte ihr die Zunge raus. »Aber ein Typ meinte vorhin, falls ich noch ein paar Groupies bräuchte, er und seine Kumpels würden den Job jederzeit übernehmen.«

Aida prustete. »Das glaub ich.« Sie fächerte sich mit der Hand Luft zu. »Boah, ist das heiß hier, ich geh gleich ein.«

»Frag mich mal! Die Perücke heizt wie ein Backofen.« Mit dem Handballen wischte ich mir Schweißtropfen von den Schläfen. Dieses Elend würde in Barcelona glücklicherweise ein Ende haben. Dort war ich ganz ich. Jenny Riema, the one and only.

Nach einem Blick auf meine silberne Armani-Armbanduhr, die ich nur zu besonderen Gelegenheiten trug, schrak ich zusammen. »Fünf vor elf. Ich muss mich beeilen.«

»Das wird genauso toll wie vorhin«, rief Aida mir daumendrückend nach.

Wieder nahm ich auf dem Barhocker Platz. Diesmal kam mir alles vertraut vor. Das Licht, die Bühne, der schweißgeschwängerte Geruch der Gäste, die Hitze des Strahlers auf meinem Gesicht. Matze reckte auf dem Podest den Daumen nach oben. Ich schloss die Augen, tauchte mit allen Fasern meines Körpers in diese Welt ein, ließ mich im Rausch des Adrenalins treiben und stimmte das erste Lied an.

Applaus brandete auf, nachdem ich geendet hatte, und diese Wertschätzung war der größte Lohn für mich. Nun wusste ich es ganz genau, ich gehörte auf die Bühne. Ich wollte mein Publikum in eine andere Welt entführen, ihnen ein paar Melodien schenken und sie mitnehmen auf meine Reise. Hier oben war ich zu Hause. Ich stimmte den nächsten Song an und den nächsten, legte mein ganzes Herzblut in jedes Lied. Schließlich hatte ich auch die dritte Zugabe hinter mir und stand endgültig auf, denn sowohl Hartmut als auch Matze wollten mit ihrem Programm weitermachen. Zumindest deutete ich ihre Handzeichen so. Aber ich ließ mir Zeit, ein Künstler sollte sich nicht hetzen lassen, hatte die *Stars & Romance* einmal einen bekannten Sänger zitiert – und wie recht sie damit hatte. Ich duschte im Applaus, winkte in die Runde, verbeugte mich immer wieder und ließ den Blick durch den Raum schweifen, wollte jeden Moment in mich aufsaugen. An einer Gruppe Leute blieb ich hängen, und der Schreck fuhr mir durch Mark und Bein. Dort stand Tobi, zusammen mit seiner Veganerin und ein paar Typen. Das durfte doch nicht wahr sein! Was machte der denn hier? Nicht die kleinste Freude gönnte der Kerl einem. Dann wurde mir bewusst, dass er mich vielleicht erkennen könnte, und der Schreck traf mich wie ein Blitzschlag. Verdammt, ich musste hier raus, und zwar schnell. Tobi brachte es fertig und verdarb mir mit einer hinterhältigen Petzaktion bei Hans den Barcelona-Deal. In meiner Panik schob ich mir die langen schwarzen Haare ins Gesicht, denn Tobi widmete soeben der Bühne seine Aufmerksamkeit. Warum gab es hier eigentlich keinen Stage-Exit, wie das in Konzerthallen üblich war? Warum musste ich von der Rampe springen und mich in direkte Nähe zum Feind begeben? Durch den Vorhang von Haaren sah ich mich nach Aida um. Wir mussten hier raus, und zwar schleunigst. Matze, mein Held und Retter, legte nun wieder auf, sodass die Leute sich der Tanzfläche zuwandten. Auch Tobi schenkte sein Ohr wieder seiner redseligen Begleitung. Verdammt, wo trieb Aida sich denn herum! Das durfte doch nicht wahr sein! Ich geriet ins Stolpern und rempelte einen Typen an, der gerade eng umschlungen mit seiner Liebsten tanzte.

»Hey, Finger weg«, echauffierte die sich sofort, als hätte ich ihn absichtlich berührt. Dabei war er nicht mal mein Typ.

»Sorry.« Nach einmaligem tiefem Durchatmen strich ich mir die Strähnen aus den Augen. Ich sah so gut wie nichts und musste zudem wie eine frisch aus dem Urwald entkommene Vogelscheuche ausschauen. An der Bar entdeckte ich schließlich Aida, die in ein Gespräch mit einer dunkelblonden Frau vertieft war, von der ich allerdings nur die Rückansicht sah. Erleichtert eilte ich auf sie zu, wir mussten hier raus, da setzten sich Tobi und seine Meute ebenfalls in Richtung Bar in Bewegung. Im letzten Moment vermied ich einen Zusammenstoß mit ihm, indem ich eine scharfe Kehrtwendung machte. Musste Tobi ausgerechnet jetzt Durst bekommen, hätte er nicht noch fünf Minuten warten können? Ich nestelte mein iPhone aus dem Bund meiner Jeggings. Es klebte an meiner Haut fest, dazu hatte mein Schweiß unschöne Schlieren auf dem Display hinterlassen. Nachdem ich es abgewischt hatte, rief ich Aida an. Aber die Nuss ging nicht ran, stattdessen quatschte sie weiter mit dieser Frau und ignorierte meinen Notruf. Es war zum Verrücktwerden. Tobi stand direkt neben den beiden und versuchte winkend, die Aufmerksamkeit des Barkeepers zu erheischen. Eventuell konnte ich diesen Augenblick nutzen und mich ranpirschen? Nein, die Gefahr war zu groß. Wenn er mich erkannte, war alles zu spät.

Matze kam mit zwei Kurzen zu mir. Er hatte seinen Hochsitz wohl für eine kleine Stärkung verlassen. »Magste einen?« Er lächelte.

Misstrauisch beäugte ich die braune Flüssigkeit in dem Schnapsgläschen. »Was ist denn das?«

»Jägermeister.«

Igitt!

Tapfer nahm ich das Glas und stieß mit ihm an, bevor ich den bitteren Hochprozentigen durch meine Kehle laufen ließ. Mich schüttelte es, doch in meinem Bauch breitete sich eine wohltuende Wärme aus, die zudem eine beruhigende Wirkung entfaltete.

»Nicht schlecht, wa?« Sein Grinsen wurde breiter.

»Einwandfrei.« Mir lief das Wasser unangenehm salzig im Mund zusammen. »Du sag mal, kannst du mir 'nen Gefallen tun?«

»Klar, aber ich komm erst um fünf hier raus.« Er kam näher. »Wenn du so lange warten kannst.«

Ich unterdrückte einen Seufzer. »Nicht das.« So unauffällig wie möglich deutete ich hinüber zur Bar, wo sich Aida immer noch prächtig unterhielt. Tobi hatte sich an der Theke festgesaugt wie eine Zecke an ihrem Opfer. Mittlerweile hielt er ein Bier in der Hand. Warum verkrümelte er sich nicht endlich und machte Platz für andere durstige Gäste? Er war so ein Egomane. »Siehst du meine Freundin da vorne?«

»Welche?« Er kniff die Augen leicht zusammen. »Hab meine Kontaktlinsen nicht drin. Da stehen zwanzig Schnecken an der Bar.«

»Die mit den schwarzen Haaren und dem weißen Top.«

»Und ob.« Er nickte anerkennend. »Und ob ich die sehe.« Sein Kiefer klappte herunter, als hätte er soeben eine Eingebung von ganz oben bekommen. »Sag bloß, die steht auf mich.«

»Nein, die steht nicht auf dich«, sagte ich eine Spur zu grob und bereute meine harschen Worte auf der Stelle, als ich seinen verletzten Gesichtsausdruck bemerkte. »Aber könntest du sie mal bitte für mich herholen?«

»Ach, weißte«, Matze winkte ab. »Botengänge für das Fräulein soll ich übernehmen. Ist der neue Star sich schon zu fein dazu, mit unsereins im selben Club zu stehen?«

»Nein, du verstehst …« Fort war er, noch bevor ich meinen Satz beenden konnte, und Tobi hatte sich immer noch keinen Zentimeter bewegt. Schweren Herzens wagte ich einen Vorstoß und schlich näher, versuchte gleichzeitig mit unauffälligem Winken Aidas Aufmerksamkeit zu erhaschen. Einmal blickte sie sogar in meine Richtung, sah aber direkt durch mich hindurch. Es war so frustrierend. Geduckt hinter einem Kleiderschrank von Kerl erreichte ich schließlich das feindliche Territorium und stellte mich zwei Leute weiter an die Bar.

»Aida«, zischelte ich und erntete einen verwirrten Blick von dem Typen neben mir.

»Das Kreuzfahrtschiff?«, fragte er und schüttelte die wuscheligen braunen Haare aus.

»Nein, kannst du mal die Frau neben dir antippen?«

»Hä?«

»Mach doch mal kurz.« Hastig strich ich mir die Haare wieder ins Gesicht, denn Tobi gönnte sich einen ausschweifenden Blick durch den Raum. Mein Helfershelfer tippte Aida an die Schulter und deutete auf mich, als sie sich umdrehte. Nach einem kurzen Wink, den sie hoffentlich richtig deutete, schlich ich durch die Tanzenden in Richtung Ausgang. Mein Herz klopfte zum Zerspringen. Gott sei Dank kam sie mir nach.

»Was ist denn los? Ich mache gerade den nächsten Deal für dich klar, und du benimmst dich wie eine Irre.« Aida nestelte ihr Handy aus der Tasche und warf einen Blick drauf. »Anruf in Abwesenheit«, murmelte sie und sah hoch. »Oh, du hast angerufen.«

»Guten Morgen.« Ich kratzte mich mit einem Finger unter der juckenden Perücke. »Aida, ich muss hier raus, und zwar sofort. Tobi ist hier, und der darf mich auf keinen Fall entdecken, sonst steckt der das am Montag sofort meinem Chef.«

»Ach du meine Güte!« Sie legte eine Hand vor den Mund. »Der Tobi? Der ist hier?«

»Er stand direkt neben dir.«

»Warum hast du ihn mir nicht gezeigt? Ich hätte ihn gern mal gesehen.«

»Aida«, knurrte ich, »nicht jetzt, lass uns abhauen.«

»Na gut«, seufzte sie, »obwohl es gerade richtig lustig war. Nick hätte mich heute mal so sehen sollen. Von wegen Muffel.« Ihr Schmollmund verzog sich zu einer harten Linie. »Hoffentlich gab es für Nick heute ’ne Rotavirus-Epidemie oder so was in der Art im Krankenhaus.«

»Dann geh ich mal davon aus, dass Nick heute Dienst schiebt.«

»Genau.«

Nachdem wir unsere Jacken und ich noch meinen Gitarrenkasten geholt hatte, verließen wir den Tanztempel und standen im strömenden Regen. »Wann hat es denn angefangen zu regnen?«, wunderte sich Aida und sprang unters Vordach, wo eine ganze Reihe Leute ebenfalls Schutz suchte.

»Rufen wir uns ein Taxi.« Ich googelte nach der Nummer eines Taxiunternehmens.

»Kannst du vergessen«, sagte eine Rothaarige neben mir. »Wir haben schon vor einer halben Stunde eins bestellt, aber es kommt keins.«

Aida und ich sahen uns an. »Und was jetzt?«, fragte ich.

Sie zuckte die Achseln. »Gehen wir wieder rein, bis es aufhört?«

»Tobi ist da drin.«

»Okay.« Jetzt tippte Aida auf ihrem Handy herum. »Ich ruf Marga an und frag, ob sie uns mitnimmt. Sie müsste jede Minute Schichtende haben.« Nach einem kurzen Telefonat wandte sie sich mit einem beruhigenden Nicken an mich. Mir war es mittlerweile nicht mehr geheuer, hier herumzustehen. Wenn Tobi herauskam, lief er mir direkt in die Arme.

»Nimm doch einfach die Perücke ab«, sagte Aida und zupfte an meinen feuchten Strähnen, »dann bringt er dich gar nicht mit Kitty in Verbindung, falls er dich sieht.«

Das stimmte. Warum war ich da nicht selbst drauf gekommen? Allerdings waren meine Haare unter der Perücke total durchgeschwitzt, und ich wollte nicht wissen, wie ich dann aussah. Trotzdem nahm ich sie ab, und der kühle Luftzug tat unglaublich gut auf meiner aufgeweichten Kopfhaut. Die Rothaarige neben mir bekam große Augen.

»Ich bin inkognito hier«, flüsterte ich ihr zu, worauf sie mir einen Vogel zeigte. Schnell wandte ich mich an Aida. »Wie sehe ich aus?«

Nach einer eingehenden Musterung rieb sie sich übers Kinn. »Ehrlich?«

»Nein. Vergiss es. Ich will's gar nicht wissen.« Zum Glück waren wir bald zu Hause.

Ein knallrotes Audi-Cabriolet bremste mit quietschenden Reifen direkt vor dem Club ab. Die Seitenscheibe fuhr herunter. »Taxi für Aida di Georgio.«

»Das darf nicht wahr sein.« Aidas Mund stand offen.

»Was ist?«

Aida sah aus, als hätte sie einen Geist gesehen. »Das … ist … Nick.« Nach einem Moment der Schreckstarre ging sie mit großen Schritten durch den Regen auf ihn zu. »Was machst du denn bitte schön hier? Wo ist Marga?«

Mit meiner Jacke über dem Kopf eilte ich ihr nach. Das war also der ominöse Nick. Ich war gespannt.

»Notfall. Sie musste im OP helfen.«

»Und warum nicht du?«

»Weil ich da gerade Dr. Lehmann einen Kaffee geholt habe und sie meinte, es wäre jetzt für mich endlich mal an der Zeit, nach Hause zu gehen.« Nick grinste breit und offenbarte eine Reihe schneeweißer Zähne. Bartstoppeln umrahmten sein kantiges Gesicht, eine seiner hellbraunen Haarsträhnen fiel ihm wie zufällig in die Stirn. Wow, der Kerl sah gut aus. Aida hatte bei ihrer Beschreibung wirklich nicht übertrieben.

»Ach so, aber Marga braucht keinen Feierabend, oder wie?«

»Hey, was kann ich dafür? Ich teile die Dienste nicht ein.« Er stützte sich mit dem Ellenbogen am geöffneten Fenster ab. »Aber Marga meinte, du stehst hier, und sie hat mich gefragt, ob ich dich nicht heimfahren könnte. Und da ich so ein netter Kerl bin …«

»Nett.« Aida lachte schrill auf. »Danke, verzichte, lieber gehe ich zu Fuß.«

Zu Fuß? Bei mir schrillten sämtliche Alarmglocken. Um diese Uhrzeit, im strömenden Regen? War sie noch bei Trost?

»Aida, sollten wir nicht doch …?«, wagte ich einen zaghaften Vorstoß.

»Jetzt spring schon rein«, sagte Nick und musterte Aidas weißes Top. »Dein Oberteil ist schon ganz nass, du erkältest dich noch. Außerdem schimmern deine Nippel durch.«

Mit einem erschrockenen Aufschrei sah Aida an sich runter. Es war trocken und total blickdicht. Nur mit Mühe verbiss ich mir ein Grinsen. Aida und Nick in Action waren noch besser als nur vom Hörensagen.

»Idiot«, sagte Aida.

Ein Blitz am Himmel schreckte uns auf. »Jetzt mach schon, bevor wir hier vom Blitz erschlagen werden«, bettelte ich, den Gitarrenkasten an meine Brust pressend.

»Ja, mach schon«, sagte auch Nick und stieg aus, um den Sitz vorzuklappen. Erlöst nahm ich Aida die Entscheidung ab und kletterte ins Wageninnere, während meine Mitbewohnerin, italienische Verwünschungen ausstoßend, zur Beifahrerseite stampfte. »Pirckheimer Straße«, motzte Aida, als sie einstieg. Nick fuhr mit quietschenden Reifen los. Ein kleiner Angeber steckte in ihm, war mir aber egal. Hauptsache, ich kam endlich in mein kuscheliges Bett. Meine Hände waren von dem kalten Regen schon ganz rot und kribbelten nun unangenehm im warmen Wageninneren.

»Und, Spaß gehabt, Mädels?«, fragte Nick, als er um eine Ecke bog und dabei so viel Gas gab, dass es mich in den Sitz drückte.

»Ja, war super«, sagte ich freundlich, und er schenkte mir dafür im Rückspiegel ein unwiderstehliches Lächeln, das mir den Rücken hinunterprickelte. Was hatte Aida nur gegen diesen Traum von einem Mann? War mir völlig unverständlich, auf jeden Fall würde ich an ihrer Stelle Nick jederzeit mal mein Stethoskop ausleihen, oder mir seins … Ich grinste in mich hinein. Aida stellte sich echt an.

»Ja, war toll. Echt unglaublich, dass ein Abend Pause von dir so die Stimmung heben kann.« Ihr Tonfall hatte sich eine Oktave in die Höhe geschraubt.

»Ach komm schon, Muffelchen«, sagte er beruhigend und tätschelte ihr den Kopf.

Sie stieß seine Hand weg. »Nenn mich nicht immer Muffelchen«, knurrte sie.

»Warum hast du immer so schlechte Laune?«

»Ich habe nicht immer schlechte Laune, sondern nur in deiner Gegenwart.« Sie starrte aus dem Seitenfenster. Er nickte mir im Rückspiegel zu. »Stimmt das?«

»Also, ähm, vorhin hatte sie noch gute Laune.« Irgendwie tat er mir leid. Ich beschloss, mich rauszuhalten, wollte nicht versehentlich zwischen die Fronten geraten, und genoss die ungewohnte Fahrt in dem spritzigen Sportwagen.

»In der psychologischen Ambulanz bieten sie ein neues Anti-Anger-Programm aus den USA an, wär vielleicht was für dich«, sagte Nick.

Ruckartig wandte Aida den Kopf. Ihre Wangen glühten. »Statt blöde Sprüche zu klopfen, solltest du vielleicht mal damit aufhören, anderen Leuten tierisch auf die Nerven zu gehen.«

Nick wirkte unbeeindruckt, im Gegenteil, es sah aus, als verkneife er sich ein Grinsen. »Eigentlich bin ich ein ganz umgänglicher Typ, frag doch mal die anderen.«

»Ist jetzt nicht dein Ernst, oder?« Ein Prusten entwich ihren Lippen. »Bloß weil du den anderen Praktikantinnen an die Wäsche gehst und ab und zu mal bei einer in einem geistig verwirrten Moment randarfst, macht dich das noch lange nicht umgänglich.«

»Eifersüchtig?«, fragte Nick, und ich war mir sicher, er wusste, dass er Aida damit bis aufs Blut provozierte. Warum ließ sie sich auf seine Spielchen überhaupt ein?

»Endlich hast du es erfasst. Was für ein helles Köpfchen du bist!« Sie stöhnte auf. »Auch wenn du dich für ein Geschenk Gottes an die Frauenwelt hältst, bei mir beißt du auf Granit. Ich steh nicht auf Angeber und habe ehrlich gesagt keine Ahnung, was die ganzen Frauen an dir finden. Entweder haben die kein Hirn im Kopf, oder du füllst sie vorher mit irgendwas Fiesem ab, anders kann ich es mir echt nicht vorstellen.« Ihre

Unterlippe zitterte. Das war ganz klar gelogen, und das wusste sie auch. Natürlich war er ein Angeber, aber ein verdammt heißer. Und sie war so gemein zu ihm. Der Arme.

Er sagte erst mal nichts, worauf Aida in ihrem Sitz merklich wuchs, ihre Haltung wurde aufrechter. So sah also Siegesfreude aus.

»Du hast doch im ersten Semester mal zu Marga gesagt, ich wäre so heiß, dass man sich an mir bestimmt die Zunge verbrennt, und du würdest alles dafür geben, mich einmal nackt zu sehen. Oder stimmt das nicht?«

Ups. Mühsam hielt ich ein Kichern zurück. Das hatte Aida wirklich gesagt? Überhaupt, wie geschwätzig waren ihre Freundinnen denn bitte?

Ich glaubte, Aida schlucken zu hören. Ihre linke Hand ballte sich zur Faust. Hoffentlich würde sie die Verbalattacke nicht in eine handfeste Schlägerei ausarten lassen. »Wenn du nicht sofort deine Klappe hältst«, sagte sie zwischen zusammengebissenen Zähnen.

Auch Nick sah ihre Faust. »Du willst mich schlagen?«, fragte er und klang belustigt. »Ich muss dich warnen, ich steh da drauf, eigentlich mehr auf Spanking. Hast du das schon mal gemacht? Ich zieh mich dabei auch aus. Ganz allein für dich.«

Aber bitte jetzt sofort und hier im Auto, damit ich auch was davon hatte. Durch den dünnen hellgrauen Strickpulli konnte ich seine Muskeln erahnen und hätte im Gegensatz zu Aida gern mal einen Blick darauf geworfen. Hey, wenn man einmal die Gelegenheit hatte, so was aus der Nähe zu betrachten. Einen Waschbrettbauch bekam ich auch nicht jeden Tag zu Gesicht. Tobis Oberkörper kam mir in den Sinn. Er war ähnlich gut gebaut wie Nick, und ich fragte mich, wie er wohl nackt aussah. Erschrocken schickte ich meine Gedanken zurück in die Schmuddelkiste. Wie kam ich ausgerechnet jetzt auf Tobi?

»Ich kann dich gern mal spanken.« Aida spuckte das letzte Wort beinahe aus. »Aber dann kannst du drei Tage nicht mehr sitzen, das garantier ich dir.«

»Na, na.« Nick drohte ihr scherzhaft mit dem Zeigefinger. »Du hast so was nur noch nie ausprobiert.« Er schenkte ihr einen tiefen Blick, den sie mit einem wütenden Geschoss an Blitzen aus ihren Augen parierte. »Ich kann auch sanft sein, du musst dich nur trauen. Wie magst du es denn?«

»Ich mag es am liebsten ohne dich.« Sie warf ihm ein abfälliges Lächeln zu. »Du bist nichts weiter als ein männlicher Wanderpokal, man sollte die Frauenwelt vor dir warnen.«

»Komisch«, er fuhr langsamer, wir waren schon dicht vor unserer Haustür. »Bisher wurde ich immer nur weiterempfohlen.«

»Das müssen dieselben sein, die auch ihren Banker ohne schlechtes Gewissen weiterempfehlen, obwohl alle wissen, dass die sich dem Teufel verschrieben haben.«

Nick bremste ab. »Wir sind da.«

»Äh, vielen Dank fürs Heimfahren«, sagte ich, um die angespannte Stimmung ein wenig zu lockern. Ich fühlte mich beinahe wie eine Kriegsberichterstatterin im Kampfgebiet.

Er wandte den Kopf. »Gern.«

Nein, ich wusste wirklich nicht, was für ein Problem Aida mit ihm hatte.

»Und jetzt bist du sicher enttäuscht, weil nichts geht, oder warum hast du uns vom Vegas abgeholt?« Aida klang noch immer giftig. Weshalb stieg sie nicht endlich aus dem Wagen?

Sein Blick verweilte auf ihr. »Ich habe euch abgeholt, damit euch nichts passiert. Gute Nacht.«

Aida geriet ins Stocken. »Gute Nacht und danke«, sagte sie schließlich, ehe sie ausstieg und den Sitz vorklappte.

»Gute Nacht«, sagte ich auf der Straße, woraufhin er winkte und schließlich davonbrauste.

Später lag ich aufgekratzt im Bett. Ein Sänger hatte in der *Stars & Romance* einmal erzählt, dass ihm die Nacht nach einer Show immer am meisten zu schaffen machte, weil er nach dem Bad in der Menschenmenge hinterher immer allein und einsam in ein tiefes Loch fiele. Heute Nacht konnte ich das gut nachvollziehen. Auch ich fühlte mich nach all der Aufmerksamkeit dieser vielen fremden Menschen und der Masse an Glückshormonen, die noch in meinen Adern zirkulierte, einsam. Nachdem ich mich eine Zeit lang in den Kissen gewälzt hatte, setzte ich mich auf und angelte mein iPhone vom Nachttisch. Ob ich ihn um diese Uhrzeit noch anrufen konnte? Ich zögerte, wollte aber andererseits wirklich gern mit ihm reden und rief schließlich an.

Nach fünfmaligem Läuten ging er ran. »Hallo«, hörte ich Gregor verschlafen sagen und freute mich über seine Stimme. »Wie geht's? Ist was passiert?«

»Hey, alles klar. Ich konnte bloß nicht schlafen und hab dich vermisst.« Ich glaubte, ihn lächeln zu hören.

»Das freut mich, ich vermisse dich auch. Wie war dein Abend?«

»Ganz okay, und deiner?«

»Im Fernsehen lief *Hangover*, Teil eins. Schon gesehen? Ist ganz witzig.«

Ich kuschelte mich zurück ins Kissen. »Ja, den find ich auch gut.« Wir mochten denselben Film, und er vermisste mich ebenfalls. Das machte mich glücklich. Manchmal brauchte man wohl einfach nur einen zweiten Anlauf.

»Soll ich vorbeikommen?«

Ich warf einen Blick auf meinen Wecker. »Aber es ist schon drei.«

»Ist mir egal, ich möchte gern bei dir sein.«

Mein Herz hüpfte in der Brust. »Dann komm vorbei.«

»Okay, bis gleich.« Er legte auf, und ich ließ meine Hand sinken, umarmte vor lauter Vorfreude mein Kissen.

Trotz des Tobi-Schrecks zwischendurch war es ein guter Abend gewesen, stellte ich fest. Zwanzig Minuten später klingelte es an der Tür.

20

Tobi

»Guten Morgen, Tobi«, zwitscherte Jemailla, als sie zu mir ins Büro kam. In der Hand hielt sie eine blaue Aktenmappe. Wie immer war sie strahlender Laune, und das färbte auch ein wenig auf mich ab.

»Hey, Jemailla. Wie geht's?« Ich rollte den Drehstuhl ein Stück zurück und warf meinen Kugelschreiber auf die Tischplatte.

»Ach, mir geht es toll. Ich hatte am Wochenende ein Date.« Sie kam näher und setzte sich auf meinen Schreibtisch, ließ die Beine baumeln.

»Gratuliere. Wer ist denn der Glückliche?«

»Kennst du nicht. Keiner von den Quarkköpfen hier.«

Ich lachte und hoffte, dass ich davon ausgenommen war.

»Wo ist Jenny?«, fragte sie und sah über die Schulter. »Ist sie noch gar nicht hier?«

»Nein, noch nicht aufgetaucht.« Ich warf einen Blick auf die Uhr am Computer. »Aber sie müsste bald kommen, in zehn Minuten ist die Gleitzeit vorbei.«

Die Tür sprang auf, und Jenny rauschte mit wehendem Organza-Schal um den Hals ins Büro. Ihre Wangen waren gerötet, außerdem atmete sie schwer. Mit einem »Uff« ließ sie sich auf ihren Stuhl fallen.

»Ich hab verschlafen« Sie schälte sich aus ihrem cremefarbenen Mantel, der ihre schlanke Figur so sexy betonte.

»Lange auf gewesen?« Jemailla zwinkerte ihr zu.

»Gregor war da, und ja, es ist später geworden.« Sie grinste in sich hinein, und ich hoffte, sie würde auf Details verzichten. Im Moment konnte ich schlüpfrige Wochenendgeschichten nicht gut vertragen. Für Dienstag hatte ich mein nächstes Treffen mit Lavinia ausgemacht und hoffte, die Angelegenheit dann endgültig vom Tisch zu bekommen. Am Samstag im Vegas war sie mir noch tierisch auf die Nerven gegangen, denn sie hatte mir die komplette Story mit ihren Eltern ein zweites Mal erzählt. Ich meine, ich war nicht dement oder so, und mein Kurzzeitgedächtnis funktionierte auch noch einigermaßen. Nicht mal die Sängerin im Vegas hatte ich mir richtig ansehen können, von der Pia mir so vorgeschwärmt hatte. Irgendwann hatte Dominik mich dann von Lavinias Anwesenheit erlöst, indem er sich die ganze Geschichte ein drittes Mal erzählen ließ und dabei einiges mehr an Verständnis aufbrachte als ich, was mir hinterher auch noch ein schlechtes Gewissen bescherte. Normalerweise war ich nicht so, ich war immer für meine Freunde da, wenn sie mich brauchten, zu jeder Tages- und Nachtzeit. Aber ich konnte mir einfach nicht helfen: Lavinia nervte.

Neben mir hüpfte Jemailla vom Tisch und schlenderte hinüber zu Jenny, sie legte sich halb auf den Schreibtisch und sah sie erwartungsvoll an. Jemaillas wohlgeformter Hintern stach mir ins Auge, ich lehnte mich zurück und genoss die unerwartete Aussicht.

»Wie läuft es mit Gregor?«, flüsterte Jemailla, dennoch konnte ich verstehen, was sie sagte. »Habt ihr schon …«

»Nicht jetzt«, erwiderte Jenny nach einem Blick auf mich.

Hey, die beiden hatten Geheimnisse vor mir?

»Ich erzähl dir alles, wenn wir allein sind.«

Ich konnte mir schon vorstellen, was *alles* bedeutete. Nämlich alles. Im Detail.

»Treffen wir uns in der Mittagspause? Ich muss dir unbedingt von Lutz erzählen.« Jetzt drehte sich Jemailla und gönnte mir einen Blick auf ihre netten Rundungen, die neckisch unter ihrer silbrig glänzenden Bluse nach oben standen. Ich war mir sicher, sie trug irgend so einen gefütterten Bügel-BH, so wie Ellen immer, wenn sie ein wenig Oberweite hatte dazuschummeln wollen. Da musste man als Mann aufpassen, beim Auspacken verlor so manche Frau dadurch ein bis zwei Körbchengrößen. Aber egal, mir gefiel's.

»Lutz ist einfach nur toll. Wir waren Sushi essen und im Kino. Es hat so viel Spaß gemacht. Wo wart ihr?« Sie stellte sich wieder hin.

»Zu Hause.« Jennys Blick wanderte immer wieder zu mir, woraufhin ich mich pro forma meinem Computer widmete. Ob sie schon Sex mit diesem Idioten gehabt hatte? Der Gedanke gefiel mir nicht.

»Treffen wir uns nun nachher in der Mittagspause?«, fragte Jemailla, und meine Finger verharrten auf der Tastatur. In den letzten Tagen waren Jenny und ich immer zusammen in unser Café gegangen. Für mich war das beinahe schon Tradition.

»Okay«, hörte ich Jenny sagen. Sie hatte mich eiskalt abserviert. »Ich hol dich um zwölf ab.«

Jemailla legte die Aktenmappe auf Jennys Tisch. »Von Hans. Du sollst bis heute Nachmittag das Förderungskonzept für internationale Studentenpraktika ausarbeiten und ihm vorlegen.«

Förderungskonzept? Ich traute meinen Ohren kaum. Dafür brauchte Jenny höchstens sechs Stunden. Mir hatte Hans heute Morgen die internationale Investmentstrategie für den nordamerikanischen Raum auf das Auge gedrückt. Damit war ich mindestens zwei Wochen beschäftigt. Und diese Projekte sollten dann wohl für Barcelona zum Vergleich herangezogen werden. Es war einfach nur lächerlich. Ich schluckte meinen Ärger herunter. Jenny konnte nichts dafür, sie profitierte lediglich davon. Egal, ich gab mich dennoch nicht kampflos geschlagen.

Jenny blätterte die Unterlagen durch, und wie vorauszusehen, wirkte sie zufrieden. »Danke schön, das krieg ich hin.«

»Bis nachher«, sagte Jemailla und ging zur Tür.

»Heute also kein Mittagessen im Café?«, konnte ich mir nicht verkneifen.

»Sorry, aber Jemailla und ich haben was zu bereden. Morgen wieder, okay?«

Sie sprach zu mir wie eine Mama, die ihr Kleinkind vertröstete.

»Wie läuft es denn so mit Gregor?«

»Gut.« Jenny wischte mit dem Handrücken einen Fussel von ihrem hauchdünnen Strickpulli. »Und bei dir?«

»Prima.« Es verlangte mir alles ab, mich dermaßen verstellen zu müssen. Verstohlen musterte ich ihr strahlendes Gesicht. Jenny wirkte glücklich. Immer wieder ertappte ich mich dabei, wie ich sie ansah. Sie hatte dieses kleine Grübchen an der Wange, das sich zeigte, wenn sie lächelte. So wie jetzt. Woran sie wohl gerade dachte?

»Ich muss nachher noch zu Hause anrufen«, sagte ich. »Meine Mutter hat Geburtstag.«

Jenny sah auf. »Oh, sag ihr alles Gute von mir. Wie geht es deinen Eltern?«

»Denen geht's gut. Mein Vater ist halt in seinem Job eingespannt, und meine Mutter macht dauernd irgendwas Ehrenamtliches.«

Ihr Kichern klang amüsiert. »So wie damals, als sie Paul und mich am Weihnachtsstand zum Waffelbacken rekrutiert hat. Wohin ging das Geld? Brot für die Welt?«

Ich nickte. »Ja, das ist meine Mutter. Sie ist immer noch total engagiert.«

»Ich fand es eine tolle Sache. Es war ein schönes Gefühl, etwas für andere Menschen tun zu können, denen es nicht so gut geht wie uns.«

»Ja, sie hat immer Wert darauf gelegt, uns Kindern Nächstenliebe und Verantwortung einzuimpfen.« Okay, bei Lavinia klappte das gerade nicht so gut, das gab ich zu.

»Wie geht es deinen Eltern?«

»Ganz gut so weit.« Jenny sortierte ihre Stifte der Reihe nach. Ihre Hände zitterten. Schlagartig fiel mir ein, dass sich Pauls Todestag am Mittwoch zum siebten Mal jährte. Unglaublich, wie viel Zeit inzwischen vergangen war. Was in meinem Leben alles passiert war, während mein bester Freund in seinem kühlen Grab lag.

Unsere Blicke blieben aneinander haften, mein Puls pochte an meinem Hals. Ihre Lippen öffneten sich einen Spalt, und ich widerstand nur mit Mühe der Versuchung, Jenny zu küssen.

»Einmal …«, fing sie an und räusperte sich. »Einmal, da hast du zu mir gesagt, wenn Paul nicht wäre, könntest du dich in mich verlieben. Weißt du noch?«

»Ja«, ich nickte schwach, »das war an dem Abend am See, auf Roccos Party. Du hattest dieses kurze weiße Kleid an, und ich hätte schwören können, dass du darunter kein Höschen getragen hast.«

Ihr Glucksen klang überrascht. »Ich habe immer ein Höschen darunter.« Sie bog eine Büroklammer auseinander. »Sonst hast du dazu nichts zu sagen?« Ihre Stimme klang scheu, als hätte sie Angst, noch einmal verletzt zu werden. Was sollte ich ihr antworten? Dass ich mich noch ganz genau an jedes kleine Detail dieses Abends erinnerte? Sie hatte Erdbeerbowle getrunken und schmeckte süß wie die Früchte in ihrem Glas. Auf dieser Party hatten wir uns geküsst. Ich hatte mit ihr abseits am

Ufer gesessen, während Paul diesem sturzbetrunkenen Mädchen am Lagerfeuer vor den Augen seiner Kumpels die Hand in den Slip geschoben hatte. Davon hatte ich erst am nächsten Tag erfahren, in der Nacht hatte ich nur noch mitbekommen, wie der Notarzt das Mädchen reanimiert hatte, weil sie beinahe an einer Alkoholvergiftung gestorben war. Wie es sich später herausstellte, hatte Paul sie mit Apfelkorn abgefüllt. Ich glaube nicht, dass Jenny davon wusste, und das war auch gar nicht ihre Frage gewesen. Aber für mich war es der Abend gewesen, an dem ich erwachsen geworden war, an dem mir die ganze Schäbigkeit meiner Existenz vor Augen geführt worden war. Denn ich machte weiter wie vorher auch, als wäre nichts passiert. Als wäre mein bester Freund kein Schwein gewesen.

»Wir haben uns geküsst«, sagte ich und spürte das überwältigende Verlangen, ihre Lippen noch mal auf meinen zu spüren. Gott, was war ich damals in sie verschossen gewesen!

»Ja, das haben wir.« Jenny blickte auf ihre Hände, ich konnte dabei zusehen, wie die Vergangenheit sie einholte.

»Und am nächsten Tag hast du mir gesagt, dass du mich liebst.« Ich schluckte, denn Jenny wusste nicht, warum ich ihr damals eine Abfuhr erteilt hatte. Irgendjemand hatte ihrem Bruder gesteckt, dass wir uns geküsst hatten, was Paul auf einen teuflischen Plan gebracht hatte, vor dem ich sie schützen wollte.

Sie hob die Lider, so langsam, dass es mir durch und durch ging. »Ja, aber du hast mir gesagt, dass alles nur just for fun war.«

»Menschen ändern sich, Jenny.« Das starke Gefühl der Schuld kroch in mir hoch und nahm mein Inneres komplett in Beschlag.

»Und doch bleibt der Charakter immer derselbe.« Ihre Stimme klang bitter.

Ich wandte mich ab. Dieses Gespräch zerrte an meinen Nerven. »Ich muss weiterarbeiten.«

Als ich am Abend das Boot betrat, hielten alle sofort in ihrer Arbeit inne. Schon wieder hatte ich mich mit Lavinia getroffen, um die Trennung durchzuziehen – und schon wieder war es nicht dazu gekommen. Was die Bande allerdings nicht wusste, denn die Kindsköpfe erwarteten mit Spannung meinen Bericht, wie ich Lavinia die Freiheit geschenkt hatte. Ja klar, war das kindisch. Aber ich hatte auch nie behauptet, einer von uns wäre sonderlich erwachsen geworden, nur weil wir die magische Achtzehn überschritten hatten.

Pia kam auf mich zu, ein weißer Farbklecks prangte auf ihrer Nase. »Wie hat Lavinia es aufgenommen?«

Chad, Dominik und Ben kamen ebenfalls näher. Auch Luca war heute da.

»Es gab einen Notfall. Sie musste weg, bevor ich das Thema anschneiden konnte.«

»Einen Notfall?«, fragte Pia.

»Irgendein Schwan«, nachdenklich kratzte ich mich am Kopf, »oder war es ein Schwein?« Ich winkte ab. »Egal, irgendein Tier musste gerettet werden.«

»Oh, hoffentlich ist nichts Schlimmes passiert.« Dominik klang besorgt. »Das finde ich aber klasse von Lavinia.«

Ich ignorierte Dominik. Klar war es gut, wenn man Tieren half, nur der Zeitpunkt war wirklich ungeschickt. Gerade als ich drauf und dran gewesen war, ihr die frohe Botschaft zu verkünden, war sie losgeflitzt.

»Das bedeutet wohl, ihr habt euch nicht getrennt?«, fragte Luca.

»Es bedeutet nur, dass ich das Gespräch verschoben habe.« Die ganze Woche über hatte Lavinia mir Herzchen und Kusssmileys übers Handy geschickt, was das Ganze nicht unbedingt einfacher gemacht hatte. Wie es aussah, hatte sich Lavinia bis über beide Ohren in mich verliebt. Deswegen würde ich ihr die schlechte Nachricht bei unserem nächsten Treffen äußerst schonend beibringen. Und dieses Treffen kam bestimmt. Immerhin kannten wir uns erst seit ein paar Wochen, welcher normale Mensch baute in dieser kurzen Zeit schon so einen Haufen Emotionen auf?

»Again?«, warf Chad kopfschüttelnd ein.

»Ja, again«, äffte ich ihn nach.

Lucas abschätziger Blick gefiel mir überhaupt nicht. Sie hielt sich mit blöden Sprüchen nie sonderlich zurück, und Taktgefühl war auch nicht gerade ihre Stärke. »Das ist echt nicht nett, wie du die Ärmste hinhältst.«

Wie ich Lavinia hinhielt? Wie konnte sie bloß dermaßen die Tatsachen verdrehen? Immerhin war ich derjenige, der seit Wochen versuchte, einen Schlussstrich zu ziehen.

»Es kommt halt immer was dazwischen«, verteidigte ich mich. Aus einem mir unerfindlichen Grund schienen Luca und meine Schwester eher mit Lavinia zu sympathisieren als mit mir, was mir beinahe wie Verrat vorkam.

»Zum Beispiel Lavinias williger Körper im Bett?«, mischte sich nun auch noch Pia giftig ein.

»Was zum Teufel hat der Sex damit zu tun?« Ich verstand überhaupt nichts mehr, immerhin hatten unsere wenigen sexuellen Eskapaden auf Gegenseitigkeit beruht und waren zudem nicht mal sonderlich berauschend gewesen. Am Sex lag es bestimmt nicht, warum es mir noch nicht gelungen war, ein rein freundschaftliches Verhältnis zu Lavinia aufzubauen, wie ich es in Gedanken positiv formulierte.

»Wie bitte?« Pia stand der Mund offen. »Das ist so was von chauvinistisch.«

Langsam wurde ich sauer. Sprach man so mit Menschen, die einem ein Obdach gaben? »Noch ein Wort, und du schläfst unter der Brücke«, knurrte ich.

»Woran liegt es dann?«, fragte Luca. »Was hast du für ein Problem?«

»Mein Problem ist, dass sie glaubt, wir wären ein Paar, und dass ich seit einiger Zeit versuche, ihr zu verklickern, dass wir eben keins sind.«

»Alter«, mischte sich auch noch Ben ein. »Du steigst immer noch mit ihr in die Kiste?«

Ich zuckte nur hilflos mit den Schultern. »Ab und zu.«

»Bist du sicher?«, machte Ben unerbittlich weiter.

»Schon länger nicht mehr«, verteidigte ich mich vehement, was sogar fast stimmte, wenn man den Ausrutscher von Anfang der Woche nicht mitzählte.

»Dann musst du dich auch nicht wundern, Mann. Entweder du machst ihr von Anfang an klar, wie der Hase läuft, oder du seilst dich rechtzeitig ab.«

»Das ist echt mies«, ereiferte sich Luca und wurde natürlich sofort von Pia unterstützt. »Das ist echt das Letzte, so was machen nur Feiglinge.«

»Aber man erspart sich als Mann einen Haufen Theater«, erklärte Ben und bekam nun seinerseits Rückendeckung von den beiden Jungs.

»Ihr Frauen wollt es doch gar nicht anders«, stellte Chad eine gefährliche Theorie auf und wurde sofort von den Löwinnen mit Haut und Haar gefressen.

»Wieso wollen wir das nicht anders?«, fragte Luca mit schmalen Augen. Ob sich Ben für seine These nun Sanktionen im Bett eingehandelt hatte?

»Weil ihr uns nicht ranlasst, wenn wir euch nicht erzählen, was ihr hören wollt. It's as simple as that«, erwiderte Chad.

»So ein Blödsinn«, fauchte Pia. »Wir wollen zufälligerweise nicht belogen werden.«

»Come on«, erwiderte Chad unbeeindruckt und trat auf Pia zu. »Don't get mad, Sweety.« Er streichelte ihre Wange »Bei dir wäre das natürlich was anderes. Honey, du bist was Besonderes.«

»Echt jetzt?« Pias Wangen fingen an zu glühen.

»Of course.« Chads Stimme wurde leiser, dunkler. »Bei dir könnte ich mir mehr vorstellen. Du hast das gewisse Etwas.«

»Und was schwebt dir da so vor?«, fragte sie atemlos.

Ich konnte es nicht fassen. Hatte sie die vorherige Unterhaltung eigentlich mitverfolgt oder sie einfach nur dazu genutzt, mal wieder ihren Senf ablassen zu können?

»Baby, eine ganze Menge«, sagte er. »Lass dich überraschen.«

»Meinst du das jetzt ernst?«, fragte Pia und klang hoffnungsvoll.

»Of course not.« Chad drehte sich zu mir um. »Your brother would kill me.« Dann deutete er auf Pia, die versuchte, ihre enttäuschte Miene mit einem bissigen Grinsen zu überspielen. »Aber das war genau das, was du hören wolltest, right?«

»Du bist echt ein Arsch.« Pia stapfte beleidigt davon. Hastig lief Chad ihr nach. »Pia, wait.«

»Er ist echt ein Arsch«, stellte Luca fest, als Chad außer Hörweite war.

»Jepp.« Ben legte ihr einen Arm um die Taille, »und zwar, weil er dich vorhin angemacht hat.«

»Er hat dich angemacht?«, fragte ich.

»Er hat sie my lovely Lady genannt«, sagte Ben, was Luca ein Grinsen entlockte. »Ach, wenn ich es mir überlege, ist Chad doch nicht so übel.«

»Hey, der Einzige, der dich lovely Lady nennen darf, bin ich, verstanden?«

Luca klopfte Ben auf den Brustkorb. »Netter Versuch, Herr Novak, nur leider hast du nichts zu melden.«

Ben grinste breit. »Einen Versuch war's wert.« Er küsste sie auf die Lippen, und ich konnte ihr Gesäusel fast nicht mehr ertragen. Wie konnte man nur so verdammt glücklich sein?

»Und was machst du jetzt mit Lavinia?«, fragte Dominik, der einen Besen in der Hand hielt. »Mir tut sie leid. Ich finde sie echt nett.«

Lavinia. Die hatte ich in dem ganzen Hickhack schon fast wieder vergessen.

»Beim nächsten Mal mach ich freundlich und nett mit ihr Schluss.« Ich setzte mich in Bewegung, hier wartete noch verdammt viel Arbeit auf uns, denn Ben wollte in zwei Wochen eröffnen. Vom Herumstehen wurde es jedenfalls auch nicht besser.

»Die Arme«, hörte ich Dominik hinter mir.

Mir tat es ja auch leid, aber was sollte ich machen, wenn keine Gefühle im Spiel waren?

Auf dem Nachhauseweg grübelte ich über den Abend nach. Die anderen hatten sich noch ein Feierabendbier genehmigt, aber mir stand irgendwie der Sinn nach Alleinsein. Die Sache mit Lavinia lief gar nicht gut, und ich kam mir immer schlechter deswegen vor. Dann dachte ich an Jenny – sie kam mir ganz unvermittelt in den Sinn, obwohl ich zugegebenermaßen in letzter Zeit öfter mal über sie nachdachte. Was sie wohl gerade machte? Schließlich kramte ich mein Handy aus der Hosentasche und suchte ihre Nummer, die sie mir vor ein paar Tagen im Büro für Notfälle gegeben hatte. Ob ich sie mal anrufen sollte? War doch irgendwie ein Notfall, oder? Auf gut Glück rief ich sie an.

»Hallo?« Jenny klang überrascht.

»Hi, ich bin's, Tobi.«

»Ist was passiert?«

»Nein, ich wollte nur mal testen, ob deine Nummer stimmt. Ist ja wichtig für den Notfall, also, dass ich die richtige habe.«

Sie lachte. »Ich glaube, dir ist nur langweilig.«

»Ich wollte deine Stimme hören«, gab ich zu.

»So spät am Abend?« Jenny klang ein wenig atemlos, und das gefiel mir. Sie hörte sich rauchig und sexy an, und ich hätte sie jetzt verdammt gern hier an meiner Seite gehabt. Dann könnten wir gemeinsam durch die Straße laufen und miteinander reden, ich könnte heimlich ihr Grübchen am Mundwinkel betrachten und ihren Vanille-Honig-Duft einatmen.

»Was machst du gerade?«, fragte sie.

»Ach.« Ich massierte mir den Hinterkopf. »Ich sitze noch im Büro und schiebe Überstunden. Hans ist auch noch da, mein Arbeitseinsatz hat ihn schwer beeindruckt.«

»Was?« Sie klang erschrocken, fasste sich aber schnell wieder. »Wow, das grenzt ja schon fast an Sabotage.«

»Tja.« Ich musste mir ein Schmunzeln verkneifen, damit sie meiner Stimme nichts anmerkte. »Ich bin gerade in einer ganz miesen Position, denn ich muss mich gegen den Liebling des Chefs zur Wehr setzen.«

»Vielleicht hast du einfach nur eine Kollegin, die in der Lage ist, ihre Aufgaben so schnell zu erledigen, dass sie keine nächtlichen Überstunden schieben muss«, hörte ich sie sagen.

»Glaub ich nicht. Ich glaube eher, sie hat was mit dem Chef.«

Jenny kicherte. »Wenn sie was mit dem Chef hätte, würde der heute Nacht bestimmt nicht bei dir rumhängen. Nein, ich glaube, deine Kollegin ist einfach nur besser als du.«

»Sie arbeitet nicht schlecht«, sagte ich, »und ich gebe zu, die Vorstellung, du könntest dich mit Hans in den Kissen tummeln, ist wirklich abtörnend.«

»Nicht mal für Barcelona. Aber los, Tobi, wirf dich an Hans ran, vernasch ihn, vielleicht gibt er dir dafür den Job.«

»Hans zu verführen ist mein Joker, das heb ich mir bis zum Schluss auf«, erwiderte ich lachend. Ich konnte buchstäblich hören, wie sie sich schüttelte. Mitten im Gespräch verspürte ich den Impuls, Jenny in die Arme zu nehmen, ihren schlanken Körper entlangzustreichen, ihren Duft einzuatmen und die weiche Haut an ihrem Hals zu küssen – wie damals. Bilder aus unserer gemeinsamen Vergangenheit spulten sich plötzlich vor meinem geistigen Auge ab. Die Nacht, als wir uns geküsst hatten. Mein Puls beschleunigte sich. »Ich bin nicht im Büro«, löste ich meinen kleinen Bluff schließlich auf.

»Mistkerl. Wo bist du dann?« Sie klang überrascht, aber nicht verärgert.

»Auf dem Nachhauseweg, hab mich mit ein paar Kumpels getroffen.«

»Dir hätte ich alles zugetraut.« Leises Prusten kam durch den Hörer. »Sogar, dass du hinter meinem Rücken mit Hans flirtest.«

Ich lachte. »Hans ist nicht wirklich mein Typ. Warum willst du eigentlich so unbedingt nach Barcelona? Gefällt es dir hier nicht mehr? Oder willst du nur nicht mehr mit mir im selben Büro sitzen?«

»Nein, das hat gar nichts mit dir zu tun«, versicherte sie, und ich glaubte ihr sogar. Ihre Stimme hatte sich nicht in die Höhe geschraubt, wie das sonst bei ihren verbalen Täuschungsmanövern der Fall war. Ich kannte sie einfach zu gut, und Jenny war eine verdammt schlechte Lügnerin.

»Wieso dann?«

»Ich will hier raus, mal was anderes sehen. Bisschen in der Welt herumkommen. Und warum willst du weg?«

»Mir geht es ähnlich. Ich hab so viel Scheiße mitgemacht

in letzter Zeit, dass ich Abstand brauche. Das Projekt dort ist einfach der Hammer, ich glaube, wer den Deal dort klarmacht, dem stehen später alle Türen offen. Außerdem ist das Wetter in Spanien viel besser als hier, und das Meer ist gleich um die Ecke.«

»Ans Meer hatte ich noch gar nicht gedacht«, sagte sie kichernd. »Jetzt werde ich mich doppelt anstrengen, um den Job zu kriegen. Danke für den Hinweis.«

Unfassbar. Was für ein kleines Biest!

»Du wirst ihn aber nicht kriegen, denn ich werde nach Barcelona fahren.«

»Das werden wir ja noch sehen.«

Meine Laune hob sich, je länger ich mich mit Jenny unterhielt. Am liebsten hätte ich sie spontan besucht, die ganze Nacht mit ihr durchgequatscht und ausgetestet, wie weit sie mich wohl ranlassen würde. Stattdessen sagte ich: »Gehen wir morgen in der Mittagspause in unser Café?«

»Warum nicht?« Ich hörte sie gähnen. »Aber jetzt geh ich ins Bett. Ich bin total müde.«

»Gute Nacht, Jenny.«

»Bis morgen, Tobi.«

21

Jenny

»Uff, Feierabend.« Mit einem Stoßseufzer schlug ich den verflixten Ordner zu, endlich hatte ich sämtliche Zahlen ins System eingepflegt.

Tobi grinste mich an. »Es ist erst halb fünf. Im Regal steht noch der Ordner mit den Adressen, die sich geändert haben, falls du noch Arbeit suchst.«

»Vergiss es.« Ich tippte mir an die Schläfe. »Das macht der nächste Azubi. Du hast mich lange genug schikaniert. Außerdem habe ich schon ein neues Projekt von Hans bekommen, das ich bis nächste Woche abgeben muss.«

Tobi schaltete seinen PC aus. »Ich mach auch Schluss für heute. Was ist? Lust auf ein Feierabendbier?« Er rollte mit seinem Schreibtischstuhl zurück.

»Normalerweise gern, aber heute geht es nicht.«

»Triffst du dich mit Gregor?«

Ich schüttelte den Kopf. »Nein.« Einen Herzschlag lang war ich drauf und dran, ihm den Grund zu sagen.

»Okay.« Er winkte ab und wirkte irgendwie verletzt. »Vergiss es. Egal.« Tobi stand auf und ging zum Wandhaken, wo seine Jacke hing. »Bis morgen.«

»Tobi.«

»Ja?« Wie in Zeitlupe wandte er sich um.

»Weißt du nicht, was heute für ein Tag heute ist?« Nur mit Mühe schaffte ich es, die Tränen zurückzuhalten.

Nach kurzem Stutzen kam er zu mir. »Tut mir leid. Ich hab nicht dran gedacht.«

»Schon okay«, sagte ich mit hängendem Kopf.

»Natürlich macht es was. Ich habe nicht an Pauls Todestag gedacht.«

»Am liebsten würde ich den heutigen Tag aus meinem Gedächtnis streichen«, sagte ich und stand auf. »Einfach so tun, als wäre das alles nie geschehen, und Paul wäre immer noch da.«

»Ich wünschte, wir könnten die Zeit zurückdrehen.« Tobi wirkte betroffen.

Mein Herz schmerzte vor Trauer. Paul fehlte mir so sehr. »Weißt du noch, wie wir früher immer zu dritt zum Bahnhofskiosk gegangen sind und dort Wassereis gekauft haben? Danach waren unsere Zungen immer ganz blau oder grün.«

Er nickte, sein Blick richtete sich direkt auf meine Augen. »Wir haben unser ganzes Taschengeld dort angelegt. Paul und ich haben uns dort immer die *Bravo* im Kiosk gekauft und Doktor Sommer zuerst gelesen.«

Daran erinnerte ich mich noch gut. »Meine Mutter hat die Seiten in Pauls *Bravo* immer zugeklebt, damit ich sie nicht zu Gesicht kriege.«

»Und hat es was gebracht?«

Ich schüttelte den Kopf. »Ich hatte sie immer schon vorher gelesen.«

Wir lachten verhalten, denn diese bittersüßen Jugenderinnerungen taten verdammt weh. Es waren gute Erinnerungen, wir hatten eine schöne Jugendzeit zusammen verbracht, aber Paul fehlte. Einer der Hauptakteure aus unserem Film des Lebens war nicht mehr da.

»Ich wünschte, Paul wäre jetzt hier«, sagte ich leise und blinzelte die aufsteigenden Tränen nieder.

»Komm mit.« Unvorbereitet nahm mich Tobi bei der Hand, griff sich meinen Mantel vom Haken und zog mich hinter sich her.

Tobi brauste über die Autobahn. Ich saß neben ihm und beobachtete ihn heimlich. Beide Hände umfassten das Lenkrad, sein Blick ruhte auf der Straße. Ich mochte seine Hände, sie waren kräftig mit langen, schmalen Fingern. Er hatte die Ärmel seines Pullovers hochgeschoben, und ich betrachtete seine Unterarme. Ein Rest Bräune vom Sommer war auf seiner Haut noch sichtbar. Durch den dünnen Stoff hoben sich seine Armmuskeln deutlich hervor. Mein Blick wanderte hoch zu seinem Gesicht. Ein paar Bartstoppeln wuchsen auf seinem Kinn, und seine dunkelblonden Haare waren länger geworden, was ihm wirklich gut stand. Sie hingen ihm nun lässig in die Stirn und betonten seine hohen Wangenknochen. Er sah so verdammt gut aus, dass ich mich nur mit Mühe davon abhalten konnte, ihm über den Arm zu streicheln. Ich mochte schöne Oberarme bei einem Mann, mir gefiel ein durchtrainierter Bizeps, und den hatte Tobi ohne Frage. In Gedanken stellte ich mir vor, wie er wohl in einem engen T-Shirt oder besser noch mit freiem Oberkörper aussah, und mir wurde ganz heiß. Morgen würde ich diese Fahrt bereuen, denn all meine unterdrückten Gefühle für ihn lösten einen Tumult in mir aus. Verbissen konzentrierte ich mich auf den Straßenverkehr, denn die Sehnsucht nach seiner Berührung wuchs, je länger ich auf so engem Raum neben ihm saß. Dazu machten mir die Erinnerungen an ihn und meinen Bruder zu schaffen, ebenso wie die schmerzhafte Liebe, die ich für Tobi einst empfunden hatte. Niemals würde ich ihm verzeihen, was er mir damals angetan hatte, stellte ich verdutzt fest. Dafür hatte es zu wehgetan. Eigentlich hatte ich mich die letzten Wochen gut im Griff gehabt. Aber jetzt wäre ich am liebsten aus dem fahrenden Auto geflüchtet.

»Alles klar?«, fragte Tobi, als hätte er meinen inneren Kampf gespürt.

»Ja, ja.«

Wir bogen ab auf die Autobahn Richtung Würzburg. Wo wollte er hin? Vorhin hatte er nur gemeint, ich solle abwarten. »Fahren wir nach Würzburg?«

Zuerst reagierte Tobi nicht, schließlich nickte er. »Wir fahren nach Hause.«

»Was?« Ich setzte mich aufrecht hin.

»Zu Paul.«

Mein Magen rebellierte. »Tobi, das geht nicht.« Ich rang nach Atem. »Bitte dreh um. Ich war seit der Beerdigung nicht mehr an seinem Grab.«

»Ich auch nicht.«

»Dreh um«, schrie ich ihn an und tastete nach dem Türgriff, worauf Tobi mit einem Knopfdruck die Tür verriegelte.

»Jenny, mach keinen Blödsinn, bitte.« Er nahm meine zitternde Hand. »Glaubst du nicht, es wäre endlich mal an der Zeit, mit dem, was war, abzuschließen?«

»Wie meinst du das?«

»Ich meine damit, dass Paul nicht zurückkommen wird und du das akzeptieren musst.«

»Ich muss überhaupt nichts akzeptieren. Du bist damals abgehauen.«

»Aber jetzt bin ich da. Lass uns Paul besuchen, wir drei Musketiere, weißt du noch?« Sein Lächeln wirkte gequält, und ich konnte es durch den Tränenschleier kaum erkennen.

»Ich habe Angst davor. Wenn wir zum Grab gehen, ist das so endgültig, da steht sein Name, sein Todesdatum. Bitte lass mir wenigstens die Illusion, dass es ihn irgendwo da draußen noch gibt.«

»Natürlich gibt es ihn noch.« Er streichelte meinen Handrücken mit dem Daumen. »Es gibt ihn in unserer Erinnerung, er lebt in den Geschichten von früher, wir tragen ihn im Herzen. Paul ist nicht weg, er ist nur vorausgegangen. Aber du kannst nicht so weitermachen, Jenny. Du kannst nicht dein ganzes Leben lang vor der Realität fliehen. Das macht dich kaputt.«

»Ich will nichts mehr von der Vergangenheit wissen.« Tränen perlten über meine Wangen. »Es tut so weh. Weißt du, wie lange ich gebraucht habe, um wenigstens einen Tag ohne Weinen zu verbringen? Es waren drei Jahre, drei lange Jahre, in denen ich dachte, der Schmerz bringt mich um. Ich war wie gelähmt. Nach der Schule hab ich mich aufs Sofa gelegt und die Wand angestarrt. Monatelang. Ich war zu nichts mehr in der Lage. Und du bist einfach abgehauen.«

»Aber jetzt bin ich da.«

»Und wenn du wieder abhaust?« Ich schniefte. »Was, wenn ich nachher an Pauls Grab stehe, und du lässt mich wieder im Stich? Ich kann nicht noch einmal da durchgehen. Das schaffe ich nicht.«

»Ich lasse dich nicht im Stich.« Er drückte meine Hand, und seine Berührung machte mich ruhiger. »Lass uns Paul besuchen, komm schon.«

Mein Herz klopfte spürbar in meiner Brust, als Tobi die Abfahrt zu unserem Heimatort nahm. Das letzte Mal war ich kurz nach meinem Uniabschluss hier gewesen, um meine Eltern zu besuchen, hatte aber wie immer einen weiten Bogen um Pauls Grab gemacht. Tobi fuhr am gelben Ortsschild vorbei und steuerte direkt auf den Friedhof zu. Schließlich parkte er und stieg aus, während ich reglos sitzen blieb. Ich fühlte mich wie gelähmt, alles in mir sträubte sich. Warum machte Tobi das?

Er öffnete die Tür und hielt mir die Hand hin. »Kommst du?«

Aber ich zögerte. Sollte ich mich wirklich der Realität stellen? Tobi hatte mich durchschaut. Die ganzen letzten Jahre hatte ich Pauls Tod einfach verdrängt, stattdessen hatte ich so getan, als wäre mein Bruder noch am Leben. Ich hatte mir vorgestellt, er lebte irgendwo weit weg, in einem fernen Land. An diese Illusion hatte ich mich geklammert, bis sie für mich beinahe zur Wirklichkeit geworden war. Nur um nicht verrückt zu werden vor Kummer und Schmerz.

Tobi beugte sich zu mir in den Wagen, löste meinen Gurt und nahm meine Hand. »Kommst du?«

Als er an meinem Arm zog, erwachte ich aus meiner Starre und kletterte aus dem Audi. Tobi stand dicht vor mir und lächelte mich an, strich mir eine Haarsträhne aus der Stirn.

»Es wird alles gut«, versprach er leise, dann umarmte er mich. Mein inneres Zittern ließ nach, als ich mich an seinen festen Brustkorb schmiegte. Ihn zu spüren tat mir gut, obwohl er derjenige war, der mich nun zwang, der Vergangenheit ins Gesicht zu blicken. Ich schloss die Augen, legte meine Arme um seine Hüften und genoss die Wärme, die sein Körper auf mich abstrahlte. Seine Hände wanderten über meinen Rücken, streichelten mich, ich spürte seine Lippen auf meinen Haaren, und am liebsten hätte ich ihn geküsst. Gerade fühlte ich mich ihm so nah. »Gehen wir«, flüsterte er und löste sich von mir. Wie selbstverständlich legte er einen Arm um meine Taille, und ich ließ es zu. Ich ließ es zu, dass wir wie ein verliebtes Pärchen über die Schotterwege des Friedhofs spazierten, obgleich sowohl der Ort als auch der

Zeitpunkt der falsche waren. Tiefe Trauer erfüllte mein Herz, denn in mir stiegen so viele Erinnerungen hoch. Pauls Beerdigung kam mir in allen Einzelheiten ins Bewusstsein, als der Kies unter meinen Füßen knirschte. Genau wie damals. Ein dumpfes Pochen in meiner Brust quälte mich. Vor Jahren war ich hier mit gesenktem Kopf hinter dem schwarzen Wagen hergegangen, in dem der Sarg meines großen Bruders lag. Dabei hatte ich mich mutterseelenallein gefühlt. Mein Vater hatte alle Hände voll zu tun gehabt, meine beinahe kollabierende Mutter zu stützen. Auch ich hätte jemanden gebraucht an diesem Tag – Tobi. Doch er war mir aus dem Weg gegangen.

Erst als Tobi stehen blieb, wagte ich einen scheuen Blick nach oben. »Paul Riema« las ich auf dem grauen Grabstein und legte schluchzend eine Hand vor den Mund. Ein Strauß weißer Nelken stand dort in einer grünen Plastikvase, daneben leuchtete ein elektrisches Grablicht. Meine Eltern mussten heute auch schon hier gewesen sein.

»Hey, Paul«, hörte ich Tobi neben mir sagen. »Wie geht's, Alter? Du fehlst uns.«

Ich lehnte den Kopf an Tobis Schulter, beinahe fühlte es sich wirklich an wie früher, als wir noch zu dritt durch die Wälder gestrolcht waren. »Hallo, großer Bruder«, schluchzte ich und wurde von meinem schlechten Gewissen beinahe erdrückt. »Es tut mir leid, dass ich dich nicht schon früher besucht habe.«

Tobi streichelte meinen Arm. »Du verstehst das, Paul, nicht wahr? Manchmal kommt eben was dazwischen. Das war doch immer dein Lieblingsspruch.«

Das stimmte. Der Spruch war Pauls Standardausrede gewesen. Wie oft hatten wir den früher alle zu hören bekommen, wenn er seinen Spüldienst nicht gemacht hatte, eine schlechte Note nach Hause brachte oder mich nicht ins Freibad mitnahm.

»Ja, Paul.« Ich ging zu seinem Grabstein und streichelte darüber. »Manchmal kommt eben was dazwischen.« Und auf einmal wusste ich, dass er mir mein Fernbleiben all die Jahre vergeben würde. Paul war ein Knallkopf gewesen, nie um eine Ausrede verlegen, und immer hatte er irgendwelchen Unsinn in petto.

»Hey, Alter, deine Schwester hat 'nen ganz merkwürdigen Typen an der Angel, der würde dir gar nicht gefallen«, hörte ich Tobi sagen und sah empört auf.

»Ist gar nicht wahr! Gregor ist total nett. Aber du solltest mal Tobis Neue sehen, eine Veganerin, und Beischlaf heißt bei ihr bestimmt Bestäubung.«

Tobi lachte. »Und weißt du was, Paul? Ich bin jetzt Jennys neuer Boss.«

»Bei dir piept's wohl.« Ich ging vor Tobi in Aufstellung. In seinen grün-braunen Augen lag ein Funkeln, das mich gefangen nahm. »Wir sind Kollegen, Paul. Er spielt sich nur auf, glaub ihm kein Wort. Eigentlich hat er gegen mich sowieso keine Chance, denn ich bin gewiefter, smarter und beharrlicher als er. Tobi glaubt immer noch, er hätte wegen des Barcelona-Jobs noch irgendwas zu melden.«

»Baby, ich hab noch nicht mal losgelegt«, sagte Tobi spöttisch. »Ich wollte dir einen kleinen Vorsprung gönnen, um dich nicht von Anfang an gleich zu demotivieren.«

»Träum weiter.« Ich drehte den Kopf. »Siehst du, Paul, er ist noch derselbe Angeber wir früher. Du hast also nichts verpasst.«

Tobi kniff mir in die Seite. »Und sie ist noch genauso frech wie früher. Vielleicht sollte ich dir mal wieder ein paar Kletten in die Haare werfen.«

Ich stemmte die Hände in die Hüften. »Das war so fies von euch. Ich habe ewig gebraucht, um die Dinger wieder rauszukriegen und dabei bestimmt fünftausend Haare verloren.«

Tobis Lachen steckte mich an. Die beiden waren schon zwei Mistkerle gewesen. Wie hatte ich meinen großen Bruder und seinen besten Freund bewundert, dauernd war ich ihnen wie ein Welpe hinterhergedackelt. »Einmal habt ihr mich an einen Baum gefesselt und seid davongerannt«, warf ich Tobi an den Kopf. Die Aktion hatte ich den beiden bis heute nicht verziehen.

»Du warst so nervig«, verteidigte sich Tobi. »Wir wollten heimlich am Bach Schilf rauchen, aber du bist uns dauernd nachgeschlichen. Außerdem hast du immer alles deinen Eltern gepetzt.«

»Gar nicht wahr.« Ich hatte nie gepetzt. Zumindest nicht vorsätzlich. Mir war vielleicht manchmal das eine oder andere klitzekleine Detail vor meiner Mutter herausgerutscht.

Überraschend beugte sich Tobi vor und küsste mich auf die Wange, sein warmer Atem traf meine Haut und löste ein wohliges Kribbeln in mir aus. Er verharrte einen Moment zu lange an meinem Gesicht, eine intime Pose, intimer als die vergangenen Male, die wir uns so nah gewesen waren. Der Ausdruck in seinem Gesicht hatte sich gewandelt, es lag etwas von Verlangen und Trauer darin.

»Wofür war der?« Mein Puls pochte am Hals.

»Für nichts, nur so.« Er klang kurzatmig.

Ohne zu überlegen, stellte ich mich auf die Zehenspitzen und drückte ihm einen kurzen Kuss auf die Lippen. »Danke, dass du mich hergebracht hast.«

»Wie fühlst du dich jetzt?« Er nahm meine Hände. Unwillkürlich wollte ich mich ihm entziehen, aber er ließ nicht los, hielt mich fest. Seine Hände waren warm, fühlten sich angenehm an, und ich schwelgte in seiner Berührung.

»Mir geht's okay.« Mühsam riss ich meinen Blick von seinem Gesicht los, sonst würde ich noch der Versuchung erliegen, ihn richtig zu küssen.

Tobi durchleuchtete mich buchstäblich. »Das freut mich.« Er nickte zur Seite. »Sollen wir gehen? Es wird langsam düster.«

»Ja, hauen wir ab.« Ich konnte nicht mehr länger in Tobis Nähe sein, ohne die Kontrolle über mich zu verlieren. Mein Widerstand schmolz, und das durfte nicht passieren. Hastig setzte ich mich in Bewegung. »Bis bald, Paul«, sagte ich im Weggehen, und die Worte kamen mir erstaunlicherweise leicht über die Lippen. Wovor hatte ich mich all die Jahre gefürchtet? Ich wusste es nicht, aber ich wusste nun, dass es einen Ort gab, an dem ich meinen Bruder jederzeit besuchen und ihm nah sein konnte, und das gab mir ein beruhigendes Gefühl.

Wir schlenderten den Weg zurück. Die Erinnerung an Paul arbeitete noch in mir, und ein Blick auf Tobi verriet mir, dass es ihm wohl ebenso ging.

»Hatte Paul eigentlich was mit der Abfuhr zu tun, die du mir am Tag, nachdem wir uns geküsst hatten, gegeben hast?« Ich hatte ehrlich gesagt keine Ahnung, weshalb ich ihn das fragte. Da war nur dieses mulmige Gefühl tief in mir, das mir keine Ruhe ließ.

Tobi atmete hörbar ein. »Das ist alles schon so lange her.«

»Komisch, ich erinnere mich noch sehr gut.«

»Ja, hatte er.«

Ich brauchte einen Moment, um das zu verdauen. Inwiefern hatte Paul damit zu tun gehabt? Okay, er hatte sich öfter als mein Beschützer aufgespielt, wie große Brüder halt so waren, aber Tobi war sein bester Freund gewesen.

Tobi setzte sich auf eine Parkbank, die am Weg stand, und ich ließ mich neben ihm nieder. Die Kälte des Holzes kroch durch die Jeans an meinen Po.

»Paul war mein bro.« Tobi steckte die Hände in die Jackentaschen. »Aber er hatte auch eine echt miese Seite an sich.«

»Wie meinst du das? Klar konnte er manchmal ein Blödmann sein, aber das waren wir doch alle. Wer ist schon immer nur nett?«

»Ja, aber bei ihm war das anders. Wenn er was wollte oder sich was in den Kopf gesetzt hatte, dann konnte ihn keiner aufhalten. Je mehr du dann auf ihn eingeredet hast, desto weniger hat er auf dich gehört.« Er streckte die Beine aus und überkreuzte die Fußknöchel. »Erinnerst du dich noch an den Unfall mit Bastis Auto?«

»Ja, klar.« Daran erinnerte ich mich noch gut. Basti hatte gerade seinen Führerschein gemacht und diesen kräftig mit seinen Kumpels im *Irish House* begossen. Sein nagelneuer Golf parkte vor dem Pub, doch Basti war vernünftig genug gewesen, nicht mehr zu fahren. Irgendjemand hatte ihm jedoch im Laufe des Abends den Autoschlüssel geklaut und den Wagen geschrottet.

»Das war Paul.« Tobi blickte in den Himmel. »Er und noch zwei andere haben Basti heimlich den Autoschlüssel abgenommen. Eigentlich wollten sie nur kurz eine Spritztour machen und die Karre dann wieder abstellen, aber Paul war selbst dicht und hat Bastis nagelneuen Golf gecrashed.«

»Nein.« Ich erinnerte mich noch daran, wie fertig Basti deswegen gewesen war und wie Paul sich über den Autodieb aufgeregt hatte.

»So konnte Paul sein. Seinem Kumpel den Schlüssel klauen und dessen Auto schrotten und danach einfach so tun, als wäre nichts gewesen. Er hatte null schlechtes Gewissen.«

»Woher wusstest du davon? Warum hast du sie nicht davon abgehalten?«

»Paul hat es mir ein paar Tage später erzählt. Aber nur, weil ich zufällig die Prellungen vom Gurt an seinen Rippen gesehen habe.« Er hob die Hände. »Was hätte ich denn tun sollen? Zu den Bullen rennen und ihn anzeigen? Bastis Auto hatte Vollkasko, irgendwie wurde das geregelt. Wir hatten doch alle schon mal Scheiße gebaut.«

»Aber was hat das jetzt mit mir und unserem Kuss zu tun?«

»Paul wollte ein krummes Ding drehen.«

»Was?« Mein Bruder war ein Spinner gewesen, ohne Frage, aber er war kein Krimineller. Klar war die Sache mit dem Auto eine Straftat, aber das war doch im jugendlichen Leichtsinn passiert.

»Paul hatte es satt, dass eure Eltern immer so ein Theater wegen der Kohle gemacht haben. Ihr musstet ja für jeden Cent schuften.«

»Na und?« Ich zuckte mit den Achseln. »Hat uns nicht geschadet.«

»So meine ich das nicht.« Er scharrte mit einem Fuß über den Schotter, zog eine Spur. »Paul wollte, dass ich dich abschleppe.«

»Was?« Ich verstand kein Wort. Das ergab überhaupt keinen Sinn, denn Tobi hatte mir eine Abfuhr erteilt. »Du redest so einen Blödsinn.«

»Deine Eltern waren an diesem Wochenende nicht zu Hause, erinnerst du dich?«

»Ja, sie waren in Rom.«

»Paul wollte eure Bude ausräumen, einen Einbruch vortäuschen und die Kohle aus dem Tresor deines Vaters holen. Aber dafür musstest du aus dem Haus sein.«

Mein Mund klappte auf. »Du spinnst doch.«

»Nein. Paul hatte mich in alles eingeweiht, er wollte mit mir halbe-halbe machen, aber ich habe mich nicht darauf eingelassen.« Er schüttelte den Kopf, sah mir nicht in die Augen. »Ich sollte dich aus dem Haus schaffen. Paul meinte, das wäre die perfekte Gelegenheit. Du wärst total scharf auf mich, und ich sollte dich irgendwo vögeln, dich die Nacht über beschäftigen, damit er freie Bahn hat.«

Ich schlug beide Hände vors Gesicht. Das konnte alles nicht wahr sein! Paul wollte seine eigenen Eltern ausrauben? Wut auf meinen erbärmlichen Bruder stieg in mir auf.

»Ich wollte das alles verhindern, glaub mir. Das ging mir einfach zu weit. Aber ich konnte Paul doch nicht bei der Polizei anzeigen.«

»Wieso nicht?«

»Weil er mein bester Freund war. Aber ich konnte ihn wenigstens am Einbruch hindern, verstehst du?«

»Nein, wie?«

»Indem ich dir erzählt habe, dass alles mit uns beiden nur Fake war. Dass ich nichts von dir wollte und der Kuss am Abend vorher nichts für mich bedeutete. Ich war mir sicher, wenn ich dir das nur fies genug rüberbrachte, würdest du dich heulend in deinem Zimmer einschließen und das Haus an diesem Abend bestimmt nicht mehr verlassen. Somit hatte Paul keine Gelegenheit mehr, in aller Ruhe eure Bude auszuräumen.«

Ich lachte bitter auf. »Also anstatt es der Polizei oder meinen Eltern zu stecken, hast du lieber mich geopfert, indem du mir eins reingewürgt hast. Saubere Freundschaft.«

»Ich war siebzehn, verdammt. In diesem Alter gehen Kumpelfreundschaften über alles. Wir haben uns gegenseitig Brüder genannt und so einen Schwachsinn, wir haben uns immer gedeckt, wenn einer irgendwas angestellt hat. Aber was Paul vorhatte, ging mir zu weit. Das waren nicht mehr so Kleinigkeiten wie heimlich Wodka kaufen oder nachts ins Freibad einsteigen. Wenn ich einen meiner Brüder bei der Polizei verpfiffen hätte, was glaubst du, wäre dann los gewesen?«

»Als du damals vorbeigekommen bist«, ich schluckte die verfluchten Tränen runter, »da war ich echt glücklich, dich zu sehen. Den ganzen Tag nach unserem ersten Kuss habe ich mir überlegt, was ich dir bei unserem nächsten Treffen sagen soll. Und dann hast du einfach so vor der Tür gestanden, und ich hatte mich so gefreut. In dem Moment dachte ich mir, sag es ihm einfach. Sei mutig, was kann schon groß passieren?« Ich sah auf und blinzelte die Tränen weg. »Dann hab ich es einfach getan und dir gesagt, dass ich dich liebe. Und was hast du geantwortet?«

»Jenny, bitte.« Tobi wollte schon wieder meine Hand nehmen, aber dieses Mal entriss ich mich ihm und sprang auf.

»Du hast gesagt: Ich bin ein Kerl, und wir denken nur mit dem Schwanz.« Meine Augen wurden feucht, verdammt, ich wollte nicht vor ihm losheulen, aber seine Beichte tat so verdammt weh.

Auch Tobi stand auf. »Aber das hab ich doch nur …«

»Ist mir scheißegal, warum du das gesagt hast, du hast es gesagt.« Dieselbe Wut von damals stieg in mir auf, pochte in meinem ganzen Körper. Am liebsten würde ich jetzt irgendwas zertrümmern, doch wie vor Jahren schrie ich Tobi einfach nur an.

»Es tut mir leid«, sagte er schließlich.

»Lass mich in Ruhe!« Ich drehte mich auf dem Absatz um und stürmte davon, denn ich konnte die Tränen nicht mehr länger zurückhalten. Tobi war echt das Allerletzte. Er hatte mich gedisst, um meinem kriminellen Bruder nicht den Tag zu versauen, und das war mindestens ebenso schäbig. Tobi hatte keine Ahnung, wie fertig mich sein Gerede damals gemacht hatte. Sein Plan war aufgegangen, ich hatte heulend in meinem Zimmer gelegen und nichts mehr von der Welt wissen wollen. Paul war damals stinkwütend abgezogen, um Tobi zur Rede zu stellen. Damals dachte ich noch, er wäre auf meiner Seite gewesen, aber nun kannte ich den wahren Grund.

»Jenny, warte.«

Tobi kam mir nach, und ich ging schneller, hastete querfeldein, die schmalen Pfade der Gräber entlang.

»Jetzt warte doch«, rief er, worauf ich den Kopf wandte. »Hau ab.«

Er kam näher. »Nein, du hörst mir jetzt zu.«

»Ganz bestimmt nicht, hau ab.« Ich stolperte über einen Erdhügel und geriet ins Straucheln, ruderte mit den Armen in der Luft, aber ich konnte mich nicht mehr abfangen und verlor das Gleichgewicht. Ein dunkler Schlund tat sich vor mir auf, in den ich hineinstürzte. Ich schlug schmerzhaft auf der feuchten Erde auf und hatte das Gefühl, mir alle Knochen gebrochen zu haben. Verdammt, wo war ich gelandet? Ein Blick nach oben brachte mir die Erkenntnis, und mein Herzschlag setzte aus. Ich war in ein offenes Grab gefallen. Mein schlimmster Albtraum war Wirklichkeit geworden. Panik setzte jede Menge Adrenalin in mir frei und half mir auf die Beine. Tobis Gesicht erschien über dem Rand. »Ist alles in Ordnung? Bist du verletzt?« Er klang alarmiert.

Ich rieb meinen schmerzenden Ellenbogen und betastete eine große Beule auf meiner Stirn. »Mir ist nichts passiert, aber hol mich hier raus«, kreischte ich und streckte ihm beide Hände entgegen. Er umfasste meine Handgelenke und hievte mich nach oben, während ich mich mit den Füßen an den lehmigen Wänden abstützte. Schließlich hatte die Erde mich wieder, und ich krabbelte mit letzter Kraft ein Stück vom Ort des Grauens weg. Dann lähmte mich der Schock.

»Du bist in ein Grab gefallen«, stellte Tobi überflüssigerweise fest.

»Ich bin in ein Grab gefallen«, bestätigte ich flüsternd und begann zu zittern.

Er ging vor mir in die Hocke und betastete behutsam meine Beule. »Bist du wirklich nicht verletzt? Der Sturz hat übel ausgesehen.«

»Bitte rede nicht mehr darüber.« Ich kämpfte mich auf die Beine und wollte nur noch weg von hier. Das war das Schlimmste, was mir je im Leben passiert war. Ich war in ein Grab gefallen!

Aber meine Füße bewegten sich einfach nicht, wie in Zement gegossen stand ich vor ihm. Der Schreck saß mir noch in allen Gliedern. Mit einer langsamen Handbewegung strich Tobi mir eine Haarsträhne hinters Ohr, seine Hand verweilte an meiner Wange, und die überraschende Berührung traf mich wie ein Blitz.

»Fass mich nicht an«, flüsterte ich, das Gesicht in Richtung seiner Hand neigend. Tobi durfte mir nicht mehr so nahekommen, das war gefährlich, mein Widerstand bröckelte mit Lichtgeschwindigkeit. Plötzlich wollte ich noch mal in seinen Armen liegen und mich an ihn schmiegen, seine muskulösen Arme um mich spüren. Eine Flut von Erinnerungen brach über mich herein wie tobende Gischt, ein Gemisch an Bildern aus Vergangenheit und Zukunft, die mein Verstand nicht rational verarbeiten konnte und die wieder diese unsäglichen Panikattacken schürten. Erneut stellte ich fest, dass Tobi mir nicht guttat.

»Mach das nicht mit mir, Tobi«, flüsterte ich und wich einen Schritt zurück.

Tobi kam mir nach und nahm mein Gesicht in beide Hände. »Warum sträubst du dich so?« Sein Atem wurde hektischer, dann küsste er mich auf den Mund.

Ich stand ganz starr, spürte seine weichen Lippen auf meinen und schloss aus einem Impuls heraus die Augen. Seine Zunge eroberte meinen Mund, wurde von meiner leidenschaftlich empfangen. Ein warmer Schauer rieselte meinen Rücken hinunter und jagte meinen Puls in die Höhe. Sein letzter und einziger Kuss, den er mir je gegeben hatte, kam mir wieder in den Sinn und mit ihm die Schmetterlinge, die ich damals verspürt hatte. Dasselbe Kribbeln stieg wieder in mir hoch. Wie von selbst hoben sich meine Arme, ich wollte sie um seinen Nacken legen, in diesem Kuss versinken, als mir im letzten Moment bewusst wurde, was ich gerade tat. Mit beiden Händen stieß ich Tobi von mir und versetzte ihm eine schallende Ohrfeige.

Er hielt sich die getroffene Wange und schien nun auch langsam wieder klar zu werden. Ein schwaches Lächeln umspielte seine Lippen, und ich musste an mich halten, ihn nicht am Jackenkragen an mich zu reißen und noch mal zu küssen.

»Fahr mich sofort nach Hause«, sagte ich stattdessen kühl, wandte mich ab und legte eine Hand auf das tobende Herz in meiner Brust. Ich musste dringend weg aus Tobis Nähe, denn ich spürte, wie ich langsam, aber sicher die Kontrolle über mich verlor. Sein unerwarteter Kuss summte noch in meinem Magen, und auch mein dummes Herz wollte mehr von ihm, aber ich würde jetzt nicht meinen Gefühlen die Oberhand über meinen Verstand überlassen. Das brachte mir nur Schwierigkeiten. Für einen Moment schloss ich die Augen und versuchte, mich zu sammeln. Als ich sie öffnete, stand Tobi vor mir und musterte mich ernst. Viel zu ernst.

»Jenny«, begann er leise. Sein Kehlkopf bewegte sich, als er schluckte. Eine angespannte Stille folgte, die mich beinahe innerlich zerriss. Ich wollte weg, oder besser: Ich musste weg aus Tobis Nähe, sonst wusste ich nicht, was noch alles passieren würde. Meine Sehnsucht nach Tobi wuchs, obwohl ich alles daransetzte, sie zu unterdrücken: nach seinen Lippen, seinen Armen, seinem Körper.

»Jenny«, wiederholte er und räusperte sich, »ich hatte nicht geplant, dich zu küssen, ich hatte nicht erwartet …«

»Erwarte auch nichts von mir«, fuhr ich dazwischen und hasste mich dafür. Ich hatte das gesagt, um ihn zu verletzen, um mich vor ihm zu schützen, und meine Worte verfehlten ihre Wirkung nicht. Leider schmerzten sie mich genauso wie ihn. Tobi sah enttäuscht aus, und gekränkt. Die Situation war total verfahren, ein Teil von mir, sogar ein ziemlich großer Teil, wollte ihm um den Hals fallen, ihn noch einmal küssen und seine Nähe atmen, aber das Gewicht seiner Beichte lastete noch auf mir. Die Erinnerungen ließen mich nicht los. Damals hatte er mir das Herz aus der Brust gerissen und war darauf herumgetrampelt. Ich konnte nicht noch einmal zu diesem Punkt zurückkehren. Das überstand ich nicht – nicht noch einmal.

22

Tobi

Ich stand an Deck und begutachtete unsere Arbeit der letzten Wochen. Heute war Eröffnung, und Ben hatte recht behalten: Unser Bootsclub war spitzenmäßig geworden. Etwas ganz Besonderes. Ich ließ die Atmosphäre auf mich wirken. »The Boat« prangte in großen roten Buchstaben gut sichtbar am Oberdeck. Zur Einstimmung hatte Chad die Anlage aufgedreht, Housebeats wummerten aus sämtlichen Boxen und verbreiteten gute Laune. Wir arbeiteten auch mit Lichteffekten, bunte Strahler würden nachher den Himmel erhellen. Ich war gespannt, wie viele Besucher wir zur Eröffnung wohl begrüßen durften. Ein großer Teil davon waren Freunde und Bekannte. Ein wenig bedauerte ich es, dass ich niemanden aus meiner Firma hatte einladen können, denn dann würde wohl spätestens Montag ein Kollege bei Hans quatschen und meine Chancen für Barcelona ins Nirwana katapultieren. Das war echt schade, ich hätte mich gern bei Jemailla für ihre Einladung revanchiert, aber wie ich es auch drehte und wendete, die Firma durfte nichts von meinem Nebenjob erfahren. Dafür wollte Lavinia vorbeikommen, denn mir war es noch immer nicht gelungen, ihr den Laufpass zu geben. Es war wie verhext.

Chad und Dominik kamen her. Die beiden wollten nachher als Türsteher für Ordnung sorgen, während Pia oben an Deck Cocktails mixte. Sie hatte für heute irgendeinen Comedian engagiert, von dem sie behauptete, er wäre zum Sterben komisch.

»Der Club ist so cool geworden«, sagte Chad anerkennend. »The red works perfectly with the grey.«

Mit Mühe und Not hatte ich mich durchgesetzt und den Kahn komplett in einem silbrig schimmernden Anthrazit streichen lassen, und nun wirkte das Boot, als wäre es aus Stahl. Dazwischen hatten wir rote Akzente gesetzt, die richtig stylish wirkten. Ich beglückwünschte mich im Stillen zu meinem guten Geschmack. Unser Club sah super aus.

»Ja, die Arbeit hat sich gelohnt.« Ich strich einen Fussel von meinem schwarzen Hemd.

Ben und Luca balancierten über den schmalen Holzsteg aufs Boot. Da mussten wir uns noch was Besseres einfallen lassen, das Teil war echt schauklig. Sie kamen zu uns. Auch Ben hatte sich in Schale geschmissen und sah mit seinem weißen Hemd und dem offenen Kragen sehr lässig aus. Wir waren zwei saucoole Clubbesitzer.

Wir gaben uns in lässiger Rapperpose die Hände und klopften uns dabei auf die Schulter. »Alles klar?«, fragte Ben.

»Könnte nicht besser sein.« Wir ließen uns los. »Auch wenn heute keiner kommt, ich finde das Teil so geil, dass die Renovierung sich allein fürs Anschauen gelohnt hat«, sagte ich.

Ben lachte. »Na ja, ein bisschen Kohle verdienen will ich schon auch. Aber stimmt. Das Teil ist der Wahnsinn.«

Chad pirschte sich an Luca heran, die ein enges schwarzes Oberteil trug, das ihre üppige Oberweite gekonnt in Szene setzte. »Hey, Baby«, schnurrte er wie ein satter Kater, »lookin' good today.«

»Danke.« Luca lächelte ihn geschmeichelt an.

Warum fielen alle Frauen auf seine Masche herein? Selbst diejenigen, die ihn eigentlich kannten. Ich verstand es nicht.

Auch Pia gesellte sich zu uns und machte ein langes Gesicht, als sie Chad so nah bei Luca stehen sah.

»Hi zusammen«, grüßte sie in die Runde.

»Hey«, kam es von den anderen zurück, lediglich Chad hatte nur Augen für Luca, und ich sah Ben an, dass ihm sein Gebaggere langsam reichte.

»Wenn der Penner sie anfasst, ist er fällig«, raunte Ben mir ins Ohr. Keine gute Ausgangssituation für eine Cluberöffnung.

»Hey, Luca«, sagte ich und stellte mich dazwischen. Auch mein Blick glitt immer wieder zu ihrem Ausschnitt, ich konnte nichts dagegen machen. Luca sah heiß aus. Und wir waren heute Abend bestimmt nicht die Letzten, die das taten. Besser, mein ehemaliger Mitbewohner gewöhnte sich daran. Aber ich konnte Ben auch verstehen, mir hatte es auch immer gestunken, wenn sich andere Typen an Ellen rangemacht hatten.

»Hallo, Tobi.« Luca gab mir einen Schmatzer auf die Backe. »Der Club ist so toll geworden.«

»May I get you a drink?«, mischte Chad sich ein und sah Luca erwartungsvoll an.

»Nein, danke. Gerade nicht.« Sie warf Ben über meine Schulter hinweg einen Blick zu, und ich konnte ihn hinter mir buchstäblich brodeln hören.

»Keine gute Idee, die Freundin des Bosses anzubaggern.« Demonstrativ legte Ben einen Arm um Lucas Schultern.

Chad hob beschwichtigend beide Hände vor die Brust. »Eifersüchtig?«

»Lebensmüde?«, fragte Ben zurück.

»Ben«, sagte Luca beschwichtigend und gab ihm einen Kuss, den er ignorierte, denn er starrte Chad mit schmalen Augen an. »Er war doch nur nett.«

»Hey Leute«, ging ich erneut dazwischen. »Bleibt mal locker.« Ich wandte mich an Ben. »Warum macht ihr beide nicht eine letzte Tour durch den Club, bevor wir öffnen?« Dann deutete ich auf Chad. »Und du gehst an den Steg, die ersten Gäste kommen schon.«

Luca zog Ben an der Hand aus der Gefahrenzone. »Komm, wir schauen noch mal nach, ob alles in Ordnung ist«, sagte sie zu ihm. Gutes Mädchen.

Währenddessen sah Chad ihr nach. »What a lucky man he is«, sagte er, nachdem sie außer Hörweite waren, und hatte mit dieser Feststellung Pia offensichtlich den Abend versaut. Mit hängendem Kopf zog sie ab. Warum konnte sie auch nie auf mich hören? Das hätte ihr eine Menge Frust und Liebeskummer erspart.

»She's got such a great body«, setzte Chad nach. »Luca hat eine Figur wie ein S.«

»Ein S in Schönschrift«, stellte Dominik bewundernd fest, der sich bisher rausgehalten hatte, und ich musste ihnen widerwillig zustimmen. Luca hatte einen tollen Körper, und Chad würde sich jede Menge Ärger mit Ben einhandeln, wenn er seine Finger nicht bei sich behielt.

Vier Stunden später war der Club krachend voll, und die Menschenschlange am Pier nahm kein Ende. Es hatte den Anschein, als wollte ganz Nürnberg heute hier feiern. Mittlerweile war auch Lavinia an Bord und belagerte mich bei jeder Gelegenheit, sofern ich nicht schnell genug floh. Ich musste endlich mit ihr Schluss machen, aber es war wie verhext. Auch bei den letzten beiden Anläufen war jedes Mal etwas dazwischengekommen, und den heutigen Abend wollte ich mir nicht auch noch mit Diskussionen dieser Art verderben.

Zwei Blondinen in sexy engen Klamotten tänzelten zu mir.

»Hi«, hauchte die eine. »Das ist doch dein Club, oder?«

Ich nickte. »Ja, ich und mein Kumpel führen den Schuppen zusammen.«

Die andere streichelte meinen Arm. »The Boat ist voll der Hammer.« Sie schenkte mir einen gekonnten Augenaufschlag.

Genauso hatte ich mir das Leben eines Clubbesitzers immer vorgestellt: umringt von schönen Frauen, die Nächte durchfeiern. Aber gerade ließ mich das kalt. Was war mit mir los? Normalerweise hatte ich keine Probleme mit aufmerksamkeitsheischendem Verhalten bei Frauen – im Gegenteil!

»Freut mich, dass es euch hier gefällt«, sagte ich. »Steckt auch ein Haufen Arbeit drin.«

Ihre Freundin streichelte mir über den Brustkorb. »Wenn du mal eine kleine Entspannungsmassage brauchst, sag uns Bescheid.«

Obwohl sie mir ihre Avancen argumentativ äußerst eindeutig aufbereitet hatte, sprang ich irgendwie nicht darauf an. »Noch geht es.«

Die andere streichelte meine Seite in Richtung Hüfte hinunter, sie hatten mich richtiggehend eingekeilt. »Du fühlst dich aber sehr verspannt an.«

»Es geht wirklich«, keuchte ich, denn ihre Hand wanderte an meiner Jeans entlang. Wenn sie so weitermachte, war ich dort wirklich bald total verspannt. Ich hielt ihre Hand fest, während ich gleichzeitig versuchte, mich den Lippen der anderen zu entziehen. Was die beiden da veranstalteten, glich eher einem Überfall. Die Mädels erinnerten mich an zwei Vipern.

»Wir machen immer alles gemeinsam«, flüsterte die andere mir ins Ohr und knabberte an meinem Ohrläppchen.

»Tobi!« Die entsetzte Stimme ließ uns alle drei erstarren.

Synchron wandten wir die Köpfe. Lavinias wütendes Gesicht tauchte vor mir auf, und ich fühlte mich merkwürdig erleichtert. »Kannst du mir mal erklären, was das soll?«

Die beiden Blondinnen lösten sich von mir. »Was will denn die Schnepfe von dir?«

Lavinia stemmte beide Hände in die Hüften. »Was ich hier will? Ihr baggert gerade zufällig meinen Freund an.«

»Lavinia, es ist nicht so, wie es aussieht.« Es ist nicht so, wie es aussieht? Was für einen Blödsinn gab ich da von mir? Leider fiel mir auf die Schnelle sonst nichts Deeskalierendes ein.

»Sag bloß, das ist wirklich deine Freundin«, sagte die Blondine fassungslos und kicherte.

Ich hob nur die Hände. Was sollte ich antworten? Dass ich schon seit Wochen versuchte, die Frau loszuwerden, und jedes Mal grandios scheiterte? »Sieht so aus.« Das kam der Wahrheit noch am nächsten.

Die andere Blondine tätschelte meine Wange. »Schade um den schönen Dreier. Vielleicht beim nächsten Mal.«

Dreier?! Beinahe war ich Lavinia für die Rettung dankbar. Klar klang ein Dreier erst mal gut – welcher Mann träumte nicht ab und an von willigen, versauten Bettgefährtinnen, die jede schweinische Fantasie wahr werden ließen. Aber bei genauerer Betrachtung stellte ich fest, dass ich das gar nicht wollte. Ich brauchte etwas anderes. Ein bisschen Klasse, eine Frau mit Stil, mit der ich mich auch mental verstand. Jemand wie Jenny. Ich wollte eine Frau genießen, und zwar mit allen Sinnen. Das konnte mir ein schneller Fick nicht geben.

Vor mir brach Lavinia gerade in Tränen aus. Auch das noch.

»Man sieht sich«, sagten die Blondinen im Weggehen und schwebten von dannen.

»Das war wirklich das Allerletzte«, schniefte Lavinia, und plötzlich tat sie mir leid. Immerhin hatte ich es nicht darauf angelegt, ich war quasi sexuell genötigt worden, aber diese Argumentation würde sie in ihrem aufgebrachten Zustand bestimmt nicht gelten lassen. Zudem waren wir in ihren Augen immer noch ein Paar. Höchste Zeit also, den finalen Schnitt zu machen. Sollte ich? Irgendwie war der Zeitpunkt ja günstig, jetzt, da sie sowieso schon heulte. Viel schlimmer konnte es nicht mehr werden. Gerade öffnete ich den Mund, da warf sie sich an meine Brust und schlang beide Arme um mich.

»Ich weiß ja, dass du mich nie betrogen hättest«, schniefte sie in mein Hemd. »Und ich weiß auch, dass du mich liebst. Solche Sachen gehören einfach zum Geschäft, stimmt's?«

Hoffnungsvoll sah sie zu mir auf.

»Klar«, bestätigte ich zwischen zusammengepressten Zähnen. »So ist der Job halt.« Und wieder gehörte ein passender Moment für einen Schlussstrich der Vergangenheit an. Es war einfach nicht zu fassen.

Dominik kam vorbei und machte ein entsetztes Gesicht, als er Lavinia so aufgelöst an meiner Brust hängen sah. »Was ist passiert?«, fragte er und unterzog sie einer eindringlichen Musterung.

Lavinia löste sich schniefend von mir, worauf Dominik ein sauberes, aber gräuliches Taschentuch aus seiner Hosentasche zauberte. »Bitte, es ist aus ungebleichtem Zellstoff, ich vertrag die normalen nicht.«

Ihr Blick hellte sich ein wenig auf. »Danke schön. Du auch nicht?«

»Möchtest du was trinken?« Er wandte sich an mich. »Ich meine, ich will nicht aufdringlich sein oder so.« Und schon wurde er rot.

»Nein«, ich winkte ab. »Ist okay. Ich habe sowieso noch einen Haufen Arbeit. Danke, dass du dich um Lavinia kümmerst.«

Behutsam legte Dominik einen Arm um ihre Taille und führte sie mit sich. Dabei redete er leise auf sie ein.

Als sie weg waren, drehte ich mich um und stützte mich an der Reling ab, betrachtete das schwarze Wasser unter mir. Um mich herum wurde gelacht und geredet, Leute prosteten sich zu oder schlenderten herum. Eine testosterongeschwängerte und von unterdrückten Trieben angeheizte Essenz lag in der Luft. Die Lasershow strahlte in bunten Farben hoch in den Himmel. Irgendwie war mir die Feierlaune verdorben. Nichts war mehr wichtig in meinem Leben, meine Zukunft bestand aus einem Auslandsaufenthalt und One-Night-Stands mit scharfen Blondinen. Wollte ich das wirklich? Ich überlegte, wo ich wohl in fünf Jahren stehen würde, und konnte es nicht sagen, es war egal. Ich trieb wie ein Korken auf dem Wasser vor mich hin, ohne zu wissen, wo ich landen würde. Mit Ellen damals hatte ich alles klar definiert gehabt und mich auf die Zukunft gefreut, mein Leben als Entwicklung betrachtet, aber jetzt war ich wieder zu einem Teenager mutiert, der in den Tag hineinlebte. Das reichte mir nicht. Schon wieder kam mir Jenny in den Sinn, und ich ignorierte mein Herzklopfen, das sich bei dem Gedanken an sie regelmäßig einstellte.

Die Zeit, die ich mit Jenny verbrachte, hatte Tiefe, wir redeten über viele Dinge, und Jenny war mir wichtig. Zu schade, dass ich sie heute nicht hatte einladen können. Unser Gespräch im Friedhof spulte sich wieder vor mir ab. Ich hatte ihr von Pauls anderer Seite erzählt, und im Nachhinein bereute ich es. Paul war nicht mehr hier, konnte sich nicht mehr erklären. Eigentlich hatte es keinen Grund mehr gegeben, ihr diese alten Geschichten aufzutischen. Sie spielten keine Rolle mehr und trübten nur das Andenken an ihn. Oder hatte ich ihr das alles aus purem Egoismus gebeichtet? Weil ich mich reinwaschen wollte? Ich wusste es nicht. Dabei hatte sie keine Ahnung, wie es überhaupt zu seinem Tod gekommen war, und dieses Geheimnis würde ich ihr auch niemals mitteilen. Fakt war, ich hatte ihr schon zu viel erzählt – und dann war sie in ein Grab gefallen.

Ich beschloss, mich nützlich zu machen, musste mich unbedingt ein wenig von all den trüben Gedanken ablenken, die mein Hirn neuerdings fluteten. Mit langsamen Schritten stieg ich die Treppe zum Oberdeck hinauf, als sich unter mir ein Tumult bildete. Pias Comedian wurde im Nacken von Chad zum Steg geführt.

»Nimm deine Pfoten von mir. Was kann ich dafür, wenn ihr Affen keinen Humor habt?«, fragte der Kerl.

Buhrufe erschollen, ein Pfeifkonzert setzte ein.

»Was ist los?«, rief ich.

»Der Typ ist kacke«, gab Chad bereitwillig Auskunft. »The show is over.«

Ich ging weiter, hatte keinen Bock, mich heute auch noch damit auseinanderzusetzen. Schließlich war ich nicht der einzige Verantwortliche an Bord, und Chad hatte die Sache gut im Griff. Pia war oben schwer beschäftigt, ihre Cocktails kamen gut an, obwohl sie echt giftige Farben hatten. Vielleicht gerade deswegen.

»Alles klar?«, fragte ich sie. »Brauchst du was?«

Sie warf einen Shaker in die Luft und fing ihn hinter dem Rücken wieder auf, ähnlich wie die Mädels in *Coyote Ugly*. Cool. Ich war beeindruckt.

»Wodka ist bald alle«, sagte sie und leerte die schaumige Brühe in ein Glas.

»Ich hol welchen.«

An einem Tisch etwas abseits saß ein Kerl, der Jennys Freund Gregor zum Verwechseln ähnlich sah. Allerdings war die brünette Frau neben ihm nicht Jenny.

Vielleicht irrte ich mich auch. Schließlich hatte ich den Kerl erst einmal getroffen.

23

Jenny

Ich rückte meine schwarze Perücke zurecht und betrachtete den Kahn, der an schweren Seilen vertäut am Pier der Pegnitz lag. Nürnbergs neuer In-Club, der erst vor vier Wochen eröffnet hatte. Er war in einem silbrigen Anthrazit gestrichen, hier und da waren rote Hingucker platziert. Geschmack hatte der Besitzer, das musste ich ihm lassen. Zudem war es eine außergewöhnliche Idee, einen Tanzclub auf einem Boot zu eröffnen. Und ich durfte heute dort singen. Meine Knie wurden weich, als ich die vielen Leute sah, die sich hintereinander anstellten, um den schmalen Steg passieren zu dürfen, der das Boot mit dem betonierten Ufer verband. Normalerweise beschränkten sich meine Auftritte auf ein Publikum von zehn bis zwanzig Personen, die Vorankündigungen meiner Auftritte hatten in der Vergangenheit keine Massen in Bewegung gesetzt. Dieser Gig heute war eine echte Chance. Hier feierten Hunderte Leute, dieser Bootsclub war cool wie Sau, alles passte. Wenn ich hier einen respektablen Auftritt hinlegte, würde das meinem Bekanntheitsgrad in Nürnberg bestimmt auf die Sprünge helfen. Darüber hinaus teilte mir RG-Records in regelmäßigen Rundmails mit, was sie sich alles für die kommende Staffel von *Real Star* hatten einfallen lassen. Stichwort: male Showdancer, die vor allem die weiblichen Teilnehmerinnen gekonnt in Szene setzen sollten. Da hatte ich schon schlucken müssen. Ich stellte mir so eine Art Chippendales Crew vor, die mich auf ihren nackten Schultern mit Leichtigkeit die Showtreppe runtertragen würden, während ich einen Hit von Katy Perry schmetterte. Immer wieder überkamen mich leise Zweifel, ob ich einer Show dieser Größenordnung überhaupt gewachsen war. Aber es war meine große Chance, als unbekannte Sängerin groß rauszukommen. Das war alles so cool und professionell, ich konnte den Sommer kaum noch erwarten.

Ich schlenderte an der Schlange Wartender vorbei. Böse Blicke wurden mir Dränglerin zugeworfen, die ich abschmetterte, indem ich meinen Gitarrenkasten vor mir durch die Luft schwang. »Auftritt«, zwitscherte ich, als wäre ich Katy Perry persönlich, und fragte mich, warum ich mir eigentlich noch keine Autogrammkarten hatte drucken lassen. Das musste ich dringend nachholen. Vielleicht wurde ich hier sogar vorab schon mal entdeckt, die Crème de la Crème traf sich scheinbar hier. Meine Gesangskarriere würde steil bergauf gehen. Dann bräuchte ich am Ende vielleicht nicht einmal mehr diesen dämlichen Job in Barcelona. Sollte Tobi doch dort glücklich werden, ich würde mich dann über den großen Teich hinweg orientieren. Die Idee gefiel mir ausnehmend gut. Wenn ich es geschickt anstellte, standen mir alle Tore offen. Hatte nicht einmal in der *Stars & Romance* gestanden, man solle sich hohe Ziele setzen und die täglich visualisieren? Eine kluge Zeitschrift.

Ich erreichte den breit gebauten Türsteher, der am Pier vor dem wackeligen Steg stand und jeden Gast einer auffälligen Gesichtskontrolle unterzog. Ungefähr jeden Dritten schickte er weg. Wow, ein wirklich elitärer Laden, bisher hatte es mich eher in irgendwelche Studentenkneipen verschlagen, die bei der Wahl ihres Publikums weit weniger wählerisch waren.

»Hallo«, sagte ich strahlend und hielt meine Gitarre hoch.

Ich erntete einen fragenden Blick.

»Hi, an Bord sind keine Gegenstände erlaubt, die größer sind als eine Handtasche«, bügelte er mich mit einem breiten amerikanischen Akzent ab.

»Nein.« Ich lachte nervös. Hoffentlich hatte ich mich nicht im Datum geirrt, aber Aida hatte eindeutig Samstag gesagt. »Ich habe heute einen Auftritt, ich singe.«

»Du singst? Wir sind ein Danceclub.«

»Ich wurde gebucht.«

»Wait a minute.« Er wandte den Kopf. »Dominik, wer hat die singer bestellt?«

Verärgertes Gemurmel traf mich aus der Reihe der Wartenden. Mist, der Aufstand dieses Mr Wichtig würde mich einige zukünftige Fans kosten, wenn er sich nicht beeilte. Ich schenkte den ersten zehn in der Reihe ein strahlendes Popstar-Lächeln, dabei deutete ich immer wieder auf meine Gitarre, um ihre Vorfreude ein wenig zu stimulieren, was sie leider allesamt kaltließ.

Ein Kerl mit wuscheligen braunen Haaren kam näher. »Pia hat sie gebucht, soviel ich weiß. Sie soll sich bei ihr melden. Sie singt ganz am Anfang ein paar Lieder, solange es noch nicht so voll ist. Nachher ist die Stimmung zu gut dafür.«

Danke für das Gespräch.

Mr Wichtig winkte mich durch.

Ich hielt inne. »Wo finde ich diese Pia?« Genau bei der sollte ich mich nämlich melden.

»He'll show you the way.« Er deutete auf seinen Kollegen, und ich bestieg auf wackeligen Beinen die schwankende Minibrücke, schaffte es nach drei großen Schritten darüber und stand schließlich sicher an Deck. Wow, der Club war einfach cool. Die Sterne hoch über uns funkelten und spiegelten sich im schwarzen Wasser, was dem Ambiente einen ganz eigenen Touch verlieh. Ich fühlte mich wie in eine fremde Welt versetzt. Der Silberanstrich glänzte, dann und wann leuchtete eine Säule oder eine Tür in sattem Rot. House wummerte mir von der breiten Treppe in der Mitte entgegen, eine Seitentreppe führte nach oben zu einer Art Bar mit Lounge, perfekt zum Chillen nach dem Tanzen.

Dieser Dominik tippte mir auf die Schulter und deutete auf eine schmale Treppe, deren Zutritt durch eine Kette versperrt war. »Privat« stand dort. Er löste eine Seite der Kette und ließ mich durch. »Treppe runter, letzte Tür links«, sagte er und befestigte sie wieder hinter mir.

»Danke.« Ich stieg die Stufen hinab und lief den schmalen Flur entlang. Offenbar hatte man sich hier die Renovierung gespart, denn der weiße Anstrich war an einigen Stellen gelblichen Spuren der Zeit gewichen oder ganz abgeblättert. An jeder Seite gingen zwei Holztüren ab, an einer stand »Toilette«. Ich beschloss, mir rasch noch einmal die Hände zu waschen und einen letzten Kontrollblick in den Spiegel zu werfen, ehe ich meiner Auftraggeberin, die so viel Vertrauen in meine Darbietung setzte, unter die Augen trat. Dass meine Managerin Aida, die den Deal klargemacht hatte, meine Mitbewohnerin war, musste sie ja nicht unbedingt wissen. Ich huschte hinein, als im selben Augenblick die Tür des hinteren Büros aufging und eine Frauenstimme erklang. »Ich hoffe, Kitty Black taucht bald auf. Ich habe sie für neun Uhr bestellt. In fünfzehn Minuten soll sie auf der Bühne stehen.«

Neugierig spähte ich durch den Türspalt und erstarrte. Das durfte nicht wahr sein. Die Frau, die soeben in den Flur trat, war keine andere als Tobis Schwester Pia. Zwar hatte ich sie Jahre nicht mehr gesehen, aber sie hatte sich kaum verändert. War sie am Ende die Pia, die mich gebucht hatte? Das durfte alles nicht wahr sein. Eine Männerstimme antwortete und schoss mir wie eine Patronenkugel direkt ins Gehirn. »Da bin ich ja mal gespannt, was du wieder ausgegraben hast. Ich sage nur Comedian.«

»Der Blödmann war ein Ausrutscher. Kitty Black singt super. Du hast ihren Auftritt doch im Vegas selbst gesehen.«

»Ich kann mich nicht mehr erinnern, wie sie gesungen hat. Lavinia hat mir an dem Abend ein Ohr abgekaut.«

»Sie ist toll.«

Er lachte. »Ben wird dich feuern, wenn du schon wieder so einen Vogel angeschleppt hast.«

»Er kann mich gar nicht feuern, denn sein Teilhaber ist mein Bruder, und das würdest du doch nie übers Herz bringen«, gurrte sie, und mir stockte der Atem. Tobi besaß einen Club? Und noch dazu den neuen Nürnberger Szeneclub? Warum hatte er das mir gegenüber nie erwähnt? Immerhin gingen wir jeden Mittag zusammen in unser Café. Dennoch hatte er kein Wort darüber verloren. Ein Gedanke keimte in mir auf. Dieser hinterhältige Mistkerl hatte genau gewusst, dass er bei Hans als Clubbesitzer schlechte Karten für Barcelona hatte. Wer wollte schon einen Angestellten für einen Auslandsjob rekrutieren, wenn der vielleicht bald alles hinwarf und sich mit irgendwelchen Bars selbstständig machte. Ich lächelte in mich hinein. Ein kleiner Informationsvorsprung, den ich zu gegebener Zeit gegen ihn verwenden könnte. Dafür musste ich allerdings schleunigst von hier verschwinden. Auf keinen Fall durfte Tobi hinter *mein* kleines Geheimnis kommen. Schade zwar um den schönen Auftritt, aber wenigstens war ich ihm nicht direkt in die Arme gelaufen. Nun würde ich das Ruder herumreißen und mich endgültig auf die Siegerstraße nach Barcelona bugsieren. In den letzten Wochen hatte Tobi stark aufgeholt. In Barcelona warteten Hunderte solcher Gigs auf mich, dort pulsierte das Leben, und mir stand die Chance meines Lebens bevor. Ein Plattenvertrag.

Nach einem vorsichtigen Blick durch den Türspalt stellte ich glücklicherweise fest, dass die Luft rein war. Nichts wie weg Rückzug antreten. Auf Zehenspitzen schlich ich die Treppe hoch und sah mich nach allen Seiten um. The Boat war mittlerweile brechend voll, überall standen Gäste herum und unterhielten sich, hielten Getränke in der Hand. Von Tobi und Pia war nirgends etwas zu entdecken. »Danke, Gott«, stieß ich ein leises Stoßgebet gen Himmel. Ich stieg über die Kette und peilte im Schutze der umstehenden Leute den Ausgang an. Mittlerweile stand der Türsteher an Deck und unterhielt sich mit einer attraktiven brünetten Frau mit ansehnlicher Oberweite, auf die er immer wieder schielte. Die Brücke hatte er zwischenzeitlich ebenfalls mit einer Kette verschlossen, dennoch wartete immer noch eine ganze Reihe Gäste geduldig auf Einlass. In der Deckung eines sich umarmenden Pärchens, das sich schlendernd in Bewegung setzte, kam ich dem rettenden Ausgang näher. Schließlich tippte ich Mr Wichtig auf die Schulter. Er drehte sich widerwillig um, da er seine Beute nur ungern aus den Augen ließ.

»Ähm, dürfte ich mal raus?« Ich setzte mein freundlichstes Lächeln auf.

»Bist du schon fertig?« Sein Akzent klang irgendwie sexy.

»Notfall.« Ich zuckte entschuldigend mit den Achseln, was sein Interesse an mir schlagartig beendete. Er beugte sich zur Kette. Im selben Moment traf ihn ein heftiger Stoß, begleitet von einem »Hoppla«. Der Türsteher schleuderte zur Seite und klammerte sich an mir fest wie der taumelnde Gegner an Klitschko, und riss mich von den Füßen. Mein Gitarrenkasten rutschte mir aus der Hand. Auf der Suche nach Halt fuchtelte ich wie wild mit den Händen in der Luft und verlor das Gleichgewicht. Von einem erschrockenen Aufschrei begleitet rutschte ich von der glitschigen Holzbrücke und landete mit einem lauten Klatsch in der eiskalten Pegnitz. Prustend kam ich wieder an die Oberfläche, der plötzliche Temperaturunterschied nahm mir die Luft zum Atmen. Wie verrückt paddelte ich mit allen vieren. Irgendetwas Schwarzes schwamm neben mir, das aussah wie ein toter Rabe. Meine Perücke. Panisch tastete ich meinen Kopf ab. Ja, das war sie.

Über mir hörte ich Leute kreischen und um Hilfe rufen, alle redeten durcheinander, unzählige Köpfe streckten sich mir über die Reling hinweg entgegen. Im selben Moment wäre ich am liebsten auf den Grund des Flusses gesunken. Leider machte mein dummer Überlebensinstinkt das durch hektische Schwimmbewegungen zunichte. Etwas Hartes traf mich am Kopf. »Aua«, rief ich und rieb mir die schmerzende Stelle.

»Tut mir leid«, hörte ich jemanden sagen und spielte mit dem Gedanken, auf und davon zu schwimmen. Tobi.

Ich wandte das Gesicht ab, in der Hoffnung, dass er mich noch nicht erkannt hatte. Neben mir schaukelte ein Rettungsring in den Fluten, der Grund für meine Beule. Seufzend schlang ich einen Arm darum und überlegte, wie weit ich wohl damit abtreiben könnte. Bestimmt bis irgendwo außerhalb der Stadt. Dort würde ich mich an ein verwachsenes Ufer retten und zu Fuß nach Hause gehen.

»Nimm meine Hand«, rief Tobi.

Verdammt! Warum musste ausgerechnet er sich als Retter aufspielen? Hier wimmelte es nur so von starken Typen. Zudem bescherte er mir ein unangenehmes Déjà-vus-Erlebnis. In ähnlicher Weise hatte er mich aus dem offenen Grab gefischt. Ich ignorierte ihn standhaft, hielt mein Gesicht in die andere Richtung und hoffte, er würde endlich aufgeben und abhauen. Aber nein, Aufdringlichkeit, dein Name ist Tobi. Er blieb.

»Jetzt komm schon«, ächzte Tobi. »Jenny, ich zieh dich rauf.«

Mist. Er hatte mich erkannt.

Ich winkte kurz, bevor meine eiskalte Hand zurück ins Wasser platschte. In einem unachtsamen Moment schluckte ich eine große Ladung Flusswasser, und modriger Geschmack machte sich in meinem Mund breit. Igitt. »Tobi, du hier? Ich wollte gerade gehen.«

»Gib mir endlich deine Hand.« Noch immer lag er am Pier, hatte den Oberkörper nach unten gebeugt und hielt mir die Hand entgegen. Seine Position sah unbequem aus, zudem war mir eiskalt. Ich würde es keine fünf Kilometer bis zum nächsten rettenden Ufer schaffen, so viel Realitätssinn besaß ich noch. Bibbernd paddelte ich zu ihm und ließ mir von Tobi und einem anderen Typen mit einem Ruck aus meiner Misere helfen. Triefend saß ich schließlich auf dem Pflaster und wagte es nicht, meinem Retter ins Gesicht zu blicken.

»Alles klar?«, fragte Tobi besorgt.

»Ja, alles bestens.« Ich stand auf wackeligen Beinen und rieb mir die zitternden Arme. Ein dunkelhaariger, sehr attraktiver Typ kam zu uns, in der Hand hielt er meinen Gitarrenkasten, den ich glücklicherweise noch an Bord losgelassen hatte. Er sah zerknirscht aus.

»Das tut mir echt leid. Sorry.«

Ich strich mir die nassen Strähnen aus dem Gesicht und schlotterte am ganzen Körper. »W… w… was tut dir leid?«

»Mensch, Ben. Musste das sein?«, fragte Tobi ihn.

Der Typ zuckte mit den Schultern. »War ein Versehen. Ich wollte nicht, dass sie ins Wasser fällt.«

»Wer sollte denn ins Wasser fallen?«, mischte sich der Türsteher ein.

»Sie auf jeden Fall nicht«, sagte dieser Ben, aber ich hörte nur noch mit halbem Ohr zu, denn meine Zähne klapperten aufeinander.

Tobi zog seine Jacke aus und legte sie mir um die Schultern. »Du musst aus den nassen Klamotten raus, du frierst dich zu Tode.«

Ich nickte. »Kannst du mir ein Taxi rufen?«

Tobi rieb meine eiskalten Arme. »Ich wohne nur zwei Straßen weiter. Komm mit zu mir und zieh dir erst mal was Trockenes an.«

Mein Widerstand bröckelte. Ich fror erbärmlich, zudem hatte sich mittlerweile eine große Menschentraube um uns gebildet, die uns interessiert beobachtete. Ein paar Leute hatten ihre Handys gezückt und filmten. Das war zu viel, ich musste weg. »Gehen wir«, sagte ich und setzte mich in Bewegung.

Tobi schloss die Wohnungstür auf und ließ mich zuerst hinein. Mittlerweile war mir so kalt, dass meine Hände blau angelaufen waren. Eine kleine graue Katze kam uns entgegengesprungen.

»Miwiau.«

»Hi Kl… Kleiner.« Meine Zähne schlugen aufeinander.

»Das ist Tequila«, sagte Tobi hinter mir und führte mich ins Bad. »Warte kurz.«

Gleich darauf kam er mit einem Stapel Handtücher, einer grauen Jogginghose und einem dunkelblauen Uni-Erlangen-Sweatshirt zurück. »Du solltest erst mal heiß duschen.« Er legte die Sachen ins Waschbecken. »Passende Unterwäsche habe ich leider keine, aber die Hose lässt sich zuschnüren.«

»Ddd… Danke.« Ich wollte nur noch raus aus den nassen Klamotten.

Nachdem er die Tür geschlossen hatte, schälte ich mich aus meinen triefenden Kleidern und sprang unter die Dusche. Der heiße Wasserstrahl tat mir unglaublich gut, mein Blut zirkulierte kribbelnd durch meine halb abgestorbenen Finger. Nach einiger Zeit kletterte ich wieder aus der Dusche, rubbelte mich und meine Haare trocken. Der Dampf hatte den Spiegel beschlagen, was wahrscheinlich gut so war. Ich wollte gar nicht wissen, wie ich gerade aussah. Schließlich schlüpfte ich in Tobis Jogginghose und verknotete das Schnürband, danach zog ich das übergroße, aber sehr kuschelige Sweatshirt an und atmete tief ein. Es roch frisch gewaschen und ein klein wenig nach Zimt. Ein Kribbeln lief meinen Rücken hinunter, denn unser Kuss kam mir wieder in den Sinn, was gleichzeitig sämtliche Alarmglocken in mir klingeln ließ. Am besten, ich verschwand so schnell wie möglich aus dieser Wohnung. Barfuß ging ich hinaus in den Flur und spähte nach allen Seiten. Es sah gemütlich aus. Tobi saß auf der schwarzen Ledercouch im Wohnzimmer und hatte die Stereoanlage eingeschaltet. Leise Musik wehte durch den Raum. Mein Gitarrenkasten, den Tobi vorhin für mich getragen hatte, lehnte am Couchtisch.

»Hey.« Ich ging hinein. »Danke, dass ich dein Bad benutzen durfte.«

»Kein Problem.« Er klopfte neben sich. »Setz dich doch.«

Zögerlich kam ich näher, mir wurde bewusst, dass Tobi nun ebenfalls mein Geheimnis kannte. Er hatte mich somit genauso in der Hand wie ich ihn. Andererseits war es auch für mich in den letzten Wochen im Büro gut gelaufen. Immerhin hatte ich sämtliche Projekte pünktlich abgegeben, und Hans war mit jedem hochzufrieden gewesen. Zu meinem Leidwesen hatte auch Tobi sehr gute Arbeit geleistet, sodass es wohl weiterhin unentschieden zwischen uns stand.

Obwohl mein Verstand mich mit warnenden Fanfarenstößen bearbeitete, setzte ich mich zu ihm. »Tja, da hast du mich vorhin wohl schon wieder gerettet.«

Er grinste. »Ich hoffe, das wird nicht zur Gewohnheit.« Mit dem Kinn deutete er auf den Gitarrenkasten. »Du singst?«

Ein Räuspern meinerseits verhinderte eine Antwort. Was sollte ich sagen? Egal, es war sowieso schon heraus.

»Ja, tue ich. Und jetzt kannst du bei Hans petzen.«

»Warum sollte ich?« Tobi klang verwirrt.

»Damit du den Job in Barcelona bekommst?«, half ich ihm auf die Sprünge. »Wenn Hans erfährt, dass ich abends als Sängerin auftrete, nimmt er mich doch nicht mehr für voll.«

»Wahrscheinlich nicht«, stimmte er mir zu. »Schlecht fürs seriöse Firmenimage.«

»Genau.« Ich ließ den Kopf hängen.

»So was Hinterhältiges traust du mir zu?«

Ich sah hoch. »Ja.«

Er lachte auf. »Sehr schmeichelhaft. Als ob ich das nötig hätte!«

»Hey!« Mein Ellenbogen landete einen Treffer in Tobis Rippen. »Ich habe auch gute Arbeit geleistet in den letzten Wochen.«

»Das hast du.« Er stand auf. »Magst du ein Glas Wein?«

»Okay.« Gerade hatte ich einen Schluck bitter nötig. »Aber dann rufst du mir ein Taxi, okay?«

»Klar.« Tobi verschwand und kam kurz darauf mit einer Flasche Wein und zwei langstieligen Gläsern zurück. Nachdem er sich gesetzt hatte, schenkte er ein und reichte mir eins.

»Prost.« Er sah mir in die Augen, und sein tiefer Blick schürte eine zittrige Unruhe in mir. Er kam mir viel zu nah. Unsere Beine streiften sich kurz, als er sich bewegte, und die überraschende Berührung kribbelte bis in mein Höschen. Verdammt. Ich sollte gehen.

»Cheers.« Meine Stimme klang angespannt.

Wir stießen an, und ich probierte einen kleinen Schluck, konzentrierte mich auf die Flüssigkeit in meinem Mund. Der Wein schmeckte gut, genau mein Geschmack. Nicht zu trocken. Tobis kleiner Kater sprang auf meinen Schoß und rollte sich schnurrend zusammen.

»Wow«, hörte ich Tobi sagen. »Tequila scheint dich zu mögen, das macht er sonst nie.«

»Anderen Leuten auf den Schoß springen?« Ich kraulte Tequila hinter dem Ohr und verliebte mich sofort in ihn. Der Kleine war wirklich niedlich.

»Ja, er ist sonst nicht so zutraulich. So kenne ich ihn gar nicht.« Tobi grinste breit.

»Er hat eben eine gute Menschenkenntnis«, gab ich geschmeichelt zurück und trank einen großen Schluck Wein.

»Seit wann singst du denn?«, fragte Tobi und lehnte sich zurück.

»Schon immer, dich hat das nur noch nie interessiert.«

»Und heute hättest du also einen Auftritt bei mir gehabt, der jetzt buchstäblich ins Wasser gefallen ist.« Tobi genehmigte sich ebenfalls einen Schluck.

»Ja, genau. Und dir gehört also The Boat.«

Tobi nickte. »Mir und dem Typen, der dich ins Wasser gestoßen hat.«

»Warum hat er das gemacht? Ich hab doch noch gar nicht gesungen.«

Sein Lachen klang amüsiert. »Du warst nicht das eigentliche Ziel seiner Attacke. Sie galt dem Typen, der geholfen hat, dich aus dem Wasser zu ziehen. Chad. Der macht nämlich Bens Freundin dauernd an, und ich vermute, die kleine Abkühlung hätte ein Denkzettel werden sollen. Aber dann hat es leider dich erwischt.«

»Ein Eifersuchtsdrama also.«

»Könnte man so sagen.«

Ich leerte mein Glas, der Wein war wirklich gut. »Und warum hast du mir noch nie von dem Club erzählt?«

»Aus demselben Grund, weshalb du mir deine Gesangskarriere vorenthalten hast. Damit du es nicht Hans steckst.«

»So eine Gemeinheit hättest du mir zugetraut?« Gespielt empört legte ich beide Hände auf meinen Brustkorb.

»Jap.« Tobi nahm die Flasche und schenkte nach.

»So etwas hätte ich nie getan.« *Nur im Notfall.*

Er maß mich mit einem durchdringenden Blick. »Sicher?«

»Vielleicht hätte ich es mal als kleines Druckmittel verwendet, aber nur, um dich zu absolutem Wohlverhalten zu animieren.« Ich kicherte. »Natürlich immer nur zu deinem Besten.«

»Du hättest mich also erpresst, Kitty Black«, stellte er klar und schenkte auch sich noch mal nach.

»Niemals«, widersprach ich energisch und streichelte Tequila.

»Singst du mir ein Lied vor?«

Ich zögerte, irgendwie kam es mir merkwürdig vor, hier in Tobis Wohnzimmer meine Gitarre auszupacken, aber er sah mich so bittend an. Sein Blick war anders als sonst. Nicht so durchdringend und belastet von unseren dauernden Differenzen, sondern sehnsüchtig und warm.

»Ich würde dich gern mal singen hören«, sagte er leise und reichte mir den Gitarrenkasten.

»Also gut«, stimmte ich schließlich zu und holte meine Gitarre raus. Tequila bewegte sich keinen Millimeter, weshalb ich Mühe hatte, über die Saiten zu streichen. »Hast du einen besonderen Wunsch?«

»Nein, egal.« Er schüttelte den Kopf und lehnte sich zurück, während ich eine Melodie anstimmte. Christina Stögers *You're the one for me*. Keine Ahnung, warum. Ich sang und tauchte in meine Welt ein, schloss die Augen und öffnete sie erst wieder, als der letzte Ton verklungen war.

Stille verteilte sich im Raum, hüllte uns ein wie ein Seidentuch. Tequilas leises Schnurren drang an meine Ohren. Mein Puls klopfte zum Zerspringen, denn Tobi saß einfach nur da und sah mich an. Immer wieder blieb sein Blick an meinen Lippen hängen, was mich zum Bersten nervös machte.

»Das war beeindruckend«, sagte er schließlich, und ich verstaute die Gitarre umständlich im Kasten, um Zeit zu gewinnen und meine Verlegenheit zu überspielen. Die Luft um uns herum lud sich elektrostatisch auf, ich konnte das Prickeln im Raum sogar unter meiner Haut spüren. Seltsamerweise konnte ich mit seinem Kompliment nur schwer umgehen. Verdammt, warum musste ich so auf ihn reagieren? Warum konnte ich nicht cool und locker neben ihm sitzen? »Danke.« Mit zittrigen Händen fummelte ich an den Schließen.

»Wie heißt das Lied noch mal?«

Langsam setzte ich mich auf. Tobi saß zurückgelehnt auf dem Sofa, sein Kopf ruhte auf der Lehne, das Gesicht hatte er mir zugewandt. Das matte Licht ließ seine Züge weicher wirken, und seine grün-braunen Augen leuchten. Es war ein verführerischer Blick, der seine Wirkung auf mich nicht verfehlte. Ich lehnte mich ebenfalls zurück und sah ihn an. Unsere Blicke verschmolzen, während sich ein süßes Kitzeln in meinem Bauch ausbreitete.

»*You're the one for me*«, sagte ich, worauf Tobi nickte.

»And I'm the one for you«, flüsterte er.

Unwillkürlich hielt ich den Atem an, als er langsam näher rückte. Den Blick ließ er nicht von meinen Augen. Ich verlor mich in seinem Gesicht, spürte seinen heißen Atem auf meinem Mund, dann küsste er mich. Wie von selbst öffneten sich meine Lippen, seine Zunge eroberte meinen Mund, und wir versanken in einem leidenschaftlichen Zungenspiel. Ich ließ mich treiben, vergaß alles um mich herum und gab mich diesem wundervollen Kuss hin. Tobi legte einen Arm um meine

Taille, streichelte mich, während ich meine Hände an seinem Hals legte, wir küssten uns immer heißer. Zwischendrin gab er Tequila einen leichten Schubs, worauf der Kater mit einem empörten Miauen von meinem Schoß sprang. Tobi streichelte mich durch den Pullover, atmete hitzig an meinen Lippen und steckte mich mit seiner Erregung an. Ich wollte ihn. Im nächsten Moment spürte ich seine Finger unter dem Sweatshirt auf meiner nackten Haut wie einen elektrischen Schlag. Zärtlich streichelte er meinen Bauch, wodurch mir für einen Moment der Atem wegblieb. Mit beiden Händen erkundete ich nun ebenfalls seine breiten Schultern und seinen festen Brustkorb, streichelte seine muskulösen Oberarme entlang, während sich ein Kribbeln zwischen meinen Beinen aufbaute. Tobis Hand schob sich höher, seine Berührung war sanft, aber fest. Mein Herz schlug schneller, während unsere Zungen miteinander spielten. Er streichelte meinen Busen, ich spürte alle fünf Finger auf meiner Brust. Zwischendurch neckte er meine harte Brustwarze und schürte meine Begierde ins Unermessliche. Auch ich ließ meine Hände genüsslich auf Wanderschaft gehen, streichelte langsam über seinen muskulösen Brustkorb bis hinunter zu seinem festen Bauch. Er stöhnte leise an meinen Lippen, seine Barstoppeln kratzten über mein Kinn, und ein Feuer schoss durch meine Adern. Tobis Hand glitt nun tiefer, er zog am Band der Jogginghose und lockerte es, schob seine Hand in meine Hose und verweilte mit den Fingerspitzen auf meinem Hügel, als wollte er mir eine letzte Chance geben, das Ganze an diesem Punkt zu beenden. Aber ich wollte ihn so sehr, mit allen Fasern meines Körpers. Meine empfindlichste Stelle pochte fordernd, einfach alles in mir lechzte nach seiner Berührung. Ich küsste ihn wild, fuhr mit beiden Händen durch sein Haar und spreizte meine Beine etwas.

Tobis Kuss wurde drängender, ich spürte, wie heiß er wurde, und das steckte mich an. Seine Hand glitt tiefer und lud das kribbelnde Knistern in mir weiter auf. Er streichelte mich zwischen den Beinen, ich spürte seinen Mittelfinger zwischen meinen Schamlippen und legte mein Bein über seinen Schenkel, öffnete mich für ihn. Dabei zitterte ich vor Verlangen, küsste Tobi immer wilder, saugte seine Unterlippe in den Mund und krallte die Fingernägel in seinen Rücken. Unwillkürlich keuchte ich auf, als er mit einem Finger in mich eindrang, während er mit dem Daumen meine empfindlichste Stelle reizte. Er verteilte meine Feuchtigkeit auf mir, feuerte mein Verlangen weiter an. Vor Erregung biss ich in seine Unterlippe, als er mit einem zweiten Finger in mich glitt, und stöhnte auf vor Lust. Jetzt streichelte ich auch ihn in den tieferen Regionen. Durch die Jeans fühlte ich deutlich seine Erregung und zerrte am Reißverschluss, um ihn aus der Enge seiner Hose zu befreien. Ich wollte von Tobi genommen werden, er sollte mich streicheln, mich liebkosen, mit mir schlafen. Das Pochen zwischen meinen Beinen schwoll an, meine Sehnsucht nach mehr wurde schier unerträglich, und ich merkte, dass es Tobi genauso ging. Immer wieder drang er tief in mich ein, krümmte seine Finger und reizte einen Punkt tief in mir, der Blitze der Lust durch mein Becken schickte. Ein süßes Ziehen baute sich in mir auf, wurde stärker, presste meinen Unterleib ruckartig zusammen und nahm mir den Atem.

»Ich hol nur kurz die DVD«, sagte jemand, dann wurde die Wohnzimmertür aufgerissen. »Danach können wir … Oh.«

Wir fuhren auseinander, hastig nahm Tobi seine Hand aus meiner Hose und setzte sich gerade hin.

»Pia.« Er räusperte sich. »Was um alles in der Welt machst du hier?«

Pia hielt sich die Augen zu. »Es tut mir leid … ich wusste

nicht …« Panisch wandte sie sich zur Tür. »Lasst euch nicht stören, ich bin schon wieder weg.«

Die Tür schloss sich, draußen hörten wir es kichern und aufgeregt flüstern, dann knallte die Haustür ins Schloss.

Langsam wurde ich wieder klarer. Was war da gerade eben passiert? Tobi und ich waren übereinander hergefallen wie zwei ausgehungerte Wölfe. Mit einem Satz sprang ich vom Sofa. Scham pulsierte heiß in meinen Wangen.

Auch Tobi stand auf, er fuhr sich mit beiden Händen durch die Haare, wirkte verwirrt. »Jenny«, sagte er schließlich, »bitte setz dich.«

»Nein.« Hastig schnappte ich meinen Gitarrenkasten, ich wollte nichts wie raus. »Ich muss gehen.« Wie von einer Hundemeute gehetzt stürmte ich aus dem Wohnzimmer und stieg in meine immer noch nassen Schuhe. Tobi kam mir hinterher. »Können wir nicht darüber reden?«

Ich floh zur Haustür. »Ich glaube nicht, dass ich über das, was gerade passiert ist, mit dir reden möchte. Tu mir den Gefallen und vergiss es einfach. Das war ein einmaliger Ausrutscher.«

»Du kannst mir nicht erzählen, dass es dir nicht gefallen hat.«

»Darum geht es nicht, Tobi.«

»Worum dann?«

Ich rang nach den richtigen Worten. »Vergiss es«, sagte ich schließlich und raffte meine nassen Klamotten aus dem Bad zusammen. »Hast du eine Plastiktüte für mich?«

Nach kurzem Zögern nickte er. Tobi sah sauer aus. Er öffnete den Mund, ging dann aber weg und kam kurz darauf mit einer H&M-Tüte wieder.

Ich pfefferte meine Sachen hinein und stellte mit einem Blick auf mein Smartphone fest, dass es das Bad in der Pegnitz nicht überlebt hatte. Mist, auch das noch. »Kannst du mir ein Taxi rufen?«

»Ich kann dich nach Hause fahren.«

»Nein«, wiegelte ich rasch ab und öffnete die Haustür. »Ich nehme ein Taxi.«

»Bitte, Jenny, lass uns reden.«

Worüber sollten wir noch reden? Darüber, dass er seine Hand in meiner Hose gehabt hatte? Ich seine Berührungen genossen hatte? Und wenn Pia nicht dazwischengeplatzt wäre, ich höchstwahrscheinlich mit ihm im Bett gelandet wäre und mir das auch noch gefallen hätte? Nur um mir von ihm danach wieder das Herz brechen zu lassen? Das überstand ich kein zweites Mal. Mir wurde klar, dass ich Tobi nie wieder vertrauen konnte, und zwar aus reinem Selbstschutz. Noch immer spürte ich seine Hände auf meiner nackten Haut, und mein Brustkorb verkrampfte sich. Es hätte alles so schön sein können, wenn ich nicht ausgerechnet mit Tobi hier gelandet wäre. Für uns beide war es zu spät, das musste mein dummes Herz endlich mal kapieren.

»Darüber gibt es ganz bestimmt nichts zu reden.« Meine Stimme zitterte, was mich maßlos ärgerte. Ich wollte jetzt keine Schwäche zeigen.

»Dann sag mir wenigstens, was du willst.«

»Ich will, dass du vergisst, was gerade passiert ist.«

»Wie soll ich das vergessen?«

»Indem wir nie wieder darüber sprechen und so tun, als wäre es nie geschehen.«

»Das ist nicht dein Ernst!« Tobi klang ungläubig, seine Augen verengten sich, eine steile Falte bildete sich zwischen seinen Augenbrauen.

»Doch.« Ich nickte, um die Ernsthaftigkeit meiner Aussage zu unterstreichen. Ich wusste, dass er nicht lockerlassen würde, dafür kannte ich ihn zu gut, merkte jedoch gleichzeitig: Ich war bereits drauf und dran, noch mal schwach zu werden. Also tat ich etwas, von dem ich wusste, dass er es mir nicht so schnell verzeihen würde. »Das gerade eben hatte nichts für mich zu bedeuten.« Mein Herz brach, als ich das sagte, am liebsten wäre ich in Tränen ausgebrochen, denn mir wurde im selben Moment klar, dass ich Tobi endgültig verloren hatte. Aber ich wusste, ich würde kein zweites Mal mehr über ihn hinwegkommen.

Er starrte mich eine gefühlte Ewigkeit an. »Ich ruf dir ein Taxi«, sagte er schließlich mit matter Stimme, woraufhin ich auf die Straße hinauseilte und hoffte, dass er mir nicht hinterherkam.

24

Tobi

Es war schon Mittag, als ich mich aus meinem Bett quälte und in die Küche schlurfte. Die halbe Nacht hatte ich kein Auge zugekriegt, meine Gedanken drehten sich unaufhörlich um Jenny. Mechanisch bediente ich die Kaffeemaschine, löffelte Pulver in den Filter und goss Wasser ein, dann setzte ich mich an den Tisch und schloss die Augen. Ich war am Ende, einfach nur am Ende. Die Sache mit Jenny wurde immer komplizierter, zerrte an meinen Nerven und raubte mir den Schlaf. Wir waren uns wirklich nahegekommen gestern, obwohl ich es keine Sekunde darauf angelegt hatte. Es war einfach so passiert, und immerhin hatte sie es auch gewollt. Jenny hatte einen Wahnsinnskörper, dazu samtweiche Pfirsichhaut. Alles hatte gepasst. Die Luft um uns herum hatte geknistert. Aber schlagartig hatte sich nun alles verändert. Wir hatten die Friends-Zone verlassen, uns ohne nachzudenken auf eine große Spielwiese begeben, und ich wusste nicht, ob wir wieder zurückfanden. Wie sollte das am Montag im Büro mit uns weiterlaufen? Es war ja nicht so, als ob wir uns ein Weilchen aus dem Weg gehen könnten, bis Gras über die Sache gewachsen war. Zu allem Übel hatte Jenny einen Hang zum Dramatischen. Anstatt mit mir über alles zu reden, war sie hysterisch abgehauen. Wie nannte man so was? Realitätsflucht?

Es hatte nichts zu bedeuten. Das hatte gesessen, darauf war ich einfach nicht gefasst gewesen. Ich wusste nicht genau, was ich überhaupt von Jenny erwartet hatte, aber ganz sicher nicht das. Vielleicht war es wirklich das Beste zu vergessen, was zwischen uns gewesen war. Ein dumpfer Schmerz legte sich auf meine Brust, schwer wie ein Stück Eisen, und nahm mir die Luft zum Atmen.

Ich hörte Schritte im Flur, das musste Pia sein. Sie kam herein, warf mir einen Blick zu und kicherte. Am liebsten hätte ich sie dafür gepackt und durchgeschüttelt.

»Hattest du noch eine schöne Nacht?«, säuselte sie und schenkte sich eine Tasse Kaffee ein.

»Nein, denn du hast alles versaut.«

Sie drehte sich um und machte große Augen. »Echt?«

»Ja, echt.«

Nachdem sie noch eine zweite Tasse mit Kaffee gefüllt hatte, setzte sie sich zu mir und stellte mir das dampfende Getränk vor die Nase.

»Das tut mir jetzt wirklich leid.« Sie stemmte ein Knie gegen die Tischkante. »Sag mal, das war doch Jenny, oder?«

Statt einer Antwort nickte ich.

»Ich wusste nicht, dass ihr … Warum seid ihr nicht in dein Zimmer gegangen?«

»Ich hatte das nicht geplant, es hat sich einfach ergeben.«

Ihr Blick verweilte auf meiner Hand. »Wenn ich mir vorstelle, wo diese Hand gestern war.« Sie schüttelte sich.

»Halt die Klappe«, fuhr ich sie an. Zufälligerweise hatte meine Hand gestern ein paar sehr erotische Stellen erkundet.

»Das war auch für mich keine schöne Situation. Ich habe beinahe ein Trauma davongetragen. Ich meine, du bist mein Bruder!«

Ich packte sie bei den Armen. »Pia, du musst jetzt ganz stark sein.« Ich sah ihr fest in die Augen. »Aber dein Bruder hat schon seit acht Jahren Sex.«

Ihr Glucksen klang amüsiert. »Das darf doch nicht wahr sein!«

Seufzend ließ ich sie los und streichelte Tequila, der gerade neben mir auftauchte.

»Miwiau.«

»Du bist der Einzige, der mich versteht«, sagte ich theatralisch und hob ihn auf meinen Schoß.

»Ich verstehe es ehrlich gesagt auch nicht.« Pia stand auf und ging zum Kühlschrank. Sie nahm eine Tüte Milch heraus. »Du bist mit Lavinia zusammen, obwohl du es gar nicht willst. Und du willst was von Jenny, bist aber nicht mit ihr zusammen.«

»Das ist kompliziert.« Ich sah hoch. »Aber ja, ich glaube, so ist es. Leider will Jenny mich nicht.«

»Das sah mir gestern aber nicht danach aus.«

»Der Schein trügt, sie ist hysterisch abgehauen. Außerdem hat sie einen Freund.«

Jenny setzte sich wieder und goss Milch in ihre Tasse. »Vielleicht war es nur Panik.«

»Wie meinst du das?« Tequila kletterte an mir hoch und legte seinen Kopf auf meine Schulter, eine tröstliche Geste, die mir gerade unglaublich guttat. Er verstand mich.

»Keine Ahnung.« Sie zuckte mit den Achseln. »Ich habe ja nicht viel mitbekommen, aber von Weitem sah es so aus, als würdest du ganz gute Arbeit leisten.« Pia nippte an ihrem Kaffee. »Sie wollte dich«, sagte sie grinsend über den Rand ihrer Tasse hinweg.

»Ob du es glaubst oder nicht.« Ich lehnte mich zurück und blickte aus dem Fenster. »Das gestern hatte für mich richtig was zu bedeuten.« Als ich es aussprach, wurde mir die Tragweite des gestrigen Abends noch mehr bewusst. Emotional weiter voneinander entfernt konnten Jenny und ich gar nicht mehr sein.

»Und warum bist du dann immer noch mit Lavinia zusammen?«

Warum war ich immer noch mit Lavinia zusammen? Das war eine gute Frage, denn Gelegenheiten, sie zu verlassen, hatte es schließlich genug gegeben. Auf einmal fand ich es furchtbar, dass mir so gar keine Gründe einfielen, weshalb ich mich nicht bewegte. Weshalb ich weiterhin in dieser Beziehung verharrte, und vor allem, weshalb ich Jenny gestern einfach so gehen ließ.

»Ich bin mit ihr zusammen, weil es mir egal ist, wenn sie mich verlässt.« Diese Erkenntnis auszusprechen, brachte mir endlich Klarheit. Ich konnte nicht noch mal durch dieselbe Hölle gehen wie mit Ellen. Mit Lavinia blieb mir wenigstens das Theater danach erspart.

Pia stellte ihre Tasse zurück auf den Tisch und streichelte meinen Unterarm. Ihr Blick ruhte auf mir, Mitleid lag darin, und das gab mir den Rest. Ich war so erbärmlich, sogar meiner robusten Schwester tat mein Scheißleben schon leid.

»Das sind keine guten Voraussetzungen für eine glückliche Beziehung.«

Ich schwieg. Mit ihrem gefühlsduseligen Mädchengerede konnte sie vielleicht bei ihren Freundinnen punkten, oder bei unserer Mutter. Wir Männer regelten solche Probleme auf unsere Weise. Nach dem fünften Bier sah die Welt schon wieder ganz anders aus, auch wenn es uns danach nicht wirklich besser ging. Auf einmal bekam ich Angst. Eine richtige Scheißangst davor, dass mein Leben sich unaufhörlich weiter in dieser Abwärtsspirale bewegte. Ob ich in zehn Jahren immer noch mit Lavinia zusammen war? Diese Vorstellung machte mich fertig.

Pia schnappte sich mein Smartphone, das neben mir auf dem Tisch lag. Die ganzen letzten Stunden hatte ich damit zugebracht, Jennys Nummer zu suchen und auf Abbruch zu drücken.

»Ruf Lavinia an. Sag ihr, dass es aus ist, und sprich mit Jenny. Komm schon, sei mutig.«

Pias Vorschlag klang vernünftig, wahrscheinlich dachten weibliche Hirne wirklich in diesen Dimensionen. Sie glaubte, mit zwei Anrufen ließe sich alles regeln und aus der Welt schaffen. Ich wusste, dass es nicht so einfach war. Zudem war ich kein Spontantyp. Mir war es lieber, die Dinge vorher von verschiedenen Seiten zu betrachten. Meine Müdigkeit kam erschwerend dazu, die Einsamkeit nagte an mir, auch meine Laune war im Keller. Mein Energiepegel war auf einem Allzeittief. Keine guten Voraussetzungen, um siegessicher in diesen Kampf zu ziehen. Nicht heute.

Ich nahm ihr das Phone aus der Hand. »Wie läuft es mit Chad?«, fragte ich, um mit dieser kleinen Gemeinheit von meinem Elend abzulenken.

Ihre kleine Nase zog sich in Falten, ihr Gesicht verhärtete sich. »Was soll schon sein? Er ist ein Arsch.«

»Ich hab dich gewarnt.«

»Aber jetzt mal ehrlich …« Sie stieß mich an. »Irgendwas stimmt doch mit Chad nicht. Er baggert jede, aber auch wirklich jede an, aber am Ende lässt er sie alle abblitzen. Ist er impotent?«

»Keine Ahnung.« Ich zuckte mit den Schultern. »Vielleicht verheimlicht er uns eine Freundin in den Staaten und spielt hier nur ein bisschen rum fürs Ego.«

»Glaubst du echt?« Sie klang perplex.

Ich stand auf. Genug geredet für heute, bleierne Müdigkeit überfiel mich. Zum Glück hatte der Club sonntags dicht, heute wäre ich zu nichts in der Lage. »Keine Ahnung. Frag ihn doch einfach.« Ich zwinkerte ihr zu. »Komm schon, sei mutig.«

Sie streckte mir die Zunge raus. »Brüderchen, ich garantiere dir eins. Dein Zögern wird dir noch eine Menge Ärger einbringen.«

Was Pia immer hatte?

25

Jenny

Das Klingeln meines Weckers riss mich aus dem Schlaf. Mit geschlossenen Augen suchte ich den Nachttisch nach der Lärmquelle ab und erwischte den Snooze Button. Kurz überlegte ich, ob ich mich heute krankmelden sollte, was nicht mal gelogen wäre. Ich fühlte mich furchtbar, mein Gehirn war wie benebelt. Tobi ging mir einfach nicht aus dem Kopf, dauernd ertappte ich mich dabei, wie er durch meine Gedanken schwirrte. Am liebsten hätte ich geschrien. Immer wieder spielte sich die Szene zwischen uns beiden ab, und was mich am meisten aufregte: Ich hatte es genossen. Jede Berührung, jeden Kuss, seinen heißen Atem auf meiner Haut, und das machte mich fertig. Sein Körper war so perfekt, alles an ihm machte mich an, sein kantiges Gesicht, die perfekten Proportionen, die Art, wie er mich angefasst hatte. Eine unwillkommene Erregung flackerte in mir hoch, als seine Hände in Gedanken über meine Brüste wanderten, wo sie eine wohlige Gänsehaut verursachten. Mein dummer Körper genoss diese sinnlichen Fantasien. Mühsam unterdrückte ich den Wunsch, Tobi aufzusuchen und mich in seine Arme zu werfen, damit er all das mit mir tat, was ich nicht wollte.

Es war einfach falsch. Ich presste die Handballen an meine Schläfen. Warum kapierte ich das nicht? Ich hatte doch Gregor, mit dem ich mich immer noch traf, obwohl sich unser Verhältnis in letzter Zeit ein wenig abgekühlt hatte, woran ich nicht ganz unschuldig war. Sein Dienstplan erlaubte spontane und häufige Treffen nicht, weswegen wir uns nicht oft gesehen hatten. Das würde sich jetzt ändern. Es war an der Zeit, mich abzulenken und meine Energien wieder meinem kosmischen Traummann zu widmen. Ich setzte mich auf und schwang die Beine aus dem Bett. Heute Abend würde ich mich mit Gregor treffen und Tobi ein für alle Mal aus meinem Gedächtnis streichen – sobald der Arbeitstag mit meinem Kollegen hinter mir lag.

Es klingelte an der Tür. Gregor stand davor, als ich öffnete, und hielt mir eine Brötchentüte vor die Nase. »Überraschung.«

»Oh.« Ausgerechnet heute kam er vorbei. Hektisch zupfte ich meine wirren Haare zurecht. Überfälle dieser Art mochte ich eigentlich gar nicht, dazu war er auch noch so schrecklich gut gelaunt. Als ausgesprochener Morgenmuffel empfand ich gut gelaunte Menschen am frühen Morgen als persönlichen Affront. »Komm rein.« Innerlich seufzend trat ich beiseite.

Kurz darauf half Gregor mir immerhin beim Frühstückmachen, was hieß, er widmete sich geschäftig der Kaffeemaschine, während ich alles andere tat. Schließlich setzten wir uns an den etwas spärlich gedeckten Tisch. Normalerweise ernährte ich mich morgens eher von Cornflakes.

»Ich könnte doch mal mit deinem Vater golfen.« Er säbelte ein Brötchen in zwei Hälften.

Hä? »Ich kann ihn ja mal fragen.«

»Wie wäre es dieses Wochenende?« Gregor strahlte über das ganze Gesicht. »Dann lerne ich endlich mal deine Eltern kennen.«

Also, das ging mir dann doch zu schnell. Eltern kennenlernen? Sollten *wir* beide uns nicht vorher ein wenig näher kennenlernen?

»Du, ich weiß nicht …«, fing ich lahm an und suchte fieberhaft nach einer Ausrede.

»Du schämst dich für mich«, warf er mir sofort an den Kopf.

»Was?«

»Ich bin deinen Eltern sicher nicht gut genug, gib es zu.« Gregor wandte sich halb ab. »Du nutzt mich nur aus.«

»Das ist doch gar nicht wahr!« Was war denn plötzlich in Gregor gefahren? Seit wann waren Männer so scharf darauf, die Eltern ihrer Angebeteten kennenzulernen? Da hatte Heiko sich aber anders angestellt, den hatte ich nach einem Jahr beinahe an den Haaren zum Nachmittagskaffee zu meinen Eltern schleifen müssen.

Aida kam in die Küche geschlurft und erlöste mich von dieser Diskussion. Die Ärmste war total verschlafen. Sie hatte eine Sechsunddreißig-Stunden-Schicht hinter sich. Ich fand so was unmenschlich, und ganz abgesehen davon wollte ich ungern von einem Arzt behandelt werden, der seit anderthalb Tagen kein Auge mehr zugemacht hatte. Im Ganzen betrachtet fand ich diese gängige Praktik sogar grob fahrlässig.

»Guten Morgen.« Herzhaft gähnend setzte sie sich mit einer Tasse Kaffee zu uns an den Tisch.

Gregor sah hoch. »Ähm, hast du dir gerade die letzte Tasse Kaffee eingegossen?«

»Hä?« Aida stützte sich mit dem Ellenbogen auf der Tischplatte ab und legte ihr Kinn in die Hand.

»Na, ich hatte zwei Tassen für mich berechnet, aber die zweite trinkst du jetzt.«

»Mach halt neuen.« Sie klang, als würde sie mit einem Schwachsinnigen reden.

Geräuschvoll schob er seinen Stuhl über den Fliesenboden und stampfte zur Kaffeemaschine. Ein Haufen Erziehungsarbeit stand mir mit Gregor in der Zukunft noch bevor, stellte ich seufzend fest. Aber für heute ging er mir einfach nur tierisch auf die Nerven, also beschloss ich, Aida von unserer Gegenwart zu erlösen.

»Ähm, Gregor, wir sollten langsam wirklich los. Ich muss ins Büro.« Hastig trank ich meine Tasse leer.

Er drehte sich mit dem Kaffeelöffel in der Hand um. »Aber ich mach gerade Kaffee.«

»Den kannst du doch auch zu Hause trinken.«

»Gut.« Gregor pfefferte den Löffel in die Dose.

»Was ist denn mit dem los?«, raunte Aida mir zu, und ich schämte mich für sein Verhalten.

»Morgenmuffel?« Entschuldigend zuckte ich mit den Achseln und stand auf. Ich komplimentierte Gregor an der Schulter in Richtung Tür. »Schönen Tag noch.«

Vor der Tür zu unserem Büro fing mein Herz schneller an zu schlagen. Scham und Nervosität mischten sich mit solch einer Heftigkeit, dass ich erst mal tief durchatmete. Bestimmt war Tobi schon an seinem Platz, ich hatte sein Auto auf dem Parkplatz stehen sehen. Am liebsten wollte ich alles, was geschehen war, vergessen. Der Vorfall am Samstag war ein einmaliger Ausrutscher gewesen, der mir bestimmt nie wieder passieren würde. Ein verdammt heißer Ausrutscher, das kam noch erschwerend hinzu. Ich rief mich selbst zur Ordnung – dieses kleine intime Zusammentreffen hatte niemals stattgefunden. Zumindest würde ich gleich so tun, falls Tobi auf die gewagte Idee käme, mich heute noch einmal darauf anzusprechen. Nur mit äußerster Konzentration schaffte ich es, das Gefühl von Tobis starken Händen auf meinem Körper nicht mehr aufleben zu lassen. Diese Fantasie setzte sich richtiggehend in mir fest. Das war keine gute Ausgangsposition für einen nüchternen Arbeitstag. Verflixt, ich konnte mich nicht überwinden hineinzugehen. Schließlich öffnete ich doch die Tür, denn ein paar vorbeikommende Kollegen warfen mir fragende Blicke zu. In einem geeigneten Moment wollte ich Jemailla anrufen und mich mit ihr zum Mittagessen verabreden. Somit hätte ich auch dieses Tobi-Riff kunstvoll umfahren. Schluss mit gemeinsamer Mittagspause und privaten Gesprächen, ab heute waren wir nichts weiter als Kollegen – alles rein dienstlich.

Betont gleichmütig ging ich zu meinem Schreibtisch, dabei erlebte ich dank meines verräterischen Herzens einen wahren Trommelwirbel in der Brust. »Guten Morgen«, sagte ich, ohne Tobi anzublicken, und setzte mich an meinen Platz. Geschäftig rumorte ich auf meinem Schreibtisch herum, fuhr den Computer hoch und verhielt mich wie ein huschendes Eichhörnchen, was sogar mir selbst auffiel. Mist. Ich benahm mich viel zu auffällig. Inständig betete ich, dass Tobi mir jetzt keine »Lass uns noch mal über alles reden«-Szene machte. Langsam musste er einfach kapieren, dass wir nichts weiter als Kollegen waren. Allein das reichte mir schon vollkommen.

»Guten Morgen.« Tobi klang vollkommen normal. Selbst sein Blick verriet nicht, was in ihm vorging, und das machte mich noch nervöser. Ganz offensichtlich schien ihm unsere Entgleisung am Samstag nicht mehr sonderlich nahezugehen. Wow, das hatte ich jetzt nicht erwartet. Seine kühle Gelassenheit brachte mich total durcheinander. Eigentlich hatte *ich* die Spröde spielen wollen, und zwar genauso gelassen, wie er das tat.

»Hans hat angerufen, du sollst um zwei zu ihm ins Büro kommen.«

Er blickte nicht einmal auf, als er das sagte, sondern blätterte seelenruhig in einem Stapel Papiere. Wie es aussah, hatte er unser Verhältnis auf den Stand Null zurückgedreht. Noch mal wow. Das war ja schnell gegangen.

»Okay. Danke.« Ich nahm ihn genauer ins Visier – möglichst unauffällig, wie ich hoffte. Verdammt, sah es gut aus, wie ihm die Strähnen fransig in die Stirn hingen. »Wie läuft es mit deinem Projekt?«

»Gut, ich kann nicht klagen.« Er schenkte mir ein kleines Lächeln, das war's, und widmete sich wieder seiner Arbeit.

Verwirrt loggte ich mich ein, mit so viel rein kollegialem Verhalten seinerseits hatte ich nun doch nicht gerechnet. Tobi verhielt sich, als wäre nie etwas zwischen uns vorgefallen. Immer wieder blinzelte ich zu ihm hinüber. Seine Wangen waren entspannt, er musste sich heute Morgen rasiert haben, von seinem Bartschatten war nichts mehr zu sehen. Überhaupt ließ nichts an seinem Verhalten den Schluss zu, dass er noch einmal über unsere kleine Eskapade reden wollte. Für ihn schien die Sache gegessen zu sein. An diese Möglichkeit hatte ich noch keinen einzigen Gedanken verschwendet, und irgendwie traf mich Tobis Gleichgültigkeit mit voller Wucht. Verbissen konzentrierte ich mich auf meine Arbeit, führte jeden Handgriff mechanisch aus und scheiterte kläglich an der einfachsten Kalkulation. Frustriert lehnte ich mich zurück. Tobi hingegen schien gut voranzukommen, mit lockeren Bewegungen tippte er auf seiner Tastatur herum, sah ab und an aus dem Fenster und machte dann weiter. Unglaublich, wie leicht er unser Tête-à-Tête wegsteckte. War ihm total egal. Kein Wort hatte er bisher darüber verloren, im Gegenteil, er legte eine Ignoranz an den Tag, die Boris Becker nach seiner Besenkammeraffäre nicht besser hinbekommen hatte.

Demonstrativ griff ich zum Hörer und tippte Jemaillas Durchwahl ein.

»Jemailla Kern.«

»Hey, Jemailla. Wie sieht es aus? Treffen wir uns nachher zum Mittagessen?« Ich schielte zu Tobi. Wie fasste er meine

Quasi-Essensausladung auf? Immerhin hatten wir die letzten Wochen jede Mittagpause zusammen verbracht. Er wirkte ruhig, gelassen, um nicht zu sagen ausdruckslos. Als hätte er mich gar nicht gehört.

»Hey, sorry, geht nicht. Lutz holt mich nachher zum Essen ab.«

Das war jetzt aber blöd. Was nun? Auf keinen Fall durfte Tobi erfahren, dass Jemailla mich abserviert hatte. »Das klingt toll«, sagte ich überschwänglich, um Tobi auf die falsche Fährte zu locken.

»Ja, Lutz ist wirklich klasse. Wir haben uns jetzt schon ein paar Mal getroffen, und es läuft wirklich super.«

»Ich freu mich so, das klingt hammer.« Innerlich schwitzte ich Blut und Wasser, hoffentlich merkte Tobi nichts von meinem Täuschungsmanöver. Aber er arbeitete einfach weiter, schien mit den Gedanken ganz weit weg zu sein. Mittendrin fiel mir auf, wie ausdrucksstark sein Gesicht war, mit diesem markanten Kinn und den hohen Wangenknochen, dazu sein klarer Blick und die lässige Frisur. Meine Schläfen pochten.

»Ja, wir gehen zu diesem neuen Chinesen, der um die Ecke eröffnet hat«, hörte ich Jemaillas Stimme an meinem Ohr.

»Chinese klingt toll«, sagte ich enthusiastisch. »Die haben diese leckeren Frühlingsrollen.«

»Ähm, ja«, sagte Jemailla knapp, offenbar konnte sie mit meiner Begeisterung nicht viel anfangen. Ich beschloss, das Gespräch zu beenden, denn Tobi warf mir nun doch einen schrägen Blick zu.

»Also tschau«, sagte ich und legte auf. Meine Wangen waren ganz heiß geworden. Nachher musste ich nur noch Tobi die schlechte Nachricht persönlich überbringen. Blöderweise konnte ich nun nicht in die Kantine gehen, denn es bestand die ernste Gefahr, dass ich ihm dort über den Weg lief. Unser

Café fiel ebenso flach, auch da könnte er sich aufhalten. Leider ging nun auch der neue und ziemlich leckere Chinese nicht, sofern sich Jemailla nicht von mir gestalked fühlen sollte. Egal, irgendwas würde sich schon finden.

Auch Stunden später war mir die Arbeit nicht wirklich leichter von der Hand gegangen, was äußerst unangenehm war, denn immerhin erwartete Hans mich nachher mit Ergebnissen zum Appell. Ich nahm mir vor, mich nach dem Mittagessen zusammenzureißen, Tobis Anwesenheit einfach zu ignorieren, um mich dann voll und ganz auf meine Arbeit zu konzentrieren. Den ganzen Vormittag über hatte ich mir jetzt schon den Kopf darüber zermartert, wie ich Tobi die Abfuhr zum Mittagessen möglichst schonend beibringen konnte. Dafür hatte ich sogar ein paar Szenarien im Kopf durchgespielt. Persönlich sagen musste ich es ihm, da führte kein Weg daran vorbei. Das war ein Gebot der Höflichkeit. Immerhin waren wir Kollegen. Ich nahm an, dass er nach meinem vorangegangenen Telefonat sowieso schon genug gerüstet für das Lunch-Cancelling war, sodass er meine Absage dann hoffentlich würdevoll und ohne verbale Entgleisungen aufnehmen würde. Immerhin wollte ich seine geschundene Seele nicht noch mehr verletzen. Wahrscheinlich würde er mir das übel nehmen, aber ich sah keine andere Möglichkeit, wir brauchten etwas Abstand. Schlussendlich hatte ich mich für Variante drei entschieden, die freundliche. Ich würde ihn einfach auf ein nächstes Mal vertrösten, das selbstverständlich nie stattfinden würde. Ja, so könnte es klappen. Irgendwie tat er mir ja leid, dennoch schob ich diesen Anflug von innerer Schwäche schnell beiseite.

Ein Klopfen an der Tür ließ mich aufschrecken. Das war hoffentlich nicht Jemailla, die mit ihrem Erscheinen mein sorgsam ausgebrütetes Konzept in die Luft jagte, aber meine Sorge war unbegründet. Mike von gegenüber steckte den Kopf zur Tür herein. »Gehen wir?« Er sah Tobi auffordernd an.

Tobi stand auf. »Ich komme.« Er wandte sich an mich. »Ähm, Jenny.«

»Ja?« Ich ließ den Kugelschreiber sinken.

»Ich mach heute mal wieder mit den Jungs Mittag.«

Glücklicherweise fing ich mich schnell genug. »Hey, klar. Kein Problem. Ich habe auch schon was mit Jemailla ausgemacht.«

»Also dann.« Er nahm seine Jacke vom Haken. »Wir können ja demnächst mal wieder zusammen essen.«

Dieser arrogante … Mir fiel keine passende Bezeichnung ein, die nicht in einem Schimpfwort endete. Stattdessen setzte ich mein liebenswürdigstes Lächeln auf. »Irgendwann mal.«

Sein Nicken sprach Bände. Ohne ein weiteres Wort zu verlieren, schloss er die Tür und ließ mich allein und frustriert zurück.

Zehn Minuten später schlich ich über den Flur. Ich stiefelte die Treppe hinunter und öffnete die schwere Glastür, die nach draußen führte. Der beginnende April schickte schon die ersten warmen Strahlen herunter und besserte meine Stimmung. Dann würde ich halt einen Frühlingsspaziergang unternehmen, mir irgendwo eine Kleinigkeit zu essen holen und nachher bei Starbucks einen Kaffee trinken gehen. Dort war ich wenigstens vor Tobi sicher. Zielstrebig steuerte ich eine kleine Bäckerei an und kaufte mir ein Käse-Salat-Sandwich, das ich noch auf der Straße verspeiste, ehe ich in Richtung Starbucks schlenderte. Dort war es brechend voll, in der Warteschlange vor mir standen mindestens zwanzig Personen. Mein neues kollegiales Verhältnis zu Tobi gefiel mir nicht. Ich vermisste unsere Späße, die Unterhaltungen im Büro. In den letzten Wochen hatte mir die Arbeit richtig Spaß gemacht. Schon auf dem Weg ins Büro hatte ich mich auf Tobi gefreut, und nun waren wir im Niemandsland gelandet. Ob wir jemals wieder normal miteinander umgehen konnten? Wahrscheinlich nicht. Als ich endlich an die Reihe kam, bestellte ich mir einen großen Cappuccino und quetschte mich durch die wartenden Leute, um irgendwo einen Platz an einem Tisch zu ergattern. Ich brauchte eine kleine Verschnaufpause, allmählich wuchs mir alles über den Kopf. Ganz hinten an der Wand saß ein Mann mit einer Zeitung vor dem Gesicht allein an einem Zweiertisch. Ich pirschte mich an den letzten freien Platz heran. Der Typ war mit seiner Zeitung beschäftigt. Umso besser, dann hatte ich wenigstens meine Ruhe. Ich räusperte mich. »Entschuldigung.«

Keine Reaktion.

»Hallo?« Nach einem Blick an der Zeitung vorbei erstarrte ich. Tobi. Was machte der denn bei Starbucks?

»Hey, Jenny.« Er ließ die Zeitung sinken und klang etwas verlegen. »Was machst du denn hier?«

Wie zum Beweis hielt ich ihm meinen Pappbecher vor die Nase. »Und du? Dachte, Starbucks ist für dich ein absolutes No-Go.«

»Ich wollte kurz einen Kaffee trinken.« Er zuckte nur lapidar mit den Schultern, und eine Erkenntnis streifte mich wie ein Bus. Tobi war hier, weil er mir aus dem Weg ging. Denn ich hasste den Laden auch, und das wusste er. Ich biss mir auf die Unterlippe. Die Einsicht legte sich schwer wie ein Eisenband um meine Brust – ich konnte mit dieser Ironie nicht umgehen, dass Tobi sich hier tatsächlich vor mir versteckte. Das schmerzte, und zwar bitter.

»Ähm, setz dich doch.« Er deutete auf den leeren Becher, der auf dem Tisch stand. »Ich bin sowieso auf dem Sprung.«

Zwischen uns herrschte eine merkwürdige Stimmung, es

war keine Eiszeit, sondern mehr diese unheimliche Ruhe, die man erst dann wahrnahm, wenn sich etwas unmittelbar vor einem zusammenbraute. Dass es so mit uns endete, hätte ich niemals für möglich gehalten, wir hatten uns schon wieder als Freunde verloren, und das tat höllisch weh. Meine Befürchtung war eingetroffen. Alles war weg. Ich stand einfach nur da, konnte nicht vor oder zurück, denn Tobi ließ mir kein Schlupfloch. Wir waren im Endgame gelandet, die Zeit der Freundschaft war vorbei. Als ich mich weiterhin nicht regte, stand er auf und blieb so dicht vor mir stehen, dass ich seinen unwiderstehlichen Zimtduft in der Nase hatte, was mich innerlich zum Zittern brachte. Für einen Moment hoffte ich, dass er mich einfach in den Arm nahm – gegen meinen Willen –, so wie beim ersten Mal in unserem Café. Ich wünschte es mir wirklich.

Sein Blick verweilte einen Augenblick zu lange auf mir, aber vielleicht bildete ich mir das auch nur ein. Auf jeden Fall sah er mich an, ernst und wehmütig.

»Wir haben es ganz schön verbockt«, sagte er schließlich leise, und ich musste ihm recht geben.

»Ja, haben wir.« Und in diesem Moment wusste ich, dass seine Aussage der finale Schlussstrich war. Er hatte das nicht gesagt, um mich zu einem Gespräch zu bringen, sondern es war eine Feststellung. Alles, was zwischen uns gewesen war, gehörte nun der Vergangenheit an. Wahrscheinlich war es auch besser so. Tobi war nicht der Richtige für mich, auch wenn ich mich in schwachen Momenten dieser Vorstellung hingab. Für uns beide gab es keinen Platz mehr. Ohne ein weiteres Wort zu verlieren, schob er sich an mir vorbei, und ich setzte mich auf seinen Stuhl. Die Sitzfläche war noch warm von seinem Körper, und das verursachte ein Chaos in meinem Inneren, während ich zusah, wie Tobi den Laden verließ.

26

Tobi

Mit Ach und Krach war diese verkackte Woche zu Ende gegangen. Montag hatte ich mich Jenny gegenüber erst mal neutral verhalten, um ihre Reaktion auszutesten, und wie mir schien, wollte sie wirklich auf Abstand gehen. Wir waren wie zwei streunende Katzen umeinander herumgeschlichen und hatten unser Revier festgesteckt, doch mir gefiel unser neues Verhältnis nicht. Warum mussten Frauen immer alles so kompliziert machen? Mit einem Mann wäre ich nach Feierabend in eine Kneipe gegangen, wir hätten ein paar Bierchen gezischt und Klartext geredet. Danach hätten wir uns die Hände gereicht, und die Sache wäre gegessen gewesen. Aber nein, nicht so bei Jenny. Sie spielte Verstecken, machte einen auf Kollegin und war in die Defensive gegangen. So gut es ging, hatte ich mich abends auf dem Boot abgelenkt. Die Arbeit dort war das Einzige, was mir gerade Spaß machte. Wenn ich dort war, verging die Zeit wie im Flug, und ich dachte wenigstens nicht ununterbrochen über Jenny nach.

Mein Handy klingelte. Es war Lavinia. Seufzend drückte ich sie weg. Ich hatte meine Strategie geändert und machte mich schon die ganze Woche rar. Nun bombardierte sie mich allerdings unentwegt mit besorgten Nachrichten, fragte, ob alles in Ordnung sei, ob ich im Krankenhaus gelandet wäre, erklärte, dass sie sich unbedingt mit mir treffen wolle. Warum konnten Frauen keine Signale deuten? Was hatte es schon groß zu sagen, wenn ein Mann sich nicht mehr bei einer Frau meldete? Vielleicht, dass er Sehnsucht nach ihr verspürte?

Ich nahm ein Bier aus dem Kühlschrank, es zischte beim Öffnen. Ein Blick zur Wanduhr sagte mir, dass es elf Uhr vormittags war. Ein guter Zeitpunkt für das erste Frustbier.

Pia kam hereingetänzelt und stutzte, als sie mich mit der Flasche in der Hand am Tisch sitzen sah. »Du fängst ja früh an.«

»Was geht dich das an?«, schnauzte ich sie an. Konnte sie mich nicht einmal in Ruhe lassen? Langsam ging sie mir tierisch auf den Geist.

»Miwiau.«

Pia nahm Tequila auf den Arm und streichelte ihn. Sofort schnurrte er los. »Ich glaube, dein Herrchen hat schlechte Laune.« Jetzt streichelte sie auch noch mir über den Kopf. Die pure Provokation. »Was ist denn? Haben dich die bösen Frauen schon wieder geärgert?«

Ich wischte ihre Hand beiseite. »Verschwinde einfach.«

Ihr Lachen klang amüsiert. »Dominik, Chad und ich gehen brunchen. Kommst du mit? Bringt dich vielleicht auf andere Gedanken. Wenn du den ganzen Tag nur rumsitzt und dich volllaufen lässt, wird es auch nicht besser.«

»Keinen Bock.«

Ihre eindringliche Musterung gefiel mir überhaupt nicht. Fehlte nur noch, dass sie sagte: selbst schuld … oder was ähnlich Dämliches. Ich ignorierte sie, trank stattdessen einen großen Schluck Bier, das wohltuend in meiner Kehle prickelte.

»Jetzt reicht's langsam. Die ganze Woche hängst du schon so rum. Komm mit, das lenkt dich ab. Schlecht gelaunt sein kannst du später immer noch.« Sie rüttelte mich an der Schulter. »Danach wollen wir zum Boot und Ben beim Aufbau der neuen Soundanlage helfen. Du hast ihm doch auch versprochen, dass du hilfst.«

Das hatte ich in meinem Weltschmerz doch tatsächlich vergessen. Wahrscheinlich hatte sie recht. Ich verhielt mich erbärmlich, und ärgerlicherweise konnte ich Pia nicht mal widersprechen. Mein Bierkonsum war die vergangenen Tage steil in die Höhe geschnellt, obwohl es mir davon nicht besser ging. Zur Krönung vergaß ich wichtige Termine den Club betreffend. Es reichte. Langsam war ich von mir selbst angenervt. Ich stand auf und entsorgte den Rest des Biers in der Spüle, das schäumend im Abguss verschwand. »Hauen wir ab.«

Pia hakte sich bei mir ein, wie Mädchen das bei ihren Freundinnen taten, und schleifte mich in den Flur. »Endlich wirst du vernünftig.« Warnend hob sie einen Finger. »Aber wehe, du verdirbst uns mit deiner schlechten Laune den Vormittag.«

Wider Willen musste ich lachen. Eigentlich mochte ich meine Schwester ja. Obwohl sie ein kleines Biest sein konnte und Feingefühl weiß Gott nicht ihre Stärke war, konnte ich immer auf sie zählen. Locker legte ich einen Arm um ihre Schultern und drückte ihr einen Kuss auf die Stirn. »Danke, Schwesterchen.«

»Werd bloß nicht sentimental.« Sie zwinkerte mir zu und griff nach den Wohnungsschlüsseln auf der Flurkommode.

Im Treppenhaus stieß Dominik von oben dazu. Er stockte, als er uns bemerkte, und mir war, als musterte er mich eine Spur zu lange. Aber vielleicht war ich auch nur überempfindlich geworden.

»Chad kommt gleich, er zieht sich noch an«, sagte er an Pia gerichtet und wandte sich dann an mich, dabei wurde er rot bis zum Haaransatz. »Kommst du auch mit?«

»Wenn du nichts dagegen hast?«

Dominik hörte sich merkwürdig an. Was war mit dem los?

»Klar hab ich … nichts dagegen«, versicherte Dominik eine Spur zu gespielt, und ich überlegte, ob ich ihm in letzter Zeit versehentlich etwas getan hatte. Aber mir fiel nichts ein. Wann auch? Er kam nicht mal mehr bei mir in der Bude vorbei. Kürzlich wollte ich mit ihm ein Bier trinken gehen, aber er war zu beschäftigt gewesen. Und jetzt schien es ihm nicht recht zu sein, dass ich dabei war. Ob er sich an Pia ranmachen wollte? Doch für solche Aktionen war er eigentlich viel zu schüchtern.

Wir stiefelten die Treppe nach unten und lehnten uns draußen nebeneinander an die Hausmauer.

»Was hältst du davon, wenn ich Kitty Black einen neuen Auftritt im Boat verschaffe?«, fragte Pia.

»Nein, lass es.« Ich stützte mich mit der Schuhsohle an der Wand ab. Noch mehr Drama konnte ich gerade nicht gebrauchen, und ich verstand auch nicht, weshalb Pia das jetzt vorschlug. Immerhin wusste sie mittlerweile, wer sich hinter diesem Pseudonym verbarg.

»Warum?« Sie versenkte beide Hände in ihren Jackentaschen. »Kitty singt super, das wäre bestimmt ein Highlight. Außerdem konnte sie nichts dafür, dass ihr Auftritt ins Wasser gefallen ist.«

»Ich will nicht, dass sie bei uns singt.«

»Du solltest Privates und Geschäftliches trennen, es …«

»Pia, ich sagte Nein.«

Sie pustete durch die gespitzten Lippen. »Du bist manchmal so ein Knallkopf.« Dann wandte sie sich an Dominik. »Was meinst du dazu?«

»Ich?« Dominik erschrak sichtlich. »Also, ich weiß nicht. Wenn Tobi nicht will, dann ist das eben so.«

»Dass ihr Typen immer zusammenhalten müsst.« Pia kramte in ihrer Jackentasche. »Mist, ich hab mein Handy oben liegen lassen, bin gleich wieder da.« Sie schloss die Tür auf.

»Ich meins auch«, sagte Dominik neben mir.

»Können wir kurz reden?«, fragte ich dazwischen, denn ich

wollte die Abwesenheit meiner Schwester ausnutzen, um kurz Klartext mit ihm zu sprechen. Das passte ihm nicht, ich sah es ihm an.

Seufzend hielt er Pia seine Schlüssel vor die Nase. »Kannst du meins auch kurz holen? Es liegt in meinem Zimmer auf dem Nachttisch.«

»Klar.« Sie nahm seinen Schlüsselbund und verschwand im Haus.

»Was ist los, Alter?«, fragte ich Dominik geradeheraus und ging einen Schritt auf ihn zu.

Er wich zurück. »Was meinst du?«

»Warum bist du so komisch? Hab ich dir irgendwas getan?«

Dominik ließ den Kopf hängen. »Können wir das vielleicht mal in Ruhe unter vier Augen bequatschen?«

»Was ist los?«

Sein Blick streifte unruhig durch die Gegend, er fixierte alles um uns herum, nur nicht mich. »Nicht hier, Mann. Bitte. Gehen wir heute Abend auf ein Bier ins Foxy?«

Meine Unruhe wuchs. Was war hier im Busch? Schließlich klopfte ich ihm auf Schulter. »Okay, bin ja mal gespannt, was los ist.«

»Wo bleiben die beiden nur?« Dominik war es sichtlich unangenehm, mit mir allein hier herumzustehen, und ich hatte langsam auch keinen Bock mehr. Tequila fiel mir ein, der noch oben in der Wohnung saß. Wenn ich ihn nicht rausließ, würde der kleine Kerl mein Wohnzimmer als Toilette benutzen, was er in der Vergangenheit schon manchmal getan hatte. Und ich hatte keine Lust, heute auch noch Katzenhinterlassenschaften wegzuputzen. »Ich hol noch kurz Tequila, sonst macht er einen Haufen auf den Teppich.«

»Okay.« Dominik schien erleichtert zu sein.

Oben schloss ich die Wohnungstür auf und ließ Tequila raus,

der schon maunzend dahinter saß. Er streifte an mir vorbei und sprang die Treppe hinunter. War wohl höchste Zeit gewesen. Wo blieben Chad und Pia eigentlich? Langsam könnten sie sich echt beeilen. Bis Chad endlich in die Gänge kam, gab es kein Frühstück mehr.

Ich stieg die Treppe hoch. Die Tür stand sperrangelweit offen, also ging ich hinein, und wollte schon rufen, da hörte ich Pia und Chad miteinander reden. In der Tür zu Chads Zimmer erstarrte ich und konnte nicht glauben, was ich sah.

»Chad, was zum …« Weiter kam ich nicht, denn meine Stimme versagte. Die beiden saßen nebeneinander auf dem Bett und starrten mich ebenso verdutzt an.

»Die Tür stand offen.« Ich deutete mit dem Daumen über die Schulter und kam näher.

Chad saß nur in Shorts und mit hängendem Kopf auf dem Bett. Sein Anblick schnürte mir die Kehle zu. Damit hatte ich nicht gerechnet. Sein linkes Bein fehlte ab dem Oberschenkel. Neben ihm lehnte eine Prothese.

»Warum hast du uns das nie gesagt?« Ich ging vor Chad in die Hocke, Pia streichelte seinen Unterarm.

»Weil's mir peinlich ist.« Chad zuckte nur mit den Schultern.

»Wie ist das passiert?«, fragte ich leise.

Chad rutschte auf der Bettkante herum. »Früher in der Highschool habe ich Football gespielt. Ich war ein crazy motherfucking Quarterback. Dann bekam ich tierische Schmerzen im Bein. Zuerst habe ich geglaubt, das kommt vom Training. Überanstrengung oder so. Aber die Schmerzen haben einfach nicht aufgehört. Mein Trainer sent me to the doctor. Und dort haben sie dann Knochenkrebs im Oberschenkel gefunden.« Er rieb sich über den Stumpf. »Sie konnten nichts mehr machen, haben gesagt, es gibt nur zwei Möglichkeiten. Entweder sie nehmen mir das Bein ab, oder ich sterbe.« Wie in Zeitlupe sah er auf. »Weißt du, was das für ein Gefühl ist, Tobi? Du bist sechzehn Jahre alt, Football Player, alle chicks in der Schule laufen dir nach. Und dann kommen diese Leute in ihren grünen Anzügen daher und schneiden dir dein Bein ab.«

»Das tut mir so leid, Chad«, flüsterte Pia mit Tränen in den Augen, und er schenkte ihr dafür ein kleines Lächeln. »Danke, babe.«

»Mir tut es auch leid, Mann«, sagte ich und hatte keine Ahnung, wie ich mit der Situation umgehen sollte. »Aber du lebst wenigstens noch.«

Er nickte. »Ja, ich hatte eine fucking Chemo. Mir fielen alle Haare aus, mein Gesicht war aufgedunsen wie der Vollmond.« Chad schüttelte den Kopf. »Das wünsche ich keinem Menschen, bro. Nobody. Meine Kumpels waren in der Schule, haben Football gespielt, Mädchen abgeschleppt und Party gemacht, und ich lag im Krankenhaus und musste wieder laufen lernen. Ich weiß noch, wie ich damals im Bett lag und mir wünschte, ich könnte noch einmal eine Mathearbeit verhauen oder eine Strafarbeit von meinem Lehrer bekommen. Solche crazy Gedanken kommen dir da. Das waren Sachen, über die ich mich vorher tierisch aufgeregt habe, aber damals im Krankenhaus hätte ich das alles gern noch mal erlebt. Ich wollte wieder gesund werden.«

»Aber jetzt bist du doch wieder gesund, oder?«, fragte Pia.

Er nickte. »Ich habe jedes Jahr ein Screening, aber bis jetzt ist der Krebs, thank god, nicht mehr zurückgekommen.«

Ich griff an seine Schulter und drückte sie. »Aber warum hast du uns nie was gesagt? Hast du wirklich gedacht, wir hätten kein Verständnis?«

»Das ist es nicht.« Chad blinzelte. »Ich wollte hier einfach ganz normal behandelt werden. Als ich in meinem letzten Jahr zurück an die Highschool kam, waren alle Leute großartig zu mir. Sie haben sich für mich gefreut und alles. Aber es war nicht mehr dasselbe. Ich war nun handicapped. Football spielen ging nicht mehr. The girls, ich meine, sie waren nett und so, aber keine hat mehr mit mir geflirtet. Das war vorbei. And I understood that. Welches Mädchen will schon was von einem einbeinigen Typen?«

»Du spinnst.« Pia tippte sich an die Stirn. »Weißt du, was ich glaube?«

»No.« Er sah sie fragend an.

»Ich glaube, das ist alles nur in deinem Kopf.« Sie sprach eindringlich auf ihn ein, wie Frauen es in dieser Situation halt taten. Für mich ergab nun alles einen Sinn. Deswegen flirtete Chad zwar mit allen mögliches Mädels, nahm aber nie eine mit zu sich nach Hause. Er schämte sich. Mehr noch, er glaubte, dass ihn sowieso keine Frau wollte, anstatt ehrlich zu sein und es einfach darauf ankommen zu lassen. Das war fast wie bei mir und Jenny. Wir schlichen auch lieber umeinander herum, spielten ein bescheuertes Spiel. Wir konnten uns auch nicht wie zwei erwachsene Menschen hinsetzen und über alles reden. Es traf mich hart, dass mich erst das Schicksal eines anderen Menschen zu dieser Erkenntnis brachte. Von außen betrachtet war Chads Verhalten abstrus, denn er unterstellte allen Frauen von vornherein Oberflächlichkeit und verbot sich selbst jede Nähe zu ihnen.

»Ich finde dich immer noch sehr attraktiv«, sagte Pia geradeheraus zu Chad.

Ich schrak aus meinen Gedanken auf.

»Auch ohne Bein«, fügte sie hinzu.

Die beiden sahen sich tief in die Augen, und ich kam mir fehl am Platz vor.

»Und das ist kein Mitleid?«, fragte Chad, der nicht gerade überzeugt klang.

»Kann man jemanden aus Mitleid sexy finden?« Ihr Lächeln war zuckersüß.

In dieser *flirty mood* hatte ich Pia noch nie gesehen, und ich musste mir eingestehen, dass sie mir wahrscheinlich auch gefallen könnte, wenn sie nicht meine Schwester wäre.

Chad nahm ihre Hand. »I like you, too. Aber leider killt mich dein brother, wenn ich dir zu nahe komme.«

Die beiden wandten sich mir zu.

»Hat er gesagt«, fügte Chad noch hinzu, und ich sah, wie Pia ihre kleine Nase und den Mund zur Seite schob. Ihr Blick erdolchte mich.

»Hey.« Ich hob beide Hände. »Ich wollte dich nur vor ihm beschützen. Immerhin bin ich dein großer Bruder und hab's nur gut gemeint.«

Die beiden hielten Händchen.

»Du weißt doch selbst, wie er die ganze Zeit drauf war. Ich hab dem Kerl keinen Meter über den Weg getraut.«

Chad lachte. »Das finde ich irgendwie cool«, sagte er und klang beinahe wieder wie der alte Chad. »Girls like bad guys.«

»Chad, Mann. Ich kann dir hiermit offiziell bestätigen, dass du mit einem Bein der gleiche Trottel bist wie mit zweien. Falls dich das beruhigt.«

Chad lachte. »Und ich kann dir offiziell bestätigen, that I can still punch you in the face.«

Mein Grinsen wurde breiter. »Alter, für dich gibt es hier keine Extrawurst, bloß weil du 'ne Prothese hast. Die Regel ist ganz einfach. Bringst du meine Schwester zum Weinen, kriegst du es mit mir zu tun. Und jetzt wünsche ich euch beiden viel Spaß.«

Chad schnallte sich die Prothese um und stand auf. »Er kam auf mich zu und streckte mir die Hand hin. »Thanks, man. That's what I needed to hear.«

Wir umarmten uns locker und klopften uns auf die Schulter, wie zwei motherfucking cool guys das halt so machten. Über seinen Rücken hinweg zwinkerte ich meiner kleinen Schwester zu. Sie wirkte, als würde ihr was auf der Seele brennen, höchste Zeit also für mich, die beiden allein zu lassen. »Ich hau dann mal ab. Für's Frühstück ist es jetzt sowieso schon zu spät. Also macht's gut, ihr beiden.« Ich winkte im Weggehen, und wie erwartet protestierten sie nicht.

Auf meinem Weg durchs Treppenhaus ließ ich die Sache noch einmal im Kopf Revue passieren. Das war schon eine Überraschung gewesen, mit der ich nie im Leben gerechnet hätte. Wow, Chad hatte so viel durchgemacht, dagegen erschienen mir meine eigenen Probleme wie ein Kinderwitz. Er hatte um sein Leben kämpfen müssen, und das in einem Alter, in dem andere sich nur für Mädels und irgendwelchen Unsinn interessierten. Meine Hochachtung vor Chad wuchs mit jedem Schritt, und auf einmal wurde mir klar, dass für jedes meiner Probleme eine Lösung existierte. Ich musste nur reden. Ich hatte die Wahl. Die hatte Chad damals nicht gehabt, als die Ärzte sein Bein absägten. Mann, dagegen erschienen mir meine Probleme wirklich ganz klein. Das Leben war zu kurz, um es mit schlechten Gedanken zu verschwenden.

Als ich zurück ins Freie trat, war Dominik verschwunden. Ich blickte nach allen Seiten, konnte ihn aber nirgendwo entdecken. Wahrscheinlich war ihm die Warterei zu blöd geworden, und er war abgehauen. Und was jetzt? Jenny kam mir in den Sinn. Verdammt, irgendwo auf der Welt kämpften gerade Menschen um ihr Leben, und wir bekamen es nicht einmal auf die Reihe, Freunde zu sein? Ich hatte mich die vergangenen Tage genauso affig aufgeführt wie sie, dabei hatten wir uns vorher so gut verstanden. Sie fehlte mir.

Ohne weiter nachzudenken, lief ich los, wusste zuerst nicht, wohin, merkte dann aber, dass ich die Richtung von Jennys Wohnung eingeschlagen hatte. Eine unsichtbare Macht zog mich in ihre Nähe, ich sehnte mich nach ihr. Die letzten Meter legte ich in Sekunden zurück und stand schließlich vor ihrer Haustür. Ein letzter Moment des Zögerns, ich ging sämtliche Gedankenspiele noch einmal durch und kam zu dem Schluss, dass ich richtig handelte. Beherzt drückte ich den Klingelknopf und wartete mit wild schlagendem Herzen.

»Ja?«, meldete sich Jenny in der Sprechanlage. Noch einmal atmete ich tief durch und räusperte mich, um meiner Stimme Kraft zu geben. »Hey, ich bin's, Tobi.«

»Tobi?« Stille. »Was gibt's?« Sie klang abweisend.

»Ich muss mit dir reden, kann ich raufkommen?«

Schon wieder diese verdammte Stille. Ich lehnte meinen Unterarm gegen die Wand und hoffte, sie würde mich anhören.

»Okay«, sagte sie schließlich, gleich darauf buzzerte die Tür.

Immer zwei Stufen auf einmal nehmend, erklomm ich die Treppe und stand vor ihr, blickte in diese fantastischen Augen. »Hey«, sagte ich leise, dann musste ich wegschauen. Ihr Blick war so unglaublich intensiv, ich hatte das Gefühl, sie könnte jeden meiner Gedanken lesen, und ich hatte ihr doch so viel zu sagen.

Ihr Lächeln war zaghaft, geradezu scheu. »Hallo.« Sie trat einen Schritt beiseite. »Ähm, komm rein.«

In diesem Moment fühlte ich mich in einer Art zu Jenny hingezogen, die mir schon beinahe unheimlich war. Sie trug dieses sexy kurze Strickkleid, das wirklich jede ihrer Rundungen betonte. Ich überspielte mein zunehmendes Herzklopfen mit einem lässigen Grinsen. Ihr Gesichtsausdruck hingegen war ernst, viel zu ernst, als erwarte sie eine schlechte Nachricht.

27

Jenny

Tobi und ich standen uns im Flur gegenüber, wir waren uns so nah, dass ich innerlich anfing zu zittern. Was wollte Tobi hier? Er sah mich an, auf diese ganz spezielle Art, wie er es immer tat: ein wenig wehmütig, aber auch mit dieser Zuneigung. Unsere Blicke verhakten sich ineinander, und mein Puls schnellte in die Höhe. Noch immer sagte er nichts, betrachtete mich lediglich. Die Luft fing an zu knistern, lud sich spürbar auf.

»Jenny«, sagte er schließlich kurzatmig.

»Ja?«, flüsterte ich.

Statt einer Antwort nahm er mein Gesicht in beide Hände und küsste mich. Wir taumelten zwei Schritte, bis ich die Wand im Rücken spürte, während ich beide Hände um seinen Nacken legte und seinen Kuss erwiderte. Wir fielen richtiggehend übereinander her, unser Zungenspiel wurde heißer, drängender, und ich verlor mich darin. Tobi streichelte meine Seite entlang und wieder hoch zu meinen Schultern, sein heißer Atem traf auf meine Lippen. Er tastete in meinem Nacken nach dem Reißverschluss meines Kleids und zog ihn langsam nach unten. Dann schob er den Stoff über meine Schultern und ließ ihn zu Boden gleiten. Atemlos ließ ich ihn gewähren, meine Brustwarzen stellten sich durch den dünnen Stoff meines schwarzen Spitzen-BHs auf. Ich spürte wieder das gleiche aufregende Kribbeln wie damals bei Tobi zu Hause. Die Art, wie er mich berührte, machte mich total an, männlich und zärtlich zugleich. Sein Brustkorb bebte, als ich mit beiden Händen darüberstreichelte, schließlich mit zittrigen Fingern einen Hemdknopf nach dem anderen öffnete und seine glatte, feste Brust freilegte. Für einen Moment löste sich Tobi von meinen Lippen, er atmete schnell, und seine Augen wurden dunkler. Ich wollte ihn spüren, küssen, seinen Körper ohne störende Klamotten betrachten. Ungeduldig zerrte ich ihm das Hemd herunter und warf es zu Boden, erkundete seinen Brustkorb mit den Lippen, bedeckte seinen wundervollen Oberkörper mit kleinen Küssen und hörte Tobi aufkeuchen, was mich noch schärfer auf ihn machte. Ein süßes Ziehen machte sich zwischen meinen Beinen bemerkbar, als Tobi die Haken meines BHs löste und meine Brüste streichelte. Erneut versanken wir in einem Zungenkuss, Tobis Hände glitten an meinem Körper entlang, er streichelte mich durch die Strumpfhose zwischen den Beinen und schickte Flammen durch meinen Körper.

»Wo ist dein Schlafzimmer?«, japste er an meinen Lippen.

»Da.« Ich deutete auf die geöffnete Tür neben uns, und wir taumelten hindurch in Richtung Bett, ließen uns hineinfallen. Alles um mich herum verschwamm in einem Nebel der Lust. Tobi streifte mir die Strumpfhose und meinen schwarzen String ab, während ich ungeduldig an seinem Gürtel zerrte. Er befreite sich von Jeans und Boxershorts und legte sich auf mich, brachte seine Lippen dicht vor meine und verharrte, ehe er den Kopf senkte und mich wild und leidenschaftlich küsste. Seine Erektion drückte hart und mächtig gegen meinen Eingang. Er rieb sich an mir und schickte Wellen der Erregung durch meinen Körper. Meine empfindlichste Stelle pochte fordernd, als Tobi mit den Lippen hinunter zu meinem Hals wanderte und mich dort liebkoste. Mein Verlangen wuchs, ich streichelte seine steinharten Bauchmuskeln und konnte gar nicht genug von seinem Körper bekommen. Langsam wanderte Tobi mit den Lippen hinunter zu meinen Brüsten, küsste auf dem Weg dorthin jeden Zentimeter meiner Haut. Er reizte meine harten Nippel mit seiner Zunge und saugte daran. Ein leises Stöhnen entwich meinen Lippen, ich hielt die Spannung beinahe nicht mehr aus, wollte mehr von ihm, brauchte mehr von ihm, aber er ließ sich Zeit, feuerte mein Gier weiter an. Innerlich zitternd lehnte ich mich zurück ins Kissen und schloss die Augen, genoss seine Hände auf meinem Körper. Gefühlvoll küsste er meinen Bauch, kreiste mit der Zunge um meinen Bauchnabel, worauf mir für einen Moment der Atem stockte. Meine Hände krallten sich in sein Haar, immer wieder keuchte ich auf und spürte dabei, wie ich feuchter wurde, aber Tobi ließ diese Stelle aus, was mich ganz verrückt machte. Mit einer Hand streichelte er meine Brust, während seine Lippen meinen Bauch küssten. Schließlich wanderte er mit dem Kopf weiter nach unten, bedeckte meinen glatt rasierten Hügel mit kleinen Küssen, nahm mir die Luft zum Atmen. Behutsam teilte er mit seiner Zunge meine Schamlippen, kreiste mit der Zungenspitze um meine empfindlichste Stelle und löste ein Feuerwerk der Lust in mir aus. »Ja«, stöhnte ich und wand mich unter ihm, bäumte mich auf vor Erregung, während er mich weiter liebkoste. Mein Bauch spannte sich an, immer wieder blieb mir die Luft weg. Tobi nahm nun noch einen Finger dazu, drang behutsam in mich ein und kreiste mit seiner Zunge weiter um meine Perle, schickte mich hoch in den Himmel. Meine Atmung ging flach und hektisch, das Verlangen, ihn vollkommen in mir zu spüren, wuchs – und dann kam ich. »Tobi«, keuchte ich und krallte mich in seine Schultern, denn die Explosion in meinem Inneren baute sich immer wieder von Neuem auf. Mir war schwindelig vor lauter Lust.

Tobi hob den Kopf. »Bitte sag mir, dass du Kondome da hast«, sagte er kurzatmig.

Ich deutete auf meinen Nachttisch. »Oberste Schublade«, japste ich und streckte die Hand aus, streichelte sein steifes Glied.

Er zuckte zusammen und kramte in der Schublade. »Du machst mich fertig.« Mit zittrigen Händen riss er ein Kondombriefchen auf und streifte es sich über. Dann beugte er sich über mich und knabberte an meinem Hals. Ich neigte den Kopf zur Seite, um ihm den nötigen Platz dafür zu geben. Tobis Lippen auf meiner Haut waren schmeichelnd, gefühlvoll. Seine Hand wanderte wieder tiefer, streichelte durch meine Nässe, und er wusste nun ganz sicher, dass ich mehr als bereit für ihn war. Ich ließ meine Hände wieder über seine Bauchmuskeln gleiten, genoss jeden Fingerbreit seines wundervollen Körpers, während er an meinem Ohrläppchen knabberte, seinen hitzigen Atem hineinblies und ein pulsierendes Kribbeln durch meinen ganzen Körper bis hinunter zwischen meine Beine schickte. Mittlerweile hielt ich die Anspannung kaum noch aus, ich wollte Tobi endlich in mir spüren. Unwillkürlich hob ich ihm meine Hüften entgegen, als er zwei Finger in mich hineinschob und langsam wieder aus mir hinausglitt, ehe er wieder tief in mich eindrang. Ich spreizte die Beine, öffnete mich komplett für ihn, konnte vor Zittern und Erregung kaum mehr atmen. Schließlich senkte er sein Becken, sodass ich seine heiße Erektion zwischen meinen Beinen spürte und leise aufstöhnte. Scharf sog ich die Luft ein, als er den kleinen Widerstand überwand und sich langsam in mich schob, in mir entlangglitt und mich perfekt ausfüllte. Er verharrte einen Moment und sah mich an, sein Blick voller Verlangen und Zärtlichkeit. Lächelnd nickte ich, denn gerade fühlte ich mich ihm so unglaublich nahe, dass sogar mein Herz vor Freude kribbelte. Tobi fing an, sich in mir zu bewegen, zuerst behutsam, dann wurden seine Stöße hart und tief, sodass die Lust in heißen Schüben in mir sprudelte, mich beinahe verzehrte. Ich musste mir auf die Lippen beißen, um nicht laut aufzuschreien. Auch Tobis hektischer Atem verriet seine Anspannung. Wie von selbst schlangen sich meine Beine um Tobis Hüften, ich wollte ihn tief in mir spüren, während er sich immer schneller in mir bewegte. Er griff mit einer Hand zwischen uns, reizte meine Perle und flutete mich mit diesem köstlichen Gefühl der Ekstase, machte mich hungrig nach mehr. Immer wieder kam ich ihm mit den Hüften entgegen, wir fanden einen gemeinsamen Rhythmus und ließen uns treiben. Erneut rollte diese Welle über mich hinweg, ließ Blitze vor meinen Augen tanzen. Noch nie hatte ich dieses Gefühl so intensiv gespürt. Tobis Stöhnen rauschte in meinen Ohren, ich krallte mich in seinen Rücken, genoss die Explosion, die meinen Körper schüttelte, bis ich schließlich um ihn zuckte, während er in mir kam. Keuchend sank Tobi auf mich, unsere Körper waren feucht, und wir hielten uns einfach nur, während ich langsam wieder zu mir kam und mein Atem sich normalisierte. Jeder Muskel in mir hatte seine Spannung verloren, ich lag weich wie ein Stück Butter in Tobis Armen und zerfloss in ihnen.

Nach einer Weile hob Tobi den Kopf. Wir musterten uns lächelnd. Ein paar kleine Schweißtropfen hatten sich auf seiner Stirn gebildet.

»Ich liebe dich«, flüsterte er.

Unwillkürlich zuckte ich zusammen, während die Realität langsam zurück in meinen Kopf fand. Ich lag wahrhaftig mit Tobi im Bett, mehr noch, er war immer noch in mir und hatte mir soeben eine Liebeserklärung gemacht. Die Worte »Chaos im Kopf« beschrieben nicht annähernd, wie ich mich fühlte. Die Endorphine tobten noch mit aller Kraft in meinem

Körper, doch langsam löste sich mein schwereloser Schwebezustand. Tobi glitt aus mir heraus, kappte unsere Verbindung und ließ eine Leere in mir zurück. Obwohl die Verwirrung in seinem Blick offenkundig war, machte er keinerlei Anstalten weiterzureden. Noch immer lag er auf mir, hatte lediglich den Oberkörper angehoben und stützte sich mit den Armen neben meinem Kopf ab. Ich wusste, dass er auf eine Antwort wartete, oder zumindest auf irgendeine Reaktion. Aber die Turbulenzen in meinem Kopf ließen einfach keinen klaren Gedanken zu. Der Sex mit Tobi war etwas Besonderes gewesen, aber das durfte dennoch nicht sein. Er würde mir wieder wehtun, ich wusste es genau. Panik breitete sich in mir aus. Ich musste mich vor mir selbst schützen und diese Sache endgültig beenden, bevor sie sich verselbstständigte und mich zurück in dieselbe Hölle beförderte, aus der ich mich nur mühsam befreit hatte.

»Bitte sag was, Jenny.«

»Geh.« Ich hielt den Atem an.

»Das ist alles? Geh?«

Ich schob ihn an den Schultern weg. »Das hätte niemals passieren dürfen.« Hektisch wand ich mich unter ihm und setzte mich auf, spürte noch immer die Feuchtigkeit meiner Erregung zwischen den Beinen. »Du bist mit jemandem zusammen, und ich habe auch einen Freund. Das hätte niemals passieren dürfen.«

Auch Tobi setzte sich auf und schüttelte den Kopf. »Ich bereue nichts.« Sein Blick war forschend und eindringlich.

Hastig zerrte ich die Bettdecke hoch, bedeckte meine Brust, und diese Geste tat Tobi richtig weh, das sah ich ihm an. »Das war ein Fehler.« Meine Worte glichen einem verzweifelten Aufschrei. »Ich habe mich hinreißen lassen. Bitte lass uns einfach vergessen, dass das eben passiert ist.«

»Das war mehr für mich. Das war nicht nur Sex.« Tobi klang verwirrt, er rutschte ein Stück zu mir auf, als wollte er mich umarmen, aber ich blockte ab. »Nein.«

Langsam ließ Tobi die Hände sinken. Mein dummes Herz tat weh, denn es wollte meine kopflastige Entscheidung nicht, es wollte Tobi, aber unsere Lage war einfach zu verfahren. »Tobi, ich bin kein Mensch, der Affären hat. Ich bin mit Gregor zusammen. Geh zu deiner Freundin. Wir beide … das ist einfach falsch.«

Ein verletzter Ausdruck überschattete Tobis Gesicht, und auch das tat mir weh. Sein Blick ruhte auf der Bettdecke, als würde er überlegen, aber ich wusste nicht, was es überhaupt noch nachzudenken gab. Er schwieg so lange, dass ich schon glaubte, er würde sich überhaupt nicht mehr dazu äußern, und das wäre mir ehrlich gesagt auch am liebsten gewesen. Ich wusste nur eins, Tobi war nicht der Richtige für mich. Im Gegenteil: Er war nur eine Schwärmerei. Wenn ich jetzt in diesem schwachen Moment nachgab, würde er mich unglücklich machen. Ich durfte das nicht zulassen, ich konnte Tobi nicht noch mal vertrauen. Das ging einfach nicht. »Bitte geh jetzt«, flüsterte ich noch einmal ganz leise, worauf Tobi aus seiner Erstarrung erwachte.

»Ich mache mit Lavinia Schluss.« Sein durchdringender Blick traf mich. »Jenny, lass es uns versuchen. Ich meine, das vorhin … Wow, dafür finde ich keine Worte, aber das allein ist es nicht. Ich habe mich wirklich in dich verliebt, und du kannst mir nicht erzählen, dass du nichts für mich empfindest.«

Kurz war ich versucht, ihm nachzugeben. Alles in mir wollte ihn, ich wollte in Tobis Armen liegen, seinen Zimtduft einatmen und seinen heißen Körper streicheln. Ich wollte mit ihm reden, mit ihm lachen, ihn küssen. Aber ich verbot mir das alles. Es war unvernünftig, eine emotionale Spielerei, die nirgendwohin führen würde. Madame Burchard hatte mir damals meinen Weg erzählt, mir sogar den 14. Februar als genaues Datum für meinen Traummann genannt, und alles war ganz genauso eingetroffen. Wenn ich mich jetzt für Tobi entschied, stellte ich mich gegen mein Schicksal und würde ganz sicher irgendwann mit einem gebrochenen Herzen enden.

»Jenny, ich liebe dich wirklich«, sagte Tobi und klang sogar ehrlich.

Wie in Zeitlupe hob ich den Kopf, Tränen schwammen in meinen Augen, mein Inneres zerriss in tausend Fetzen. »Geh endlich.«

Er brauchte sichtlich einen Moment, um meine Antwort zu verdauen. Wortlos sammelte er seine Klamotten zusammen und zog sich an, stand schließlich vor meinem Bett. »Ich werde dich nie wieder belästigen«, versprach er, und es klang wie ein Abschied. Als die Haustür ins Schloss fiel, zog ich die Knie an und legte meine Wange darauf. Die Tränen wollten einfach nicht versiegen.

28

Tobi

Ich ging durch die Straßen, entfernte mich immer weiter von Jennys Wohnung, aber leider nicht von Jenny. Noch immer war ich total verwirrt, steckte in diesem absoluten Gefühlschaos fest. Was war da vorhin passiert? Eigentlich hatte ich Jenny aufgesucht, um mit ihr zu reden, alles zu klären, damit wir wieder Freunde sein konnten. Dann waren wir im Bett gelandet, und der Sex mit ihr war der absolute Wahnsinn gewesen. Ich hatte mich Hals über Kopf in Jenny verliebt, obwohl ich wusste, dass sie sich mir gegenüber wie ein gebranntes Kind verhielt. Sie konnte mir nicht verzeihen, das war es. Und der Sex hatte uns nun endgültig auseinandergebracht. Ich kickte eine leere Bierdose im hohen Bogen gegen eine Hauswand und lief weiter. So konnte mein Leben nicht mehr weitergehen. Ich steckte in diesem Wahnsinn, der mich nur noch fertigmachte, und zum großen Teil war ich selbst daran schuld. Jenny war impulsiv und irrational, wie Frauen nun mal so waren. Aber ich konnte nicht mehr länger so weitermachen. Ich kramte mein Handy aus der Jackentasche und wählte Lavinias Nummer. Es läutete drei Mal, dann ging sie ran. »Hallo.«

»Hey, ich bin's Tobi.«

»Tobi, mit dir hab ich jetzt gar nicht gerechnet.« Sie klang erstaunt.

»Ja, tut mir echt leid. Ich war beschäftigt. Wie geht's dir?«

»Mir?« Irgendwie klang sie ertappt, oder bildete ich mir das nur ein? »Also, mir geht es gut.«

»Lavinia, ich muss mit dir reden. Können wir uns irgendwo treffen?«

Stille. Ich glaubte schon, sie habe aufgelegt. »Lavinia?«, hakte ich nach.

»Ähm, Augenblick.«

Mir war, als würde sie das Handy zuhalten und mit jemandem reden.

»Tobi?«

»Ja?«

»Ich muss dir auch was sagen. Treffen wir uns in einer halben Stunde im Steve's?«

Das Steve's. Eigentlich hatte ich vorgehabt, diese Kneipe nie wieder zu betreten. Vor ein paar Wochen hatte Ellen dort mit mir Schluss gemacht. Irgendwie nahm ich das als ein schlechtes Omen, aber egal. Schlimmer konnte es nicht werden. »Halbe Stunde? Das schaff ich. Also bis gleich.«

»Bis gleich.« Es tutete im Hörer. Lavinia hatte es eilig gehabt, mich abzuhängen. Wie auch immer. Ich beschleunigte meine Schritte, um rechtzeitig im Steve's zu sein. Dieses Mal würde ich es endlich durchziehen, schwor ich mir. Unser Gespräch nachher war final.

Lavinia saß schon an einem Tisch direkt am Fenster und trommelte mit den Fingern auf der Tischplatte herum. Vor ihr stand irgendwas, das aussah wie ein Wodka-Lemon. Nach einem Moment des Zögerns ging ich schließlich zu ihr hin.

»Hi.« Ich setzte mich.

Ihr Blick ruhte auf mir, ein seltsames Glühen umgab ihr Gesicht, das ich noch nie zuvor wahrgenommen hatte.

»Hallo.« Ihre Hand zitterte leicht, als sie zu ihrem Glas griff und einen Schluck nahm. Währenddessen schälte ich mich aus meiner Jacke und hängte sie über meine Stuhllehne.

»Sorry, dass ich mich in letzter Zeit so rar gemacht habe«, fing ich zerknirscht an. »Wir hätten uns schon viel früher treffen sollen.«

»Ach, nicht so wild«, sie winkte ab. »Ich hatte nur Angst, dir könnte vielleicht etwas passiert sein, weil ich so gar nichts mehr von dir gehört habe.« Für einen Augenblick schenkte sie mir ein kleines Lächeln, dann wurde ihre Miene ernst. »Aber dir geht es bestens, wie ich sehe.«

»Ich hab mich wie ein Arsch benommen, das tut mir echt leid.«

Eine junge Frau mit kurzen blauschwarzen Haaren kam an unseren Tisch, aus ihrem Ausschnitt kroch eine tätowierte Schlange ihren Hals entlang. »Was darf's sein?«

»Ein Pils, bitte.«

Als sie verschwand, wandte ich mich wieder Lavinia zu. »Ich muss dir was sagen.« Heute würde ich meinen Abgang durchziehen, komme, was wolle. Ich würde knallhart bleiben, egal, welche Mitleidsschiene, Liebesschwüre oder körperliche Reize Lavinia auch einsetzte. Der Zeitpunkt für einen Schlussstrich war überfällig.

Lavinia nickte, als hätte sie meine Rede bereits erwartet. Sie blieb erstaunlich cool. »Ich muss dir auch was sagen.«

»Okay.« Ich wappnete mich gedanklich für den drohenden Tränenfluss durch Nichterwiderung ihres nun wohl folgenden Ti-amo-Geplänkels. Heute würde ich mich nicht davon abbringen lassen, sie endgültig zu verlassen, denn es hatte einfach keinen Sinn. »Möchtest du zuerst?«, bot ich ihr dennoch höflich an und stellte mich auf eine emotionale Diskussion ein. Ich war noch immer angeschlagen von Jennys Rauswurf und keineswegs in der Verfassung für ausufernde Debatten.

»Okay.« Lavinia holte tief Luft; was sie zu sagen hatte, fiel ihr sichtlich schwer. Immer wieder blinzelte sie. »Es tut mir wirklich leid, Tobi, aber ich habe mich in jemand anderen verliebt.«

Wow. Das waren mal Neuigkeiten. Lavinia machte mit mir Schluss wegen eines anderen? Ein echtes Déjà-vu-Erlebnis im Steve's. Die Schlangenfrau stellte mir im Vorbeigehen mein Pils vor die Nase. »Du machst also mit mir Schluss.« Ich beschloss, großzügig zu sein. Lavinia durfte ruhig diejenige sein, die die Beziehung beendete. Zerknirscht würde ich mich einfach in die Rolle des Verlassenen fügen und Lavinia von dannen ziehen lassen.

»Ja.« Ihre Mundwinkel zitterten, sie nahm das Geständnis richtig mit – mehr als mich, musste ich mir zu meiner Beschämung eingestehen.

Ich nahm ihre Hand. Auf ihre ganz spezielle Art mochte ich sie ja, und jetzt, da sie mich verließ, könnten wir vielleicht sogar Freunde bleiben. »Ich hoffe sehr, dass der Typ dich glücklich machen kann. Du hast es echt verdient, und wer auch immer es ist, er hat jetzt eine tolle Frau an seiner Seite.«

»Es ist Dominik.«

»Was?« Mir zog es beinahe die Schuhe aus.

Sie entzog mir ihre Hand. »Dein Kumpel Dominik. Es ist einfach passiert, wir hatten es nicht darauf angelegt. Aber er war immer da, wenn ich ihn brauchte, und wir verstehen uns so super.«

Wow. Ich benötigte einen Moment, um diese Neuigkeit sacken zu lassen. Mein schüchterner Kumpel Dominik und der Komet Lavinia? Irgendwie passten sie gut zusammen, das musste ich zugeben. Die beiden hatten in vielen Bereichen die gleiche Einstellung. Und Dominik würde bestimmt alles für Lavinia tun. Ich gönnte den beiden ihr Glück von ganzem Herzen. Jetzt verstand ich auch, weshalb der Sack mir schon seit Wochen aus dem Weg ging. »Wo ist Dominik jetzt?«

»Bei mir zu Hause. Er wollte erst abwarten, wie du die Trennung aufnimmst.« Lavinia sah mich eindringlich an. »Bitte, nimm es nicht so schwer. Ihn trifft auch überhaupt keine Schuld. Ich hoffe, du machst jetzt keine Dummheiten. Dominik fühlt sich furchtbar deswegen, aber wir können diese Geheimniskrämerei nicht mehr länger mitmachen.«

Endlich holte sie Luft, sodass ich auch mal zu Wort kam. »Sag ihm, es ist okay.« Ich lächelte sie an. »Ich wünsche euch beiden alles Gute. Ihr seid ein tolles Paar.«

Lavinia wirkte erleichtert. »Danke für dein Verständnis. Ich glaube, es gibt nur wenige Männer, die so reagieren wie du. Auch wenn es dir jetzt vielleicht wehtut.« Nun nahm sie meine Hand. »Du kommst über mich hinweg, und vielleicht können wir ja Freunde bleiben.«

Dieses Gespräch nahm eine richtig gute Wendung. Der erste Lichtblick seit Langem. Ich hatte Mühe, mir ein breites Grinsen zu verkneifen, das war nun doch fehl am Platz. Aber ich fühlte mich befreit, so leicht und schwerelos. Die Trennung war offiziell vollzogen, Lavinia und ich würden Freunde bleiben, und mit Dominik würde ich auch schon wieder alles auf die Reihe kriegen. Der schüchterne Kerl hatte mir echt hinterrücks die Freundin ausgespannt, unglaublich. »Hey, Freunde sein finde ich super«, sagte ich. »Vielleicht können wir ja mal zu dritt was trinken gehen, einfach so.«

»Auf jeden Fall.« Sie klang erleichtert.

Ich merkte Lavinia an, dass ihr ein freundschaftliches Verhältnis zu mir wirklich wichtig war, und bereute mein schäbiges Verhalten der letzten Wochen zutiefst.

Sie kramte in ihrer Geldbörse. »Ich muss gehen. Dominik

und ich müssen gleich auf eine Kundgebung gegen Massentierhaltung.«

»Lass stecken, ich übernehme deinen Drink.« Das Mindeste, was ich tun konnte.

»Danke.« Lavinia stand auf und kam zu mir. Als wir uns umarmten, fühlte es sich herzlich an.

Zu Hause warf ich meinen Schlüsselbund auf die Kommode und ging ins Wohnzimmer. Tequila lag zusammengerollt auf dem Sofa und schlief. Ich setzte mich zu ihm und streichelte ihn, nahm dann die Fernbedienung vom Tisch und schaltete den Fernseher ein. Ich ließ mich vom Sports Channel berieseln. Jetzt war ich offiziell wieder Single. In einem sentimentalen Moment kramte ich mein Smartphone aus der Hosentasche und suchte Jennys Nummer. Ich war versucht, sie anzurufen, einfach um ihre Stimme zu hören, wusste aber im selben Moment, dass ich der Letzte war, mit dem sie sprechen wollte. Schließlich tippte ich eine Nachricht an sie.

Mit Lavinia ist Schluss.

Mehr schrieb ich nicht. Diese vier Worte drückten alles aus. Ein Weilchen überlegte ich und schickte ihr die Nachricht schlussendlich doch, obwohl mir bereits klar war, dass sie nicht antworten würde. Aber sie sollte zumindest davon wissen.

Ich starrte auf den Fernseher, ohne wirklich viel vom Spiel mitzubekommen. Wie erwartet kam von Jenny keine Reaktion. Langsam konnte sie mich mal. Dann halt nicht. Warum war diese Frau nur so verdammt stur und kopflastig? Ein Schlüssel drehte sich im Schloss, kurz darauf erschien Pia im Wohnzimmer.

»Hi.« Sie winkte lässig und warf sich in den Sessel.

»Wo kommst du her?« Ich stellte den Fernseher leiser.

»Von Chad.« Wie Tequila lümmelte sie sich in die Kissen. »Wir haben geredet.«

»Wie geht es ihm?«

»Besser.«

»Wie bist du eigentlich dahintergekommen?« Tequila regte sich und pirschte sich auf meinen Schoß.

»Ich bin in sein Zimmer geplatzt, als er sich gerade angezogen hat.«

»Was?«

»Ja, ich wusste nicht, welches Dominiks Zimmer war, und hab die erstbeste Tür geöffnet. Da saß Chad gerade auf dem Bett und fummelte an seiner Prothese herum.«

»Oh Mann.« Ich lachte auf. »Das ist so typisch für dich.«

»Es war ein Versehen.« Sie zog das letzte Wort in die Länge, zur Unterstreichung ihrer Glaubwürdigkeit.

»Und jetzt?«

»Chad hat mich für Sonntag zum Essen eingeladen.« Meine kleine Schwester grinste in sich hinein.

»Gratuliere.« Heute wimmelte es nur so von guten Neuigkeiten, nur die eine übers Handy, die kam nicht. Nein, Madame musste lieber in der Vergangenheit baden, und verzeihen kam in ihrem Universum ja nicht vor. Okay, ich war vielleicht auch nicht der Umkomplizierteste, aber dass sie sich selbst nach Stunden nicht mal zu einer kurzen Antwort aufraffen konnte, war einfach nur ein Witz.

»Was war bei dir los? Du siehst schon wieder so fertig aus.« Pia musterte mich auf ihre schräge Art.

»Danke, du weißt, wie man Menschen aufbaut«, knurrte ich.

Ihr Kichern klang amüsiert. »War doch nur Spaß.«

»Lavinia hat mit mir Schluss gemacht.«

»Was?« Sie riss die Augen auf. »*Sie* hat mit dir Schluss gemacht?«

»Sie hat einen Neuen. Lavinia ist jetzt mit Dominik zusammen.«

»Nein.« Pia hielt eine Hand vor den Mund. »Mit dem schüchternen Dominik von oben?« Sie deutete mit dem Daumen in Richtung Zimmerdecke.

»Genau der. Er hat sie mir ausgespannt.« Ich lachte kopfschüttelnd.

»Wundert mich ehrlich gesagt nicht«, sagte Pia. »Die zwei hocken auf dem Boot dauernd zusammen und haben sich immer ganz viel zu erzählen. Irgendwie sind sie niedlich als Paar.«

Ich nickte. »Finde ich auch. Ich gönne den beiden ihr Glück.«

»Dann hast du ja jetzt freie Bahn für Jenny.«

Unwillkürlich zuckte ich zusammen. Ich hatte keine Lust, das Jenny-Desaster mit meiner Schwester zu besprechen. »Mal sehen«, sagte ich nur ausweichend. Meine Bude wurde mir zu eng, ich hatte das Gefühl, als ob die Wände mich erdrückten. Um weiteren unangenehmen Fragen aus dem Weg zu gehen, stand ich auf. »Ich hau ab, nachschauen, ob beim Boot alles okay ist.«

»Du weichst mir nur aus, das ist alles«, rief Pia mir hinterher, als ich schon im Flur stand. Tequila kam mir maunzend nach, und gemeinsam gingen wir die Treppe hinunter. Unten öffnete ich die schwere Haustür und erstarrte, während Tequila an mir vorbei ins Freie entwischte.

»Du?«, fragte ich fassungslos und sah in ein Paar makellos geschminkte braune Augen. »Was machst du denn hier?«

29

Jenny

Obwohl Tobi schon mindestens zwei Stunden weg war, hockte ich immer noch regungslos am selben Fleck. Zwischendurch hatte er mir eine Nachricht geschickt, in der er mir mitteilte, dass seine Beziehung zu der Veganerin der Vergangenheit angehörte. Als ob das jetzt noch irgendjemandem etwas nützte. Wenigstens hatte er klar Stellung bezogen, das musste ich ihm lassen. Ich beschloss, ihn zu ignorieren … am liebsten würde ich Tobi komplett aus meinem Gedächtnis streichen. Und zwar für immer. Zum Glück war Aida nicht hier und hatte nichts von meinem Aussetzer mitbekommen. Ich kaute an meinem Daumennagel. Die Gedanken an den Sex mit Tobi ließen meinen Körper immer wieder wohlig erschauern, und das ärgerte mich. Was war nur mit mir los? Mühsam stand ich auf, ich fühlte mich, als hätte ich tagelang in einem Steinbruch gearbeitet. Mit schwerfälligen Bewegungen zog ich mir Jeans und Pullover an und stopfte mein Kleid in die Wäschetonne, denn ich konnte es nicht mehr sehen. Wahrscheinlich konnte ich es nie mehr tragen, ohne an das Desaster mit Tobi erinnert zu werden.

Zur Krönung hatte ich auch noch meinen nichts ahnenden Freund, der seit acht Stunden über den Ozean flog, in hinterhältigster Art betrogen. Und das Schlimmste daran: Es hatte mir auch noch gefallen.

Frustriert nahm ich meinen Mantel vom Haken und verließ

die Wohnung. Mir fiel die Decke auf den Kopf. Ziellos spazierte ich durch die Straßen an der Burg vorbei in Richtung Altstadt. Dort war immer was los, für Ablenkung war also gesorgt. Nachher würde ich mich in eine stille Ecke verkriechen und diesen traurigen Liebesroman lesen, den ich mir erst kürzlich aufs Handy geladen hatte. Ich schlenderte über das Pflaster, lauschte einem Straßenmusikanten, der irgendeine bekannte Melodie fiedelte. Schließlich ging ich in ein Eiscafé. Die waren um diese Jahreszeit noch recht leer, somit würde ich meine Ruhe haben. Ob ich Tobi zurückschreiben sollte? Es kribbelte mir in den Fingern, aber ich rief mich zur Ordnung. Er war der Falsche! Gerade als ich mich setzen wollte, hörte ich eine traurige Stimme »Jenny?« fragen und drehte mich um. Mein Ex Heiko stand mit hängenden Schultern hinter mir, beide Mundwinkel waren nach unten gebogen.

»Heiko? Alles klar?«

»Jens hat mich verlassen.« Sein Schluchzen klang herzzerreißend. »Am Wochenende ist er ausgezogen. Er hat mich einfach sitzen lassen, kannst du dir das vorstellen?«

Das konnte ich mir sogar sehr gut vorstellen, denn mir war es damals mit ihm genauso ergangen. Dieses winzige Detail hatte Heiko scheinbar in seinem Weltschmerz ausgeblendet. Trotzdem tat er mir leid. Ausgerechnet ich sollte mir nicht solche Urteile erlauben.

»Das tut mir echt leid.«

»Er hat einen anderen kennengelernt. Die beiden wohnen schon zusammen.«

Wie sich Geschichte wiederholte. Unglaublich. Tja …

»Dann war er vielleicht nicht der Richtige für dich«, sagte ich in einem unbeholfenen Aufmunterungsversuch.

Er hob eine Augenbraue an. »Wie ich für dich, meinst du?«

»Ach, Heiko.« Ich winkte lässig ab. »Darüber bin ich schon längst hinweg. Zufälligerweise bin ich auch schon ein Weilchen glücklich vergeben. Mein neuer Freund ist Pilot.«

»Pilot, wow.« Er nickte anerkennend. »Die sehen scharf aus in ihren Uniformen.«

»Das kannst du laut sagen«, stimmte ich ihm zu. Dabei fiel mir ein, dass ich Gregor noch nie in Uniform gesehen hatte. Seit seiner Essenseinladung damals hatten wir uns nur noch bei mir getroffen.

»Setzen wir uns?« Sein Blick war so flehentlich, dass ich schwach wurde, obwohl ich eigentlich keine Lust auf Heikos Gesellschaft und seine Trauerarie hatte.

»Gut, aber nur auf einen Kaffee.«

Er lächelte dankbar. »Um der alten Zeiten willen.«

Nachdem wir unsere Bestellung aufgegeben hatten, nahm Heiko meine Gesellschaft wie selbstverständlich zum Anlass, sich alles in epischer Breite von der Seele zu reden. Und das war einiges. Ich staunte über seine Offenheit. Vor allem im Bett hatte es bei den beiden irgendwelche Probleme gegeben, aber die hatten wir auch gehabt. Eine vage Erinnerung stieg in mir auf, die ich bis heute nicht ganz verwunden hatte. Einmal hatte ich Heiko freundlich darauf hingewiesen, dass wir schon seit zwei Wochen keinen Sex mehr gehabt hatten, daraufhin hatte er gekontert: Na und, bist du daran gestorben? Ich verbiss mir den kleinen Hinweis darauf und sprach ihm stattdessen gut zu. Er war sowieso schon am Boden.

Im Laufe der Zeit wurde unsere Unterhaltung besser, wir redeten auch über uns und das, was in unserer Beziehung alles schiefgelaufen war, klärten ein paar Missverständnisse, und am Ende fühlte ich mich wirklich besser. Ich hatte erfahren, dass Heiko mich nicht einfach abgeschoben, sondern lange Zeit in einem schweren Zwiespalt gesteckt hatte. Schließlich hatte er seine Homosexualität nicht mehr länger geheim halten können. Er hatte es unfair mir gegenüber gefunden, und ich verstand ihn nun sogar, obwohl unsere Trennung wirklich unglücklich gelaufen war.

»Und wie steht es bei dir? Dir geht es gut?« Er streichelte meine Wange, eine freundschaftliche Geste der Zuneigung.

Kurz zog ich in Erwägung, ihn in das Desaster mit Tobi einzuweihen, aber ich konnte mich nicht überwinden, obwohl ich mir wirklich gern alles von der Seele reden würde.

Er winkte den Kellner heran und bezahlte für uns beide. Dann warf er einen Blick auf die Uhr. »Wie sieht es aus? Trinken wir noch ein Glas Wein bei mir? Ich will gerade ungern allein sein.« Seine Finger spielten mit der Eiskarte. »Und du könntest mir in Ruhe erzählen, was dich bedrückt.«

Natürlich hatte er mich sofort durchschaut. Immerhin hatten wir fast ein Jahr zusammengewohnt. Heiko kannte mich gut.

Schließlich nickte ich. »Hauen wir ab.« Ich brauchte jetzt einen Freund, jemanden, dem ich mein Herz ausschütten konnte.

Vor Heikos Mietshaus blieben wir stehen. »Wir müssen leise sein, dieser Arsch von Hausmeister hat mich auf dem Kieker. Er kann Schwule auf den Tod nicht ausstehen und schikaniert mich, wo er kann.«

»Oh Mann.« Ich rollte mit den Augen. »Dass es solche intoleranten Idioten heutzutage immer noch geben muss. Warum können die andere Leute nicht einfach in Ruhe lassen?«

Heiko schloss die Tür auf und ließ mich zuerst eintreten. »Dumm geboren und nichts dazugelernt.«

Wir kicherten verhalten, während Heiko einen Zeigefinger vor die Lippen legte.

»Der Idiot baggert hier im Haus ständig alle Frauen an, egal, ob sie verheiratet sind oder nicht«, flüsterte er. »Der blickt null, dass er bei keiner Chancen hat.«

»Toll«, echauffierte ich mich. Dieser hirnverbrannte Housekeeper kam mir gerade richtig, um meinem Frust freien Lauf zu lassen. »Und solche Typen spielen dann auch noch den Moralapostel. Das ist ja mal wieder typisch.«

Wir stiegen nebeneinander die Treppe hoch.

»So sieht's aus.« Heiko legte freundschaftlich einen Arm um meine Schultern. »Der Typ ist ein Totalversager.«

»Herr Wieland«, dröhnte eine zornige Stimme durchs Treppenhaus, worauf Heiko innehielt. »Das ist der Arsch«, flüsterte er mir zu und rief nach unten: »Was ist denn, Herr Eschental?«

Eschental? Zufälle gab's.

»Kommen Sie mal her, aber zackig. Schauen Sie sich mal den Dreck vor Ihrem Briefkasten an.«

Die Stimme kam mir merkwürdig bekannt vor. Nach einem tiefen Seufzer ging Heiko die Treppen hinunter. Als ich ihm folgte, traf mich beinahe der Schlag. Vor uns stand Gregor, er trug einen grauen Kittel. In der Hand hielt er einen Besen. Seine Kinnlade klappte nach unten, als er mich bemerkte.

»Gregor«, stieß ich fassungslos aus. »Was machst du denn hier? Ich dachte, du bist auf dem Weg nach Toronto.«

»Ihr kennt euch?« Heiko klang erstaunt.

»Das ist mein Freund.« Ich starrte Gregor an, der ins Schwitzen geriet und unaufhörlich den Mund öffnete und schloss wie ein Goldfisch im Glas.

»Der?« Selbst dieses kleine Wörtchen verbarg Heikos Verachtung nicht. »Dachte, dein Freund ist Pilot.«

»Ist er auch.«

Mit einem Blick, der vor Genugtuung nur so sprühte, wandte sich Heiko an Gregor. »Herr Eschental, haben Sie noch einen Zweitjob, von dem wir nichts wissen?«

Gregor sank in sich zusammen.

»Ich dachte, du heißt von Eschental. Verarmter Landadel und so …«

Heikos erheitertes Gelächter unterbrach mich. »Verarmt trifft es auf den Punkt. Den Rest kannst du vergessen. Der Typ ist genauso adlig wie sein Besen.«

»Jenny, ich kann dir alles erklären«, sagte Gregor schließlich kleinlaut, während ich immer noch mit meiner Schockstarre kämpfte, die mich fest im Klammergriff hielt. Das durfte nicht wahr sein! Gregor hatte mich die ganze Zeit verarscht.

»Du bist ein Schwein.« Ich kämpfte mit den Tränen.

Gregor schien sich zu fangen. »Was?«, schnauzte er mich an. »Tu bloß nicht so. Als ob du verwöhntes Unternehmertöchterchen einem kleinen Hausmeister wie mir je eine Chance gegeben hättest. Unter einem Piloten machst du es doch gar nicht.«

»Jenny ist meine Ex, und ich arbeite bei H&M«, sprang Heiko mir zur Seite. »Sie ist nicht halb so oberflächlich wie Sie. Wahrscheinlich wollten Sie nur ihre Kohle. Geben Sie es wenigstens zu, Graf von Eschental.« Heiko spuckte seinen Namen beinahe aus.

Mein Hals schnürte sich zu. Schon wieder war ich reingefallen. Innerlich verfluchte ich Madame Burchard, die mich mit ihrem Geschwafel überhaupt erst in diese Lage gebracht hatte. Aber wie hatte ich nur so dämlich sein können, auf eine Wahrsagerin hereinzufallen? Ich war echt selbst schuld. Mir war nicht mehr zu helfen.

Gregor besaß wahrhaftig die Frechheit, auf mich zuzugehen.

Wie selbstverständlich griff er nach meiner Hand, aber ich war schneller und wich einen Schritt zurück.

»Jetzt stell dich nicht so an, Jenny. Dachte, es ist dir egal, was ich arbeite. Scheinbar doch nicht so, hä?« Er nickte in meine Richtung.

»Du kapierst wirklich gar nichts.« Heiko klang verächtlich.

»Gregor, du hast mich die ganze Zeit über angelogen. Merkst du eigentlich gar nichts?«

»Jetzt hab dich doch nicht so.«

»Sei endlich still«, fauchte ich. »Du hast mich von vorne bis hinten verarscht.«

»Ist doch gar nicht wahr.« Er fuchtelte mit dem Besen vor meiner Nase herum. »Du bist nur hysterisch.«

Die Wohnungstür neben uns öffnete sich, eine verschlafene Frau mit wirren dunkelbraunen Haaren stand im Rahmen und musterte uns. »Was is'n das für'n Lärm? Da kann ja kein Mensch schlafen. Ich hab Spätschicht.«

»Entschuldigen Sie, Frau Ronalsky«, sagte Gregor hastig: »Ich sorge gleich für Ruhe.«

»Na hoffentlich.« Sie knallte die Tür ins Schloss.

Gregor fühlte sich sichtlich unwohl. »Schatz«, sagte er schließlich und wollte mich umarmen. »Das ist alles ein riesengroßes Missverständnis, ich kann dir alles erklären.«

Unwillkürlich wich ich zurück. »Spar dir deine Lügen.«

Gregors Augen wurden schmal. »Du hysterische Kuh, dann hau doch ab. Du warst sowieso noch nie mein Typ, und im Bett bist du die totale Niete.«

Heiko nahm meine Hand. »Gehen wir hoch.«

Mir wurde übel, ich musste weg von hier, und zwar sofort. »Heiko, bitte sei nicht sauer, aber ich muss weg.« Ohne seine Antwort abzuwarten, fegte ich zur Haustür hinaus auf die

Straße und eilte über den schmutzigen Bürgersteig davon. In mir tobten Gefühle der verschiedensten Art, ich war wütend auf Gregor, der mich wochenlang schamlos belogen und verarscht hatte, aber auch auf mich selbst. Weil ich keine Zeichen gedeutet hatte. Ich war wirklich die Naivität in Person. Andererseits, wer traute schon dem Menschen, den man liebte, solche Gemeinheiten zu? Niemals hätte ich diesen Charakterzug an ihm vermutet. Unsere gemeinsamen Kinder verblassten vor meinen Augen, die rosarote Zukunft mit Gregor schwebte auf einer dunklen Wolke davon. Wahrscheinlich geschah es mir sogar recht. Das war die Strafe für meine Dummheit. Vielleicht durfte ich einfach nicht glücklich werden. Dieser Gedanke stach mir tief ins Herz. Mit hängendem Kopf schlich ich nach Hause und setzte mich aufs Sofa. Eigentlich hätte ich jetzt anfangen müssen zu weinen, jedenfalls war mir danach zumute, aber ich hatte keine Tränen mehr. Gregor war es einfach nicht wert, sagte ich mir immer wieder.

Aida kam mit einer Dose Cherry Cola in der Hand ins Wohnzimmer. Als sie mich so dasitzen sah, geriet sie ins Stocken.

»Ist was passiert?« Aida setzte sich zu mir, sie klang erschrocken.

»Gregor ist ein Schwein«, schniefte ich.

»Was hat er gemacht?«

»Er hat mir alles nur vorgelogen. Gregor ist kein Pilot, sondern Hausmeister. Wie es aussieht, war er nur wegen unserer Firma mit mir zusammen.« Ich fasste es nicht, dass mir immer wieder dasselbe passierte. Ob das so eine Art kosmische Lernerfahrung für mich war, die ich so lange durchlaufen musste, bis ich es endlich raffte?

»Das ist echt das Letzte.« Mitleidig streichelte Aida meinen Arm. »Ich hab ihm sowieso noch nie über den Weg getraut.«

»Warum hast du nie was gesagt?«

»Keine Ahnung.« Sie zuckte hilflos mit den Schultern. »Du warst so glücklich. Was hätte ich denn sagen sollen? Du, dein neuer Freund kommt mir komisch vor? Wie wäre wohl deine Reaktion dazu ausgefallen?«

»Wahrscheinlich wäre ich sauer geworden«, gab ich zu.

»Vergiss den Kerl einfach. Er ist es nicht wert, dass du ihm auch nur eine Träne hinterherweinst. Du hättest ihm einen Arschtritt verpassen sollen.«

Das war ganz meine pragmatische Mitbewohnerin. Dafür liebte ich sie. »Stimmt. Den hätte er verdient.«

Ich konnte es einfach nicht fassen. War ich eine dieser verzweifelten Tanten geworden, die auf irgendwelche Heiratsschwindler hereinfielen? Früher hatte ich mir nie vorstellen können, wie dämlich manche Frauen sein konnten. Jetzt wusste ich es besser. Ich hatte Gregor diese abartige Boshaftigkeit einfach nicht zugetraut. Ob ich ihr von meinem Telefonat mit Madame Burchard erzählen sollte? Nicht dass sie mich noch zwangseinweisen ließ.

»Ich weiß auch nicht, was mich geritten hat«, schniefte ich, und dann sprudelte alles aus mir heraus. »Ich hatte einfach so gehofft, dass Gregor endlich der Richtige für mich ist. Kurz bevor ich ihn getroffen habe, hat mir eine Wahrsagerin prophezeit, dass ich am Valentinstag meinem Zukünftigen über den Weg laufen werde, und das war Gregor.« Aus dem Augenwinkel wagte ich einen prüfenden Blick zu Aida. Ob sie schon nach der Nummer der Klinik suchte? Nein, sie hörte mir zu, ernst und verständnisvoll. Also erzählte ich weiter. »Und jetzt ist es das volle Desaster. Gregor war der Schlimmste von allen, und dann habe ich heute auch noch mit Tobi geschlafen.«

Aida riss die Augen auf. »Du hast was?«, fragte sie fassungslos.

Hilflos zuckte ich mit den Achseln. »Er kam vorbei, wollte was bereden, und irgendwie ist es einfach passiert.«

»Also, während ihr euch unterhalten habt, seid ihr übereinander hergefallen?«

»Nein.« Ich schüttelte den Kopf. »Zum Reden kam es gar nicht erst«, gab ich kleinlaut zu. »Wir sind sofort übereinander hergefallen. Und es war der Hammer. Aida, es hat einfach alles gepasst. Tobi ist der absolute Wahnsinn im Bett.«

»Jetzt komm ich überhaupt nicht mehr mit. Wenn mit Tobi alles so toll ist, warum sitzt du dann hier und weinst diesem Arsch von Gregor hinterher? Wieso bist du nicht bei Tobi und vernaschst ihn?«

»Weil das nicht geht.« Ich blinzelte, denn meine verdammte Vernunft schmerzte in meinem Herzen. »Er wird mich wieder verletzen, so wie damals. Ich kann ihm einfach nicht vertrauen. Wenn ich jetzt mein Herz an ihn hänge, und er lässt mich wieder im Regen stehen … Was mach ich dann? Noch mal überlebe ich das nicht.«

»Jenny«, sagte Aida leise, »ihr wart Teenager damals. Menschen können sich ändern. Außerdem hast du dieses Risiko immer, egal mit wem du dich einlässt.« Sie schenkte mir ein schiefes Lächeln. »Stichwort Gregor. Was ich sagen will: Es kann immer was schiefgehen. Wenn du dir von dieser Angst dein Glück kaputt machen lässt, stehst du am Ende noch schlechter da. Warum gibst du Tobi nicht wenigstens eine Chance?«

»Weil es dafür zu spät ist.«

»Wieso?«

»Als er mir gesagt hat, dass er mich liebt, habe ich ihn aus der Wohnung geworfen.«

Theatralisch langte Aida sich an den Kopf. »Oje. Was mach ich nur mit dir?« Sie zwinkerte mir zu. »Warum redet ihr nicht noch mal über alles? Sag ihm, der Rausschmiss war eine Kurzschlussreaktion. Vorausgesetzt natürlich, du empfindest auch etwas für ihn.«

Ein warmes Gefühl breitete sich in meinem Bauch aus, eine ganze Schar Schmetterlinge flatterte aufgeregt darin herum, als mich die Erkenntnis wie ein Blitz traf. Ich liebte Tobi ebenfalls. »Aida.« Unwillkürlich senkte ich die Lider. »Ich liebe Tobi auch.«

»Dann klärt das doch endlich.«

Dennoch zögerte ich aus Angst vor Tobis Reaktion. Immerhin waren wir nicht gerade in Freundschaft auseinandergegangen. »Ich glaube, ich schlafe erst noch mal eine Nacht drüber und ruf ihn morgen an.«

»Das klingt schon viel besser.« Ihr Grinsen wurde breiter. »Also, eine Wahrsagerin hat dich in den Schlamassel reingeritten?«, gluckste sie unterdrückt.

»Es war ein Gratisgespräch«, verteidigte ich mich, um nicht ganz so naiv dazustehen, und musste wider Willen über mich selbst lachen. Oh Gott, was war ich dämlich gewesen.

Sie stieß mir ihren Ellenbogen in die Rippen. »Hak es unter Lebenserfahrung ab.«

»Unter bitterer Lebenserfahrung.«

»Komm her.« Aida umarmte mich, und ich lehnte den Kopf an ihre Schulter. Diese tröstliche Geste tat mir gut, ich hatte zwar viel Mist gebaut, aber meine Freunde waren für mich da. Tränen stiegen mir in die Augen.

Wir lösten uns wieder voneinander.

Aida hielt mir ihre Coladose hin. Nachdem ich einen Schluck Chemiebrause getrunken hatte, verzog ich die Lippen, ein abartiger künstlicher und zuckersüßer Kirschgeschmack machte sich auf meiner Zunge breit. »Uah, wie kannst du so was nur trinken?«

Aida lachte. »Es geht nichts über Cherry Coke.«

»Was macht eigentlich Nick?«, fragte ich, denn gerade brauchte ich dringend etwas Ablenkung. Ihr schwerer und tiefer Seufzer sagte alles. Offenbar hatte die Autofahrt damals nichts zu einer Verbesserung der Situation zwischen den beiden beigetragen. Obwohl ich Nick immer noch sehr nett und gut aussehend fand, aber das sagte ich ihr lieber nicht.

»Stell dir vor, was Nick heute zu mir gesagt hat.«

»Was denn?«

»Er hat gesagt, Wissenschaftler hätten herausgefunden, dass das künstliche Kirscharoma in Cherry Coke dem menschlichen Sexualhormon gleicht. Leute, die viel Cherry Coke trinken, tun dies offenbar unbewusst, um ihr Hormondefizit auszugleichen. Cherry Coke wäre also nichts weiter als Viagra in abgeschwächter Form. Und das ließe tief bei mir blicken.« Sie rollte mit den Augen.

Ich kicherte. »Der labert Mist.«

»Klar labert der Mist. Der Idiot will mich nur auf die Palme bringen. Ich hab ihm gesagt, dass Typen, die einen Penisersatz auf vier Rädern fahren, mal schön ihre Klappe halten sollen. Und weißt du, was er geantwortet hat?«

Ich schüttelte den Kopf.

»Ich wäre bloß scharf auf ihn und würde das hinter meiner kratzbürstigen Art verstecken. Dabei wäre ich doch damals nachts froh gewesen, dass ich auf seinem Penisersatz nach Hause reiten durfte. Kannst du dir das vorstellen?« Ihre Stimme zitterte vor Wut. »Das hat er mitten im Aufenthaltsraum vor allen gesagt.«

»Hey, ich bin auch mitgeritten.« Ich prustete, denn im Gegensatz zu meiner Mitbewohnerin war ich damals froh gewesen. »Lass dich von Nick nicht reizen. Ich glaube, für den ist das ein Spiel.«

»Ab jetzt ist der Idiot Luft für mich.« Gähnend stand sie auf. »Ich gehe schlafen. Diese Schichten bringen mich noch um.«

»Gute Nacht.«

»Und morgen rufst du Tobi an und klärst das mit ihm.« Scherzhaft drohte sie mir mit dem erhobenen Zeigefinger. »Und danach lässt du dich gefälligst von ihm vernaschen«, kicherte sie.

Ich streckte ihr die Zunge raus.

Nachdem Aida gegangen war, setzte ich mich an den Computer und klickte meine Astroseite an, die ich schon länger nicht mehr besucht hatte. Gedankenversunken studierte ich mein Liebeshoroskop.

Hören Sie auf Stimmen, die es gut mit Ihnen meinen. Nichts ist so, wie es scheint. Ihr Traummann wartet auf Sie, wagen Sie einen zweiten Blick.

Mein Traummann wartete auf mich? Würde Tobi mir verzeihen? Oder bezog sich das Horoskop am Ende auf jemand ganz anderen? Ich war total verwirrt. Die Sterne mussten verrückt sein. Nach Madame Burchard war *Astrosingles* die zweite Pleite in meinem Leben. Spontan beschloss ich, der Astrologie ein für alle Mal abzuschwören. Schluss mit Wahrsagerei und Horoskopen. Alles Hokuspokus. Es war an der Zeit, mein Leben selbst in die Hand zu nehmen, anstatt blind den Sternen zu vertrauen. Energisch schloss ich den Deckel meines Laptops. Mittendrin fiel mir auf, dass ich nicht – wie sonst in solchen Situationen üblich – irgendwelche Dinge sortierte, und das schon seit Längerem nicht mehr. Genauer gesagt seit dem Tag, an dem ich gemeinsam mit Tobi meinen Bruder besucht hatte. Irgendwie waren seither auch meine Panikattacken verschwunden, dieses Gefühl des Erstickens war vollkommen weg. Mein Herz klopfte unruhig in meiner Brust, als Tobi in meinen Gedanken auftauchte. Ich vermisste ihn so sehr. Was er wohl gerade machte? Er hatte mit seiner Veganerin Schluss gemacht, wegen mir. Und ich hatte ihn einfach ignoriert. Ich musste zu ihm, mit ihm reden. Und zwar sofort. Aida hatte recht! Unwillkürlich sprang ich von meinem Stuhl auf und eilte in den Flur, schlüpfte in meine Schuhe und nahm meine Jacke vom Haken.

Auf der Straße beschleunigte ich meine Schritte. Ich fuhr fünf Stationen mit der Bahn zur anderen Seite der Stadt und kam Tobi immer näher. Hoffentlich war er zu Hause. Ob ich ihm eine Nachricht schicken sollte? Nein, ich wollte persönlich mit ihm reden. Wie auf Watte bog ich um die Ecke, flog beinahe seine Straße entlang und passierte ein altmodisches Café. Im Vorbeigehen warf ich einen Blick durchs Schaufenster und erstarrte. Tobi saß an einem Tisch beim Fenster, ihm gegenüber saß seine Ex, diese Ellen. Ich erkannte sie sofort wieder. Mein Herz rutschte mir in den Magen, als Ellen seine Hand berührte und ihm tief in die Augen sah. Die beiden waren wieder zusammen? Mich riss es herum, hoffentlich hatte er mich nicht bemerkt. Mit Tränen in den Augen hastete ich davon.

Am nächsten Tag öffnete ich die Tür zum Bürogebäude und ging wie jeden Morgen den Gang entlang. Heute musste ich mich überwinden, denn allein der Gedanke daran, auch nur eine Sekunde mit Tobi in demselben Raum zu sitzen, ja sogar dieselbe Luft wie er einzuatmen, zog mir den Magen zusammen. Von Tobi fühlte ich mich noch verletzter als von Gregor. Was trieb er eigentlich für Spielchen? Zuerst schrieb er mir, dass mit der Veganerin Schluss war, dafür turtelte er ein paar Stunden später bereits mit seiner Ex. Und um dem Ganzen die Krone aufzusetzen, nachdem er sich am selben Morgen mit mir in den Kissen gewälzt hatte. Demnächst würde bestimmt die Entscheidung wegen Barcelona fallen, und dann gingen wir sowieso getrennte Wege. Bis dahin war er einfach Luft für mich.

Jemailla saß auf Tobis Schreibtisch, als ich eintrat. Die beiden unterhielten sich.

Sie wandte den Kopf. »Hallo, Jenny. Tobi hat mir gerade erzählt, dass sich heute Abend ein paar Kollegen im Stars & Stripes treffen. Kommst du mit?«

»Hi, Jemailla.« Ich zog meine Jacke aus und hängte sie an den Wandhaken. »Keine Lust, aber danke.«

»Die haben super Burger dort«, sagte Tobi und klang ganz normal. Er wagte es tatsächlich, mich anzusprechen. Meine Hände verkrampften sich in den Mantel, ich hatte Mühe, ihm nicht den erstbesten greifbaren Gegenstand an den Kopf zu pfeffern.

»Hast du keine Ohren am Kopf?«, fuhr ich ihn an. »Ich habe gesagt, ich hab keine Lust.«

Jemailla hüpfte vom Tisch. »Alles klar bei dir?«

»Ja«, knurrte ich und ließ mich auf meinen Stuhl fallen, dabei schmetterte ich Tobi einen bitterbösen Blick zu.

»Ich gehe dann mal.« Sie setzte sich in Bewegung. »Finde ich Tobi nachher noch an einem Stück vor?«, erkundigte sie sich amüsiert.

»Ich gebe nie Versprechen, wenn ich nicht weiß, ob ich sie halten kann.« Missmutig hackte ich auf die Tastatur ein. Es ärgerte mich, dass ich mich nicht im Griff hatte. Den ganzen Morgen hatte ich mir vorgenommen, so zu tun, als wäre alles in bester Ordnung. Aber ich konnte nicht. Nichts war in Ordnung. Ich fühlte mich so verletzt.

Nachdem Jemailla die Tür hinter sich geschlossen hatte, sagte Tobi: »Ähm, Jenny …«

»Sprich mich nicht an.« Meine Unterlippe bebte. Einer Unterhaltung mit Tobi, egal wohin sie sich bewegte, war ich gerade nicht gewachsen. Sie würde unweigerlich zu einem Heulkrampf führen.

Er stutzte, überlegte, wandte sich dann aber seiner Arbeit zu. Eine Zeit lang werkelten wir vor uns hin, jeder für sich, allein und stumm. Die Luft im Raum lud sich auf, wurde zum Schneiden dick.

Zu allem Übel platzte auch noch Hans herein, und ich schrak zusammen. Meine Schultern schmerzten von der Anspannung der letzten Stunden.

»Hallo zusammen«, grüßte er in seinem leicht muffeligen Tonfall. »Tobi, wie weit bist du mit der Investment Strategy für die Holding Group? Ich brauche die heute noch auf dem Tisch.«

Zufällig wusste ich, dass Tobi noch gar nicht damit angefangen hatte, zum Teil auch deswegen, weil er mir bei einer Kalkulation, die wirklich kompliziert gewesen war, geholfen hatte.

»Ähm.« Tobi geriet ins Schwitzen, er griff sich in den Nacken. »Also, die hab ich mit nach Hause genommen, hab gestern Abend noch dran gesessen, und heute Morgen hab ich vergessen, sie mitzubringen.«

»Überstunden in der Freizeit, das nenne ich Einsatz für die Firma.« Hans nickte anerkennend. »Aber ich brauche sie trotzdem heute noch.«

»Geht klar, ich kann sie in der Mittagspause holen.«

Ich sah Tobi an, wie es in seinem Kopf ratterte. Wenn er sich beeilte, hätte er noch genügend Zeit, die Analyse wenigstens halbwegs fertigzustellen. Dauernd kam Tobi mit allem durch. Wut kroch langsam in mir hoch, brodelte in meinem Inneren wie ein Vulkan. Mit aller Macht versuchte ich, sie zu unterdrücken. Immer wenn ich diesem niederen Gefühl nachgab, kam etwas Dummes dabei heraus. Ich musste mich zusammenreißen, schenkte Hans stattdessen ein freundliches Lächeln. Als ich wegsah, fing ich Tobis Blick auf und glaubte darin Geringschätzigkeit auszumachen. Hielt er mich immer noch für das Dummchen, das es ohne Papas Beziehungen nicht einmal auf den Drehstuhl eines Nullachtfünfzehn-Büros schaffte? Irgendetwas in meinem Kopf explodierte, blockierte meine Selbstbeherrschung und zwang mich zum Handeln. So nicht! Mit einem Finger tippte ich auf den roten Aktenordner, der in seinem Ablagefach lag. »Ist die Analyse nicht da drin?« Ich lächelte süffisant.

Hans öffnete den Deckel und starrte auf die leeren Tabellen. Seine Stirn zog sich in tiefe Falten. »Tobi, das gefällt mir gar nicht. Das gibt einen Vermerk. Bis Mittag ist die Analyse bei mir auf dem Tisch, verstanden?«

Tobi nickte nur.

Mein Puls am Hals klopfte. *Scheiße!* Was hatte ich da nur angerichtet? Herrgott, ich war so blöd und hoffte inständig, der Boden würde sich unter meinen Füßen öffnen und mich gnädigerweise mit Haut und Haar verschlingen. Möglichst unauffällig studierte ich Tobis Miene, die immer finsterer wurde. Ich spürte, wie sich meine Wangen aufheizten. Meine Überreaktion tat mir schrecklich leid, am liebsten hätte ich mich dafür selbst geohrfeigt.

Nachdem Hans die Tür hinter sich geschlossen hatte, öffnete ich den Mund und wollte mich entschuldigen, doch Tobi ließ mich gar nicht erst zu Wort kommen.

»Was zum Teufel sollte das?«, fragte er.

»Tobi … ich …«

Er winkte ab. »Wofür war das? Rache, weil wir zusammen im Bett gelandet sind? Weil du schwach geworden bist? Ich kann dir eins sagen: Die Liebe zu deinem Typen kann nicht so groß sein, wenn du dich bei jeder Gelegenheit von mir flachlegen lässt.«

Das saß.

»Du bist ein Scheißkerl.« Meine Stimme zitterte.

»Du wolltest es doch auch, und jetzt kannst du mit der Situation halt nicht umgehen. Die heilige Jenny hat gesündigt, und es hat ihr auch noch gefallen. Schon ein Scheißgefühl, nicht?«

»Ja, da hast du es einfacher, du schickst deine Freundin danach einfach in die Wüste und schnappst dir die nächste. Problem gelöst. Wow, von dir kann man viel lernen.«

Ein verletzter Ausdruck trat in Tobis Augen. »Ja, so einfach ist das«, sagte er nur und richtete seine Aufmerksamkeit wieder auf den Computer.

Ein paar Momente wartete ich auf eine weitere Reaktion, irgendwas, aber es kam nichts. Verdammt, was ging nur in seinem Kopf vor? Er hatte *mir* seine Liebe gestanden, nur um danach wieder mit dieser Ellen anzubandeln. Klar hatte ich ihn abgewiesen, aber man konnte doch nicht binnen Stunden schon die Nächste am Start haben, nachdem man die Vorherige eben erst in die Wüste geschickt hatte. Er hatte mir nicht mal die Zeit gelassen, eine Nacht über alles zu schlafen. So groß konnten seine Gefühle für mich wohl nicht sein, wie er mir vorgespielt hatte. Es war genau das eingetreten, vor dem ich mich die ganze Zeit gefürchtet hatte. Tobi hatte mich wieder verarscht.

»Tobi, es …«

»Jenny, hör auf«, herrschte er mich an. »Es gibt nichts mehr zu bereden.«

Mein Brustkorb schmerzte bei jedem Atemzug. Ich konnte ihn nicht ansehen, ohne dass es wehtat, und blinzelte immer wieder. Plötzlich wünschte ich mich weit weg, irgendwohin, wo ich nicht in Tobis Nähe sein musste.

Nach einem Moment des Zögerns widmete er sich wieder

seiner Aufgabe, tat so, als wäre nichts gewesen. Was sollte das jetzt? Aus einem Impuls heraus nahm ich meinen Radiergummi und warf ihn Tobi an die Stirn. Treffer! Er zuckte zusammen und hob den Kopf, rieb sich über die getroffene Stelle.

»Verdammt, wofür war das jetzt schon wieder?«

»Du tröstest dich wirklich schnell.«

»Was?« Er klang verwirrt.

»Ich hab dich mit deiner Ex gesehen«, platzte es aus mir heraus, wofür ich mich am liebsten geohrfeigt hätte.

Wie erwartet sah er mich erstaunt an. »Wo?«

»Ist doch egal.« Ich spürte, wie sich meine Wangen aufheizten, das war taktisch äußerst unklug gewesen.

»Jenny, aus dir werde ich einfach nicht schlau.«

Sein dämliches Ablenkungsmanöver konnte er stecken lassen. Auf eine gewisse Art hatte ich eine Erklärung verdient. Immerhin waren wir uns sehr nahegekommen. »Du tröstest dich wirklich schnell«, wiederholte ich aus Mangel an Argumenten. Meine Stimme hatte sich eine Tonlage in die Höhe geschraubt, was mich zusätzlich aufregte.

»Bist du eifersüchtig?«

»Nein, ich bin nicht eifersüchtig«, stellte ich hektisch klar, tippte währenddessen unentwegt mit meinem Bleistift auf der Schreibtischunterlage herum. »Dein Verhalten ist nur so was von total daneben.«

»Ellen und ich …«

»Erspar mir billige Erklärungsversuche«, unterbrach ich ihn aufgebracht. »Ist mir scheißegal, in welchen Betten du dich rumtreibst, nur lass mich in Zukunft da raus, okay?« Ich hatte das Gefühl, keine Luft mehr zu bekommen.

Er zögerte mit einer Antwort, seine sinnlich geformten Lippen öffneten sich einen Spalt. »Okay«, sagte er schließlich nur und warf den Radiergummi auf meine Seite. Das war's? Mehr hatte er nicht zu seiner Verteidigung vorzubringen? Tobi war wirklich abgebrüht, das musste ich ihm lassen.

Mein Smartphone kündigte mit Vogelgezwitscher eine Nachricht an. Ich kramte es aus meiner Handtasche und warf einen Blick darauf. Heiko schrieb mir.

Hey Süße, alles klar? Eschental ist ein Idiot. Vergiss ihn einfach.

Gregor war der Letzte, an den ich jetzt erinnert werden wollte. Aber Heikos kleiner Aufmunterungsversuch tat trotzdem gut. Ich tippte eine Antwort.

Ich hab ihn schon längst vergessen und alle anderen Typen gleich mit. Von Männern hab ich die nächste Zeit genug.

Kurz darauf kam die Antwort.

Ach Süße, nicht gleich aufgeben. Gehen wir mal was trinken? Ich habe 'nen heißen Typen am Start, ich glaube, ich verliebe mich gerade. Mich würde interessieren, wie du ihn findest.

Ich lächelte. Wenigstens war mit Heiko wieder alles in Ordnung.

Klar, gern. Ich bin schon sehr gespannt.

Er schickte mir ein Foto eines durchtrainierten, tief gebräunten Typen mit blonden kurzen Haaren, der mit freiem Oberkörper poste. Das war wirklich ungerecht. Warum waren die heißesten Typen immer schwul?

Das ist John, er kommt aus L. A.

Gratuliere, very hot. Verbrenn dir nicht die Finger. ;-)

Ich legte mein Smartphone beiseite und musterte Tobi möglichst unauffällig. Dabei stellte ich fest, dass nicht alle heißen Typen schwul waren … nur vergeben – oder hundsgemein.

30

Tobi

Ich schaffte einen Karton Wodka zur oberen Bar, am Pier standen die Leute bereits Schlange. Noch immer war The Boat ein absoluter Hotspot in Nürnberg. Mittlerweile kamen die Gäste sogar extra aus München zum Feiern her. Später wollte auch Ellen vorbeikommen, wie sie mir auf WhatsApp mitgeteilt hatte. Ich konnte noch immer nicht fassen, dass sie einfach vor meiner Tür aufgetaucht war. Die vergangenen Wochen hatte ich nicht einmal mehr an sie gedacht. Unser Gespräch war recht freundschaftlich verlaufen. Zwar war mir aufgefallen, dass sie mit mir geflirtet hatte, aber ich war nicht darauf angesprungen. Mir war etwas Distanz zwischen uns lieber. Im Verlauf unseres Gesprächs hatte Ellen mir erzählt, dass sie sich von ihrem Vollpfosten getrennt hatte, was mich sonderbar kaltgelassen hatte.

Meine Schwester sortierte Flaschen hinter der Bar.

»Hey, Nachschub.« Ich stellte den Karton auf den Tresen.

»Danke, das reicht gerade mal drei Stunden.«

Pia leuchtete von innen heraus, ihre Augen hatten diesen warmen Glanz, der ihr Gesicht ganz weich wirken ließ.

»Wie läuft es mit Chad?«

»Super.« Sie strahlte. »Wir waren essen, haben viel geredet, und dann hat er mich geküsst.«

Das allein hatte bei Chad leider nicht viel zu bedeuten, aber ich wollte ihr die Laune nicht verderben, vielleicht hatte Chad seine Einstellung wirklich geändert. Zu meiner Beschämung stellte ich fest, dass ich in letzter Zeit so viel mit mir selbst beschäftigt gewesen war, dass Chad und ich gar nicht mehr zum Quatschen kamen. Ich musste unsere Freundschaft mal wieder ein bisschen auffrischen. Mit Dominik hatte ich mich diese Woche auf ein Bier getroffen. Wir hatten über alles gesprochen, und ich hatte den beiden dann offiziell meinen Segen gegeben, was Dominik mit Erleichterung aufgenommen hatte.

»Klingt gut, aber wenn er dich verarscht, brech ich ihm trotzdem das Genick.«

Ihr Lachen klang amüsiert. »Das erledige ich dann selbst, glaub mir.« Die Flaschen klirrten, als sie sie ins Regal räumte. »Was ist mit dir und Jenny?«

Zum Glück war sie beschäftigt, so bemerkte sie nicht, wie ich zusammenzuckte. »Was soll mit ihr sein?«

»Na«, sie hielt mitten in ihrer Arbeit inne, »ob ihr schon miteinander geredet habt?«

»Ja, haben wir.«

»Und?«

»Alles bestens«, wich ich aus, weil ich keinen Drang verspürte, meiner kleinen Schwester von unserem Clusterfuck zu berichten. »Ich mach einen letzten Rundgang.«

»Tobi!«, rief sie mir nach.

»Ja?« Ich drehte mich um.

»Ich finde, Jenny und du, ihr wärt ein schönes Paar.«

Tja, darauf würde sie wohl lange warten. Von unten drangen Stimmen und Gelächter zu mir nach oben. Chad musste die Leute schon reinlassen. Höchste Zeit für mich.

Wie immer um Mitternacht war der Laden brechend voll. Ben und ich verdienten einen Haufen Kohle, ganz wie er vorhergesagt hatte. Die Luft war angenehm, kühl, aber nicht kalt. Luca wuselte herum und sammelte leere Gläser ein, Chad machte sich an der Kasse wichtig, und dann sah ich sie. Ellen zeigte Chad ihren VIP-Ausweis, den ich ihr in einem sentimentalen Moment gegeben hatte, und ich bemerkte seine Überraschung. Er nahm ihn ihr aus der Hand, drehte das Ding nach allen Seiten, wusste offenbar nicht, was er damit anfangen sollte. Obwohl wir schon an einige Leute solche Ausweise verteilt hatten. Als ich Ellen vom Club erzählt hatte, war sie hellauf begeistert gewesen und wollte unbedingt vorbeikommen. Was hätte ich da tun sollen? Komplizierte Beziehungen zu Frauen gab es schon zur Genüge in meinem Leben, da war ein freundschaftliches Verhältnis zur Ex nicht das Schlechteste, was mir passieren konnte.

Ich ging zu ihnen. »Lass sie rein, Chad.«

Einen Herzschlag lang musterte Chad mich, ich sah ihm an, dass er mich für verrückt hielt, aber er äußerte sich immerhin nicht. Stattdessen winkte er Ellen durch. Im Vorbeigehen rupfte sie ihm den Ausweis aus der Hand und kam mit schwingenden Hüften auf mich zu. Ellen ging nicht, sie tänzelte, filigran und beinahe schwerelos. Ganz Promi-like hauchte sie mir zwei Küsschen auf die Wange und verharrte provokant dicht vor meinen Lippen. »Hallo«, hauchte sie mit ihrer rauchigen Stimme. Unwillkürlich wich ich mit dem Kopf zurück, mir gelang ein verkniffenes Lächeln. Ellen einzuladen war eine saublöde Idee gewesen.

»Hey.« Irgendwie war es mir unangenehm, dass wir hier vor allen Leuten so nah beieinanderstanden, und ich hoffte, die anderen würden mich nicht für geistesgestört halten, oder schlimmer noch: die falschen Schlüsse ziehen. Ein paar Typen neben mir musterten Ellen auffällig. Sie trug ein kurzes, goldenes Kleid, das bestimmt irgendein bekannter Designer entworfen hatte.

»Möchtest du dich ein bisschen umsehen?« Ich hoffte, sie würde dies als Aufforderung verstehen, sich allein auf den Weg zu machen.

»Gern. Führst du mich herum?« Ihre braunen, von schwarzem Kajal umrandeten Augen musterten mich abwartend. »Ich bin schon sehr gespannt.« Als sie eine Hand auf meinen Oberarm legte, sträubte sich alles in mir. Eine merkwürdige Kühle drängte sich zwischen uns, die sich nicht vertreiben ließ. Schließlich ergab ich mich in mein Schicksal. Ein kleiner Rundgang, bevor ich mich mit einer Ausrede davonmachte. Bestimmt würde Ellen nicht lange allein bleiben.

Auf unserer Tour kamen wir irgendwann auch an Luca vorbei. Ein Glas rutschte ihr aus der Hand, als sie uns bemerkte, und zersplitterte mit einem Knall auf den Holzplanken. Um uns herum klatschten ein paar Leute Beifall.

»Hi, Luca«, sagte Ellen lächelnd, als wir näher kamen.

»Hey, Ellen.« Lucas Blick schweifte immer wieder zu mir, als wäre ich ein Schwerverbrecher, den sie von einem Fahndungsaufruf wiedererkannte.

»Ähm, ich muss die Sauerei zusammenfegen, bevor sich noch jemand verletzt.« Und schon war sie weg, bevor ich auch nur den Ansatz einer Erklärung losgeworden war.

»Luca ist aber komisch geworden«, sagte Ellen und klang erstaunt.

»Sie fand es eben nicht so toll, dass du mit dem Vollpfosten abgehauen bist.«

Ellen ignorierte mich, deutete stattdessen auf die Lasershow, während wir weiterschlenderten. »Das ist cool, so was Ähnliches hab ich kürzlich in Las Vegas gesehen.«

»Hey, Tobi.« Eine meiner Flirtblondinen von damals kam uns von oben entgegen, sie trug ein pinkfarbenes Kleid, das noch kürzer war als das von Ellen und wirklich nur das Nötigste verdeckte. Ich glaubte, einen schwarzen Spitzenslip hervorblitzen zu sehen. Im Vorbeigehen hauchte sie mir einen Kuss auf die Wange. »Was macht die Verspannung?« Sie grinste frech.

Ich merkte, wie sich Ellen neben mir versteifte. Tja, ich war ein gefragter Mann.

»Noch bin ich ganz entspannt.« Ich zwinkerte ihr zu.

Sie winkte im Weitergehen. »Sag mir Bescheid, wenn du mal ohne Frauenbegleitung unterwegs bist.«

»Was meint sie damit?« Ellen klang irgendwie dümmlich.

»Dass es auch ein Leben nach dir gab«, erwiderte ich trocken und sah, wie sie schluckte. Aber sie fing sich recht schnell wieder.

»Ich geh mich mal kurz frisch machen.« Sie schenkte mir diesen verführerischen Augenaufschlag, auf den ich früher sofort angesprungen war. Heute ließ Ellen mich merkwürdig kalt.

»Okay, treffen wir uns unten. Ich besorg dir ein Wasser.«

»Ist gut.«

Sie flanierte in Catwalk-Manier die Treppe hinunter. Ein paar Typen drehten sich nach ihr um und betrachteten ihren festen Apfelpopo unter dem dünnen Stoff. Weder die Blicke der Typen noch Ellens Flirten belasteten mich groß. Diese Frau war nicht mehr als eine Erinnerung.

Kurz darauf ging ich ebenfalls nach unten und lief – wie konnte es auch anders sein – Luca in die Arme. Als hätte sie mich abgepasst.

»Hey, Tobi. Wo ist Ellen?«

»Kurz zur Toilette.«

»Ah ja.« Sie ging vorsichtig vor. »Warum ist sie heute hier?«

»Sie kam nur auf einen Sprung vorbei. Wir waren vor ein paar Tagen einen Kaffee trinken, und da hab ich ihr vom Boot erzählt. Ellen wurde neugierig und wollte sich den Club mal ansehen. Das ist alles.«

Luca strich sich die hellbraunen Stirnhaare hinter die Ohren. »Ellen ist hinterhältig«, platzte sie heraus.

Ich rollte demonstrativ mit den Augen. »Es ist alles okay. Wir sind Freunde, weiter nichts.«

»Freunde?«

Ich zuckte mit den Schultern. »Keine Ahnung, nenn es, wie du willst. Freunde, Bekannte, so in der Art.« Um des lieben Friedens willen legte ich einen Arm um ihre Schultern. »Es ist alles im grünen Bereich. Wirklich.« Ich gab ihr einen kräftigen Schmatz auf die Backe.

Ihr skeptischer Blick gefiel mir ganz und gar nicht.

31

Jenny

Ich versenkte meinen ganzen Packen *Stars & Romance* im Altpapier. Wie oft ich jede Ausgabe durchgeblättert, jede Kolumne gelesen und mir jeden Ratschlag zu Herzen genommen hatte, konnte ich nicht mehr zählen. Und was hatte mir all das Wissen gebracht? Nichts. Einen Haufen Geld hatte ich sinnlos verplempert, mehr nicht. Befreit fühlte ich mich kein bisschen. Mein Leben war ein noch größerer Scherbenhaufen als zuvor.

Aida kam in die Küche und machte große Augen. »Sag bloß, du hast gerade dein Heiligtum entweiht? Was ist los?«

Anklagend deutete ich auf den bunten Haufen Papier im Korb. »Dieser Schund ist schuld. Kein einziger Ratschlag da drin funktioniert. Die machen alles nur noch schlimmer.«

Aidas Lächeln fiel gütig und verständnisvoll aus. »Vielleicht solltest du einfach mal du selbst sein?«

»Wie bitte?« Mein Mund klappte auf. Ich fand mich reichlich individuell, so viele Macken wie ich hatte sonst keiner, den ich kannte, und die lebte ich auch zur Genüge aus.

»Ich meine«, sie zuckte mit den Schultern, »mach doch einfach das, was du willst, ohne immer zu hinterfragen, ob es dir etwas bringt oder wohin es dich führt. Sei einfach spontan.«

»Jaja, ich weiß. Morgen könnte schon alles vorbei sein, ein Bus könnte mich überfahren oder der Himmel mir auf den

Kopf fallen.« Ich prustete abfällig und zeigte auf den Haufen Papierdung. »Steht übrigens auch da drin.«

Aida schnappte mich am Ärmel meines Shirts und zog mich aus der Küche. »Weißt du, was du brauchst?«

»Was brauch ich denn nun schon wieder?« Eigentlich brauchte ich gar nichts, außer einem guten Ratschlag, wie ich mein Leben wieder in den Griff bekam. *Halt*, schalt ich mich selbst, *nicht zurückfallen in alte Verhaltensmuster*.

»Komm, wir gehen ein bisschen weg, feiern.« Aidas dunkelbraune Augen sprühten nur so vor Tatendrang. »Es ist Samstagabend.«

Eigentlich war mir überhaupt nicht nach Feiern zumute, ganz im Gegenteil, ich wollte mich verkriechen und ein bisschen in Selbstmitleid baden. Das Leben war eine bitch. Jawohl, das war es.

»Komm, wir gehen tanzen, auf dem Boot.«

»Auf dem Boot?« Ich schnappte nach Luft. »Du spinnst. Da ist doch Tobi.«

Sie nickte. »Genau deswegen. Soll er ruhig sehen, dass du seinetwegen nicht zu Hause sitzt und heulst, sondern dich auch ohne ihn amüsierst.«

Nun ja, die letzten Tage hatte ich schon seinetwegen zu Hause gesessen, und geheult hatte ich auch zur Genüge. Das ließ sich nicht leugnen. Dennoch musste ich Aida zustimmen. Mit dem Katzenjammer war es ein für alle Mal vorbei. Ich würde jetzt diesen Club besuchen und Spaß haben. Sollte Tobi ruhig wissen, dass es auch ohne ihn ging – und zwar sehr gut. Und wenn es das Letzte war, was ich in meinem Leben tat, heute würde ich ins Boat gehen und Party machen. »Hauen wir ab«, sagte ich kampflustig und kontrollierte mein Make-Up im Flurspiegel. »The Boat wartet auf uns.«

»Das ist mein Mädchen«, sagte Aida kichernd.

»Do I know you?« Der Türsteher beim Boat musterte mich eindringlich.

»Du hast mich mal aus dem Wasser gefischt«, half ich ihm auf die Sprünge, worauf sich sein Gesicht schlagartig erhellte.

»Ah, du bist die singer.«

»Genau.«

Er nestelte in der Brusttasche seiner schwarzen Jacke herum und hielt mir ein paar Getränkegutscheine hin. »Kleine Wiedergutmachung.« Sein Lächeln wirkte schuldbewusst.

»Danke.« Das fing ja gut an, Gratisgetränke zum Warmlaufen. Ich nahm die Bons an und schlenderte mit Aida über das Deck. Der Club war der absolute Hammer, ich verliebte mich total in ihn, alles war perfekt.

»Lädst du mich ein?« Sie zwinkerte mir zu.

»Klar.« Ich deutete nach oben. »Cocktails?«

»Klingt super.«

Wir schlenderten die Treppe hinauf. Immer wieder sah ich mich unauffällig um, ich wollte Tobi nicht so schnell in die Arme laufen, wenn es sich vermeiden ließ. Am besten erst dann, wenn ich einen heißen Typen im Arm hielt oder so. Vielleicht auch zwei …

An der Bar stand seine Schwester und mixte Cocktails. Mist, ich hatte keine Lust auf eine Unterhaltung mit Tobis Fleisch und Blut, doch Aida winkte bereits und schleifte mich rüber.

»Hey, Pia«, grüßte meine Mitbewohnerin.

Pia sah auf, gerade war es etwas ruhiger an der Bar. Ihr freundliches Lächeln vereiste für einen Moment, als sie mich erkannte. »Hallo, Aida. Hey, Jenny, alles klar?« Zu meiner Erleichterung klang sie freundlich.

»Alles prima«, sagte ich gespielt fröhlich und wedelte mit meinen Bons vor ihrer Nase herum. »Kriegen wir dafür auch Cocktails?«

Nach einem Blick darauf sagte sie: »Klar. Was wollt ihr?«

»Sex on the beach?«, schlug Aida vor, und ich nickte.

Pia fing an, irgendwelches Zeug in ihren Edelstahlshaker zu schütten. »Das ist echt blöd gelaufen mit deinem Auftritt letztens.«

Ich wollte nicht mehr an diesen Abend erinnert werden, schon gar nicht von Pia, die uns in dieser prekären Situation überrascht hatte. Wenigstens klang sie normal, das rechnete ich ihr hoch an.

»Macht nichts. Hab's schon längst vergessen.«

»Wenn du magst, können wir den Gig gern irgendwann nachholen.«

»Ähm, irgendwann. Gerade bin ich ziemlich ausgebucht.«

Nach einem Tritt auf Aidas Fuß schloss diese ihren voreiligen Mund wieder. Das war gerade noch mal gut gegangen. In nächster Zeit stand nämlich nichts an, und das wusste sie.

Ich beobachtete Pia beim Dekorieren der Gläser mit Obstspießen und bunten Schirmchen. Widerwillig stellte ich fest, dass ihre Gesichtszüge denen ihres Bruders glichen. Sie kamen beide nach ihrer Mutter, die in ihrer Jugend einmal Miss Bayern gewesen war. Zweifellos hatten sich ihre guten Gene bei beiden Nachkömmlingen weitervererbt. Leider war der nette Charakter der Mutter spurlos an ihrem Sohn vorbeigegangen.

»Mein Bruder ist ein Knallkopf«, sagte sie aus dem Nichts heraus.

Zwar konnte ich mit ihrer Anspielung null anfangen, gab ihr aber insgeheim vollkommen recht. Knallkopf, Blödmann, Fiesling, diese Spitznamen ließen sich für Tobi endlos fortsetzen.

»Ja, das ist er«, stimmte ich ihr aus vollem Herzen zu, in der leisen Hoffnung, sie würde dieses Detail brühwarm an den Betroffenen weitertragen. Wo war er überhaupt? Am Ende hatte Tobi heute frei und verpasste meinen tollen Abend mit Gratisgetränken auf seine Kosten und gut gebauten Kerlen, die sich nachher hoffentlich noch finden würden. Das wäre natürlich ungünstig.

»Er sieht das Gute nicht, wenn es vor seiner Nase liegt.« Pia sah mir in die Augen, als sie mir mein Glas reichte.

Verlegen saugte ich am Strohhalm. Wow, gute Mischung. Wollte ich wissen, was sie mit dieser kryptischen Aussage gemeint hatte? Ich straffte meinen Rücken, während Aida und Pia zwanglos miteinander plauderten.

»Hey«, unterbrach uns eine dunkle Stimme, und ich drehte mich um. Es war dieser Ben, der mich damals ins Wasser geschubst hatte.

Im Spaß hob ich die Hände. »Ich habe Eintritt bezahlt und bin auch sonst friedlich. Kein Grund also, mich in den Fluss zu werfen.«

Sein Lachen klang schuldbewusst. »Chad hat mir gesagt, dass du hier bist, und da wollte ich mich noch mal bei dir für das unfreiwillige Bad entschuldigen. Es tut mir wirklich leid.«

Er kramte eine VIP-Karte aus seiner Hemdtasche und hielt sie mir hin. »Freier Eintritt auf Lebenszeit, inclusive Freigetränke.«

»Wow!« Ich nahm die Karte. So was kannte ich nur aus Filmen, das war cool. Ich war ein VIP. »Danke schön.«

»Wie sieht es aus?«, fragte er, worauf ich widerwillig meinen verliebten Blick von den goldenen Buchstaben auf der Karte löste. »Was meinst du?«

»Willst du mitkommen und was singen? So ganz spontan.«

Puh, das kam jetzt wirklich überraschend. Ich hatte mich gar nicht vorbereitet. »Ich habe meine Gitarre gar nicht dabei.«

Ben ließ nicht locker. »Wir können dir ein Halbplayback einspielen.«

»Los, sing«, sagte Aida aufgeregt. »Hier sind so viele Leute, das wäre richtig cool.«

»Ja, mach doch«, sagte nun auch Pia, ehe sie sich ein paar Gästen widmete.

»Ich weiß nicht.« Mein Herz wummerte in der Brust, ein Anflug von Lampenfieber überfiel mich.

»Bitte, ich hab echt ein schlechtes Gewissen. Nur ein Song«, bettelte Ben.

»Na gut«, gab ich schließlich nach und ließ mich quasi von ihm abführen.

Aida trippelte hinterher. Wir stiegen die Treppe nach unten und landeten schließlich im Tanzbereich, der vollgestopft mit Leuten war, die zu den neuesten Housebeats abfeierten.

»Was willst du singen?«

Mein Pulsschlag schwoll an, irgendwie wollte ich die Leute nicht beim Feiern stören.

»Welches Lied?« Ben stieß mich locker mit dem Ellenbogen in die Seite und löste damit meine Erstarrung. Ich sollte mich an Auftritte vor vielen fremden Menschen gewöhnen. »*Can't fight the moonlight*, aus *Coyote Ugly*«, sagte ich, worauf Ben verschwand und mit dem DJ in der Ecke redete. Gleich darauf kam er zurück und führte mich wortlos an der Hand zu einer kleinen Bühne. Als wir die beiden Stufen hinaufstiegen, stellte der DJ die Musik ab. Sofort erschollen Buhrufe und Pfiffe, als aber Bens Mikro in seiner Hand aufquietschte, wurden sie still.

»Hey, Leute«, sagte er durch die Lautsprecher. »Ganz spontan möchte ich euch eine wirklich talentierte Sängerin vorstellen. Kitty Black hätte vor ein paar Wochen eigentlich einen Auftritt hier bei uns gehabt, der damals allerdings ins Wasser gefallen ist.«

Ein paar Leute im Raum lachten, offenbar erinnerten die sich an mein kleines Malheur. Na prima, über Filmchen von diesem Abend, die bestimmt irgendwo auf YouTube rumschwirrten, wollte ich lieber gar nichts wissen.

»Sie wird euch jetzt einen Song präsentieren. Schenkt ihr einen riesigen Applaus.«

Unter tobendem Händeklatschen drückte Ben mir das Mikro in die Hand und flüsterte mir ins Ohr: »Du machst das super.«

Im Raum wurde es ruhiger, gespannter. Immer wieder schweifte mein Blick über das kleine Meer von Augenpaaren, das mir seine völlige Aufmerksamkeit schenkte, und ich wollte alles geben. Auf keinen Fall durfte ich mein Publikum enttäuschen. Als die ersten Töne erklangen, fing ich an zu singen, und wie immer zog mich die Melodie nach wenigen Takten in ihren Bann, verschmolz mit meinem Herzen, woraufhin ich all mein Gefühl in diesen Song legte. Beim letzten Refrain öffnete ich die Augen, betrachtete das Publikum, und dann entdeckte ich ihn. Tobi stand mitten in der Menschenmenge, betrachtete mich wie gebannt. Dicht bei ihm stand seine Modelfreundin, die den Kopf an seine Schulter lehnte. In diesem Moment wäre ich am liebsten gestorben, ein Kloß bildete sich in meinem Hals, der die geforderte Zugabe durch den tosenden Applaus unmöglich machte. Während Tränen in meinen Augen brannten, winkte ich mit einem gezwungenen Lächeln, das mir alles abverlangte, in die Menge. Ben kam zu mir auf die Bühne.

»Möchtest du noch ein Lied singen?«, schrie er mir durch die Zugaberufe ins Ohr.

Ich schüttelte den Kopf und floh unter enttäuschten Protestrufen der Gäste von der Bühne. Nichts wie weg.

»Jenny«, hörte ich Tobi hinter mir und kämpfte mich durch die Menge, beschleunigte draußen meine Schritte, Tränen tropften über meine Unterlider. Mein Herz zersprang in Millionen Fragmente, die sich bestimmt nie wieder kitten ließen. Er war der Letzte, mit dem ich jetzt reden wollte. Warum konnte er mich nicht einfach in Frieden lassen und sich seiner Modelfreundin widmen? Sollten die beiden doch glücklich werden.

32

Tobi

Ich saß am Küchentisch und dachte über den gestrigen Abend nach. Jennys plötzliches Auftauchen im Club hatte mich vollkommen aus der Bahn geworfen. Ihre Performance war mir unter die Haut gegangen, so als hätte sie dieses Lied nur für mich gesungen. Außerdem war sie einfach nur hübsch – so hübsch. Ben hatte ihren Auftritt eingefädelt. Natürlich wussten dank meiner geschwätzigen Schwester und ihrer damaligen Begleiterin Luca alle von mir und Jenny. Und alle fanden es irgendwie gut. Ich war hin- und hergerissen. Warum ich mir über Jenny überhaupt noch den Kopf zerbrach, wusste ich auch nicht. Sie hatte einen Freund, und das schon seit einiger Zeit. Weshalb ging das nicht in meinen Schädel? Mit Mühe und Not hatte ich gestern spät in der Nacht Ellen abgewimmelt, dabei war sie bereit wie nie gewesen. Keine Migräne, keine lästigen Frauenbeschwerden oder Sonstiges, doch ich konnte nicht. Wenn ich die Augen schloss, sah ich mich mit Jenny in den Kissen, berührte ihre zarte Haut und sehnte mich nach ihrem Wahnsinnskörper. Mit uns beiden war alles so perfekt gewesen. Ich vermisste Jenny. Ob diese Sehnsucht nach ihr jemals aufhörte?

Pia kam zu mir ins Wohnzimmer und setzte sich neben mich aufs Sofa. Die hatte mir gerade noch gefehlt.

»Du triffst dich wieder mit Ellen, hm?« Sie nickte in meine Richtung.

»Rein freundschaftlich.« Ich setzte mich auf.

»Glaubst du, hm?«

Was sollten diese bescheuerten Fragen? Vor allem die Art, wie sie die stellte.

»Kann schon sein, hm?«, gab ich zur Antwort.

Ein verächtliches Prusten entwich ihren Lippen. Sie stand auf und ging aus dem Wohnzimmer, kurz darauf kam sie mit ihrem Laptop wieder und setzte sich neben mich.

Um mich nicht schon wieder sinnlos aufzuregen, beschloss ich, sie zu ignorieren, und starrte stattdessen die weiße Wand an. Auf Eurosport übertrugen sie gleich die Darts-Meisterschaft, das könnte ich mir zur Ablenkung reinziehen.

»Hier.« Sie klatschte mit der flachen Hand auf meinen Schenkel und schob ihren Laptop auf meinen Schoß. »Lies das.«

Ich starrte auf die Seite, irgend so eine Promiklatschseite. Ein Foto von Vollpfosten-Max verunstaltete den Bildschirm. Es war in eine zerrissene Herzform eingefasst, die andere Hälfte umschloss Ellens Konterfei.

Liebes-Aus! Max Henke verlässt Modelfreundin. Nachdem unzählige Affären des Jungschauspielers ans Licht kamen, wurde er nun mit Kollegin Sandy James im Liebesurlaub gespottet. Freunde berichten, dass die beiden schon seit Längerem heimlich ein Paar sind. Exfreundin Ellen Schweikert reagierte gelassen. Längst sei auch sie schon anderweitig liiert. Ihr neuer Freund sei Besitzer eines angesagten Nightclubs. Um wen es sich genau handelte, wollte sie mit Verweis auf ihre Privatsphäre nicht sagen. Gerüchte über einen kürzlich erlittenen Nervenzusammenbruch wies sie vehement zurück.

Ein Blick auf das Datum sagte mir, dass der Artikel schon zehn Tage alt war, also geschrieben worden war, bevor sie mich besucht hatte.

»Die ist echt hinterhältig«, sagte Pia neben mir.

Tequila kletterte auf ihren Schoß und machte es sich schnurrend bequem.

»Ja und?« Energisch klappte ich den Laptopdeckel zu. »Was hat das mit mir zu tun? Ich weiß, dass es zwischen denen aus ist.«

»Ellen ist gerissen. Mach endlich die Augen auf.« Sie klang wütend. »Die versucht, wieder bei dir zu landen. Was glaubst du wohl, wer der Clubbesitzer ist, von dem die reden?«

Also hatte Ellen alles geplant. Bei unserem Gespräch hatte sie mir erzählt, sie hätte vom Boat in einer Szenezeitschrift gelesen. Bestimmt waren dort auch die Besitzer erwähnt worden, somit war sie bei unserem Gespräch bestens im Bilde gewesen und hatte mir die Überraschte nur vorgespielt.

»Was wirst du jetzt machen?«, hörte ich meine Schwester neben mir.

Ich lehnte mich zurück, starrte gegen die Decke.

»Hallo, ich rede mit dir.«

»Keine Ahnung«, erwiderte ich unwirsch, obwohl ein bisschen Dankbarkeit bestimmt nicht geschadet hätte. Immerhin hatte Pia mir ein paar interessante Informationen zugespielt.

Vor sich hinmurrend stand sie auf. Ich glaubte so etwas wie »Blödmann« und »wieder mal typisch« herauszuhören, als sie in ihr Zimmer verschwand.

Gegen Nachmittag bekam ich überraschend Besuch. Ellen stand vor der Tür und lächelte mich verführerisch an. Als sie die Wohnung betrat, kam sie mir vor wie ein Fremdkörper, obwohl sie früher oft hier gewesen war. Zum Glück hatte sich Pia nach oben zu Chad verkrümelt.

»Überraschung.« Sie warf sich in eine seitliche Pose und breitete die Hände aus.

Auf Ellen hatte ich gerade überhaupt keinen Bock. »Hey.« Auf einmal kam mir die Wohnung zu klein für uns beide vor. Schon beim bloßen Gedanken an den Artikel in dieser Online-Zeitschrift wurde mir übel.

»Miwiau.« Tequila stürzte sich freudig auf ihre blickdichte schwarze Strumpfhose und riss beim Versuch, an ihrem Bein hinaufzuklettern, ein Loch hinein.

Sie wischte ihn herunter wie eine Ratte. »Was ist denn das für ein Vieh? Kschhhh, kusch dich.«

»Hey, das ist mein Kater. Lass ihn.«

Sie stampfte dicht vor Tequila auf den Boden, worauf der Kleine erschrocken ins Wohnzimmer floh.

»Er wollte dich doch nur begrüßen.«

»Ich kann Katzen nicht ausstehen, wahrscheinlich hat er auch noch Flöhe.«

»Er hat keine Flöhe.«

»Mir egal.« Sie hob ihr Bein und begutachtete das Loch. »Sieh dir nur an, was er angerichtet hat.«

»Was willst du?«

»Ich wollte dir was sagen.«

»Und was?«

»Ich habe wegen dir mit Max Schluss gemacht.«

Für wie dumm hielt Ellen mich eigentlich? »Wegen mir?«

»Du fehlst mir.«

Kleines Miststück. »Und das fällt dir jetzt ein?«

»Bitte, Tobi. Das mit Max war ein riesengroßer Fehler. Aber jetzt weiß ich wenigstens, dass ich dich – und wirklich nur dich – will.« Gekonnt senkte sie die Lider, um dann ihren Augenaufschlag wirkungsvoll in Szene zu setzen. »Tobi, ich liebe dich.« Ihr Lächeln wirkte falsch und aufgesetzt.

Ich ließ ihre Worte auf mich wirken, sie hatte mit so viel

Nachdruck gesprochen, dass ich ihr sofort eine Rolle für ein Fernsehprojekt geben würde.

»Ellen, das mit uns ist endgültig vorbei.« Ungewollt verglich ich sie mit Jenny, und mein Herzschlag legte zu, als Jennys hübsches Gesicht vor meinem geistigen Auge erschien. Verdammt, ich hatte keinen Bock mehr auf Ellen. Kein bisschen.

Ein Ruck ging durch ihren Körper. Ellen öffnete den Mund, stockte jedoch, ehe sie sagte: »Ich habe einen Fehler gemacht.«

»Nein, Ellen.« Ich schüttelte den Kopf. »Du hast keinen Fehler gemacht, eigentlich hast du mir einen Gefallen getan, denn du hast mir die Augen über dich geöffnet. Wir passen nicht zusammen und haben es wahrscheinlich auch nie.« Ich regte mich über mich selbst auf. Weshalb hatte ich sie überhaupt reingelassen? Schon als sie vor ein paar Tagen vor meiner Haustür gestanden hatte, hätte ich sie abwimmeln sollen.

»Bedeutet das, du gibst mir keine zweite Chance?« Sie verschränkte die Arme, klang ungläubig.

»Genau das.« Was genau an meiner Aussage war außerhalb ihrer logischen Reichweite? Wie viel deutlicher musste ich noch werden?

»Das wirst du noch bereuen«, zischte Ellen. Sie legte eine Hand auf die Türklinke, als Tequila in den Flur zurückkam, einen Buckel machte und Ellen anfauchte, was ihm einen finsteren Blick einbrachte. »Mistvieh.«

Ich musste mir eingestehen, dass mein Kater eine bessere Menschenkenntnis besaß als ich. »Ich denke nicht, dass ich es bereuen werde. Mach's gut.«

Die Wände zitterten, als Ellen die Haustür hinter sich ins Schloss warf. Ich atmete tief durch. Ein Kapitel meines Lebens war zuende, und das war gut so. Ein neues Kapitel würde sich öffnen, mein Leben ging weiter – irgendwie.

Später klingelte mein Handy. Es war Hans, und ich wunderte mich, was er am Wochenende von mir wollte. Sonntags ließ sogar er normalerweise seine Mitarbeiter in Ruhe.

»Hey, Hans«, sagte ich.

»Hallo, Tobi.« Hans räusperte sich. »Es tut mir leid, dass ich dich störe, aber ich bekam soeben eine Mail aus Barcelona. Der Job dort steht bereit, Firmenwohnung wurde angemietet. Diesen Monat noch wird der neue Mitarbeiter in der Zweigstelle erwartet. Deswegen möchte ich dich und Jenny bitten, gleich morgen früh um acht in mein Büro zu kommen. Dann werde ich euch mitteilen, wer den Job bekommt. Jenny weiß schon Bescheid.«

Er hatte Jenny vor mir angerufen? Ob das ein schlechtes Omen war? Besser nicht weiter darüber nachdenken. Es war schlichtweg egal, wer den ersten Anruf bekommen hatte. Entscheidend war, wer morgen den Job bekam. »Wow, Hans. Dann bin ich ja mal gespannt. Danke für den Anruf. Bis morgen dann.«

»Ja, bis morgen. Ich erwarte absolute Pünktlichkeit.«

Er legte auf, ehe ich etwas erwidern konnte. Einen Moment lang stand ich unschlüssig da, ich musste die Neuigkeit erst mal sacken lassen. Für wen er sich wohl entschieden hatte? Als mein Handy erneut klingelte, traute ich meinen Augen kaum. Es war Jenny. Tatsächlich Jenny.

»Hey«, sagte ich ein wenig kurzatmig.

»Hallo, Tobi. Hat Hans dich auch schon angerufen?«

Ihre süße Stimme ging mir durch und durch. »Ja, eben.«

»Dann entscheidet sich also morgen, wer den Job bekommt. Bist du aufgeregt?« Sie klang vollkommen normal, so als hätte sie mich nicht die letzten Tage wie einen Giftköder behandelt.

»Ich bin eher gespannt, wer das Rennen macht.«

»Ich auch. Schon ein komisches Gefühl, nicht?« Mittlerweile hörte sie sich zappelig an. »Die ganzen Wochen haben wir uns angestrengt und gekämpft, und morgen schon wird entschieden.«

»Du hast gute Arbeit geleistet«, sagte ich und meinte es ehrlich. Wie die Entscheidung auch ausfiel, ich würde sie vermissen. »Wenn sie sich für dich entscheiden, gönne ich dir den Job.«

»Dasselbe bei dir. Du hast mir viel geholfen, ohne dich hätte ich manches gar nicht erledigt gekriegt. Also, wenn du den Job bekommst, ist es für mich okay.«

»Hey, ist doch selbstverständlich, dass man sich unter Kollegen hilft, oder? Außerdem warst du ja ganz neu in der Firma. Bisschen Einarbeitungszeit braucht jeder.«

»Tobi«, sagte sie leise.

»Ja?«

»Du warst ein toller Kollege.«

»Danke und Kompliment zurück.« Ich freute mich über unser Gespräch, über die Normalität, die gerade zwischen uns herrschte, auch über die Sympathie, die durchs Handy mitschwang. Ich sah sie buchstäblich vor mir. Ihr hübsches Gesicht im Profil, die langen Wimpern, wenn sie die Lider senkte, und ihre vollen roten Lippen, die ich so gern noch einmal küssen würde. Sie hatte etwas sexy Freches an sich, das mich total anmachte.

»Und, was machst du gerade?«, fragte sie.

»Ich gehe spazieren und überlege, was ich alles nach Barcelona mitnehme«, neckte ich sie.

»Wenn du mich dort besuchen kommst?«, fragte sie kichernd.

»Nein, aber du darfst mich gern besuchen kommen.«

»Dann machen wir es so: Wer immer den Job bekommt, stellt dem anderen sein Gästezimmer zur Verfügung.«

»Ich hab ein großes Doppelbett«, konnte ich mir nicht verkneifen, auch weil ich ihre derzeitige Stimmung mir gegenüber ausloten wollte, und heimste ein abfälliges Prusten dafür ein. Schade. Sie zeigte sich keineswegs überwältigt von meinem großzügigen Angebot. Hätte ja sein können. »War nur Spaß«, beteuerte ich, obwohl es natürlich gelogen war. »Du bekommst ein Zimmer nur für dich.«

»Ähm, Tobi. Soll ich dich morgen früh abholen? Deine Bude liegt ja quasi bei mir auf dem Weg. Ich meine, morgen ist schließlich die große Entscheidung, da würde ich gern mit dir zusammen ins Büro gehen. Als Grande Finale sozusagen.« Sie klang viel zu euphorisch für meinen Geschmack, ein bisschen mehr Wehmut in der Stimme hatte beileibe nicht geschadet. »Wir sollten einen guten Abschluss haben, findest du nicht?«, endete sie.

»Auf jeden Fall.« *Einen guten Abschluss*. Für sie war unser ›was auch immer das gewesen war‹ vorbei. Während wir so redeten, dieses ungezwungene Smalltalk-Game spielten, fand ich das furchtbar, dass wir es nicht geschafft hatten, irgendwas von dem zu retten, was uns in den letzten Wochen verbunden hatte. Dass wir uns nun wohl für immer aus den Augen verlieren würden. Denn natürlich war unser Kumpelgequatsche nichts als Bullshit. Wir würden nie ganz normale Freunde sein, dafür bedeutete sie mir zu viel. Ob ihr Typ mit nach Barcelona ging? Ein Scheißgefühl. »Dann morgen um halb acht bei mir?«, rang ich mir ab.

Morgen war wahrscheinlich unser letzter gemeinsamer normaler Arbeitstag. Wer auch immer den Job bekam, wäre die nächste Zeit sicher mit Packen und Organisieren beschäftigt.

Immerhin konnten wir uns wenigstens wieder in die Augen sehen. Gott, ich würde Jenny vermissen.

Ich konnte sie lächeln hören und wusste, dass sie dabei zuckersüß aussah. »Bis morgen dann.«

33

Jenny

Punkt halb acht klingelte ich an Tobis Haustür, meine Handflächen waren ganz feucht vor Aufregung. Heute würde sich entscheiden, wer nach Barcelona durfte. Um ehrlich zu sein: Ich wollte den Job so sehr. Vorhin hatte ich eine E-Mail von den Machern von *Real Star* erhalten, und seitdem ließ meine innere Nervosität nicht mehr nach. Der Gewinner würde tatsächlich ein Lied zusammen mit Sia im Studio aufnehmen. Wie geil war das denn bitte? Ich würde Sia treffen und dadurch bestimmt durchstarten. Vorausgesetzt natürlich, dass ich den Talentwettbewerb gewann. Eigentlich war mir eher schlecht vor Angst, wenn ich daran dachte, welch hohe Erwartungen die Macher der Show an die Teilnehmer stellten. Ich war mir nicht mehr so sicher, ob ich in der Lage war, die zu erfüllen. Dennoch beschloss ich zu kämpfen, ich musste einfach der neue *Real Star* werden. Besser: Ich hoffte es inständig, schickte Stoßgebete zum Himmel. Irgendwann musste die Gerechtigkeit doch auch mal bei mir Einzug halten, ich konnte doch nicht immer nur Pech haben.

Wo blieb denn Tobi? Meine Güte, dass Männer immer so trödeln mussten. War es so schwierig, ein paar Treppen nach unten zu steigen? Immerhin hatte ich Koffer zu packen und noch so einiges für Barcelona zu besorgen. Unter anderem ein paar kurze Kleider, die meinem Talent hoffentlich die bestmögliche Untermalung gaben. Ich grinste in mich hinein. So konnte eigentlich nichts mehr schiefgehen. Hoffentlich nahm Tobi die Absage nachher wie ein Mann, ich hatte weder Zeit noch Lust, seine Tränen zu trocknen. Das konnte diese Ellen von mir aus übernehmen.

Endlich hörte ich Tobi im Zeitlupentempo die Treppe herunterschlendern, dann öffnete sich die Haustür. Er trug eine lässige graue Lederjacke, die seinen muskulösen Brustkorb betonte, und sein Anblick nahm mir doch tatsächlich für einen Moment den Atem. Wie gebannt sah ich in seine schönen grün-braunen Augen, bemerkte das feine Lächeln, das seine Lippen umspielte, und mein Mund wurde trocken. Verdammt, ich würde diesen Mann vermissen. Wie konnte das passieren? Ich war doch schon so tapfer über ihn hinweg gewesen. Leider reagierte mein dummer Körper schon wieder auf ihn, setzte ein Kribbeln in mir frei bis in meine Zehen.

»Hi«, grüßte er lapidar.

»Hallo.« Ärgerlicherweise brachte ich dieses kleine Wörtchen nicht halb so locker über die Lippen wie er.

Tequila sprang an ihm vorbei ins Freie und rieb sich an meinem Bein. »Hallo, Tequila.« Ich streichelte ihm den Kopf, froh, mich von Tobis heißem Anblick loszureißen. Nicht dass ich noch etwas Dummes tat, wie zum Beispiel Tobi um den Hals zu fallen und zu beichten, dass ich immer noch total verrückt nach ihm war.

»Und, aufgeregt?«, fragte Tobi lächelnd.

»Ein bisschen«, untertrieb ich maßlos. »Mehr Vorfreude auf den Job.« Es war unglaublich, wie sich das Leuchten seiner Augen in seinem Gesicht widerspiegelte. Wenn ich nicht aufpasste, war dieser Mann noch mein Verderben.

Er lachte. »Möge der Bessere gewinnen.«

»Wenn ich den Job kriege, dann hat das nichts mit meinem Vater zu tun«, stellte ich klar. »Ich habe Hans am Telefon gesagt, dass ich keine Vorzugsbehandlung möchte, sondern es soll allein nach Leistung entschieden werden.«

»Und was hat er gesagt?«

»Er war ganz erstaunt. Wie ich so etwas nur denken könnte.« Ich kicherte, beobachtete dabei heimlich die sexy kleine Narbe neben seiner Augenbraue, die ich ihm vor Jahren mal versehentlich mit einer zu hektisch aufgerissenen Tür verpasst hatte.

Sein leises Lachen vibrierte bis in meinen Magen und auch ein wenig tiefer …

»Du hast gut gearbeitet, mach dir keine Sorgen … Aber ich war besser.« Er winkte zur Seite. »Lass uns abhauen, da drüben steht mein Wagen.«

Wir schlenderten über den Bürgersteig, keiner sagte etwas. Ich wusste nicht, worüber wir reden sollten, seine Nähe brachte mein Herz zum Rasen, und jedes Mal, wenn ich einatmete, hatte ich seinen unwiderstehlichen Zimtduft in der Nase. Unsere Hände berührten sich fast beim Gehen, und nur mit Mühe widerstand ich der Versuchung, nach seiner Hand zu fassen. Es hatte Tage gedauert, ehe ich mich so weit im Griff gehabt hatte, um Normalität zwischen uns beiden zuzulassen, aber jetzt fühlte ich mich wie ein schwärmerischer Teenager.

Motorengeräusch erklang hinter uns, jemand fuhr in schnellem Tempo die Straße entlang. In dem Moment, als ich mich umdrehte, quietschten Reifen. Ein silberner Beetle scherte auf die andere Straßenseite aus und erfasste Tequila. Mein entsetzter Aufschrei hallte durch die Straße.

»Tequila«, rief Tobi neben mir, dann rannte er los.

Der Beetle raste an uns vorbei. Mir gelang ein kurzer Blick ins Wageninnere, und was ich sah, ließ mir das Herz stocken. Mit Mühe löste ich mich aus meiner Starre und setzte Tobi nach, der mittlerweile neben seinem kleinen Kater auf dem Boden kniete. Blut lief aus dessen Nase, ein Beinchen stand in einem verdrehten Winkel ab, aber er atmete, sein Brustkorb hob und senkte sich schnell.

Ich kniete mich neben Tobi und hielt mir fassungslos beide Hände vor den Mund.

»Tequila«, flüsterte er und streichelte ihm vorsichtig über den Kopf. Mit zittrigen Händen schälte sich Tobi aus seiner Jacke und breitete sie auf dem Boden aus. Behutsam hob er das verletzte Tier hoch und bettete es darauf. Tequila maunzte schmerzerfüllt, und das tat mir weh bis in meine Seele.

»Ich bringe ihn in die Tierklinik.« Er deckte den mittlerweile zitternden Tequila zu und sah mich an. »Geh zu Hans. Sag ihm, dass ich nicht kommen kann.«

Bedächtig hob Tobi das Bündel hoch. »Es wird alles wieder gut, Kleiner«, flüsterte er gepresst.

»Aber wenn du um acht nicht im Büro erscheinst, kriegst du den Job auf keinen Fall.«

»Der Job ist mir scheißegal. Tequila muss versorgt werden, das ist jetzt wichtiger.« Tobis Blick war auf Tequilas Köpfchen gerichtet, das aus seiner Jacke ragte. »Geh, hol dir den verdammten Job.« Er marschierte zu seinem Auto, während ich wie gelähmt dastand. In meinem Kopf rotierte es wie wild. Tobi war aus dem Rennen, somit war ich die einzige verbliebene Bewerberin. Unter diesen Voraussetzungen würde Hans mir die Stelle geben müssen. Den Trip nach Barcelona hatte ich in der Tasche. Alle meine Träume konnten in Erfüllung gehen, ich war dem Plattenvertrag und Sia einen Riesenschritt näher gekommen. Eine einmalige Chance, die sich vor mir auftat. Mein Herz vollführte einen wahren Trommelwirbel, ich stand da wie im Nebel. Alles um mich herum verblasste zu unbedeutenden Schatten, auch Tobi, der sich immer weiter von mir entfernte.

Ich hatte den Job, wurde mir klar, nur dieser Gedanke hämmerte in meinem Kopf. Ich hatte den Job! Die erste Etappe war geschafft.

34

Tobi

»Warte«, rief Jenny, aber ich beachtete sie nicht. Tequila machte ganz schreckliche Geräusche, eine Art gurgelndes Röcheln, und ich bekam eine Scheißangst um ihn. Er musste so schnell wie möglich in die Tierklinik, die auch noch am anderen Ende der Stadt lag. Meine Hände bebten, als ich in meiner Hosentasche nach dem Schlüssel kramte und die Tür entriegelte.

»Ich komme mit«, hörte ich es atemlos neben mir und sah hoch.

»Jenny, geh ins Büro.«

»Ich bleibe bei dir.« Sie streichelte mit einem Finger über Tequilas Kopf. »Du brauchst jemand, der ihn während der Fahrt hält.«

»Aber der Job.« Warum machte Jenny das? Barcelona war ihr sicher.

»Der Job ist mir egal.« Vorsichtig nahm sie mir das Bündel aus der Hand und eilte zur Beifahrerseite. »Beeil dich, ihm geht es wirklich schlecht.«

Ihre Mahnung wirkte, ich stieg ein, während Jenny sich mit Tequila auf dem Arm in den Sitz sinken ließ. Mit quietschenden Reifen brauste ich los.

Wir fuhren quer durch die Stadt am Ring entlang, jede fucking Ampel sprang auf Rot, was mich schier verzweifeln ließ. Jenny sagte nichts, und das war gut so, denn ich hatte einen fetten Kloß im Hals. Sie hielt Tequila, streichelte ihn und ließ ihn nicht aus den Augen.

Immer wieder massierte ich mir mit Daumen und Zeigefinger die Augen. Tränen stiegen in ihnen auf, ich fasste es nicht. Da saß ich nun, ein gestandener Mann von vierundzwanzig Jahren, und heulte wegen einer Katze. Aber Tequila war mein Freund, wir beide waren ein Team.

Endlich erreichten wir die Tierklinik. Ich parkte direkt vor dem Eingang und stieg als Erster aus, stürmte um den Wagen und nahm Jenny den Kater ab. Sie hastete mir nach, als ich durch die Glastür hineineilte. Drinnen kam mir eine junge Frau entgegen.

»Kann ich Ihnen helfen?«, fragte sie, und ich nickte.

»Mein Kater wurde angefahren.«

Nach einem Blick auf Tequila öffnete sie die Jacke. Ein großer dunkler Fleck hatte sich auf dem Innenfutter ausgebreitet, er musste irgendwo bluten. Mein Herz wurde schwer, als sie ihn mir abnahm.

»Wir kümmern uns um ihn«, versprach sie und ließ mich mit der blutigen Jacke in der Hand stehen. Ich beobachtete, wie sie hinter einer Tür verschwand, und fühlte mich hilflos, nur hilflos. Ein Arm legte sich um meine Taille.

»Komm, setzen wir uns.« Das war Jenny, ich hatte wahrhaftig vergessen, dass sie noch da war.

Wir nahmen auf einer der Bänke an der Wand Platz und warteten, fühlten die Zeit verstreichen, zäh und langsam wie flüssiger Teer.

»Ich kann nicht glauben, dass das passiert ist«, sagte ich schließlich und schüttelte den Kopf. Wer raste denn wie ein Gestörter durch eine Wohnsiedlung?

»Ich hab gesehen, wer es war«, hörte ich Jenny neben mir, und ich hob den Kopf.

»Hast du dir das Nummernschild gemerkt?«, fragte ich hoffnungsvoll. Dann konnte ich den Kerl wenigstens anzeigen.

»Nein, das nicht.«

Ich sank in mich zusammen. »Dann wird mir das nicht viel nutzen, befürchte ich.« Meine Stimme klang brüchig, Angst um Tequila erfasste mich, legte sich schwer wie der Tod über mich.

»Es war deine Freundin.«

»Was?« Mein Kiefer klappte nach unten. »Von wem redest du?«

»Na, deine Modelfreundin. Ich habe sie erkannt. Außerdem ist sie absichtlich auf die andere Straßenseite gefahren.«

Mein Pulsschlag schnellte in die Höhe, als sie das sagte. »Ellen? Und du bist dir sicher, dass sie es war?«

»Zu hundert Prozent.«

Ich fuhr mir mit beiden Händen durch die Haare und pustete durch die gespitzten Lippen. »Ich habe sie gestern zum Teufel gejagt.«

»Schätze mal, sie hat das nicht gut aufgenommen?«, hakte sie vorsichtig nach.

»Nicht wirklich.«

»Sie ist ein mieses Miststück.« Jenny klang angewidert, und ich konnte ihr nur zustimmen. Besser hätte ich es nicht ausdrücken können.

»Ja, das ist sie.« Wie konnte man an einem unschuldigen Tier Rache nehmen? Warum hatte sie nicht wenigstens mich angefahren? In diesem Moment starb Ellen für mich, sie hörte einfach auf zu existieren. Sie war es nicht einmal mehr wert, irgendeinen weiteren Gedanken an sie zu verschwenden.

Jenny nahm meine Hand und drückte sie, eine liebevolle und tröstliche Geste, und sie half. Ich fühlte mich nicht mehr so allein.

Eine Ewigkeit später kam eine Frau in Jeans und Strickpulli zu uns.

»Sind Sie der Besitzer der verletzten Katze?«

Wir standen auf. »Ja, das bin ich. Er heißt Tequila.«

Ihr Lächeln war warm. »Sein rechtes Hinterbein ist gebrochen, wir haben es geschient, dazu hat er einen tiefen Schnitt an der Brust, den wir nähen konnten. Er hatte Glück, wie es aussieht, kam er nicht direkt unter die Räder, sondern wurde eher weggeschleudert. Dabei hat er leider auch noch einen Eckzahn verloren und sich an der Nase verletzt. Wir haben ihm ein Schmerzmittel und eine Infusion verabreicht, er wacht gerade aus der Narkose auf. Möchten Sie ihn sehen?«

Zehn Tonnen Geröll fielen von meiner Brust, ich atmete erleichtert aus. Tequila lebte. »Wird er es schaffen?«

»Seine Verletzungen sind ganz erheblich, aber Katzen sind zäh. Er muss noch ein paar Tage zur Intensivbetreuung hierbleiben, aber ich bin zuversichtlich, dass er es schafft.«

»Danke.«

»Wir freuen uns auch, dass wir ihm helfen konnten.«

Ich folgte ihr in einen Raum mit vergitterten Verschlägen. Jenny kam nicht mit, ich ahnte, dass sie nicht aufdringlich sein wollte, und rechnete ihr das hoch an. Tequila lag ganz hinten auf einem grauen Handtuch. Die Frau öffnete die Gittertür und trat beiseite. »Bitte.«

Zögerlich trat ich näher, Tequila regte sich, seine Augen waren halb offen. Das Bein war in einen dicken Verband gehüllt, der an seinem winzigen Körper erschreckend riesig aussah; und eine Gesichtshälfte war geschwollen. Sein geschundener Anblick tat mir in der Brust weh. »Hey, Kumpel«, sagte ich leise und streichelte ihn vorsichtig, dabei schluckte ich immer wieder krampfhaft. »Es wird alles wieder gut.«

Seine Schwanzspitze zuckte. Ich war mir sicher, dass er mich hörte, und wertete seine Reaktion als gutes Zeichen. Unaufhörlich streichelte ich ihn, redete ihm gut zu und blieb bei ihm. Stunde um Stunde. Irgendwann klingelte mein Handy, es war Pia.

»Hey, hast du den Job?«

»Ich bin in der Tierklinik. Tequila hatte einen Autounfall.«

»Was?« Sie klang zutiefst erschrocken. »Wie geht es ihm?«

»Nicht so gut, aber er lebt.«

»Soll ich vorbeikommen?«

»Nein, lass mal. Er ist mit Schmerzmitteln vollgepumpt, und die Narkose hat ihn noch ausgeknockt.«

»Aber melde dich gleich, wenn was ist, hörst du?«, sagte sie aufgeregt, und ich hörte ihr an, dass sie mit den Tränen kämpfte.

»Mach ich, versprochen.« Ich legte auf und widmete mich wieder Tequila, der langsam wacher wurde und mich beobachtete.

Einige Zeit später kündigte mein Handy eine Textmessage an und noch eine und noch eine. So ging es weiter.

Ich las die erste. Sie war von Chad.

How is my buddy doing? Give him a big hug from me.

Die nächste war von Ben.

Habe gehört, deine Katze ist unters Auto gekommen. Hoffe, es geht dem Kleinen wieder besser. Scheiß Sonntagsfahrer. Hoffentlich kriegt das Schwein den Lappen weg.

Auch Luca hatte geschrieben.

Es tut mir so leid, habe es gerade erfahren. Wenn du was brauchst, dann melde dich bei uns. Denk an dich.

Dominik hatte sich ebenfalls gemeldet.

Sag, dass das nicht stimmt. Tequila wurde angefahren? Wie geht es ihm? Ich kann es nicht fassen. Armer kleiner Kerl.

Sogar Lavinia hatte getextet.

Habe es eben von Dominik erfahren. Tut mir sehr leid. Ich wünsche deiner Katze gute Besserung.

Es rührte mich, dass meine Freunde an mich dachten, und es rührte mich, dass auch Tequila ein Freund für sie war. Ich las Tequila die Nachrichten vor, eine nach der anderen, und hatte das Gefühl, dass er mir zuhörte.

»Du siehst, Kleiner, jetzt kannst du nicht anders als wieder gesund werden. Alle diese Leute erwarten eine gute Nachricht von mir. Hörst du?«

»Miwiau«, machte er leise, und Mist, mir schossen die Tränen in die Augen.

Die Ärztin kam zurück und betrachtete Tequila, weshalb ich mich zusammenriss.

»Wie es aussieht, geht es ihm besser. Aber das Schmerzmittel lässt langsam nach. Ich spritze jetzt nach, auch ein sanftes Schlafmittel. Er wird dann ein Weilchen schlafen, das tut ihm gut.« Sie musterte mich eindringlich. »Warum gehen Sie nicht nach Hause und ruhen sich aus? Wir melden uns bei Ihnen, falls etwas sein sollte. Versprochen.«

Nur widerwillig löste ich mich von Tequila. Als ihm aber nach der Spritze die Augen zufielen, ging ich. Jeder Muskel in meinem Körper tat mir weh, die Anspannung ließ einfach nicht nach. Draußen im Warteraum stockte ich. Jenny saß wahrhaftig noch immer am selben Fleck. Wie viel Zeit war mittlerweile wohl vergangen? Bestimmt vier Stunden. Sie stand auf und kam auf mich zu. »Wie geht es ihm?«, fragte sie mit banger Stimme.

»Nicht so gut, aber ich denke, er schafft es.«

Sie atmete tief durch. »Ich hoffe es.«

Wir verließen die Klinik, beim Auto sah ich sie fragend an. »Wo soll ich dich rauslassen? Im Büro oder zu Hause?«

»Was machst du jetzt?«

Ratlos zuckte ich mit den Schultern. »Keine Ahnung, vielleicht setze ich mich irgendwo rein und trinke ein Bier.«

»Nimmst du mich mit?« Ihr Lächeln war schüchtern. »Ich könnte jetzt auch eins vertragen.«

»Klar.«

35

Jenny

Wir saßen uns in einer kleinen Eckkneipe gegenüber, jeder von uns hatte ein Pils vor sich stehen. Der arme kleine Tequila. Er ging mir einfach nicht aus dem Kopf. Ich fand es rührend, wie fürsorglich Tobi sich um seine verletzte Katze gekümmert hatte.

»Was machst du jetzt wegen Ellen?«, fragte ich. »Wirst du sie anzeigen?«

Er zuckte mit den Achseln. »Als ob das noch irgendwas ändern würde. Ich habe mit ihr abgeschlossen. Mit dieser Frau will ich nichts mehr zu tun haben.«

»Das kann ich gut verstehen.« Ich versuchte ein aufmunterndes Lächeln, das leider etwas schief geriet. »Hauptsache, Tequila wird wieder gesund.«

»Das ist alles, was mich im Moment interessiert.« Tobi trank einen großen Schluck Bier. »Hans ist bestimmt ganz schön sauer.«

»Bestimmt. Aber was will er machen, wenn keiner von uns beiden auftaucht? Er wird uns einen neuen Termin geben müssen.«

Sein eindringlicher Blick durchleuchtete mich. »Du hättest dir den Job problemlos angeln können. Warum hast du das nicht getan?«

»Damit hätte ich niemals froh werden können.« Ich atmete tief durch, denn es stimmte. »Auf diese Art will ich den Job nicht. Außerdem war Tequila wichtiger. Er musste dringend versorgt werden, und ich wollte dir helfen.«

»Danke.« Er strich sich mit beiden Händen durch die Haare, wie er es immer tat, wenn ihn etwas aufwühlte oder er nervös wurde. So gut kannte ich ihn, und ich liebte diese Geste. Es sah sexy aus, wie seine Haare zurück in die Stirn fielen. Am liebsten hätte ich ihm eine Strähne zur Seite gestrichen, sein Gesicht gestreichelt und ihm einen Kuss auf die Lippen gehaucht. Tobi würde mir fehlen.

»Nichts zu danken.«

»Falls du den Job bekommst«, fing Tobi leise an, »wie machst du das dann mit deinem Freund? Zieht er mit dir um?« Sein Grinsen wurde breiter, wenn es auch etwas verkrampft aussah. »Ich meine, falls ich dich besuchen komme.«

»Mit Gregor ist es aus. Wir haben uns getrennt.«

Er wirkte überrascht. »Was? Und wieso?«

Verlegen winkte ich ab. »Lange und unschöne Geschichte, sprechen wir nicht mehr darüber.« Die Atmosphäre zwischen uns veränderte sich, sie wurde dichter, lud sich auf. Mein Herz klopfte unruhig in der Brust, denn Tobi betrachtete mich mit einem wehmütigen Ausdruck im Gesicht.

»Wir haben es ganz schön verbockt«, sagte er schließlich, und ich wusste, was er meinte.

»Ja, wir haben es ganz schön verbockt«, gab ich ihm recht.

Er starrte auf den Tisch und das halb volle Bierglas in seinen Händen, das von dem kalten Inhalt beschlagen war. »Du hast mich mal gefragt, was an Pauls Todestag zwischen mir und ihm los war. Erinnerst du dich?«

»Ja.« Ich nickte. »Du meintest, du weißt es nicht mehr.«

»Das stimmt nicht«, gab er gepresst zu. »Ich weiß alles noch.« Tunlichst vermied er, mir in die Augen zu sehen.

Mein Puls schnellte in die Höhe, eine böse Vorahnung überfiel mich. »Wie kommst du jetzt da drauf?«

»Ist es nicht langsam an der Zeit, ehrlich zu sein?« In einer hilflosen Geste schüttelte er den Kopf. »Ich meine, dauernd machen wir uns irgendwas vor, und alles wird noch nur schlimmer. Vielleicht kann ein ehrliches Gespräch helfen? Meinst du nicht?«

Mein Magen zog sich zusammen. Unwillkürlich verspürte ich den Drang, irgendetwas zu sortieren. Tobi nahm meine Hand, er musste mir die Aufregung ansehen.

»Wir müssen nicht darüber sprechen, wenn du nicht willst. Aber ich kann so einfach nicht mehr weitermachen.«

»Nein, ist okay.« Insgeheim hatte ich panische Angst vor seinem Geständnis, was immer es auch war. »Ich will es erfahren. Also was war damals?« Hatte ich das wirklich gesagt? Ich war mir nicht mal sicher, ob ich hier weiter mit ihm sitzen wollte. Die Welt schien stillzustehen, während wir uns lange Zeit schweigend musterten. Schließlich löste Tobi als Erster seufzend den Blick von mir.

Zuerst trank er sein Glas leer und deutete dem Barkeeper, ihm ein neues zu bringen, dann wandte er sich wieder mir zu.

»Du weißt doch noch, dass Paul und ich damals mit der Schule Skifahren waren.«

»Natürlich.« Mein Mund wurde trocken.

»Wir waren schon zwei Tage dort, und Paul verhielt sich wie ein Riesenarschloch. Er zog sich dauernd irgendwelche Drogen rein und war vollkommen außer Rand und Band.«

Ich wusste, dass Paul an seinem Todestag Drogen genommen hatte, die Obduktion hatte es damals ergeben, und die Polizei hatte meine Eltern darüber informiert. Aber viele Leute, die ich kannte, hatten irgendwann mal mit solchen Sachen hantiert, nicht nur Paul. »Ich weiß, dass er sich was eingeworfen hatte.«

»Das denke ich mir.«

Der Kellner stellte Tobi ein frisches Glas auf den Tisch und nahm sein leeres mit.

Eine Pause trat ein, und Tobi sah aus, als müsste er sich sammeln, seine Gedanken sortieren oder so.

»An diesem Tag waren wir beide noch oben auf der Piste. Wir hatten die letzte Abfahrt vor uns. Die anderen aus unserer Klasse waren schon unten beim Après-Ski. Paul hatte sich was reingezogen und war total aggressiv. Er fing wieder mit der alten Geschichte an, dass ich ihm damals den fingierten Einbruch versaut hätte. Warum ich dich nicht einfach flachgelegt hätte, hat er gefragt. Ich wäre ein Verräter, und er würde dafür sorgen, dass du nie wieder ein Wort mit mir sprichst.« Tobi lehnte sich vor. »Ich wollte nach der Klassenfahrt mit dir reden, mich für meine Worte bei dir entschuldigen.« Er atmete tief aus. »Wir standen also oben auf dem Berg, die Sonne ging schon unter, und ich habe Paul erzählt, dass er ein Mistkerl ist. Mir war alles egal. Sollte er mir doch drohen, ich wollte nichts mehr mit ihm zu tun haben. Ich sagte ihm, dass ich mit deinen Eltern und dir reden werde, dass ich euch alles erzähle. Ihr solltet endlich aufwachen. Paul brauchte Hilfe.« Tobi trank einen Schluck, ich sah ihm an, wie nah ihm das Ganze ging. »Das war nicht mehr mein Freund Paul von früher, verstehst du, Jenny? Diese verfluchten Drogen hatten ihn total verändert. Er war immer klamm, dachte nur noch an den Stoff. Nichts anderes interessierte ihn mehr. Paul brauchte eine Therapie, von allein wäre er da nicht mehr herausgekommen. Und das habe ich ihm auch gesagt.« Ein tiefer Seufzer entwich seinen Lippen. »Paul ist total ausgerastet, hat rumgeschrien und mich bedroht. Er würde mich kaltmachen, allen erzählen, dass ich ein Dreckslügner wäre und so weiter. Dann hat er seine Ski geschnappt und ist abgehauen – die abgesperrte Piste hinunter.« Tobi rieb sich mit einer Hand durchs Gesicht. »Ich war so sauer auf Paul, er war so ein Riesenarschloch geworden, deshalb hab ich ihn ziehen lassen. Ein Weilchen habe ich noch oben gestanden, habe überlegt, was ich jetzt machen sollte. Unserem Lehrer Bescheid geben, dass Paul einfach über die verbotene Piste abgehauen war, oder es denen beim Skilift melden?« Er zuckte mit den Schultern. »Schließlich hab ich nichts unternommen, ich dachte mir: Paul, du Wichser, mach doch, was du willst. Dann bin ich runter zu den anderen ins Dorf gefahren, hab mich unter die Leute in der Partyhütte gemischt und mir die Kante gegeben.« Seine Stimme brach, er musste sich sichtlich überwinden weiterzusprechen. »Stunden später kam wohl die Meldung rein, dass eine Lawine im gesperrten Bereich abgegangen war. Da war ich aber schon so voll, dass ich nicht mehr klar denken konnte. Ich hab das irgendwie nur so am Rande mitbekommen und gar nicht mit Paul in Verbindung gebracht, dachte, er wäre schon längst hier und würde irgendwo herumhängen, sich in einer Ecke was reinpfeifen. Du musst mir wirklich glauben, sonst hätte ich natürlich was gesagt.«

Ich nickte zwar schwach, konnte aber nicht fassen, was ich gerade zu hören bekam. Ich fühlte mich wie gelähmt.

»Erst am nächsten Morgen ist uns aufgefallen, dass Paul nicht da war, sein Bett war unberührt. Daraufhin haben sie einen Suchtrupp losgeschickt, der ihn dann begraben unter der Lawine gefunden hatte.« Tobi legte die Stirn in die Hand und schloss für einen Moment die Augen. »Ich bin schuld an Pauls Tod. Wenn ich gleich was gesagt hätte …« Seine Stimme brach.

»Paul war sofort tot.«

»Was?« Wie in Zeitlupe ließ er die Hand sinken.

Mein Herz schmerzte und fühlte sich an, als würde es bluten. »Selbst wenn du gleich Hilfe geholt hättest, hätte ihn das nicht mehr gerettet«, sagte ich tränenerstickt. »Er hatte ein gebrochenes Genick.«

»Aber ich habe ihn die gesperrte Piste runterfahren lassen.«

Zu erfahren, dass sich Tobi die ganze Zeit über die Schuld am Tod meines Bruders gegeben hatte, machte alles noch schlimmer. »Paul war ein Sturkopf, du hättest ihn niemals davon abhalten können, da runterzufahren.«

»Ich hätte bei ihm bleiben können.«

»Dann wärst du jetzt höchstwahrscheinlich auch tot.« Mein Hals schnürte sich zu. »Ich liebe meinen Bruder, weil er mein Bruder ist und immer bleiben wird, aber er konnte auch ein Ekel sein. Nur dass er so mies sein konnte, hätte ich ihm niemals zugetraut. Dann bin ich mindestens ebenso schuld an seinem Tod wie du. Oder meine Eltern. Wir lebten mit ihm unter einem Dach und haben nichts gemerkt. Ich frage mich heute, ob wir alle blind waren oder ob wir der Wahrheit einfach nicht ins Auge blicken wollten. Wir hätten ihm schon viel früher helfen sollen, so wie du sagtest. Ihn in eine Therapie schicken, ihn von den Drogen wegbekommen. Stattdessen haben wir alle so getan, als wäre alles in bester Ordnung. Haben heile Familienwelt gespielt.«

Tobi nahm meine Hand, streichelte mit dem Daumen meinen Handrücken.

»Wir waren so verdammt jung«, sagte er leise. »Teenager, ich war siebzehn und du gerade fünfzehn. Keiner von uns konnte voraussehen, dass so etwas passiert.«

Ich nickte, blinzelte die Tränen weg. »Das stimmt. Es war ein Unfall, ein tragisches Unglück, und ich wünschte, es wäre niemals passiert. Aber wir können es nicht mehr rückgängig machen, Tobi.«

»Ich habe dich schon damals geliebt«, sagte er plötzlich leise, und mir stockte beinahe das Herz.

»Tobi«, fing ich an, aber er unterbrach mich.

»Nein, bitte … Lass mich ausreden. Ganz ehrlich, ich will dich zu nichts überreden oder so, keine Sorge. Ich möchte nur, dass du das weißt, ganz egal, was aus uns wird. Jenny, ich liebe dich.« Sein Lächeln geriet ein wenig schief, aber es war warm und zärtlich. Mein Puls klopfte im Hals.

»Ich weiß noch genau, wie damals der Möbelwagen in unsere Straße fuhr«, sagte er und klang nostalgisch, »als ihr in unser Dorf gezogen seid. Weißt du noch?«

Ich nickte nur, brachte kein Wort heraus.

Tobi sah mir direkt in die Augen. »Deine Eltern sind mit ihrem Riesenschlitten hinterhergefahren, und dann bist du ausgestiegen.«

»Und mich hat es sofort hingeschlagen«, sagte ich kichernd.

Er lachte leise. »Du bist auf dieser Eisplatte ausgerutscht und nicht mehr auf die Beine gekommen.«

»Du hast mich gerettet.« Ich erinnerte mich noch ganz genau. Es war wie in einem dieser Slapstick-Movies gewesen, ich hatte auf der Eisfläche herumgezappelt wie ein Fisch auf dem Trockenen. Mein Bruder hatte nur lachend danebengestanden, aber Tobi kam angerannt und half mir hoch. Peinlicher hätte ein erstes Kennenlernen nicht verlaufen können, und ich hatte heimlich gehofft, Tobi hätte diese unliebsame Szenerie eventuell vergessen.

»Seit diesem Zeitpunkt war ich in dich verschossen.«

»Echt?« Soweit ich mich erinnern konnte, hatte er mich wenig schmeichelhaft einen Tollpatsch genannt. Ab diesem Zeitpunkt war mir eigentlich schon klar gewesen, dass Tobi niemals als großzügiger Charmeur in die Annalen der Frauenwelt eingehen würde. »Wie alt warst du eigentlich damals?«, fragte ich, denn ich konnte nicht glauben, dass er mich schon so lange mochte.

»Dreizehn.« Er streichelte noch immer meine Hand, ganz unbewusst, und ich genoss die leichte Berührung. »Ich kann mich sogar noch an das Datum erinnern, als wir uns das erste Mal begegneten. Ich habe nichts vergessen.«

»Und wann war das?«, fragte ich und hielt den Atem an. Um ehrlich zu sein, hatte ich keine Ahnung mehr, wann das gewesen sein sollte.

»Es war der vierzehnte Februar, Valentinstag. Und ich habe ernsthaft überlegt, ob ich nicht loslaufen und dir was Romantisches kaufen sollte. Ein Schokoherz oder Blumen, 'ne kitschige Karte, irgend so was. Ich war total vernarrt in deine langen blonden Haare und diese strahlend blauen Augen, aber dann habe ich mich nicht getraut.«

Vierzehnter Februar? Beinahe verschluckte ich mich an meinem Atem. Hatte ich eben richtig gehört? Tobi und ich waren uns am Valentinstag das erste Mal über den Weg gelaufen? Das konnte doch nicht wahr sein! Madame Burchards Prophezeiung fiel mir wieder ein, und ich kombinierte haarscharf. Wie blind war ich eigentlich die ganze Zeit gewesen? Mein Traummann saß vor mir, mein absoluter Traummann. Um das zu wissen, brauchte ich weder eine Wahrsagerin noch eine dämliche Frauenzeitschrift oder irgendwelche doppeldeutigen Horoskope. Ich musste einfach nur auf mein Herz hören.

»Ich liebe dich auch«, sagte ich leise und betrachtete Tobis überraschtes Gesicht.

»Wie wäre es dann«, fing er schließlich an, »wenn wir uns endlich mal eine Chance geben und es miteinander versuchen?«

»Einen Versuch wäre es allemal wert«, neckte ich ihn kichernd, und er kam mit dem Gesicht näher.

»Nur beim Versuch wird es nicht bleiben, das verspreche ich dir.« Seine Lippen legten sich auf meine, wir versanken in einem leidenschaftlichen Zungenkuss, der mir durch und durch ging, und ich hoffte, dass diese Liebe nie enden würde. Gerade war ich der glücklichste Mensch der Welt.

Am Ende hatte Madame Burchard doch recht behalten. Meinen Traummann hatte ich am vierzehnten Februar getroffen. Den Mann, der für mich bestimmt war. Tobi.

Epilog

Tobi

Ben und ich hievten mein Sofa in den Möbelwagen. Eine Spedition würde den ganzen Kram runter nach Barcelona schaffen. Die Sonne schien warm auf uns herab, der Mai kündigte den bevorstehenden Sommer mit einem strahlend blauen Himmel an, und ich hatte richtig Bock auf den Süden. Zu dem Gespräch mit Hans war es nicht mehr gekommen, deswegen würden Jenny und ich auch nie erfahren, wer von uns beiden das Rennen gemacht hätte. Und das war auch gut so. Ich hatte den Job angenommen, denn Jenny hatte in der Firma gekündigt, was viele ernsthafte Diskussionen mit ihrem erbosten Vater nach sich gezogen hatte. Aber Jenny war hart geblieben, und ich war stolz auf sie. Wir gingen nun gemeinsam für ein paar Jahre nach Barcelona, wohnten dort in der Firmenwohnung. Während ich dem Unternehmen treu blieb, wollte Jenny sich dort unten ganz ihrer Gesangskarriere widmen. Ihren Traum verwirklichen. Das war der Plan. Und den fand ich gut. Ich hoffte, dass sie in Barcelona so richtig durchstartete und megaerfolgreich wurde. Das Talent dafür hatte sie allemal, und diese einmalige Chance durfte sie sich nicht entgehen lassen. Zwischen uns lief alles perfekt, ich liebte Jenny jeden Tag mehr, und auch im Bett war sie der absolute Hammer. Ja, schon gut. Ich war halt auch nur ein Mann.

Ben klopfte mir auf die Schulter. »Alter, was soll ich jetzt deinen Groupies vom Boot sagen? Die werden traurig sein, dass du nicht mehr da bist.«

»Sag ihnen, seine neue Freundin ist eine russische Auftragskillerin, die gern mal Hausbesuche macht«, mischte sich Jenny ein.

Ben lachte dreckig. »Tja, die Axt im Haus erspart den Auftragskiller.«

»Für jedes Problem gibt es eine Lösung«, spielte Jenny mit. »Salzsäure, Stich- oder Schusswaffen, ich bin da ganz flexibel.«

»Mich gruselt's vor dir«, sagte ich und küsste sie auf die Lippen.

»Oh Baby«, erwiderte sie theatralisch. »Das ist das Schönste, was du je zu mir gesagt hast.«

Die anderen lachten. Alle waren sie heute hier, um sich zu verabschieden. Nachher würden Jenny und ich den Transporter in meinem Audi begleiten.

Pia umarmte mich, Tränen glitzerten in ihren Augen. Sie hatte Jennys Platz eingenommen und teilte sich nun die Bude mit Aida. Mittlerweile hatte sie sogar eine Zusage von der Nürnberger Uni in der Tasche. Glück musste man haben.

»Ich werde dich vermissen, Brüderchen«, sagte sie an meiner Brust gelehnt.

»Wenn du mal wieder Mist baust, weißt du ja, wo du mich findest.«

Sie ahndete mein großzügiges Angebot mit einem Klaps gegen meine Schulter. »Blödmann«, schniefte sie und ließ mich los.

Chad hatte Tequila auf dem Arm, dem es mittlerweile wieder recht passabel ging. Er hinkte noch ein wenig, aber das würde sich mit der Zeit geben, hatte die Tierärztin versichert. Tequila würde mit auf die lange Reise gehen, und Chad konnte sich nur schwer von ihm trennen.

Wir schüttelten uns die Hand, klopften uns dabei auf die

Schulter. »Take care, dude. Gute Reise. Fuck, I will miss you, Tobi.«

Ich lachte auf. »Wir sehen uns doch schon im September in Barcelona wieder.«

»Ist trotzdem nicht dasselbe. Und meinen kleinen Buddy vermisse ich auch.« Er kraulte Tequila hinter den Ohren.

Auch Dominik und Lavinia waren gekommen, um sich zu verabschieden, und wir taten dies ausgiebig und unter vielen Umarmungen. Langsam wurde es echt anstrengend. Neben mir lagen sich Jenny und Aida in den Armen, die beide Rotz und Wasser heulten, als würden wir uns für immer aus dem Staub machen und nicht mit dem Flieger in zwei Stunden erreichbar sein.

Ben und Luca standen vor mir, meine beiden früheren Mitbewohner, und mir fiel es schon schwer, die beiden zu verlassen.

»Wir kommen dich besuchen«, sagte Luca, als wir uns umarmten.

»Auf jeden Fall«, antwortete ich.

Dann verabschiedete ich mich mit einem Handschlag von Ben. Wir umarmten uns kurz.

»Ich halte die Stellung im Boot. Wenn ihr zurückkommt, steigst du im Club wieder ein, Partner.«

»Danke, Ben.«

Schwermut erfasste mich, als ich die Leute der Reihe nach musterte, die heute extra wegen uns hergekommen waren. Ich hatte gute Freunde, stellte ich fest. Die besten.

Pia hielt Jennys Gitarrenkasten in die Höhe. »Wie sieht es aus? Singst du uns was zum Abschied vor?«

»Ähm«, sagte Jenny, »ich weiß nicht.«

»Komm schon«, bettelte Dominik.

»One song«, kam es von Chad.

»Bitte.« Aida legte den Kopf schräg.

»Okay«, sagte Jenny schließlich seufzend und nahm die Gitarre aus dem Koffer, ehe sie sich auf die Rampe des Transporters schwang und die Beine überkreuzte. Ihr Haar schimmerte golden, und ihr Gesicht bekam etwas Weiches. Sie sah aus wie eine Fee. Ich hätte ewig so dastehen und sie einfach nur betrachten können. Jenny spielte eine Melodie an, die ich sofort wiedererkannte. Christina Stögers *You're the one for me*. Dann sang sie mit ihrer glockenhellen Stimme, verzauberte jeden von uns. Wie im Traum schloss sie die Augen, verschmolz mit dem Lied, jedes gesungene Wort rieselte mir den Rücken hinunter wie Hagelzucker. Beim letzten Refrain hob sie die Lider und sah mich an. »You're the one for me.«

»And I'm the one for you«, antwortete ich leise.

Leseprobe

LENA MARTEN
Nicht auch noch der!

»Und Sie sind sicher, dass Sie kein Mann sind?« Die Sekretärin, Ende vierzig, musterte mich verwirrt und blätterte durch ihre Akte. Dabei benetzte sie immer wieder ihren Zeigefinger mit der Zungenspitze. Sie saß hinter ihrem Schreibtisch, links und rechts von ihr reihten sich Aktenschränke durch den Raum. Neben ihrem Tisch ließ eine Yuccapalme ihre Blätter hängen wie eine deprimierte Henne in Käfighaltung die Flügel. Für den Bruchteil einer Sekunde blieb ihr überheblicher Blick an meiner Oberweite haften. An der Art, wie sie die linke Augenbraue hob, sah ich buchstäblich, wie sich die Worte »aufgepumpt« und »Silikon« in ihrem Kopf formten. Ein feines Grinsen umspielte ihre Mundwinkel. Ich brodelte innerlich, denn sie hatte meinen wunden Punkt getroffen. Dabei war ich heute aus einem ganz anderen Grund hier im Wohnservice-Büro des Erlanger Studentenwerks.

»Ja, wie Sie sehen, bin ich kein Mann«, gab ich mürrisch zurück. »Aber Ihr Büro hat mich in einer Männer-WG einquartiert.« Wie zum Beweis deutete ich auf den Zettel, der in meiner Hand zitterte. Diese Neuigkeit hatte ich heute Morgen am Briefkasten nur schwer verkraftet und mich gleich auf den Weg hierher gemacht.

»Hier steht Luca Vogt«, insistierte sie verständnislos.

»Ja«, erwiderte ich gedehnt. »Das bin ich.« Ich tippte mit dem Zeigefinger gegen mein Brustbein. »Ich heiße *Luca*.« Das stimmte nicht ganz, aber das musste sie nicht wissen. Besser gesagt: Niemand durfte das wissen.

»Oh.« Sie sah auf und schien eine Erleuchtung zu haben. »Ich dachte immer, Luca wäre ein Männername.«

»Wie Sie sehen …« Ich brach ab. Was sollte diese Diskussion, schließlich stand ich vor ihr!

Noch immer lächelte sie süffisant, ein paar Falten gruben sich rings um ihre Augen in ihr gebräuntes Gesicht, außerdem wirkte sie für ihr Alter auch noch unglaublich fit. Sofort überkam mich ein schlechtes Gewissen. Ich war ein ausgesprochener Sportmuffel und keuchte schon, wenn ich die zwei Stockwerke in meine Wohnung hochsteigen musste. In meine Exwohnung wohlgemerkt, die nun mein Exfreund allein bewohnte.

»Ich verstehe Ihr Problem.« Die Dame nickte mit dem gütigen Ausdruck einer Madonna. »Nur leider sind alle Zimmer vergeben. Es gibt Studenten, die haben sich bereits letztes Jahr um ein Zimmer bemüht.«

Die Art, wie sie »letztes Jahr« betonte, ließ nichts Gutes erahnen – dennoch würde ich nie im Leben in eine Männer-WG ziehen. Eher ging ich ins Kloster und legte ein Gelübde ab. Von Männern hatte ich für die nächsten Jahrzehnte genug. Vielleicht sollte ich tatsächlich Nonne werden, überlegte ich gerade allen Ernstes, da sprach die Unheilsbotin weiter. »Sie hatten Glück, dass kurzfristig jemand abgesprungen ist.«

»Ich bin Ihnen ja dankbar«, log ich schwer seufzend. Hinter mir hörte ich etwas knarren, achtete aber nicht darauf, denn nun schlug ich einen weinerlichen Ton an und beugte mich über den Schreibtisch. Vielleicht bewirkte die Mitleidsmasche etwas. Spontan beschloss ich, meine Trennung von Ringo ein wenig mit erfinderischen Details auszuschmücken. Es hatte mich schwer getroffen, ihn mit dieser Wasserstoffblondine im Wohnzimmer vorzufinden. Vor allem, da Ringo der Erste gewesen war, dem ich vier Jahre nach dem Abend, der mein Leben zerstört hatte, eine Chance gegeben hatte. Und das auch nur, weil er sich monatelang um mich bemüht hatte. Von wegen Traumfrau und so … elender Heuchler! So etwas würde mir nie wieder passieren.

Ich ging zum Frontalangriff über und legte den Kopf schräg. »Sehen Sie, ich muss dringend aus meiner alten Wohnung raus. Mein Freund hatte Sex auf unserem Wohnzimmertisch … mit einer anderen.« Meine Stimme wurde brüchig, ich räusperte mich. Es hatte mich doch einiges an Überwindung gekostet, diese Schmach zuzugeben. Bis hierhin stimmte die Geschichte sogar noch.

»Dann werfen Sie ihn halt raus«, erwiderte sie desinteressiert und sah mich über den Rand ihrer Brille hinweg an. »Soll er sich doch um eine neue Wohnung kümmern und nicht Sie.«

»Leider ist es seine Wohnung. Ich bin damals zu ihm gezogen.«

Die Gesichtszüge der Frau wurden plötzlich weich, also beschloss ich, einen Gang hochzuschalten. Es tat gut, mir alles von der Seele reden zu können. Die letzten Tage hatte ich die Nerven meiner besten Freundin Caro in dieser Hinsicht ein wenig überstrapaziert.

»Angefangen hat es damit, dass ich ihn eines Nachts im Badezimmer dabei erwischt habe, wie er sich gerade … na ja, Sie wissen schon.« Ich machte eine vage Auf- und Abwärtsbewegung mit der Hand, worauf die Sekretärin hektisch nickte.

»Und dann?«, fragte sie mit großen Augen, während ich

möglichst unauffällig ihr Gesicht nach Anzeichen für Misstrauen absuchte. Ich schwitzte Blut und Wasser und hoffte, dass sie mir die Geschichte abnehmen würde. Aber ich konnte auf gar keinen Fall mit zwei Männern zusammenwohnen – nicht nach allem, was geschehen war.

»Er hat sich herausgeredet. ›Schatz, es ist nicht das, wonach es aussieht‹«, ahmte ich Ringos krächzende Stimme nach. »Natürlich nicht.« Ich schnaubte. »Er hatte nur alle Hände voll zu tun.«

Sie kicherte. Das klappte besser als erwartet. In meinem Gehirn formten sich alle möglichen Schreckensszenarien. Und die Dame wollte allem Anschein nach mehr davon.

»Er meinte dann allen Ernstes: ›Das stärkt das Immunsystem. Bei mir ist eine Erkältung im Anflug.‹«

Sie hyperventilierte beinahe. »Aber danach …?«

»Er hatte dann eine seiner Migräneattacken, ich glaube, deshalb war auch öfter Flaute bei uns.« Ob sie mir das abnahm? Ihr Mund stand leicht offen, sie sog meine Worte regelrecht in sich auf wie ein Staubsauger.

»Also bin ich am nächsten Tag losgezogen, um unser Liebesleben aufzupeppen, habe mir Dessous zugelegt, sogar Handschellen aus diesem Erotikgeschäft. Ich habe mir sogar einen Porno mit ihm angeschaut.«

Die Sekretärin verzog das Gesicht, als hätte sie Schmerzen, und ich nickte schnell.

»Ich weiß, Pornos sind auch nicht mein Ding.«

»Und das hat dann was gebracht?«

Ich lachte bitter auf. Das Verhör begann mehr als unangenehm zu werden. Hoffentlich würde ich dieser Frau niemals wieder in meinem Leben begegnen. Am besten verdrängte ich dieses bizarre Gespräch nachher einfach, so als hätte es nie stattgefunden. Um endlich zum Ende zu kommen, sagte ich:

»Ja. Als ich letzte Woche nach Hause kam, lag diese Blondine an meinen Wohnzimmertisch gefesselt, während nebenher der Porno lief.« Wenn das nicht genügte, um mich umzuquartieren, war ich mit meinem Latein am Ende.

Ihr blieb der Mund offen stehen. »Ihre Dessous hatte sie hoffentlich nicht an.«

Was? Leiser Zweifel nagte in mir wie eine Maus an einem Stück Käse. War ich eventuell ein Schrittchen zu weit gegangen bei meinem kläglichen Versuch, ihr Mitleid zu erhaschen?

Mit spitzen Fingern griff die Frau nach ihrer giftgrünen Kaffeetasse und trank einen Schluck. Einen Schluck hätte ich jetzt auch nötig gehabt, allerdings von etwas Hochprozentigem. Schweiß brach mir aus allen Poren. Ich schüttelte den Kopf – es nützte ja nichts, jetzt noch einen Rückzieher zu machen. Wohl oder übel musste ich da bis zum bitteren Ende durch. »Nein, sie war nackt und er in ihr.« Dieser Teil stimmte sogar wieder.

Sie betrachtete meinen Antrag nachdenklich. Ich hielt den Atem an.

»So ein Schwein«, murmelte sie, wandte sich ihrem Computer zu und tippte wild darauf herum.

Es tat unglaublich gut, diese Worte aus einem fremden Mund zu hören. Ich nickte, sie hatte ja so recht. Wie hatte ich die letzten zwei Jahre nur so blind sein können?

»Vielleicht …«, murmelte sie nachdenklich und kratzte sich mit dem Zeigefinger am Kinn.

Das erste Glücksgefühl seit Tagen durchströmte mich. Sie hatte mir die Story abgekauft. Ich war ein böses Mädchen. Egal. Das neue Zimmer war so gut wie mein!

»In der Tat ein Schwein«, hörte ich eine dunkle Stimme hinter mir und riss den Kopf herum. Ich blickte direkt in zwei nachtblaue Augen, ein tiefes Blau mit einem Schwarzstich darin. Sie gehörten zu einem jungen Mann mit dunkelbraunen strubbeligen Haaren. Einer seiner Mundwinkel zuckte bei dem Versuch, ernst zu bleiben. Wo kam der auf einmal her?

»Und du hast echt nichts gemerkt?« Er klang ungläubig. Sein Blick streifte meinen Brustkorb und verharrte dort ein wenig länger als nötig. »Der wusste wohl deine Vorzüge nicht zu schätzen. Sei froh, dass du ihn los bist.« Er grinste breit.

Nun kicherte auch die Sekretärin. Ich wirbelte zu ihr herum. Fassungslos beobachtete ich, wie sie mit einer Hand vor ihrem Mund herumwedelte.

»Kindchen, Gott, sind Sie naiv! Sie sollten nicht so gutgläubig sein. Männer muss man an der kurzen Leine führen.«

»Nimm's nicht persönlich, jeder Cowboy poliert dann und wann seinen Colt …«, kam es nun lachend von hinten, und noch immer perplex wandte ich mich wieder ihm zu. Sein Zeigefinger deutete flüchtig in meine Richtung.

Oh nein! Ich wollte am liebsten sterben. Er hatte nicht nur alles mit angehört – die miese Büroschnepfe hatte es auch noch bewusst darauf angelegt. Irgendwas in mir drängte mich dazu, auf der Stelle die Flucht zu ergreifen. Stattdessen glitt mein Blick hinunter zu meiner Hand, in der ich den Brief hielt, also drehte ich mich wortlos wieder um. Am besten ignorierte man solche Typen einfach.

»Was ist jetzt mit meinem Anliegen?«, fuhr ich die Sekretärin grob an, da die Blicke dieses Möchtegerncasanovas in meinem Rücken landeten wie eine Sammlung Dartpfeile. Umgehend veränderte sich der belustigte Ausdruck in ihren Augen. Offenbar mochte sie es nicht, herumkommandiert zu werden.

»Leider kann ich Ihnen nicht weiterhelfen, das habe ich Ihnen doch vorhin bereits erklärt. Entweder Sie nehmen das Zimmer, oder Sie lassen es.«

»Aber … aber.« Mir fiel kein weiterer Überzeugungsgrund ein. Verdammt, der Kerl kam immer näher, ich hörte ihn hinter mir atmen und drehte mich erbost um. »Könntest du bitte damit aufhören, mich anzuatmen?«, fauchte ich.

Er wirkte erstaunt – gut so.

»Sind wir heute schlecht gelaunt? PMS?«, fragte er überfürsorglich, worauf ich erst mal nach Luft schnappte.

»PMS, ganz genau. Steht für Primitives-Mann-Syndrom, und ich glaube, das ist ansteckend. Also würdest du dich bitte nicht so nahe hinter mich stellen?«

Er lachte. Ich konnte es nicht glauben – er lachte darüber.

»Dann bist du immer so. Kein Wunder …«

»Kein Wunder was?« Ich reckte mich vor ihm in eine, wie ich hoffte, bedrohliche Pose und stemmte beide Hände in die Hüften. Allerdings ließ die Wirkung zu wünschen übrig, da ich den Kopf in den Nacken legen musste, ansonsten hätte ich zu seinem Brustkorb gesprochen. Zu allem Überfluss spürte ich meine Wange glühen, aber ich ließ mir nichts anmerken und funkelte ihn kampflustig an.

Es wirkte. Er wich einen Schritt nach hinten aus und hob beschwichtigend beide Hände.

»Ganz ruhig«, sprach er auf mich ein, als wäre ich ein zähnefletschender Pitbull, »bevor du mich jetzt schlägst. Ich wollte nur meinen Antrag auf den Schreibtisch legen und verschwinden, damit ihr in Ruhe weiterreden könnt. Geht mich ja nichts an.« Grinsend hob er ein Blatt Papier vor meine Nase, auf dem in großen Buchstaben »Parkplatzreservierung« stand, gleichzeitig deutete er auf ein Registerfach auf dem Schreibtisch. Dort prangte dasselbe Wort.

»Oh.« Mehr fiel mir auf die Schnelle nicht ein. Das war unglücklich gelaufen, also zwang ich mich zu einem fast freundlichen Lächeln und machte eine grazile Handbewegung in

Richtung Tisch. Die Sekretärin hatte sich mittlerweile erhoben, stand jetzt am Fensterbrett und goss sich Kaffee nach. Ihr war mein Ausbruch wohl ein wenig zu viel geworden.

»Ben.« Die Dame strahlte ihn an. »Legen Sie das Formular einfach darein. Ich kümmere mich gleich um Ihren Antrag und werde sehen, was sich machen lässt, damit Sie Ihren Parkplatz bekommen.«

»Das ist wirklich nett von Ihnen. Sagen Sie, Frau Weber, treiben Sie in letzter Zeit mehr Sport?«

Mir wurde augenblicklich schlecht – was für ein Schleimer! Er grinste, als er bemerkte, wie ich die Augen verdrehte, ehe er sich wieder an die Sekretärin wandte. »Ich hätte am liebsten den Parkplatz ganz vorn in der Tiefgarage, dann muss ich morgens nicht so weit laufen.« Seine Stimme war eine Oktave tiefer geworden, er hörte sich an, als hätte er ihr soeben versprochen, die Nacht mit ihr zu verbringen. Ich schüttelte mich, aber ihr schien sein Gesäusel zu gefallen. Mit einem gewagten Hüftschwung kam sie zurück.

»Das lässt sich bestimmt arrangieren«, hauchte sie wie Marilyn Monroe beim Geburtstagsständchen für Kennedy.

»Vielen Dank, auf Sie ist einfach Verlass.« Er warf den Antrag an mir vorbei in das Fach und eilte zur Tür. Dort drehte er sich noch einmal mit einem breiten Grinsen um, bevor er verschwand.

»Ein netter junger Mann«, meinte die Sekretärin und starrte verzückt auf die geschlossene Tür. »Sie sollten nicht so schnell aus der Haut fahren, Männer mögen keine Furien.«

Super. Jetzt war ich nicht mehr das arme bemitleidenswerte Opfer, sondern der Drachen, der seinen bedauernswerten Freund in die Arme einer anderen getrieben hatte.

Frau Webers Lächeln wirkte so falsch wie ihre Haarfarbe. »Ich glaube, es ist am besten, Sie ziehen vorerst einmal in diese

WG. Probieren Sie es doch erst mal aus. Bestimmt lernen Sie so einiges über Männer dazu.«

Ich schnaubte. »Das klingt, als wollten Sie mir ein Haustier aufschwatzen. Nur leider reagiere ich extrem allergisch auf Tierhaare. Sie wissen schon, Kaninchen-, Katzen-, Männerhaare, die ganze Bandbreite.«

Tief einatmend warf Frau Weber einen Blick auf ihre Armbanduhr. »Gleich habe ich Mittagspause. Ich kann Ihnen anbieten, dass Sie das Zimmer erst mal nehmen, und ich melde mich bei Ihnen, sobald etwas anderes frei wird. Oder Sie lassen es und suchen sich etwas anderes. Viel Glück.« An der Art, wie sie mit den Achseln zuckte und nach Bens Antrag griff, wurde mir klar, dass ihr mein Schicksal vollkommen egal war. Was sollte ich jetzt tun? Ich war so knapp bei Kasse, dass ich mir keine eigene Wohnung leisten konnte. Zumal ich sowieso im letzten Studienjahr war. Das mit Caro war nur eine Notlösung. Ihre Wohnung war so winzig, dass wir uns beinahe auf die Füße traten, wenn wir aneinander vorbeigingen. Und zu Ringo konnte ich nicht zurück.

»Also gut, aber Sie melden sich, sobald was frei wird. Das ist nur vorübergehend.« Ob sie meine Zähne knirschen hören konnte?

Frau Weber strahlte wie ein undichter Atommeiler, kramte in einer Schachtel mit Schlüsseln, von denen sie schließlich einen in die Höhe hielt. »Bitte schön, hier den Erhalt quittieren.« Sie schob eine Liste über den Schreibtisch und tippte auf meinen Namen, der dort in Druckschrift stand.

Nach einem Moment des Zögerns riss ich ihr den Kugelschreiber aus der Hand und setzte die Mine auf dem Papier an. Meine Unterschrift geriet ein wenig krakelig, aber das war mir egal. Wutentbrannt stürmte ich aus dem Büro.